S.T. Bende

Fate & Darkness
Die Geheimnisse von Asgard 1

S.T. Bende

FATE & DARKNESS

DIE GEHEIMNISSE VON ASGARD 1

Übersetzung aus dem amerikanischen Englisch von
Stephanie Pannen

one

Die Bastei Lübbe AG verfolgt eine nachhaltige Buchproduktion. Wir verwenden Papiere aus nachhaltiger Forstwirtschaft und verzichten darauf, Bücher einzeln in Folie zu verpacken. Wir stellen unsere Bücher in Deutschland und Europa (EU) her und arbeiten mit den Druckereien kontinuierlich an einer positiven Ökobilanz.

MIX
Papier | Fördert gute Waldnutzung
FSC® C014496

Titel der amerikanischen Originalausgabe: »The Ære Saga. Perfekt Order«

Lektorat: Kristin Overmeyer
Umschlaggestaltung: Guter Punkt GmbH und Co. KG, München
Umschlagmotiv: © Marcin Wojciechowski | iStock / Getty Images Plus; Michal Balada | iStock / Getty Images Plus; faestock | Adobestock; LongQuattro | iStock / Getty Images Plus
Satz: 3w+p GmbH, Rimpar
Gesetzt aus der Adobe Caslon Pro
Druck und Verarbeitung: GGP Media GmbH, Pößneck

Printed in Germany
ISBN 978-3-8466-0171-6

5 4 3 2 1

Sie finden uns im Internet unter one-verlag.de
Bitte beachten Sie auch luebbe.de

Für meine drei Gentlemen …
Ich habe mir euch gewünscht, und all meine Träume wurden wahr.

»Seid fromm, liebt mich und bessert euch.«
Benedikt, *Viel Lärm um nichts*
William Shakespeare

Eins

»Scheibenkleister!« Nadeln schossen durch meinen Zeigefinger. Ich befreite ihn aus der Kommodenschublade, hielt ihn an die Brust und wartete darauf, dass der Schmerz nachließ. Mein Finger war das unglückliche Opfer einer übereifrigen Einräumaktion geworden. Je aufgeregter ich war, desto ungeschickter wurde ich, und heute war so ziemlich der aufregendste Tag meines Lebens. Seit meiner Ankunft vor zwanzig Minuten in Daffodil Drive 121 in Arcata, Kalifornien, hatte ich den Inhalt meiner beiden Koffer ausgepackt und in meinem Zimmer verteilt. Mein neues Zuhause war nur einen kurzen Spaziergang von der Redwood State University entfernt. Ich hatte so hart dafür gearbeitet, um dort angenommen zu werden. Doch nun, nach einer fast unendlichen Autofahrt und Snacks mit ungefähr siebentausend Kalorien, konnte ich es kaum erwarten, meine neue Nachbarschaft zu erkunden. Ich ging zu dem kleinen Fenster meines Studentenzimmers und schaute auf die Nadelbäume, die draußen Wache standen. Da meine Mitbewohnerinnen noch unterwegs waren, war es wohl nicht unhöflich, wenn ich noch schnell eine kurze Runde laufen ging. Fünf Tage ohne Joggen hatten mich steif und unleidlich gemacht, und es schien mir vernünftig, ein bisschen von meiner Nervosität wegzutrainieren, bevor ich die Mädchen traf, mit denen ich das nächste Jahr zusammenwohnen würde. Schließlich gab es keine zweite Chance für einen ersten Eindruck, und ich war fest entschlossen, dass meiner makellos sein sollte. Ich zog meine Trainingsklamotten über und schrieb einen Zettel.

Bin gerade angekommen und laufe eine Runde. Bin zum Abendessen zurück und kann es kaum erwarten, euch offiziell kennenzulernen! XO, Mia

Ich legte den Zettel in den Eingang und zog die Haustür hinter mir zu.

Eine kurze Suche auf meinem Handy verriet mir, dass es zwei Hauptwanderwege direkt hinter meinem Haus gab. Die Bewertung eines der beiden versprach »die urzeitlichsten Farne diesseits von Jurassic Park, inmitten von atemberaubenden Mammutbäumen, die man sich nicht entgehen lassen sollte«. *Bingo.* Ich prägte mir die Wanderroute ein – am Ende des Gehwegs geradeaus, auf dem Hügel links und an der Weggabelung in der Nähe des großen Felsens nördlich halten –, steckte mein Handy ein und begann in Richtung Wald zu laufen. Die Luft roch nach Herbst wie ein Haufen frisch gefallener Blätter in der warmen Nachmittagssonne. Am Ende des Blocks bog ich nach rechts ab, überquerte die Straße und betrat den an den Campus grenzenden Wald. Das dichte Blätterdach der Bäume filterte die Sonnenstrahlen und sorgte dafür, dass sich die Luft irgendwie dicker anfühlte. Irgendwann ging es ziemlich steil bergauf, und als ich den Gipfel erreicht hatte, hielt ich mich links und bahnte mir meinen Weg durch die sanft wirbelnden Nebelschleier. Der Nebel kitzelte mich in der Nase, kühlte meine Lunge, und ich nahm das Aroma von Erde und Kiefern wahr. Dieser Geruch gehörte zu den Dingen, die ich an den Campingausflügen meiner Familie immer am liebsten mochte. Es war schön, etwas Vertrautes in einer völlig fremden Welt zu finden, denn abgesehen von grünen Blättern und Dreck war nicht viel Vertrautes an meinem neuen Zuhause.

Erstens waren die Bäume in diesem Wald viel höher als die in den Wäldern Neuenglands. Um genau zu sein, Hunderte von Metern höher. Ihre Stämme waren rötlich und vom Boden bis zu den untersten Ästen mit smaragdgrünem Moos überwachsen.

Und die Luft …

Als der Pfad plötzlich endete, blieb ich abrupt stehen. Da ich weit und breit keinen großen Felsen entdecken konnte, musste ich wohl falsch abgebogen sein. Die Luft war inzwischen zehn Grad kälter und der Nebel von einem kühlenden Dunst zu einer beklemmenden Rauchwolke geworden. Die Haut auf meinen Unterarmen begann zu kribbeln. Angst ergriff von mir Besitz und drehte mir den Magen um, während ich mich im dichten Wald hektisch umzusehen begann. Zwischen den hoch aufragenden Mammutbäumen und den kompliziert ineinander verschränkten Farnen war es hier so dunkel, dass ich kaum etwas sehen konnte. Aber das musste ich auch gar nicht, um die einzige Sache zu wissen, die eine Rolle spielte – ich war nicht allein. Und dem leisen Knurren nach zu urteilen, das aus dem Gebüsch vor mir drang, war mein Besucher fuchsteufelswild.

»Ich bin schon wieder weg«, sagte ich leise, in der Hoffnung, die ungesehene Kreatur durch meinen ruhigen Tonfall besänftigen zu können. Meine Stimme brach gerade genug, um meine Panik zu verraten. Was hatte ich mir dabei gedacht, so kurz vor Sonnenuntergang in einen fremden Wald zu gehen? Es gab Dinge, die in der Dämmerung hungrig wurden. Große Dinge. Fleischfressende Dinge.

Gott, ich hoffte inständig, dass das, was da knurrte, ein Pflanzenfresser war.

Ich streckte meine Arme zu den Seiten aus, um größer zu wirken, und setzte langsam einen Fuß hinter den anderen. Es blieb keine Zeit, über die Panik nachzudenken, die in mir aufstieg, oder die Taubheit in meinen Händen. Ich musste es nur zurück auf den Hügel schaffen. Dann war es nicht mehr weit zurück zur Stadt. Nur eine kleine Strecke zu laufen. Das konnte ich schaffen.

Während ich weiter mit meinen Armen wedelte, bewegte ich mich langsam zurück den Hügel hinauf und ignorierte den Impuls zu flüchten. Noch war die Kreatur nicht aus dem Gebüsch gekommen, und ich wollte ihr keinen Grund geben, mich zu jagen. Zentimeter für Zentimeter arbeitete ich mich rückwärts, bis ich die Hälfte des Hügels erklommen hatte. *Ganz ruhig, Mia.* Ich atmete zweimal bewusst ein und aus, um meinen Puls zu beruhigen und mein Herz aus seinem verzweifelten Tango zu holen.

Doch dann blieb ich wie angewurzelt stehen.

Hinter einem Farn tauchten zwei rotglühende Augen auf. Sie erinnerten mich an die künstlichen Fackeln, die mein Internat immer für sein Herbstfest aufgestellt hatte. Aber hier war nichts Amüsantes dran. Die unheimlichen Augen ließen meine Füße am Boden festkleben, obwohl in mir alles danach schrie wegzurennen. Ich kämpfte mit aller Macht dagegen an und befreite erst einen Sneaker, dann den anderen aus seiner Erstarrung. In meiner Panik bemerkte ich kaum den riesigen, mit grauem Fell bedeckten Kopf mit den spitzen Ohren, der die angsteinflößenden Augen einrahmte. Ich drehte mich einfach nur um und rannte den Hügel hinauf.

Das Biest schoss hinter mir her.

Der angestrengte Atem der Kreatur wurde lauter – sie kam näher. Meine Zehen drückten gegen die Polsterung meiner Nikes, während meine Schritte länger wurden und ich alles gab, um die Sicherheit der Lichtung zu erreichen. Doch ich hatte immer noch eine Viertelmeile vor mir, und das Knurren war inzwischen direkt hinter mir.

»Argh!« Ich schrie auf, als sich die Zähne des Biests um meinen Arm legten und mich nach hinten rissen, bevor es seinen Biss lockerte. Wieder wurde an meinem Arm gezogen, als der Ärmel meines Hoodies riss – der Stoff musste sich an einem der Reißzähne des Tiers verfangen haben. Mein Handgelenk begann zu pulsieren, als verletztes Fleisch auf kalte Luft traf. Etwas Heißes und Nasses rann meine Finger herunter, doch ich wagte nicht hinzusehen, denn ich hatte Angst vor dem, was ich sehen würde.

»Hilfe!« Als mein Ärmel endlich nachgab, stolperte ich vorwärts. Sobald ich frei war, begann ich wieder den Hügel hinaufzurennen, um so viel Abstand wie möglich zwischen dieses furchtbare Tier und mich zu bringen. Mein Arm brannte wie Feuer, und ich hatte Angst, dass ihn ein weiterer Biss brechen würde. Galle stieg mir die Kehle hoch, doch ich zwang sie wieder hinunter. *Du kannst später ausrasten, Mia. Jetzt musst du rennen.*

Ich war so darauf konzentriert, mich in Sicherheit zu bringen, dass ich den Mann im Schatten fast übersehen hätte. Er schoss an mir vorbei, als ich gerade den Gipfel erreicht hatte. Seine intensiv blauen Augen ließen mich innehalten, als sie sich für den Bruchteil eines Moments auf mich richteten. Die Verbindung wurde durchbrochen, als der Mann einen kehligen Schrei ausstieß und sich auf meinen Angreifer stürzte. Das Geräusch von aufeinanderprallenden Körpern hallte durch den

Wald. Ich wirbelte herum und sah eine Masse aus Klauen und Fäusten, blonden Haaren und grauem Fell, während der Mann und das Biest in einem Busch landeten. Beide waren unnatürlich groß. Die Kreatur, was immer sie auch sein mochte, musste mindestens drei Meter groß sein und hatte den langen Schwanz und die spitzen Ohren von Füchsen, die ich von daheim kannte. Und der Mann … obwohl er ein Sweatshirt mit Kapuze trug, war offensichtlich, dass er die Art von Muskeln hatte, die man außerhalb von Fitnessstudios selten zu sehen bekam. Er zwang den Kopf der Kreatur zur Seite, obwohl ich mir sicher war, dass das Biest viel schwerer war als er.

Sie verschwanden in den Wäldern, bevor ich auch nur Luft holen konnte. Als hinter mir das Geräusch brechender Knochen aus dem Gebüsch drang und ich den Schmerzensschrei eines verwundeten Tiers hörte, sackte ich auf die Knie.

Dann wurde alles schwarz.

Zwei

Als ich meine Augen öffnete, kniete ein blondes Mädchen an meiner Seite.

»Bist du okay?«, fragte sie besorgt, während sie mir sanft in eine sitzende Position half. Obwohl sie sehr schmal war, konnte sie mich mit Leichtigkeit bewegen, bis ich mit dem Rücken an einem moosbewachsenen Baumstamm lehnte. Ich fasste mir an den schmerzenden Hinterkopf. Dann warf ich einen Blick auf die trockene Erde und das scheinbar unendliche Grün des Waldes um mich herum. *Wie komme ich hierher?*

Dann brachen die Erinnerungen wie eine Lawine auf mein verwirrtes Hirn ein. Mühsam kam ich auf die Beine und drehte so schnell den Kopf, dass mir mein Pferdeschwanz ins Gesicht schlug. »Wo sind sie? Ist das Tier noch in der Nähe? Oh Gott, hat es …?« Mit angehaltenem Atem warf ich einen Blick auf meinen Arm und befürchtete, freiliegende Knochen und zerrissenes Fleisch zu sehen. Stattdessen war da nur mein angeknabberter Nagellack und der unversehrte Ärmel meines Hoodies. Mir fiel vor Überraschung der Mund auf.

»Was in aller Welt …?« Ich schob den Stoff bis zum Ellbogen und starrte verwirrt auf meinen Arm. Die Haut war unverletzt. Kein Knochen. Kein Blut. Keine Spuren des Überlebenskampfs, den ich hinter mir hatte. War das alles etwa nur ein Traum gewesen?

»Du hast ein Tier gesehen?« Das blonde Mädchen sprang auf und ging in eine Verteidigungsposition. Sie war wirklich klein, und ihre Locken hüpften herum, während sie von einem Bein aufs andere trat. Sie wirkte eher wie jemand, der Pompons schütteln sollte, statt es mit einer rasenden Bestie aufzunehmen, doch das war mir egal – ich war froh, nicht allein zu sein.

»Ich bin weggerannt, und es hat versucht, mir den Arm abzubeißen. Doch dann ist dieser Kerl aufgetaucht und – oh mein Gott, der Kerl. Ist er in Ordnung?« Ich suchte den Wald nach Spuren des Kampfes ab. Die Bäume, das Gebüsch und der leicht wirbelnde Nebel waren noch da, das Tier und mein Retter jedoch verschwunden.

»Bist du sicher, dass du okay bist?«, fragte mich das Mädchen und entspannte sich ein wenig.

»Nein!« Die Erinnerung an die Zähne, die sich in meinen Arm versenkt hatten, schnürte mir die Kehle zu und trieb mir die Tränen in die Augen.

»Am besten bringen wir dich erst mal von hier weg.« Das Mädchen führte mich am Ellbogen, als wäre ich völlig durchgeknallt. Mir war klar, dass ich ziemlich verrückt wirken musste, so wie ich immer wieder meinen unverletzten Arm anstarrte.

»Ich bin Brynn«, sagte das Mädchen beiläufig, während sie mich zurück in die Stadt führte. Ihre Stimme hob sich am Ende jedes Satzes, dadurch klang es ein bisschen, als würde sie singen.

»Ich bin Mia. Danke für deine Hilfe.«

»Na klar«, erwiderte Brynn fröhlich. »Mia Ahlström, richtig?«

»Woher weißt du das?« Ich sah sie misstrauisch an. Zuerst hatte mich ein riesiges Tier angegriffen, und nun kannte eine völlig Fremde meinen Namen. Entweder hatte es jemand auf mich abgesehen, oder ich war dabei, den Verstand zu verlieren.

»Ich hab dich von dem Foto erkannt, das du geschickt hast«, lachte das Mädchen unbekümmert. »Ich bin deine Mitbewohnerin Brynn … aus Schweden.«

»Oh, natürlich. Tut mir leid.« Ich wurde rot. »Das hätte ich wissen müssen.«

»Du bist ziemlich durcheinander, *flicka.*« Brynn nickte fröhlich.

»Wie hast du mich genannt?« Durch meinen Großvater kannte ich ein bisschen Norwegisch, doch Schwedisch war etwas vollkommen anderes.

»*Flicka.* Das bedeutet Mädchen. Gehen wir zum Haus zurück. Charlotte und Heather können es kaum erwarten, dich zu treffen.«

»Sie waren nicht zu Hause, als ich gegangen bin«, erzählte ich Brynn, während wir Richtung Stadt gingen. Seit meiner Ohnmacht war der Himmel viel dunkler geworden, und die letzten Sonnenstrahlen des Tages fielen durch die dichten Baumkronen.

»Wir treffen sie später auf der Party.«

»Was für eine Party? Ich bin mir nicht sicher, ob mir gerade nach Feiern zumute ist …« Wieder warf ich einen Blick auf meinen Arm. Nicht ein einziger Kratzer. Wie war das nur möglich?

»Hast du gesehen, was da vorhin passiert ist?«

Brynn schüttelte den Kopf. Ihre großen grünen Augen wirkten besorgt. »Nein. Ich war joggen und habe dich auf dem Boden entdeckt. Du musst beim Laufen ohnmächtig geworden sein. Ist dir das schon mal passiert?«

»Du hast kein großes Tier gesehen? Einen Berglöwen oder

Wolf oder so etwas? Oder den riesigen blonden Kerl mit dem Todeswunsch?«

»Muss ich übersehen haben«, sagte Brynn. »Hätte mir aber nichts ausgemacht, einen großen muskulösen Kerl zu sehen.«

Ich kratzte mich im Nacken. Also wurde ich wirklich verrückt. Mein Bruder Jason würde an dieser Geschichte einen Heidenspaß haben.

»Komm jetzt.« Brynn lief voraus, und ihr goldener Pferdeschwanz wippte hin und her. »Lass uns Pizza bestellen. Ich bin am Verhungern, und du solltest deinen Blutzucker wieder in Ordnung bringen.«

Ich begann ihr nachzulaufen. Erst zögerlich, doch als mir nichts wehtat, folgte ich ihr schneller. Vielleicht war das einfach zu viel frische Luft gewesen. Oder vielleicht hätte ich nicht nach fünf Tagen im Auto direkt wieder mit dem Training beginnen sollen. Was auch immer passiert war, mein Arm war völlig in Ordnung. Und Pizza und eine Party waren eine viel bessere Geschichte über meinen ersten Tag am College, als etwas von einem ausgedachten Monster zu erzählen. Auch wenn die Aussicht darauf, mit einem Haufen Fremder herumzustehen, so verlockend wirkte, wie einen Test ohne Vorbereitung zu schreiben. *Ein Schritt nach dem anderen, Ahlström. Irgendwann musst du ja mal anfangen.*

Ich atmete tief durch und lief weiter. Offenbar begann dieses Irgendwann genau jetzt.

***

»Du machst was bitte?« Mein Bruder verzog schockiert das Gesicht. Ich lehnte das Handy gegen den Spiegel, damit ich mich während meines Videochats mit Jason schminken konnte. Es lebe das Multitasking.

»Du hast richtig gehört. Ich gehe zu einer Party.«

»Aber du hasst Menschenmengen«, sprach er aus, was jeder, der mich kannte, wusste.

»Erinnere mich bloß nicht.« Ich unterdrückte einen Schauder. »Meine Mitbewohnerin hat gesagt, wir treffen uns nur mit ein paar anderen Studienanfängern hier um die Ecke, also wird es vielleicht nicht so schlimm.«

»Ich erkenne dich ja gar nicht wieder. Weiß der Matheklub, dass du zu einer Party gehst? Ich dachte, freitagabends findet immer ›Spaß mit Brüchen‹ statt.« Jasons veilchenblaue Augen verzogen sich zu einem Lächeln. Sie hatten exakt die gleiche Farbe wie meine.

»Haha, sehr witzig. Nur zu deiner Information, Mathe kann wirklich Spaß machen.«

Jason schnaubte. »Rede dir das ruhig weiter ein.«

»Bist du nicht selbst in einer BWL-Verbindung, Mr Arrogant?«

»In der Tat.« Jason nickte. »Und Kappa O schmeißt die besten Feten auf dem Campus. Wobei ich mir sicher bin, dass der Matheklub auch das ein oder andere wilde Gelage gefeiert hat.«

Ich streckte ihm die Zunge raus und schraubte meinen Eyeliner auf. »Wie geht's Mama?«

»Schon viel besser, nachdem du heil in Arcata angekommen bist. Ihr siebzehnjähriges Nesthäkchen quer durchs Land fahren zu lassen, war nicht leicht für sie, weißt du?«

»In drei Monaten werde ich neunzehn«, rief ich ihm ins Gedächtnis. »Und sie schien schon viel beruhigter zu sein, nachdem ich dieses GPS-Ding auf ihrem Handy installiert habe, damit sie mich rund um die Uhr kontrollieren kann.« Ich malte eine Linie über meinem Wimpernkranz und zog sie im Augenwinkel ein wenig hoch.

»Apropos, Dad hat die Stalking-App gerade deaktiviert, also kannst du dein Collegeleben in relativem Frieden führen. Ich soll dir von ihm ›Gern geschehen‹ ausrichten.«

»Der Gute.« Ich schminkte mein anderes Auge.

Jason richtete seine Baseballkappe. »Und wie war die Fahrt?«

»Im Großen und Ganzen okay. Ich hatte auf halber Strecke in Nebraska einen platten Reifen und beim Auswechseln im strömenden Regen fast meine brandneuen Wildlederstiefel ruiniert. Ich hatte es so eilig, aus Buckshire zu verschwinden, dass ich vergessen habe, sie zu imprägnieren.«

»Oh nein. Du hast vergessen, deine Stiefel zu imprägnieren?« Jason legte seine Hände auf die Wangen und riss den Mund auf.

»Hör schon auf, das ist eine wirklich große Sache!« Ich liebte meinen Bruder, aber Jason hatte wirklich gar keine Ahnung von Schuhen.

Jason blinzelte. »Dir ist aber schon klar, dass nicht alles so furchtbar ernst sein muss, oder? Es gibt ein paar Dinge, die sollen einfach nur Spaß machen.«

Ich dachte darüber nach, während ich zur Wimpernzange griff. Mit unseren schokoladenbraunen Haaren und dem sportlichen Körperbau waren Jason und ich offensichtlich Geschwister, aber während mein Bruder locker und kontaktfreudig war, der Quarterback seines Schulteams und der strahlende Mittelpunkt jeder Party, hielt ich mich lieber bedeckt. Meine Lieblingsfächer waren Mathe und die Naturwissenschaften – Dinge mit konkreten Schwarz-Weiß-Antworten, da mir Grau einfach nicht lag. Meine Entscheidungen hatten zu einem Leben geführt, in dem alles einfach und geordnet vonstattenging. Und genauso gefiel es mir. Ein genau durchgeplantes Leben bedeutete, dass mich selten etwas aus dem Konzept brachte … einschließlich meines allwissenden, charmanten, liebenswürdigen Bruders. Er war die einzige Person, die immer bedingungslos ehrlich zu mir war, und dafür liebte ich ihn über alles.

»Jason?«, fragte ich, während ich die erste Schicht Wimperntusche auftrug.

»Ja?«

»Es wird mir hier doch gefallen, oder?«

»Gibt Mia Ahlström etwa zu, dass sie nervös ist?«

»Sag es niemandem.« Meine Wangen begannen zu kribbeln. Meine Unfähigkeit, Gefühle zu verbergen, grenzte ans Absurde.

»Du wirst es lieben.« Jason nickte auf dem Monitor. »Eine ganze Universität voller Mathestreber? Da passt du rein wie die Faust aufs Auge.«

Wieder streckte ich ihm die Zunge raus, während ich die zweite Schicht Wimperntusche auftrug und mich dann ans andere Auge machte. »Ich meine es ernst. Ich will nicht das Mauerblümchen sein an einer Uni voller …«

»Mathestreber«, wiederholte Jason. »Du wirst ihre Königin sein.«

»Ich habe kein Problem damit, die Verbindung zu unterbrechen.« Ich legte drohend einen Finger auf das Handy.

»Schon gut!« Jason hob kapitulierend seine Hände. Ich richtete meine Aufmerksamkeit wieder auf meine Make-up-Tasche. *Rouge, Rouge, Rouge …. ah, da ist es ja.* Ich nahm die Packung heraus und staubte meinen Schminkpinsel ab. »Nein, ernsthaft, du wirst schon klarkommen. Du hältst die Familie zusammen, genau wie Meemaw. Hast du nicht letztes Jahr sogar diesen Preis für Teambuilding gewonnen?« Jetzt hatte Jason einen Lauf und zählte meine Errungenschaften mit den Fingern ab. »Du warst Schulsprecherin und hast die Unterstufenschüler davon abgehalten, sich während der Kissenschlachten gegenseitig umzubringen. Wenn du es schaffst, den Frieden in einem der versnobbtesten Internate der Tri-State-Area zu bewahren, wirst du keine Schwierigkeiten haben, dich mit ein paar kalifornischen Hippies anzufreunden. Auch wenn es wahrscheinlich leichter wäre, wenn du auf dem Campus wohnen würdest. Warum wolltest du nicht ins Studentenwohnheim?«

»Du weißt warum.« Ich schminkte mir die Wangen mit dem pinken Puder. »Ich war ewig in einem Wohnheim. Mit all diesen Mädchen auf engstem Raum zusammenzuleben war ein bisschen anstrengend.«

»Ich finde, das klingt perfekt.« Jason wackelte mit seinen Augenbrauen.

»War ja klar.«

»Und Mitbewohnerinnen hast du auch schon?« Er fuhr sich durchs Haar.

»Ja. Die Uni hat uns nach einem persönlichen Fragebogen zugewiesen. So eine Art Dating-App für Mitbewohner.«

»Die machen das, selbst wenn du nicht auf dem Campus wohnst?«, fragte Jason.

»Diese Uni schon.« Ich zuckte mit den Schultern. »War beim Erstsemester-Orienterungspaket dabei. Ich habe einfach nur das Kästchen angeklickt, auf dem stand, dass ich außerhalb des Campus wohne, und das Formular ausgefüllt. Ein paar Wochen später haben sie Heather und Charlottes Namen und

Mailadressen geschickt. Und vor ein paar Tagen haben wir eine weitere Mitbewohnerin bekommen – Brynn.«

»Cooler Name.« Jasons Mund verzog sich zu einem schelmischen Grinsen. »Ich wette, sie ist voll scharf und sportlich.«

»Sie ist wirklich hübsch«, sagte ich. »Sie kommt aus Schweden. Sie ist die Einzige, die ich bis jetzt getroffen habe.«

»Schweden? Dann ist sie auf jeden Fall megaheiß. Also besuche ich dich möglichst bald.« Jason nickte. »Tja, ich bin mir sicher, dass du weißt, was du tust. Fang mit deinen Mitbewohnerinnen an, und arbeite dich von dort aus vor. Du schaffst das schon.«

»Danke, Jase.« Schnell umrandete ich meine Lippen und füllte sie dann mit einem rosafarbenen Lippenstift auf.

»Hey, hör mal. Ich weiß, dass du immer alles auf eine ganz bestimmte Art machst. Du bist meine kleine Pedantin, und das ist normalerweise auch völlig in Ordnung.«

»Da kommt jetzt ein Aber, oder?« Ich lächelte. Es war unmöglich, auf jemanden sauer zu sein, der immer auf einen aufpasste.

Na ja, nicht *völlig* unmöglich …

»Aber …« Jason erwiderte mein Lächeln. »Das Leben ist nicht immer schwarz und weiß. Du wirst dich manchmal in einer Situation wiederfinden, auf die dich unsere Erziehung nicht vorbereitet hat. So ging es mir jedenfalls. Ich will nur, dass du mir eine Sache versprichst.«

»Was?«

»Brich ein paar deiner ach so wichtigen Regeln für mich. Das College ist voller einmaliger Erfahrungen. Nie wieder werden wir so viel Freiheit kombiniert mit so wenig Verantwortung haben. Geh bis spät in die Nacht aus, hab Spaß auf Partys, und geh vielleicht auch ab und zu mal auf ein Date. Ich verspreche dir, dass sie dich nicht aus dem Matheklub werfen werden, wenn du mal ein bisschen Spaß hast.«

»Ich habe Spaß.« Ich hob trotzig mein Kinn. Wenn Jason quadratische Gleichungen und Ski-Unterricht nicht für Spaß hielt, hatte er nicht mehr Verstand als eine Ziege.

»Lebe einfach mal ein bisschen. Mehr sage ich ja gar nicht.«

Da mein Bruder immer schon gern Weisheiten von sich gab wie ein gewisser kleiner grüner Jedimeister, verzieh ich ihm seine Ignoranz bezüglich der Freuden der Mathematik. »Okay, Bro-da. Dir zuliebe.«

Jason lachte über den Spitznamen. Er wirkte so selbstzufrieden, dass ich es nicht übers Herz brachte, ihm zu sagen, dass er völlig falschlag. Natürlich definierte er in seiner Welt Mathe und Mädchensport nicht als aufregend. Doch wenigstens wusste ich, was dieses Leben für mich bereithielt: College, einen gut bezahlten Ingenieursjob und ein »Glücklich bis ans Ende ihrer Tage« mit meinem Märchenprinzen, genau wie es mir unsere Großmutter immer versprochen hatte.

»Tja, ich muss jetzt los. Drück mir die Daumen.«

»Party on, Mees.« Jason hob eine Faust. »Du schaffst das schon.«

»Danke. Versuch dieses Semester nicht zu viele Herzen zu brechen, okay?«

»Ich verspreche nie etwas, das ich nicht halten kann.« Jason zwinkerte mir zu, und ich musste lachen.

»Hab dich lieb, Jase.«

»Hab dich lieb, Mia.«

Ich beendete das Gespräch und steckte das Handy in meine Hosentasche, dann atmete ich tief durch und verließ entschlossen mein Zimmer.

Dann wollen wir mal.

Auf halbem Weg die Treppe hinunter wurde ich von einem Wirbelwind aus blonden Locken und Vanilleparfüm erfasst.

»Bist du bereit, oder bist du bereit, *flicka?* Charlotte hat mir gerade geschrieben – sie und Heather sind bereits auf der Party. Auf geht's!«

Brynn hüpfte aufgeregt herum, ihre hellgrünen Augen funkelten vor Freude, und sie grinste von einem Ohr zum anderen. Wenn sie immer so energiegeladen war, musste ich darauf achten, erst einen Kaffee zu trinken, bevor sich unsere Wege morgens kreuzten.

»Wie sehe ich aus?« Ich drehte mich.

Brynn musterte mich von Kopf bis Fuß. »Haare – laden zum Berühren ein. Make-up – subtil sexy. Outfit – chic und gleichzeitig bequem. Mit Skinny Jeans liegt man nie falsch. Du siehst *perfekt* aus. Und jetzt los, sonst verpassen wir den ganzen Spaß!« Brynn packte mich am Handgelenk und zog mich die restlichen Stufen hinunter.

»Ich muss nur noch schnell …«

»Musst du nicht.« Die lebende Verkörperung der Freude eilte zur Tür und zerrte mich hinter sich her. Sie hüpfte die Treppe am Eingang so schnell hinunter, dass ich praktisch rennen musste, um hinterherzukommen. Wie konnte sie um neun Uhr abends noch so viel Energie haben? Brynn musste eine Eule sein.

Wir gingen die Straße entlang, bis wir ein dreistöckiges viktorianisches Gebäude erreichten. Brynn bahnte sich ihren Weg durch das Meer von Studenten, die überall auf der Wiese davor herumstanden, und steuerte geradewegs auf zwei Mädchen zu, die mit roten Plastikbechern in der Hand auf der Veranda standen. Als wir näher kamen, erkannte ich sie von den Fotos, die wir ausgetauscht hatten. *Lächeln, Mia. Es ist an der Zeit, deine Mitbewohnerinnen kennenzulernen.*

»Heather! Charlotte! Ich hab sie!« Endlich ließ Brynn mein Handgelenk los und schubste mich kurzerhand auf die Veranda. Ich konnte gerade noch stehen bleiben, bevor ich dem kleineren Mädchen auf die schwarzen Converse-Sneaker trat.

»Tut mir leid«, entschuldigte ich mich.

»Keine Sorge«, winkte das Mädchen ab. Sie hatte dunkelrote Haare, die ihr in sanften Wellen ums Gesicht fielen. Ihre Boyfriend-Jeans, das T-Shirt mit Aufdruck und eine grüne rechteckige Brille verliehen ihr einen Hipster-Vibe. »Ich bin Heather.«

»Und ich Charlotte. Wie schön, dich nach all den E-Mails endlich persönlich kennenzulernen, Mia.« Wir schüttelten uns die Hand. Charlotte hatte seidiges schwarzes Haar, das ihr in einem schrägen Bob auf die Schultern fiel, und einen dichten Pony, der bestimmt jede Woche nachgeschnitten werden musste. Zudem trug sie einfach unwiderstehliche Ankle Boots aus Wildleder.

»Es war auf jeden Fall ein langer Sommer. Schön, euch kennenzulernen.« Ich nickte auf Charlottes Füße. »Tolle Stiefel.«

»Hab ich erst heute Nachmittag gekauft«, gab sie zu. Sie sprach im strengen Tonfall einer Bibliothekarin, doch ihre braunen Augen und ihr Lächeln wirkten freundlich. So wie sie stand – kerzengerade, die Schultern zurückgezogen und die Hände an ihrer Hüfte gefaltet –, nahm ich an, dass sie entweder ebenfalls auf ein Mädcheninternat gegangen war oder das »Vergnügen« gehabt hatte, am Vorbereitungskurs eines Debütantinnenballs teilgenommen zu haben, einer Art Etiketten-Bootcamp, das in den Südstaaten oft zu finden war.

»Charlotte ist besessen von Schuhen. Sie hat sich heute vier Paar geholt, dabei sollte sie eigentlich nur Waschpulver kaufen.« Heather steckte die Daumen in ihre Gürtelschlaufen. Sie hatte eine tiefe, rauchige Stimme, die ich von Hollywoodstars der Schwarz-Weiß-Ära kannte, und ihre Worte kamen in einer eigenwilligen Geschwindigkeit, die mich an eine Jazzmelodie an einem Sommernachmittag denken ließ.

»Ich hab das Waschpulver doch geholt.« Charlotte stemmte eine Hand in die Hüfte.

»Zusammen mit was?« Heather schob sich die Brille hoch. Ihre Fingernägel hatten die gleiche Farbe wie das Gestell. *Schick.*

»Zusammen mit einem Filzhut, einem neuen Gürtel und … vier paar Schuhen.« Charlotte schnaubte. »Was ist so schlimm daran, wenn ich die amerikanische Wirtschaft unterstütze?«

»Alles, was du gekauft hast, kommt aus China«, erwiderte Heather.

»Dann unterstützt eben die Mehrwertsteuer die lokale Wirtschaft. Oder so ähnlich. Und es ist ja nicht so, als hätte ich nicht angeboten, die Sachen mit dir zu teilen. *Moi* Schrank ist *toi* Schrank. Das gilt für euch alle.« Charlotte lächelte glückselig.

»An einem Kleidertausch wäre ich schon interessiert.« Ich nickte. Meine Garderobe zu vervierfachen, ohne einen Fuß in ein Geschäft setzen zu müssen, klang nach einem fabelhaften Deal. »Wenn das, was wir heute Abend tragen, ein Barometer für den Rest unserer Kleidung ist, haben wir so ungefähr jeden Stil abgedeckt.«

»Hey, Charlotte«, unterbrach Brynn das Modegespräch und nickte zur Seite. »Da kann jemand die Augen nicht von dir lassen.«

Unsere Blicke folgten Brynns Geste. Auf der anderen Seite der Veranda nippten zwei Jungs an ihren roten Plastikbechern und starrten unsere kleine Gruppe an. Charlottes perfekte Haltung wurde noch ein bisschen aufrechter.

»Der rechts ist Matt. Er hat uns die Flyer für die Party gebracht. Er kommt aus Texas«, flüsterte sie.

»Und der heiße Typ links hat heute Nachmittag sein Auto gewaschen. Oben ohne, möchte ich anmerken. Er hat echt tolle Arme, und mehr muss ich nicht wissen.« Heather zog ihre Schultern zurück und schob dadurch ihre Brust raus.

»Tja, klingt, als hättet ihr beide was vor. Ich erwarte morgen früh einen vollständigen Bericht.« Ich schubste sie leicht in die Richtung der Jungs und wandte mich lächelnd an Brynn. »Was ist mit dir? Hast du auch schon ein Auge auf jemanden geworfen?«

»Ja«, kicherte Brynn, schnappte sich erneut mein Handgelenk und zog mich zum Eingang. Sie musste sich einen dieser Energydrinks reingezogen haben, als ich unter der Dusche gestanden hatte. Ohne chemische Unterstützung war es für einen Menschen nicht möglich, so munter zu sein.

»Oh gut. Sie sind auch da!«, juchzte Brynn. Glättete die Vorderseite ihres Sweaters und betrat das Haus. Dann drehte sie sich um und bedeutete mir, ihr zu folgen. Sobald ich drinnen war, rutschte mir das Herz in die Hose. Brynn lächelte mich ahnungslos an. »Wie sind meine Zähne?«

»Ähm, perlweiß. Wie sind meine?« Ich grinste breit, doch meine Zähne waren das Letzte, worüber ich mir Gedanken machte. Es mussten etwa sechzig Leute sein, die sich in den kleinen Raum quetschten, und etwas weiter hinten, wo ich die Küche vermutete, noch mehr. Von wegen nur ein paar Studienanfänger. Ich erschauerte. Jason hätte über meine Unsicherheit die Augen verdreht, doch dieses Wohnzimmer war absolut vollgestopft mit Sportlern in Flanellhemden und knapp bekleideten Studentinnen. Wohin ich auch sah, waren tief ausgeschnittene Tops und üppige Oberweiten. Ich hob die Hand an den V-Ausschnitt meines Sweaters, der gute zweieinhalb Zentimeter über meinem Dekolleté endete. *Tja, Mist.* Sollte mein Märchenprinz auf dieser Party sein, hoffte ich, dass er auf Schlüsselbeine stand.

Brynn winkte quer durch den Raum, und ihre blonden Locken hüpften an ihrem Rücken. Dann klatschte sie in die Hände und quietschte: »Yay!«

Ich konnte nicht anders als zu lächeln. Brynns Energie war einfach ansteckend. »Wem hast du gewinkt?«

»Meinen Freunden von zu Hause. Komm mit.« Sie zog mich an der Hand und zerrte mich praktisch in die Menge der angetrunkenen Studenten. »Ich stelle dich ihnen vor.«

Brynn eilte durch das Wohnzimmer und wich dabei gekonnt roten Plastikbechern und knutschenden Paaren aus. Ich behielt den Blick starr auf die winzigen Füße vor mir gerichtet und bewegte mich so vorsichtig wie möglich, während ich mir vorkam, als wäre ich Teilnehmerin eines Bierhindernislaufs.

Da ich auf den Boden starrte, bemerkte ich den Berg erst, als ich gegen ihn stieß.

Autsch.

»Hey. Mach langsam.« Starke Hände legten sich auf meine Schultern, als ich zurücktaumelte. Sie stabilisierten mich und hielten mich sanft fest. Ich wartete darauf, dass das Klingeln in meinen Ohren nachließ. »Brynn ist nicht die beste Navigatorin. Alles in Ordnung?«

»Alles bestens. Ich glaube …« Es gelang mir aufzusehen, und ich fasste mir an die Stirn. Ich war beim Skifahren schon mal schwer genug gestürzt, um doppelt zu sehen, doch noch nie hatte ich mir eine ganze Person eingebildet. Der Junge, der meine Schultern festhielt, war *offensichtlich* nicht echt: Niemand konnte wirklich so aussehen. Er war riesig, locker zwei Meter groß. Ihn einen Berg zu nennen, war keine Übertreibung gewesen. Seine Hände hätten mit Leichtigkeit meine Taille umfassen können, und sein Bizeps erinnerte an einen Baby-Mammutbaum. Und seine Augen … solch ein Mitternachtsblau hatte ich erst genau einmal gesehen. Für einen endlosen Moment hielt er meinen Blick, und ich versank in den unendlichen Tiefen seiner Augen. Ich war vollkommen verzaubert, doch gleichzeitig fühlte es sich an, als würde mir jemand den Boden unter den Füßen wegziehen. *Das kann er nicht sein. Das im Wald ist nicht wirklich passiert.*

Ich ignorierte das Pulsieren in meinem Arm von dem Biss dieses wilden Tiers, das ich mir eingebildet hatte, und redete mir ein, dass die tiefe Stimme des Hünen nicht genauso klang wie die meines imaginären Retters. *Der imaginäre Retter, den ich in meinem erschöpften Delirium heraufbeschworen habe.*

Meine Finger sanken auf meine Wange, die ebenfalls auf die leicht unangenehme Weise kribbelte, wie das manchmal nach einem harten Training der Fall war. Mir war schwindlig, ich wusste nur nicht, ob von dem Zusammenstoß oder seiner Berührung.

Ernsthaft, er *konnte* nicht echt sein.

Die rötlichblonden Haare des Fremden prangten auf kunstvoll verstrubbelte Art und Weise über einem Gesicht, das so aussah, als ob es einem Filmstar geklaut worden wäre. Hohe Wangenknochen, ein markantes Kinn und schwach rosa Lippen mit einem Hauch von Fülle wurden durch diese Augen akzentuiert, die direkt in meine Seele zu blicken schienen. Mein

Herz schlug in meiner Brust doppelt so schnell wie normalerweise und schickte eine ziemlich eindeutige Botschaft an mein völlig verwirrtes Hirn.

Oh wow.

»Wie viele Finger halte ich hoch?« Ohne mich auch nur einen Moment aus den Augen zu lassen, nahm der Hüne eine Hand von meiner Schulter und streckte zwei Finger aus.

»Äh … zwei?« Der schrille Klang meiner Stimme verriet, wie nervös ich war. Vielleicht würde er nicht bemerken, wie knallrot ich geworden war. Ich räusperte mich und senkte meine Stimme um eine Oktave. »Zwei.«

Der Fremde lachte. »Tja, deine Sicht wurde von Brynns schlechter Navigation schon mal nicht beschädigt.«

Der Klang seines Lachens ließ meine Knie weich werden. Als der Hüne nach meiner Taille griff, um mich festzuhalten, wurden meine Wangen noch mal eine Spur heißer. *Reiß dich zusammen, Ahlström.*

»Bist du ganz sicher in Ordnung?«, fragte er.

»Alles … ähm … bestens. Danke.« Es gelang mir, mich seiner magnetischen Anziehungskraft zu widersetzen, und ich trat zurück. Dann hob ich die Stimme, um über der lauten Musik gehört zu werden. »Ich bin Mia. Du musst einer von Brynns Freunden sein.« Sie hatte nur nicht erwähnt, dass einer ihrer Freunde dem Cover eines Fitnessmagazins entsprungen war. Der Kerl war der Inbegriff körperlicher Perfektion – jeder einzelne seiner Bauchmuskeln war durch den dünnen Stoff seines T-Shirts deutlich sichtbar. Das war kein Sixpack mehr, sondern ein ganzer *Kasten* voller Muskeln.

»Schuldig«, scherzte der Fremde. Er streckte die Hand aus und drückte meine sanft. »Ich bin Tyr Fredriksen. Und das ist Henrik Andersson.«

Tüüüür und Henrik?

Zum ersten Mal fiel mir auf, dass Brynn bei zwei riesigen Kerlen stand. Der zweite war ein wenig kleiner als Tyr und hatte graublaue Augen, eingerahmt von einer Brille mit schmalem Rahmen. Er trug seine vielen Muskeln an einem leicht schmaleren Körper, und sein Lächeln verlieh ihm das typische Charisma eines Schauspielers oder Politikers. Kein Wunder, dass ihn Brynn so anstrahlte.

»*Hei hei.*« Henrik nickte mir zu. »Tut mir leid mit Brynn. Wenn du das schon schlimm fandest, solltest du sie erst mal sehen, wie sie Auto fährt.«

»Oh, hör schon auf.« Brynn stieß Henrik spielerisch den Ellbogen in die Rippen. »Ich habe euch seit Tagen nicht gesehen. Bitte sagt mir, dass ihr nicht die ganze Zeit vor der Glotze gehockt habt. Ich habe deiner Mutter versprochen, dass ich dich nicht wieder beim Videospielen versumpfen lassen würde.«

Henrik tätschelte ihren Arm. »Wie süß. Als ob du uns davon abhalten könntest.«

Ich dachte mir, dass sie wohl nicht mal von einem Bulldozer fahrenden Dinosaurier aufgehalten werden konnten, so wie sie gebaut waren. Doch aus Höflichkeit sagte ich nichts.

Brynn verdrehte die Augen. »Mia, diese Nerds hier sind meine beiden ältesten Freunde. Henrik und ich sind nebeneinander aufgewachsen, und Tyr kenne ich seit der Grundschule.«

Ich versuchte, mir das dynamische Duo als vorwitzige Sechsjährige vorzustellen, aber es gelang mir nicht.

»Seid ihr auch Erstsemester?«, fragte ich.

Brynn kicherte. Henriks jüngerer Bruder Gunnar ist mein Jahrgang, aber dieser Kerl hier ist ein alter Mann.«

Henrik nickte. »Ich habe gerade mit meinem Master in Biomechanik angefangen.«

»Ich studiere auch Ingenieurswissenschaften.« Ich lächelte. »Ist das euer erster Besuch in den USA?«

Henrik warf Tyr einen Blick zu, der erst nach einer Pause antwortete. »Wir waren schon mal hier.«

»Was studierst du denn?«

»Die Welt.« Er grinste. Ich bekam Herzklopfen, während ich versuchte, ihm nicht auf den Mund zu starren.

Brynn verdrehte die Augen. »Sei nett, Tyr.«

»Das muss gerade diejenige sagen, die ihre Freundin gegen einen völlig Fremden geschleudert hat.« Tyr zog eine Augenbraue hoch.

»Ist gar nichts passiert. Alles gut.« Vorsichtig berührte ich die Stelle, wo meine Wange gegen Tyrs Brustbein geprallt war. Dann hob ich meine Hand. »Es blutet nicht mal.«

Brynn vergrub ihr Gesicht in den Händen. »Ugh. Tut mir so leid, Mia.«

Ich klopfte ihr auf den Rücken. »Ich bin wirklich in Ordnung.«

»Besorgen wir dir erst mal was zu trinken, Brynnie. Wollt ihr auch was?« Henrik schob seine Brille die Nase hoch.

»Nein danke.« Tyr schüttelte den Kopf.

»Ich auch nicht«, fügte ich hinzu.

»Okay. Dann bis später.« Henrik führte Brynn, die knallrot geworden war, in die Menge und ließ mich mit dem Hünen allein.

»Du bist also Brynns Mitbewohnerin?«

Ich nickte.

»Sie ist ein bisschen ungeschickt, aber dafür sehr loyal.« Tyrs Stimme war so schön wie sein Gesicht. Auch wenn die

Sprachmelodie die gleiche war wie die seiner skandinavischen Freunde, klang sie viel tiefer und rauer – als wäre er gerade erst aufgewacht.

Doppelwow.

Ich schob die Vorstellung beiseite und sah ihn an. »Ihr drei seid ziemlich dicke, oder?«

»Ja.« Tyr lächelte. »Höre ich da einen Südstaatenakzent?«

Wieder begannen meine Wangen zu brennen. »Ich komme aus Connecticut, aber meine Mutter ist in Louisiana aufgewachsen. Das hat wohl auf mich abgefärbt.«

Bewusst verschwieg ich, dass der Akzent nur hörbar wurde, wenn ich nervös war. Zum Beispiel, weil ich inmitten einer großen Menschenmenge vor einem wunderschönen nordischen Mann stand und versuchte, nicht ohnmächtig zu werden. Meine wacklige Stimme und zappeligen Hände sprachen wahrscheinlich bereits Bände. Außerdem war mir nicht entgangen, dass während unseres Gesprächs jedes einzelne Mädchen im Raum zu Tyr starrte, als wäre er ein Hollywoodstar. Die Blicke, die sie mir zuwarfen, waren weniger wohlwollend.

Ein Dutzend betrunkener Jungs stürmte laut singend durch die Tür. Sie schunkelten im Takt ihres schiefen Gesangs, und währenddessen schwappte der Inhalt ihrer Plastikbecher gefährlich hin und her. Am Ende der Strophe riss einer von ihnen seinen Arm in die Höhe, und sein Bier flog durch den Raum.

Alles bewegte sich plötzlich in Zeitlupe, als ich den Becher genau auf mich zukommen sah. Mir blieb keine Zeit zum Ausweichen, und ich wartete entsetzt darauf, dass ein einziger Becher Bier meinen Kaschmirpullover und eine Stunde Zurechtmachen zerstören würde. Doch Tyr schlug den Becher in der Luft beiseite, bevor er mich erreichte, und ein Typ neben uns bekam die volle Ladung ab. Erleichterung stieg in mir auf, bevor mich die Wirklichkeit einholte.

Moment mal … habe ich richtig gesehen? Hat sich dieses Bier gerade den Gesetzen der Physik widersetzt? Ich rieb mir die Augen. Meine fünf Tage im Auto hatten mir anscheinend das Hirn verdreht.

»Tut mir leid«, sagte Tyr. Der andere Kerl wischte sich Flüssigkeit vom Arm und zuckte nur mit den Schultern, bevor er sich wieder dem Mädchen zuwandte, mit dem er gerade sprach. So wie sie ihm ihre Brust zudrehte, schadete seine bierdurchtränkte Hose nicht seinen Chancen bei ihr. »*Uff da*«, murmelte Tyr.

Ich blinzelte. »*Uff da?* Ist das nicht Norwegisch? Ich dachte, ihr kommt aus Schweden.«

»Du sprichst Norwegisch?«

»Nicht so richtig«, gab ich zu. »Aber mein Großvater ist Norweger, und er sagt das oft.«

»Ah.« Tyr hielt einen langen Moment inne. »Meine Freunde und ich sprechen eine Mischung der nordischen Sprachen – eher so was wie ›Skandiwegisch‹. Wir kommen zwar aus Schweden, haben aber viel Zeit an anderen Orten verbracht.«

Ich atmete langsam aus und presste die Hände gegen meine Jeans. Das fliegende Bier und das multilinguale Model vor mir waren ziemlich überwältigend. Ich musste wieder herunterkommen.

Als hätte er meine Gedanken gelesen, neigte Tyr den Kopf und sah mich halb einladend, halb herausfordernd an. »Das reicht mir jetzt mit diesem Gedränge. Magst du mich nach draußen begleiten?« Ich warf ihm einen dankbaren Blick zu, und er machte einen Schritt in Richtung Hintertür. »Lass uns von hier verschwinden.«

Ich nickte.

Tyr ergriff meine Hand, und eine Wärme durchströmte mich von den Fingerspitzen bis in die Zehen. Plötzlich hatte ich Schmetterlinge im Bauch und fühlte mich, als würde ich schweben. Tyr war zweifellos der attraktivste Mann, den ich je gesehen hatte, und er hielt meine Hand.

Er hielt. Meine Hand.

Bitte, lieber Gott, lass mich nicht ohnmächtig werden. Zumindest nicht, bevor ich diesem Kerl meine Nummer gegeben habe. Außerdem vielen Dank, dass du mich ihn an einem Tag hast treffen lassen, an dem meine Frisur sitzt. XOXO, Mia.

Ohne ein Wort zu sagen, führte mich Tyr durch die herumzappelnden Körper, vorbei an den Lautsprechern, aus denen Rockmusik drang, und die Hintertür hinaus. Ich musste meinen Füßen zugutehalten, dass sie mich nicht im Stich ließen – ich stolperte nicht ein einziges Mal. Mein Verstand hingegen drehte sich wie eine Zweijährige in einem Tutu.

Im Garten war es ruhiger. Hier verteilten sich nur eine Handvoll Studenten auf der Wiese. Am oberen Ende der drei Stufen, die von der Veranda in den Garten führten, hielten wir an. Tyr setzte sich und klopfte neben sich auf die Stufe. Also gesellte ich mich zu ihm, die Arme um meine Knie geschlungen.

»Ein bisschen zu wild da drin, oder?« Jetzt wo wir weiter von der Musik entfernt waren, sprach Tyr leiser.

Ich nickte und begann auf meiner Unterlippe herumzukauen. Ich war nervös, was aus meinem Mund kommen würde, wenn ich ihn öffnete. *Danke, dass du mich aus diesem Irrenhaus geholt hast. Du bist sexy. Du hast meinen Lieblingspulli gerettet. Darf ich mal deine Muskeln anfassen? Danke, dass du dieses Bier abgeblockt hast. Sollen wir knutschen?* Die Möglichkeiten, sich durch Ehrlichkeit zu blamieren, waren endlos.

Tyr sah zu, wie ich auf meiner Lippe herumkaute. Seine Lippen teilten sich, und sein Blick wurde intensiver. Er hob seine Hand, als wolle er mein Gesicht berühren, dann zog er sie zurück. Seufzend riss er seine Augen von meinem Mund los.

Atme, Ahlström. Atme.

»Also, Mia. Du stammst aus Connecticut?« Ich war dankbar, dass Tyr das Gespräch in unverfängliche Bahnen lenkte.

»Ja, aus einem Ort namens Buckshire. Ein hübscher Fluss, viele Weiden und offenes Land. Das typisch kleinstädtische Amerika.«

»Ich bin neu hier. Was bedeutet das?« Tyr starrte auf ein Pärchen, das durch den Garten ging.

»Nur dass es dort, wo ich herkomme, ziemlich altmodisch ist. Freitags geht man ins Kino am Marktplatz, sonntags zum Familienpicknick. Meine Mom ist Hausfrau, mein Dad hat einen Finanzjob in der nächsten Großstadt. Mein Bruder studiert inzwischen BWL an der Penn State, aber als wir noch jünger waren, haben wir alles als Familie gemacht – Wandern, Campen, Angeln, Jagen …«

»Jagen? Du?« Tyr musterte mich von Kopf bis Fuß. »Das kleine Ding, das auf einer Collegeparty eine Perlenkette trägt? Du weißt, wie man eine Waffe hält?«

Ich hob trotzig das Kinn. »Unterschätze mich nicht. Ich kann in Nullkommanichts von Make-up auf Schlamm umschalten.«

Tyr lachte. »Das würde ich gern mal sehen.«

»Wenn du es richtig angehst, wirst du das vielleicht.« Ich lächelte arrogant und klopfte mir innerlich auf die Schulter, weil ich nicht nervös herumgeplappert hatte. *Punkt für dich, Mia.*

Tyr zog eine Augenbraue hoch, lehnte sich zurück und musterte mich erneut. Seine Augen wanderten langsam meinen Körper hinab und blieben auf dem Rückweg nur einen Moment länger als nötig auf meiner Brust liegen. Die Intimität seines Blicks ließ mich erröten. Aber als Tyr mir wieder in die Augen sah, wirkte er nicht im Geringsten schuldig. Stattdessen zwinkerte er mir zu und grinste frech. »Vielleicht komme ich darauf zurück.«

Oh mein Gott. Für wen hielt sich dieser Typ? Und die viel wichtigere Frage lautete: Warum ließ ich das mit mir machen? Ich war mir zu neunundneunzig Prozent sicher, dass es nicht angemessen war, einem Jungen, den man gerade erst kennengelernt hatte, so hinterherzuhecheln.

Zumindest nicht so offensichtlich.

Ich löste die Arme von meinen Knien und warf meine Haare über die Schulter. *Gib dich cool, Mia.* »Und du kommst also aus Schweden?« Ich lehnte mich zurück und imitierte Tyrs Pose. Ich wünschte, ich würde mich so cool fühlen, wie er aussah. »Wie ist das so? Gibt es da viele Polarbären? Iglus? Reist ihr mit dem Hundeschlitten?«

Tyr schüttelte amüsiert den Kopf. »Du bist witzig.«

»So sagt man.«

»Ich bin aus Malmö hergezogen. Das ist eine Stadt an der südlichen Spitze von Schweden. Leider gibt es dort keine Eisbären, aber dafür ein solides Nachtleben und eine außergewöhnlich gute Fußballmannschaft.«

»Meinst du Football?«

Tyr kniff die Augen zusammen. »Nein, natürlich meine ich Fußball. Dir ist schon klar, dass ihr das einzige Land seid, das den falschen Namen für den zweitgrößten Sport in allen Welten benutzt, oder?«

»In allen *Welten?*« Ich sah ihn fragend an.

»Im Universum«, korrigierte er schnell. *Muss ein Übersetzungsfehler aus dem Schwedischen sein.*

»Was ist denn der größte Sport?«

»Rugby natürlich«, sagte Tyr, als wäre es offensichtlich.

»Das ist in meiner Heimatstadt auch ganz groß. Unsere Highschool war drei Jahre lang Landesmeister.«

»Dann verstehst du es also.«

»Nicht wirklich. Ich bin nach Tottenham gegangen, das Mädcheninternat zwei Orte weiter. Wir haben kein Rugby gespielt, sind aber viel Ski gefahren. Das kennt ihr in Schweden doch sicher auch.«

»Na klar. Unsere Sessellifte werden von Polarbären betrieben.«

»Ha.« Ich stupste Tyr mit meinem Knie an. Der kurze Körperkontakt ließ mein Bein entflammen, also zog ich mich schnell wieder zurück. Es würde schwerer sein, cool zu bleiben, wenn ich zu einer hormongeschwängerten Pfütze zerschmolz.

»Also fährst du Ski?«, fragte Tyr. Ich zwang mich, in seine unergründlichen Augen zu blicken, die mich so intensiv beobachteten, als ob sie sich in meine Seele bohren wollten.

»Ähm, ja. Mein Team ist letztes Jahr beim Super G Bundeschampion geworden.« Super G – ein Rennen, das schneller war als der Giant Slalom, aber mit mehr Toren als Downhill – war mein Lieblingsturnier. Sosehr ich es auch liebte, die Kontrolle zu haben, liebte ich Geschwindigkeit noch mehr. »Mein Internat lag in der Nähe eines halbwegs brauchbaren Bergs, also sind wir unter der Woche dort abgefahren. Aber wenn wir richtig Ski fahren wollten, sind wir am Wochenende nach Vermont oder New Hampshire. Es geht einfach nichts über den Schnee dort, weißt du?«

»Du bist in Wettbewerben angetreten?« Die Überraschung in Tyrs Gesicht war gleichzeitig komisch und beleidigend.

»Ich war zwei Jahre in Folge Mannschaftscaptain und Trainingsleiterin.« Ich widerstand dem Drang, ihm zu sagen, wie viele Klimmzüge ich schaffte. Er hielt mich für ziemlich ungeschickt. Schließlich war ich ja gegen ihn gerannt.

»Und du hast am Super G teilgenommen?« Da war er wieder – dieser viel zu intensive Blick, als ob er versuchen würde, meine Gedanken zu lesen. »Ich muss mich bei dir entschuldigen. Ich habe dich für eine Prinzessin gehalten.«

»B-bitte was?« Mit meinen knallroten Wangen und meinem Gestotter wirkte ich gerade wenig königlich.

»Schicke Schuhe, Kaschmirpullover, Perlenkette? Du wirkst wie die Art Frau, der Vögel und Häschen durch den Wald folgen, während du Lieder singst.«

»Hast du zufällig alles, was du über amerikanische Kultur weißt, aus Zeichentrickfilmen?«

»Vielleicht.« Tyrs hinreißendes Lächeln ließ meine Wangen erneut entflammen. Ich erwiderte seinen Blick und widerstand dem Drang, mich hinter meinen Haaren zu verstecken. »Der Super G ist schwer. Du musst oft gestürzt sein.«

»Ein paarmal schon. Aber die Vögel und Häschen haben meinen Fall immer abgefangen.«

»Sehr witzig. Allein dafür nenne ich dich jetzt nur noch *prinsessa.*«

»Darf ich mir für dich auch einen Namen ausdenken?«

»Nein.«

»Das ist aber ziemlich unfair.«

»Tja, das Leben ist eben nicht fair.« Tyr sprach leise, doch seine Kiefermuskeln zuckten und verstärkten seine bereits einschüchternde Präsenz noch. Er hatte eine Intensität an sich, die unter der Oberfläche brodelte. Ich fragte mich, was genau er da in Schweden getrieben hatte. Brynn hatte ihn gewarnt, er solle sich benehmen – was hatte sie damit gemeint? Bevor ich weiter darüber nachdenken konnte, verzog sich Tyrs Mund zu einem Lächeln, und mein Hirn verstummte.

Gott, er war so hübsch.

Er lehnte sich vor, sodass sein Gesicht direkt neben meinem war, und mein Herz begann noch schneller zu schlagen. Mein Atem ging stoßweise. Wenn das so weiterging, würde ich wirklich umkippen. Tod durch nervöses Flirten.

»Studierst du das Gleiche wie Henrik?«, wechselte ich schnell das Thema.

»Ich studiere nicht. Ich habe mich nur an ihn drangehängt.« Er fuhr sich durchs Haar und fügte hinzu: »Und du studierst also Ingenieurswissenschaften?«

Wich er etwa der Frage aus? Sein Unbehagen zu spüren, sorgte dafür, dass ich mich ein bisschen besser fühlte. Vielleicht war er ja genauso nervös wie ich.

Ich nickte etwas mutiger. »Ich mag Struktur. Ich mag es, wenn Dinge Sinn ergeben.«

»Du magst es also, die Kontrolle zu haben.« Er zwinkerte mir zu. Nein, nervös war er auf keinen Fall. Captain Cool war zurück.

»Also … das habe ich nicht gemeint. Überhaupt nicht. Na ja, auf jeden Fall nicht ganz. Ich meine, ich mag Kontrolle. Über Dinge, nicht über Menschen. Ich versuche nicht, andere Leute zu kontrollieren. Nur Situationen.«

»Du magst es, Situationen zu kontrollieren?« Tyrs Mundwinkel zuckten vor kaum verhüllter Belustigung.

Abbruch. Abbruch. Reiß dich zusammen, Ahlström. Du hast dich doch bis jetzt so gut geschlagen.

»Nein! Das habe ich nicht gemeint. Ich mag Pläne, weißt du? Und Routinen. Listen. Völlig vernünftige Dinge. Ich gehe zum Beispiel früh ins Bett, damit ich mein Training nicht verschlafe. Das ist nur vernünftig.«

»Ich verstehe.« Tyr lachte. »Du magst perfekte Ordnung.«

»Du nicht?« Händeringend sah ich auf. Wenn nicht, passten wir beide überhaupt nicht zusammen.

»Doch«, antwortete er ernst. »Tu ich.«

Erleichtert atmete ich auf. *Danke, lieber Gott.*

Wir saßen einen langen Moment schweigend da. Nach dem Debakel um die Frage, ob ich kontrollsüchtig war, hatte ich Angst, den Mund wieder aufzumachen.

»Dann erzähl mal, *prinsessa*«, brach Tyr die Stille. »Magst du italienisches Essen?«

Wollte er etwa mit mir ausgehen? Vielleicht stand Tyr ja wirklich auf Schlüsselbeine! Bevor ich die Frage beantworten konnte, von der ich hoffte, dass sie eine Einladung zu meinem höchstpersönlichen Märchenende sein könnte, summte Tyrs Handy laut in seiner Hosentasche.

»*Skit*«, fluchte er und hielt sich das Telefon ans Ohr. »Ja?«

Enttäuschung stieg in mir auf und ertränkte mich mit ihrem bitteren Geschmack. Wer nahm einen Anruf entgegen, wenn er gerade dabei war, jemanden um ein Date zu bitten? Außer das hatte er gar nicht vorgehabt. Nein, das war einfach nur seltsam. Er hatte mich definitiv fragen wollen. Mich, das Mädchen, das in achtzehn Jahren drei Jungs geküsst hatte, war *so kurz* davor, von einem zwei Meter großen schwedischen Traummann, der aussah, als ob er gerade dem Olymp entstiegen war, um ein Date gebeten zu werden. Aber dann hatte ja sein dämliches Handy klingeln müssen. Und er war auch noch rangegangen.

Das war einfach nur unhöflich.

»Ja, ich verstehe. Wie niedrig sind ihre Werte?« Tyr presste eine Faust gegen seinen Oberschenkel und drehte sich von mir weg. »Wie ist das passiert?«

Seine Körperhaltung wirkte jetzt regelrecht abweisend – die Schultern hochgezogen, der Rücken gekrümmt und der Kopf gesenkt. Er musste gerade richtig schlechte Neuigkeiten erhalten haben. Schuldgefühle über meinen Egoismus durchdrangen meine Enttäuschung, und ich streckte meine Hand aus, um sie auf seinen Arm zu legen.

»Nein. Tut nichts. Ich bin gleich da.« Er beendete den Anruf und schob das Handy wieder in seine Hosentasche. Dann fluchte er noch mal und atmete tief ein. Als er sich umdrehte, wirkte sein Gesichtsausdruck hart.

»Tyr?«, fragte ich leise.

»Ich muss gehen.« Er stand abrupt auf. Ich kam ebenfalls auf die Beine.

»Gibt es irgendwas, das ich tun kann?« Es hatte keinen Sinn zu fragen, ob alles okay war. Denn das war es offensichtlich nicht.

Tyr sah mich an und berührte mit der Rückseite eines Fingers meine Wange. Mein Körper reagierte, und ich lehnte mein Gesicht gegen seine Hand.

Tyr beugte sich vor und brachte seine Lippen an meine Stirn. Bevor er sich wieder zurückzog, atmete er tief ein. Mein Herz setzte einen Schlag aus. »Du bist süß. Aber nein.«

»Oh.« Verlegen steckte ich die Hände in meine Hosentaschen und verlagerte mein Gewicht auf mein hinteres Bein.

Lass es, Mia. Er ist nur irgendein Typ, den du seit zwei Minuten kennst. »Okay.«

Tyr sah aus, als wollte er noch mehr sagen, doch sobald er den Mund geöffnet hatte, schloss er ihn auch schon wieder, ohne noch mal etwas von italienischem Essen erwähnt zu haben. Er verließ die Veranda und drehte sich noch ein letztes Mal um. »Pass auf dich auf.«

Damit verschwand er über den Rasen und um die Ecke des Hauses, bevor ich auch nur blinzeln konnte.

Drei

»Es ist also nichts passiert?« Brynn versuchte nicht mal, die Fassungslosigkeit zu verbergen.

»Nichts. Nada. Niente.« Ich trank einen Schluck Kaffee und starrte meine quietschfidele Mitbewohnerin an. Selbst an einem Sonntagmorgen um neun Uhr schien sie genug Energie zu haben, um einen Marathon zu laufen. Ihre blonden Locken rahmten ein Gesicht ein, das völlig ohne Schminke unnatürlich perfekt wirkte, und sie saß in Yogahose und Sport-BH im Fersensitz auf dem Boden des Wohnzimmers.

»Wie enttäuschend«, meldete sich Heather zu Wort. Sie trug immer noch ihre Pyjamahose und ein T-Shirt mit einem Aufdruck des Periodensystems und hatte es sich auf unserem kleinen Sofa bequem gemacht. »Was das wohl für ein Anruf war?«

»Wen juckt's?« Charlotte wedelte mit ihrer frisch manikürten Hand herum. »So einen Typen willst du nicht. Du willst jemanden, der erkennt, wie umwerfend Mia Ahlström ist: athletisch, klug und modebewusst.« Charlotte nickte auf meine Caprihose und taillierte Weste, dann deutete sie auf die Sammlung von Nagellacken auf dem Tisch. »Und ein Mädchen, das eine Maniküre braucht. Komm her und such dir eine schöne Farbe aus.«

»Ja, Ma'am.« Ich setzte mich mit meinem Kaffee neben Charlotte auf den Zweisitzer. Ihre Nägel passten jetzt zu ihrer pinken Pyjamahose. »Hmm. Ich glaube, ich will French Nails.«

»Ein Klassiker.« Sie nahm zwei Fläschchen und eine Nagelfeile vom Tablett und machte sich an die Arbeit.

»Wie lief es denn mit Texas-Matt und dem shirtlosen Hottie?«, fragte ich Heather. »Wie war noch mal sein Name?«

»Jack?« Heather grinste. »Wir fahren nächstes Wochenende an den Strand.«

»Denn sie haben schon im Wald rumgemacht.« Charlotte zog eine perfekt gestylte Augenbraue hoch.

Heather streckte ihr die Zunge raus. »Oh, das musst gerade du sagen. Texas-Matt und du wart auf der Verandaschaukel auch ziemlich vertraut miteinander, als ich nach Hause gegangen bin.«

Charlotte lief knallrot an. »Das hast du gesehen?«

»Das ganze Viertel hat es gesehen«, bestätigte Heather.

Charlotte brummte nur und fuhr damit fort, meine Nägel mit der Feile zu bearbeiten.

»Was ist mit dir, Brynn? Was ging mit Henrik?«, fragte ich.

»Henrik? Oh, nichts. Wir sind nur Freunde.« Sie seufzte.

»Willst du denn, dass ihr *nur Freunde* seid?«, Charlotte sah auf.

»Es funktioniert einfach nicht. Ich darf keinen Freund haben«, brummte Brynn.

»Du darfst keinen Freund haben?«, wiederholte Heather ungläubig. »Wieso das denn? Und wie sollen das deine Eltern überhaupt erfahren? Die sind doch in Schweden. Sag es ihnen einfach nicht.«

Brynn schüttelte den Kopf. »Ich wünschte, es wäre so leicht. Ich soll mich auf das konzentrieren, wofür ich … ähm, hier bin. Außerdem sieht mich Henrik nur als Klassenkameradin seines kleinen Bruders. Er ist einer von diesen Jungs, die ihre

Meinung nicht mehr ändern, sobald sie sich mal etwas in den Kopf gesetzt haben.«

Heather hob ihren Becher. »Ich glaube, das gilt für alle Männer.«

»Stimmt«, sagte Charlotte.

»Was sollen wir heute eigentlich machen?«, versuchte ich die Unterhaltung in unverfänglichere Bahnen zu lenken. »Habt ihr in der Orientierungswoche erfahren, was man hier so unternehmen kann? Bis jetzt weiß ich von dem Wald hinterm Haus und einem Warenhaus, das Charlotte magisch anzieht. Brynn, was weißt du über diese Gegend?«

»Oh, nicht mehr als du.« Brynn klang ein bisschen seltsam.

»Alles okay?« Charlotte sah von meinen Nägeln auf, und ich zog eine Hand weg, um einen Schluck Kaffee zu trinken.

»Alles bestens! Warum gibst du uns heute nicht einfach eine Tour? Ich war noch gar nicht in der Innenstadt.« Brynn faltete ihre Hände im Schoß.

»Zuerst brauchen wir mehr Koffein.« Heather stand auf, ging barfuß in die Küche und kam mit der Kaffeekanne zurück. »Wer will noch?«

»Ich, bitte.« Charlotte nickte in Richtung ihres Bechers und Heather schenkte nach.

»Für mich einen Doppelten«, fügte ich hinzu.

Heather füllte erst meinen Becher, dann ihren. »Brynn?«

»Nein danke.« Brynn strahlte. »Ich hatte schon einen.« Sie lehnte sich auf ihre Fersen zurück. »Aber wenn wir eine Tour machen wollen, sollte ich besser erst duschen. Dieser Kurs vorhin um sechs im Fitnessstudio war ganz schön heftig. Sollen wir in einer halben Stunde los?«

»Äh, ich brauche länger, um präsentabel auszusehen, und wir haben nur zwei Badezimmer.« Charlotte sah von meinen

Nägeln auf, die jetzt weiße Spitzen hatten, und begann den durchsichtigen Überlack aufzutragen. »Sagen wir anderthalb Stunden, ja?«

»Perfekt!« Brynn sprang auf und eilte mit wippenden Locken zur Treppe. Heather, Charlotte und ich starrten ihr nach.

Heather brachte die Kaffeekanne wieder in die Küche. Als sie ins Wohnzimmer zurückkam, trank sie einen großen Schluck aus ihrem Becher. »Hat sie gesagt, dass sie nur einen Kaffee hatte?«

»Ich glaube schon.« Ich schüttelte den Kopf.

»Mann.« Heather stellte ihren Becher auf den Tisch und rieb sich den Schlaf aus den Augen. »Das wird ein verdammt langes Jahr.«

****

Am Abend stolperten wir erschöpft und vollbeladen mit Einkaufstüten durch die Tür unseres kleinen Häuschens.

»Das war ein ziemlich erfolgreicher Tag, Ladys.« Charlotte ging mit je drei Tüten in jeder Hand nach oben.

»Die Schuhindustrie wird nicht wissen, was sie getroffen hat«, scherzte Heather. »Wie viele hast du gekauft?«

»Nach dem dritten Paar hab ich nicht mehr mitgezählt«, rief Charlotte über ihre Schulter. »Außerdem musst du gerade reden. Diese Ankle Boots werden zu deiner Boyfriend-Jeans großartig aussehen.«

»Ich weiß.« Heather grinste verlegen. Sie folgte mir in die Küche, in der Hand eine Tüte Gemüse, das wir auf dem Markt gekauft hatten.

Als ich meine Taschen auspackte und damit begann, ihren Inhalt in den Kühlschrank zu räumen, hüpfte Brynn in den

Raum. »Wo wir gerade von großartig reden, ich kann es kaum erwarten, dein Chicken Parmigiana zu kosten, Mia! Kann ich helfen?«

»Das Rezept ist superleicht. Aber übernimm mal hier.« Ich tauschte den Platz mit Brynn, und sie räumte die Lebensmittel weg. »Dann kann ich schnell den Kochplan für diese Woche erstellen.«

»Ich weiß, dass Mia vorgeschlagen hat, uns mit der Zubereitung des Abendessens abzuwechseln, aber ihr solltet wissen, dass meine Kochkünste nicht über fertige Burgerpatties und Salat aus der Tüte hinausgehen.« Brynn reichte Heather das Gemüse und verstaute mehrere Packungen Frühstücksflocken im Schrank.

»Hast du schon gesagt. Keine Sorge, ich teile dir nichts zu, was du nicht schaffen kannst.« Ich setzte mich an den Küchentisch und begann auf einem Stück Papier herumzukritzeln. Eine Minute später war der Entwurf fertig. »Wo habe ich die Tafel hingepackt?«

»Das Ding da drüben?« Brynn deutete auf das weiße Rechteck, das aus einer der Einkaufstüten ragte.

»Danke.« Ich holte die weiße Tafel und die farbigen Stifte aus der Tüte. Genauso ein Whiteboard benutzte meine Mutter in unserer Küche. Ich schrieb unter jeden Wochentag eines der Gerichte, das wir mit den heute eingekauften Zutaten kochen konnten. Als ich fertig war, befestigte ich die Tafel mit Magneten am Kühlschrank.

»Tada!« Ich trat zurück, um meine Arbeit zu bewundern.

Heather, die gerade leere Papiertüten zusammenfaltete, sah auf und stellte sich neben mich.

»Wow, Mia. Das ist ja umwerfend.«

»Danke.« Ich grinste. »Könntet ihr mir dann bitte vier

Hähnchenbrüste, zwei Eier und das Paniermehl holen? Ich fange am besten sofort an, dann können wir bald essen.«

»Na klar.« Während Brynn die Zutaten zusammentrug, schlug ich die Eier in einer Schale auf und begann sie glattzurühren. Heather stand da und starrte immer noch auf die Liste.

»Das Ding ist echt heftig.« Heather blinzelte.

Ich zuckte mit den Schultern. »Ist nur ein Speiseplan.«

»Und ein Haushaltsplan. Und er ist farbcodiert.«

»Die Haushaltsaufgaben sind nur ein Vorschlag.« Ich errötete. »Wir können noch tauschen oder uns ein anderes System ausdenken. So haben wir es in meinem Internat gemacht. Es vermeidet Streit, wenn jeder weiß, was er zu tun hat.«

Charlotte kam in die Küche und betrachtete stirnrunzelnd die Tafel. »Das sieht ja gruselig aus.«

»Mia hat das Essen für die nächste Woche durchgeplant«, erklärte Heather.

Brynn hob eine Pfanne hoch und sah mich fragend an. Ich nickte. »Die brauchen wir. Bitte mach ein bisschen Öl rein, und stell den Herd auf mittlere Flamme.«

»In Ordnung.« Brynn befolgte meine Anweisung. »Was bedeuten die Farben?«

»Das sind unsere Kochabende, die wir im Auto ausgesucht haben. Aber wir können jederzeit tauschen, wenn sich was ändern sollte.«

»Wir können es auf jeden Fall mal ausprobieren«, sagte Charlotte freundlich.

»Daneben steht, wer den Abwasch macht und wer an den Wochenenden die Badezimmer putzt und das Wohnzimmer aufräumt.« Heather setzte ihre Brille ab und massierte ihren Nasenrücken.

»Wenn das zu viel ist, können wir es auch wieder wegwischen. Ich will euch wirklich nicht meinen Putzplan aufzwingen. Das können wir auch später noch besprechen«, sagte ich schnell. In Tottenham hatte es gut funktioniert, aber ich wollte nicht pedantisch wirken.

Heather legte den Kopf schief. »Ich bin mir nicht sicher, was ich von einem Putzplan halte. Aber kannst du mir einen Lernplan erstellen?«

»Du studierst Medizin.« Ich lachte. »Ich bezweifle, dass du beim Lernen meine Hilfe brauchst.«

»Das nicht«, erwiderte Heather. »Aber ich brauche Hilfe bei meiner Zeitplanung. Ich will ehrenamtlich in einer Klinik arbeiten, aber gleichzeitig versuche ich, meine Kurse in dreieinhalb Jahre Studium zu quetschen, damit ich vor meinem Abschluss noch ein Semester bei ›Ärzte ohne Grenzen‹ machen kann. Und ich bin mir nicht sicher, ob ich beides schaffe.«

»Hmm.« Ich panierte die Hähnchenbrüste, bevor ich sie sanft ins heiße Öl gleiten ließ. Dann füllte ich einen Topf mit Wasser und stellte ihn ebenfalls auf den Herd. »Ich schaue mir das nachher gern mal an. Bestimmt können wir dir am Wochenende ein paar Stunden für die Klinik freischaufeln.«

Brynn holte Gläser und füllte sie mit Wasser. »Was ist mit dir, Charlotte? Was hast du für Pläne dieses Semester?«

»Kurse, Jungs, Shopping, noch mehr Jungs und mein Praktikum.« Charlotte schob einen Löffel auf dem Tisch gerade.

»Du hast schon ein Praktikum?«, fragte ich erstaunt, während ich die Nudeln ins kochende Wasser schüttete.

»Meine Eltern betreiben eine Kunstgalerie in San Francisco, und sie kennen jemanden hier«, erklärte Charlotte. »Es sind höchstens zehn Stunden die Woche, aber ich bin sehr gespannt.« Da sieh mal einer an. Die Kurse hatten noch nicht mal angefangen, und Charlotte arbeitete bereits in ihrem

Traumjob. Und Jason dachte, *ich* wäre eine Typ-A-Persönlichkeit.

Brynns Handy klingelte. Sie zog es aus ihrer Hosentasche und warf einen Blick aufs Display. »Es ist Henrik. Bin gleich zurück.«

»Ooh, Henrik!«, neckte Charlotte. Brynn drehte sich um und grinste uns an, dann verschwand sie aus der Küche.

»Er ist süß«, sagte ich, während ich die Sauce in eine kleine Pfanne schüttete und sie mit Deckel auf niedriger Flamme köcheln ließ.

»Er ist umwerfend«, stimmte mir Heather zu. »Nur Freunde, ist klar.«

»Wie lang das wohl so bleiben wird?« Charlotte grinste.

»Wahrscheinlich nicht so lange, wie sie denkt.« Ich legte das Hähnchen in eine Auflaufform, bedeckte es mit der Hälfte der eingekochten Tomatensauce und streute großzügig Käse darauf, bevor ich das ganze Ding in den Ofen schob. »Zeit für den Parmesan. Die Nudeln brauchen noch etwa vier Minuten.«

»Vier Minuten?« Brynn steckte ihren Kopf in die Küche. »Super. Bin gleich da.« Sie lief zur Haustür und schlug sie hinter sich zu.

»Was zum …« Heather ging ans Fenster und schaute hinaus. »Mmm-hmm.«

Charlotte und ich stellten uns neben sie und spähten am Vorhang vorbei. Draußen stand Henrik neben einem Jeep. Ich reckte den Kopf, um zu sehen, ob noch jemand im Wagen saß, und versuchte, meine Enttäuschung zu ignorieren, als ich sah, dass Tyr nicht bei ihm war. Stattdessen sah ich zu, wie Henrik Brynn ein Päckchen gab. Sie strahlte ihn an.

»Aww. Er hat ihr ein Geschenk gekauft!«

»Was das wohl sein mag? Oh. In Deckung.« Heather

schubste uns zum Tisch zurück, als sich Henrik zum Fenster drehte. Es war nicht nötig, dass er drei neugierige Gesichter an die Scheibe gepresst sah. Wir konnten Brynn auch noch verhören, wenn sie wieder im Haus war.

»Benehmt euch natürlich«, zischte Charlotte. Heather und sie setzten sich und gaben sich unauffällig, während ich die Pasta ein letztes Mal umrührte. Als die Haustür wieder ins Schloss fiel, hatten wir unser Kichern einigermaßen unter Kontrolle.

»Ich hab euch gesehen.« Brynn verdrehte die Augen, als sie in die Küche zurückkehrte.

»Uns?«, erwiderte Charlotte unschuldig. »Wir haben keine Ahnung, wovon du redest.«

»Sehr unauffällig.« Brynn schnappte sich etwas vom Küchentisch und steckte es sich in die Tasche. Ich war zu sehr damit beschäftigt, mich nicht an den Nudeln zu verbrennen, um zu sehen, was es war.

»In ein paar Minuten ist das Essen fertig, Ladys«, verkündete ich.

»Großartig.« Brynn rannte die Treppe nach oben, während ich in der restlichen Sauce herumrührte. Als ich die Pasta und die Hähnchenbrüste auf zwei großen Servierschüsseln angerichtet hatte, war Brynn zurück in der Küche. Sie lehnte sich über den Tresen und deutete auf mein Handy. »Sieht so aus, als hättest du einen Anruf verpasst, Mia. Wer ist Jason?«

»Mein Bruder. Ich ruf ihn später zurück. Setz dich.« Ich scheuchte sie an den Tisch.

Sie hob ihr Glas. »Ich bin am Verhungern. Kann ich beim Verteilen helfen?«

»Nein. Das ist unser Familienstil.« Ich trug die Servierschüsseln zum Tisch und zwinkerte meinen Mitbewohnerinnen zu. »Außer du verrätst uns, was Henrik dir gegeben hat.«

»Äh, nichts.«

Da sie offensichtlich nicht darüber reden wollte, hob ich schnell mein Glas und wechselte das Thema. »Auf das Collegeleben. Und auf Mahlzeiten mit neuen Freunden.«

»Hört, hört«, sagte Charlotte.

»*Skål*«, stimmte Brynn mit ein. »Prost.«

Wir stießen an. Es war nicht das Sonntagsessen, an das ich gewöhnt war – Mamas Schmorfleisch, Grandpas schlechte Witze und Jason und ich, die um das letzte Stück von Meemaws Mud Pie kämpften. Aber diese Runde konnte eine andere Art von Familie werden, und ich hoffte, dass dies der Beginn einer neuen Tradition werden könnte. Schließlich hatte Jason gesagt, dass Veränderung die erste Sprosse auf der Leiter des Wachstums war. Und bis jetzt hatte mein Bruder recht behalten.

Ich zwinkerte Brynn zu und brachte mein Glas an die Lippen. »*Skål.*«

****

Am Montagmorgen schnürte ich in aller Herrgottsfrühe meine Laufschuhe und ging vor die Tür. Die Luft roch frisch und kühl wie ein frisch gepflückter Apfel. Es war immer noch früh genug im Jahr, dass es um diese Uhrzeit schon ein bisschen hell war, aber schon bald würde meine morgendliche Laufrunde im Licht der Straßenlaternen stattfinden.

Am Rande unserer Veranda blieb ich stehen. Das Klügste war, durch die Nachbarschaft und über den Campus zu joggen. Ich war allein, ich hatte das Tränengas vergessen, das mir mein

Dad aufgedrängt hatte, und ich wusste nicht, was für Tiere um diese Zeit auf der Suche nach ihrem Frühstück waren. Selbst nach ein paar Tagen hatte ich meine Halluzination im Wald immer noch klar vor Augen. Doch es war ja nicht wirklich etwas passiert, und es wäre albern, mich wegen eines dummen Albtraums für immer von diesen tollen Wanderstrecken fernzuhalten. Außerdem waren die Wege hinter meinem Haus laut Google sehr beliebt. Die Leute kamen aus ganz Kalifornien, um dieses spezielle Fleckchen zu sehen. Würde eine echte Gefahr bestehen, würden die einschlägigen Wanderseiten im Netz nicht so davon schwärmen.

Ich würde diesmal einfach einer anderen Route folgen. Schließlich wollte ich keine komischen Flashbacks provozieren.

Ich bog am Ende unserer Auffahrt nach links ab und lief Richtung Wald. Der Gehsteig wurde zu einem unbefestigten Pfad, und ich atmete tief ein. Die Waldluft roch nach Ruhe – Kiefern, Erde und Moos. Die Atmosphäre war fast majestätisch.

Laut Google handelte es sich bei dieser Route um einen acht Kilometer langen Rundweg durch den Wald, der direkt am Campus endete. Wie versprochen ging es am Anfang leicht bergauf. Ich senkte den Kopf und joggte den Hügel hinauf. Es sah nicht schwierig aus, doch nach der ersten halben Meile begannen meine Waden zu brennen. Ich ignorierte es und lenkte mich mit dem ersten Gedanken ab, der mir in den Kopf kam. Das Bild von Tyr, der mir seine Hand anbot, war nicht besonders hilfreich, also konzentrierte ich mich auf meine Atmung. Ich atmete durch die Nase ein und durch den Mund wieder aus. Als ich den Gipfel des Hügels erreicht hatte, sah ich auf.

Und wünschte mir sofort, ich hätte es nicht getan.

»Das muss doch ein Witz sein«, murmelte ich. Auf dem

Gipfel stand eine vertraute Gestalt, die Hände in die Taschen seines Hoodies geschoben. Er drehte mir den Rücken zu, doch seine ungewöhnliche Größe, die breiten Schultern und eine gewisse selbstsichere Ausstrahlung ließen keinen Zweifel daran, um wen es sich handelte. *Scheibenkleister.*

Da ich für Smalltalk noch nicht wach genug war, blieb ich stehen. Als ich einen Schritt zurücktrat, knackte unter meinem Fuß ein Zweig. Tyr zog die Schultern zurück und drehte den Kopf. Die Kapuze bedeckte seine Haare, doch seine durchdringenden blauen Augen bohrten sich vom Gipfel aus in mich. Er kniff die Augen zusammen und nickte angespannt.

»*Hei hei*, Mia. Wo geht's denn so früh hin?«

»Nur eine Runde laufen.« Ich blickte über meine Schulter und spielte mit dem Gedanken, einfach im nächsten Gebüsch zu verschwinden.

»Mmm.« Tyr bewegte sich nicht. Stattdessen starrte er in den Wald, als ob er Wache halten würde.

»Alles okay da oben?«

»Könnte nicht besser sein. Warum fragst du?« Tyr riss seinen Blick von der Baumlinie los und sah mich direkt an. Mir brach frischer Schweiß auf der Stirn aus, und ich wischte mir mit dem Ärmel übers Gesicht. Mit ein bisschen Glück würde er denken, dass ich vom Joggen erschöpft war … da eine Dame nicht beim bloßen Anblick ihres Schwarms zu glänzen beginnen sollte.

»Du siehst so ernst aus«, sagte ich.

»Das tue ich meistens.« Er zuckte mit den Schultern. »In welche Richtung willst du?«

»Ähm, ich folge dem Woodside Trail – hinter diesem Hügel noch eine Meile, dann führt er zum Campus zurück.«

»Nein.« Tyrs Stimme klang entschlossen.

»Nein, er führt nicht zurück?«, fragte ich.

»Nein, du wirst nicht dort lang laufen. Wir nehmen den Sequoia Trail zurück.« Tyr deutete nach rechts.

Mir stellten sich die Nackenhaare auf. »Wir? Tut mir leid, aber hab ich dich gebeten, mich auf meiner Runde zu begleiten?« Ich versuchte, fröhlich zu klingen, aber mir gefiel nicht, wie Tyr mir einfach sagte, was ich zu tun hatte. Oder dass er annahm, dass ich auf ihn hören würde. Folgten die Mädchen einfach blind Befehlen, dort wo er herkam?

Wahrscheinlich taten sie das. Er strahlte einfach etwas aus, das »Du wirst tun, was ich dir sage. Und du wirst sehr glücklich darüber sein« schrie.

»Bitte entschuldige, *prinsessa.* Darf ich dich begleiten?« Fragend zog Tyr eine Augenbraue hoch.

»Tja, wenn du mich jetzt auch noch veralbern willst, jogge ich lieber allein weiter, vielen Dank der Nachfrage. Bis dann.« Ich marschierte den Hügel hinauf und stieß Tyr im Vorbeigehen gegen den Arm. Der Kontakt jagte mir einen wohligen Schauer über den Rücken.

»Mia«, sagte Tyr leise. »Ich hab dir gesagt, dass du dort nicht lang sollst.«

Ich wirbelte herum und stemmte eine Hand in die Hüfte. »Du hast mir nicht zu sagen, welchen Pfad ich nehme.«

»Wenn es zu deinem eigenen Besten ist, schon. Lass uns gehen.« Tyr joggte ein paar Schritte den Grat entlang. »Kommst du?«

»Zu meinem eigenen Besten? Bitte entschuldige, aber für wen hältst du dich?«

»Das willst du nicht wissen.« Tyr erwiderte unverwandt meinen wütenden Blick.

»Vielleicht will ich das wirklich nicht.«

»Du musst mir einfach vertrauen, Mia.«

Ich spielte mit dem schmalen goldenen Ring an meinem Zeigefinger, einem Erbstück, das mir Meemaw zum Schulabschluss geschenkt hatte. Einerseits gefiel es mir nicht, gesagt zu bekommen, was ich tun soll, besonders nicht von einem praktisch völlig Fremden, ohne jede Art von Erklärung oder auch nur ein Bitte. Aber die Wahrheit lautete, dass ich mit Tyr laufen wollte. Und das störte mich. Weil ich gerade an einem Punkt war, an dem ich einem scheinbar allgemein sehr altmodisch eingestellten Mann meine Unabhängigkeit demonstrieren sollte. Oder vielleicht war er auch nur mir gegenüber so altmodisch. So oder so kam es mir ungeschickt vor, jetzt nachzugeben, ganz zu schweigen von dem Knacks für mein Selbstbewusstsein.

Aber er hatte auf der Party eigentlich wie ein sehr anständiger Kerl gewirkt, den ich besser kennenlernen wollte. Außerdem sah er in diesen Shorts wirklich sehr, sehr gut aus.

In einem vergeblichen Versuch, souverän zu wirken, hob ich mein Kinn. »Meinetwegen. Du kannst mit mir mitlaufen, wenn du willst. Und wir nehmen deine Route ... *heute.* Aber am Mittwoch will ich den Woodside Trail laufen. Und du kommst nicht mit.«

»Das ist ein öffentlicher Weg. Und ich bin normalerweise immer um diese Zeit im Wald.«

»Tja, nächstes Mal werde ich nicht so umgänglich sein. Das ist ein einmaliger Ausrutscher, Kumpel. Gewöhne dich bloß nicht daran, mir Befehle zu erteilen.«

»Was auch immer du sagst, *prinsessa.*« Tyr lief los, und ich folgte ihm.

»Warum ist es dir überhaupt so wichtig, welche Strecke ich

nehme?« Wir bogen am großen Felsen nach links und folgten dem Schild, das zum Sequoia Trail deutete.

»Weil es nicht sicher ist.«

»Machst du dir Sorgen um mich?« Ich grinste ihn an, während wir um eine Ecke bogen.

»Du hast nicht gerade den größten Selbsterhaltungstrieb.« Er sah zu mir herunter.

»Okay, das ist jetzt einfach nur unhöflich.«

»Letzte Woche wurde auf dem Woodside Trail ein Wanderer angegriffen. Die Ranger haben gerade erst die Schilder entfernt, die vor einem möglicherweise tollwütigen Tier warnen. Haben dir das deine Mitbewohnerinnen nicht erzählt?«

»Nein.« Mein Arm pulsierte bei der Erinnerung an den Phantombiss, und ich erschauerte. Vielleicht war diese Fantasie doch nicht so abwegig gewesen.

»Tja, das hätten sie aber besser. Es ist für niemanden sicher, dort oben zu sein. Besonders nicht für jemanden, der so langsam ist wie du.«

Ich warf ihm einen bösen Blick zu, doch er grinste nur.

»Oh, Herausforderung angenommen.« Ich senkte den Kopf und legte einen Gang zu. Mit so viel Energie, wie ich aufbringen konnte, lief ich durch den dichten Wald. Ich hörte Tyr neben mir lachen, während er mit Leichtigkeit Schritt hielt. Ich pumpte mit den Armen und spürte die kalte Luft auf meinem Gesicht. Mein Blick ging zur Seite. Verflixt. Ihm brach noch nicht mal der Schweiß aus. »Tja, es ist leicht, so schnell zu laufen, wenn man so lange Beine hat wie du«, murmelte ich.

»Mmm. Rede dir das ruhig weiter ein.«

»Wie unhöflich.« Als mir klar wurde, dass meine Chancen, den schwedischen Riesen zu überholen, bei null standen, verfiel ich wieder in eine normale Geschwindigkeit. Tyr passte sich meinem Tempo an.

»Wo wir gerade von unhöflich sprechen, tut mir leid wegen der Party«, sagte er nach einer Pause. »Dass ich so überstürzt aufbrechen musste.«

»Du weißt auf jeden Fall, wie man einen dramatischen Abgang hinlegt. Alles okay?«

»Nicht wirklich. Aber es gibt nicht viel, was ich momentan tun könnte.«

»Willst du darüber reden?«, fragte ich.

»Nein.«

Das war eindeutig.

»Ich habe dich doch hoffentlich nicht irgendwie beleidigt, oder?« *Du weißt schon, weil du mich immer noch nicht gefragt hast, ob ich mit dir ausgehen will.* Ich starrte im Laufen auf die Zweige am Boden.

»Was? Nein. Überhaupt nicht. Das war nur ... persönlicher Kram, um den ich mich kümmern musste.« Mehr erklärte er nicht, und trotz meiner ausgezeichneten Vorlage stellte er keine weiteren Fragen, die zu einem Date führen könnten. Mit einem stummen Seufzen unterdrückte ich meine Enttäuschung und entschloss mich, im Augenblick zu leben. Mit einem Superheldenklon durch einen uralten Wald zu joggen war definitiv ein einmaliges Erlebnis ... selbst wenn ich dabei meinen Instinkt drosseln musste, Tyrs Absichten zu analysieren und sein zukünftiges Verhalten vorherzusagen. Alte Gewohnheiten starben nur schwer.

Wir verfielen in eine angenehme Stille, während wir weiter durch den Wald liefen. Die einzigen Geräusche um diese Uhrzeit waren die Morgenvögel, ein gelegentlich fallender Kieferzapfen und unsere Schritte. Nach einer weiteren Meile erreichten wir das Ende des Pfads. Tyr lief auf dem Gehweg weiter, und ich folgte ihm.

»Brynn und du wohnt in diese Richtung?« Er nickte.

»Ja. Wo wohnst du?« Jetzt joggte ich wieder neben ihm.

»Ich bringe dich nach Hause.« Das war zwar keine Antwort, ließ mich aber vergessen, was ich gefragt hatte. Die frühmorgendliche Sonne drang durch die Bäume und beleuchtete sein Gesicht auf eine fast ätherische Art und Weise. Auf seiner Stirn lag ein leichter Schimmer und die leicht gebräunte Haut ließ seine Augen funkeln. Er hatte immer noch die Kapuze über seine Haare gezogen. Ob er sich überhaupt gekämmt hatte, nachdem er sein Bett verlassen hatte? *Hör auf, Mia. Du solltest nicht über Tyr in seinem Bett nachdenken.* Zwischen uns würde nichts passieren. Nicht mal ein Essen.

»Hier gleich rechts.«

»Weiß ich.« Tyr joggte die drei Blocks zu meinem Haus, und ich lief neben ihm her. Wahrscheinlich war er nur nett zu mir, weil er mich auf der Party so plötzlich hatte sitzenlassen. Aber es war mir egal. Es war schön, Gesellschaft zu haben.

So attraktive Gesellschaft.

»Da sind wir.« Wir blieben vor meinem kleinen Haus stehen.

»Es ist nett.« Er behielt seinen Blick starr auf mich gerichtet.

»Danke für die Begleitung. Auch wenn du ziemlich herrisch warst.«

Tyr richtete die Kapuze und grinste. »Läufst du jeden Tag?«

»Unter der Woche gehe ich immer abwechselnd schwimmen und laufen, und am Wochenende mache ich Pause.«

»Ganz schön heftiger Trainingsplan. Halbe Sachen machst du nicht, oder?«

»Ich versuche es zu vermeiden«, antwortete ich ehrlich.

»Hmm. Wirst du wieder im Wald laufen?«

»Ich habe es vor.« Meine Mundwinkel zuckten. »Außer ein gewisser Jemand mischt sich wieder ein.«

»Der Woodside Trail ist wirklich keine gute Idee«, beharrte Tyr.

»Hast du erwähnt.« Ich richtete meinen Pferdeschwanz. »Vielleicht solltest du besser überprüfen, ob ich auch ja die von dir genehmigten Wege laufe.«

In Tyrs Gesicht breitete sich ein Grinsen aus, und er trat einen Schritt zurück. »Vielleicht sollte ich das wirklich. Mittwochmorgen um halb sieben. Hier vor dem Haus. Ich bin der im Hoodie.«

Mir stockte der Atem. Tyr wollte mich wiedersehen. Wollte er nur überprüfen, ob ich das tat, was er sagte, oder war er einfach nur sehr ritterlich und um meine Sicherheit besorgt? Oder, und das war ein sehr großes *Oder*, wollte er möglicherweise Zeit mit mir verbringen? Ich wollte meine Hoffnungen nicht zu hoch schrauben, aber wenn ich eine Chance bei diesem Kerl haben sollte, wollte ich sie mir auf keinen Fall entgehen lassen.

»Ich werde da sein«, brachte ich heraus.

»Großartig. Bis dann.« Tyr öffnete den Mund, als ob er noch etwas sagen wollte, doch stattdessen drehte er sich um und lief davon. Er war um die Ecke, bevor ich mich auch nur verabschieden konnte.

Ich musste mit ihm wirklich mal über seine Manieren sprechen.

Vier

In meinem ersten offiziellen Collegekurs ging es um Kunstgeschichte. Er hieß »Weltmythen in der Kunst«. Laut dem Vorlesungsverzeichnis würden wir das Jahr mit nordeuropäischen Gemälden beginnen. Mein Vorwissen über die Kunstwelt war praktisch nicht existent, aber immerhin war Charlotte im gleichen Kurs. Durch die Galerie ihrer Eltern und ihr Praktikum war sie bereits eine Expertin.

Wir setzten uns in die erste Reihe, als der Kurs begann. Unsere Professorin war eine hübsche Frau Mitte dreißig mit hellbraunem Haar, deren Augen leuchteten, während sie uns kurz den Lernstoff erläuterte.

»Also gut.« Professorin Kopp sah vom Podium auf und drückte die Fernbedienung des Projektors. »Wir beginnen unser Semester mit der Kunst und den Künstlern Skandinaviens. Die Objekte in dieser Einheit basieren auf der nordischen Mythologie, und auch wenn Sie kein Vorwissen über die mythologische Hierarchie brauchen, um die Kunst bewundern zu können, hilft es, eine allgemeine Übersicht zu haben. Also gehen wir mal die Grundlagen durch. Wer ist mit der nordischen Mythologie bereits vertraut?« Überall im Raum wurden Hände gehoben, einschließlich Charlottes. »Über die Thor-Filme hinaus?«

Die meisten Hände sanken wieder.

»Okay. Skandinavien besteht aus vier der nördlichsten Länder der Welt, und dieser Breitengrad bedeutet lange, dunkle

Winter. Kulturell schlug sich das in düsteren Volkssagen nieder, voll unheimlicher Monster und heldenhafter Krieger. Dies zeigt sich auch in der Kunst dieser Region. Zum Beispiel hier.«

Professorin Kopp drückte die Fernbedienung, und ein neues Bild erschien.

»*Åsgårdsreien* von Peter Nicolai Arbo. Ein norwegischer Künstler, der von 1831 bis 1892 gelebt hat.«

»Ganz schön düster«, flüsterte Charlotte, während sie auf ihrem Laptop herumtippte.

»Aber wirklich.« Ich starrte das Gemälde an. Eine Herde schlammbrauner Pferde stieg von einem verbrannten Schlachtfeld auf. Die Tiere und ihre Reiter waren so monoton, dass sie fast ineinander übergingen, abgesehen von ein paar blonden Reiterinnen vorn. Einige trugen Leichen über ihren Pferden, während schwarze Vögel, die wie Raben aussahen, über das Feld flogen. Künstlerisch gesehen mochte es ein Meisterwerk sein. Aber ich würde es mir nicht hinhängen. Es strahlte Verzweiflung aus.

»*Åsgårdsreien* stellt eine Gruppe Walküren dar, die nach Walhalla zurückkehren. Sagen diese Worte jemandem hier etwas?«

Charlotte hörte auf zu tippen und hob ihre Hand.

»Ja?« Professorin Kopp nickte. »Miss …?«

»Takayama. Charlotte Takayama«, sagte meine Mitbewohnerin.

»Bitte, Miss Takayama.«

»Asgard ist das Zuhause der nordischen Götter und die verehrteste der neun Welten der nordischen Mythologie, vergleichbar mit der christlichen Version des Himmels. Odin ist der Anführer von Asgard. Die Walküren sind Odins Kriegergöttinnen. Sie reiten auf geflügelten Pferden zur Erde und geleiten gefallene Krieger an einen Ort namens Walhalla. Das ist Odins persönliche Halle, groß genug, um Hunderte von Kriegern zu beherbergen. Die Walküren trainieren die gefallenen Soldaten, um Asgard während Ragnarök zu verteidigen, der Apokalypse der nordischen Mythologie.«

Ich blinzelte Charlotte an. Stand das alles in der Lektüre?

»Sehr gut.« Professorin Kopp lächelte. »Und in Peter Arbos Gemälde geleiten diese Kriegergöttinnen – die Walküren – die toten Soldaten gerade nach Asgard zurück, ins Reich der Götter. Diejenigen, die unehrenhaft gelebt haben, landen in Niflheim oder Helheim – dem nordischen Äquivalent der Hölle. Interessanterweise ist die nordische Hölle eine Welt aus Eis, was sich in vielen der wichtigsten Gemälde dieser Kultur niederschlägt. Skandinavische Kunstwerke neigen dazu, die Spitze ihres Götterpantheons zu idolisieren – Odin, der Herrscher, Thor, Gott des Donners, Freya, Göttin der Liebe, Loki, der Trickstergott, Ull, Gott des Winters ...«

»Apropos Skandinavier, war das Tyr, der dich heute Morgen nach Hause begleitet hat?«, flüsterte Charlotte. »Ein bisschen früh im Semester für einen One-Night-Stand, oder? Allerdings muss ich deinen Geschmack bewundern.«

»Was? Nein!«, zischte ich. »Wir haben uns im Wald getroffen und haben dann unser Training zusammen beendet. Das ist alles.«

»Euer Training zusammen beendet, was?« Charlotte unterdrückte ein Kichern. »Nannte man das so in deinem Internat?«

»Nein, es war einfach nur Training. Aber am Mittwoch laufen wir noch mal zusammen.«

»Echt?« Charlotte zog eine ihrer perfekt gestylten Augenbrauen hoch. »Hat er erklärt, warum er so plötzlich von der Party abgehauen ist?«

»Er ist nicht ins Detail gegangen.« Ich runzelte die Stirn.

»Tja, vielleicht tut er das ja nächstes Mal.« Charlotte drückte meine Hand. »Wie aufregend.«

»Ich weiß. Und irgendwie auch angsteinflößend.« Ich war nach unserer Begegnung so aufgeregt gewesen, dass ich vor dem Kurs kaum etwas vom Frühstück herunterbekommen hatte.

»Das muss es nicht sein«, flüsterte Charlotte und starrte unsere Dozentin an, während sie auf ihrem Laptop herumtippte. Als Professorin Kopp einen Blick in ihr Lehrbuch warf, drehte sich Charlotte zu mir um. »Genieße es einfach. Du bist nur einmal Studentin.«

Ich unterdrückte ein Lächeln. »Du solltest wirklich mal meinen Bruder kennenlernen.«

Professorin Kopp referierte weiter über den Künstler und rief dann ein neues Bild auf. »Wie Miss Takayama richtig gesagt hat, waren die Walküren aus Arbos Gemälde damit beauftragt, Menschen auszubilden, um Asgard während Ragnarök zu verteidigen, der letzten Schlacht zwischen Gut und Böse. Henry Fuseli hat Ragnarök in *Thors Kampf mit der Midgardschlange* dargestellt. Dieser Kampf geht für Donnergott Thor nicht gut aus – Asgard und die meisten seiner Bewohner werden zerstört, und die Welt wird neu geboren. Bitte beachten Sie die dunklen Farben, die harschen Linien und das Gefühl von Verzweiflung, das Fuseli in das Gemälde hat einfließen lassen.«

»Alles, was ich sehe, ist ein riesiger nackter Gott«, flüsterte Charlotte. Ich legte die Finger auf meine Lippen, um ein Grinsen zu unterdrücken, und versuchte, mich die restliche Stunde auf den Unterricht zu konzentrieren.

»Beenden wir diese Lektion mit einem meiner Lieblingsbilder – *Thor og Loki* des dänischen Künstlers Lorenz Frölich aus dem späten neunzehnten Jahrhundert. Es zeigt Thor und den Tricksteregott Loki, die in Hochzeitsgewandung in eine Welt namens Jotunheim reisen, um Thors magischen Hammer Mjölnir zurückzuholen. Einer der Frostriesen aus Jotunheim hat den Hammer gestohlen und weigert sich, ihn zurückzugeben, außer er bekommt Freya, die Göttin der Liebe, zur Braut. Freya weigert sich, also ziehen sich Thor und Loki Kleider an und fahren in Thors von Ziegen gezogenen Streitwagen in diese eisige Welt hinab, um sich Thors Hammer zurückzuholen.« Professorin Kopp lächelte, während sie das Bild betrachtete. »Wer sagt, Wikinger hätten keinen Sinn für Humor?«

»Ich denke immer noch an den nackten Gott.« Charlotte lehnte sich zurück.

»Okay, das war es für heute. Bitte lesen Sie zwei Kapitel weiter, und in unserer nächsten Stunde befassen wir uns mit Kunst, die Muspelheim und Jotunheim darstellt – Heimat der Feuer- und Frostriesen. Die wollen Sie nicht verpassen.«

Ich schob mein Notizbuch in meine Tasche, während Charlotte ihren Laptop herunterfahren ließ. Als sie den Computer in seiner Hülle verstaut hatte, stand ich auf. »Feuerriesen und Frostriesen? Ganz schön düstere Geschichten, oder?«

»Das ist nur der Anfang.« Charlotte schüttelte den Kopf.

»Woher weißt du so viel über nordische Mythologie?« Ich verließ die Reihe und ging zum Ausgang.

»Wir haben letztes Jahr mal was in der Schule darüber gehabt. Es gibt da ein paar echt lustige Mythen – aber auch ein paar richtig verstörende.«

»Bitte erzähl mir davon.« Wir gingen zum Gebäude der Geisteswissenschaften. »Mein Grandpa ist halb Norweger, aber er hat mir nie von diesen Mythen erzählt. Und im Internat haben wir immer nur die griechischen behandelt.«

»Sollen wir uns diese Woche mal hinsetzen und über die Gemälde reden? Dann erzähle ich dir die Geschichten von den Feuer- und den Frostriesen.« Charlotte erschauerte. »Ganz schön irres Zeug.«

»Klingt toll.« Ich lächelte. »Nachher hab ich noch einen Mathekurs, aber wir sehen uns dann später zu Hause.«

»Viel Spaß.« Charlotte winkte und verschwand in den Räumen des Studentenwerks.

Fröhlich ging ich in die Bibliothek, um mir ein Buch über nordische Mythologie auszuleihen. Ich wollte für den Kurs vorbereitet sein. Ich lächelte. Genau dafür hatte ich so hart gearbeitet. Ich war nun offiziell eine Studentin. Meine erste Vorlesung hatte ich hinter mir, und in ein paar Stunden würde ich den ersten Kurs in meinem Hauptfach haben. Mit Kunst und Göttern kannte ich mich zugegebenermaßen nicht gut aus, doch Mathe war genau mein Ding. Römische Ziffern, griechische Buchstaben, eindeutige Lösungen … Ich seufzte. Wenn alles im Leben nur so einfach wäre wie Differential- und Integralrechnung, wäre meine Welt einfach perfekt.

****

»*Hei hei*, allerseits.« Die Stimme kam mir bekannt vor. Ich schaute am Dienstagmorgen in den hinteren Teil des Besprechungsraums von Calc II und sah Brynns Freund Henrik den Gang entlanggehen. Er warf seinen Rucksack auf den Dozententisch und schrieb hastig seinen Namen an das Whiteboard. »Ich bin Henrik Andersson. Ich bin Doktorand in der Abteilung für Biomechanik und werde in diesem Semester euer Tutor für das vertiefende Modul sein. Das ist meine E-Mail-Adresse, und das sind meine Sprechzeiten. Nutzt sie.«

Zu meiner Rechten platzte Brynn förmlich vor Aufregung.

»Wusstest du, dass er der Tutor für unser Modul ist?«, flüsterte ich.

»Ja«, flüsterte sie zurück. Ihre frisch lackierten lilafarbenen Nägel gruben sich in ihre Unterarme, wahrscheinlich, um nicht aufgeregt herumzuhüpfen. Das erklärte das Make-up und die falschen Wimpern. Und den Extraschuss Vanilleparfüm. Ich unterdrückte ein Grinsen. Sich von seiner besten Seite zeigen zu wollen, konnte ich nachvollziehen. Brynn durfte zwar nicht ausgehen, aber ihre Schwärmerei war wirklich supersüß.

»Wer war jetzt von Professor Antosies gestrigem Kurs verwirrt?« Henrik schaute sich im Raum um. »Niemand? Ihr habt alle alles verstanden, was er in eurer ersten Stunde gesagt hat?«

Ich warf einen Blick auf die Studenten zu meiner Linken, aber sie alle starrten Henrik an. Regel Nummer eins des Matheklubs: Sag niemandem, dass du wegen des Matheklubs verwirrt bist.

»Perfekt. Dann wollt ihr bestimmt alle meine Assistenten werden. Ich hab zwei freie Plätze. Eine Einheit im Wahlfach. Für meine Diplomarbeit entwickle ich einen Roboterarm, der intuitiv funktioniert, indem er über Elektroden projizierte Gehirnströme liest. Das Ziel besteht darin, dass der Prototyp als Prothese funktioniert.« Henrik lehnte sich gegen das Whiteboard und verschränkte die Arme. »Lasst uns ein paar Hypothesen aufstellen, damit ich sehen kann, wer das Zeug dazu hat. Klingt das lustig?«

Brynn wand sich auf ihrem Platz neben mir, und mehrere Studenten nickten begeistert. Da Erstsemester normalerweise keinen Zugang zu Forschungsprojekten bekamen, war das hier eine große Chance.

Wir arbeiteten konzentriert und reichten am Ende der Stunde unsere Notizen nach vorne durch. Eine Handvoll Studenten verließ den Raum, aber der Rest von uns blieb zurück. Als Henrik sich nach dem Abwischen des Whiteboards umdrehte, schenkte er uns ein breites Grinsen.

»Ihr seid also die Lustigen.« Er gluckste. »Habt ihr einen Lebenslauf?«

Ich nickte. Brynn starrte Henrik verzückt an.

»Prima. Schickt sie mir diese Woche per E-Mail, und ich werde die Namen meiner neuen Laborassistenten bekanntgeben, sobald ich eine Entscheidung getroffen habe. Und ihr könnt euch gerne melden, wenn ihr bei den Hausaufgaben nicht weiterkommt.«

Die übrigen Studenten begannen aus dem Raum zu schlurfen, also stupste ich Brynn, die wie erstarrt dasaß, mit dem Fuß an. »Kommst du?«

»Hm? Oh, klar!« Sie schnappte sich ihren Rucksack und hüpfte nach vorne in die Klasse. »Mach's gut, Henrik.«

Henrik rückte seine Brille zurecht. »Kommst du nächste Woche zum Essen? Ich werde das Chicken Piccata meiner Mutter machen und das Schokoladenbomben-Rezept aus dem Kochbuch ausprobieren, das du mir zum letzten Lucia-Fest geschenkt hast.«

»Das werde ich mir auf keinen Fall entgehen lassen«, sagte Brynn.

Henrik drehte sich zu mir um. »Du solltest auch kommen. Magst du Schokolade?«

»Wer mag denn keine Schokolade?« Ich hängte mir meine Tasche über die Schulter, während ich aufstand.

»Genau. Komm doch vorbei. Das wird lustig.« Er rückte seine Brille zurecht. »Hast du dich schon eingelebt? Die guten Pizzadienste gefunden und all das?«

»So weit, so gut.« Ich nickte meiner Mitbewohnerin zu, die auf den Zehenspitzen wippte. »Brynn und ich planen eine Wanderung am Wochenende. Es gibt so viele schöne Wanderwege hinter dem Campus. Warst du da schon mal?«

»Na ja, jetzt wo du es erwähnst.« Henrik lachte. »Mein Haus …«

»Ihr schmeißt eine Party und vergesst, mich einzuladen?«

Beim Klang dieser Stimme kribbelte es in meinem Nacken. Sie war tief und warm und sanft und lächerlich sexy. Wenn der skandinavische Akzent ihn nicht schon verraten hätte, dann wäre es die Spur von Ironie in seinem Ton gewesen.

Tyr.

Henrik schaute hinter mich und zog eine Augenbraue hoch. »Benimm dich, Fredriksen.«

»*Hei hei* mal wieder, Mia. Brynn.«

»*Hei*, Tyr«, sagte Brynn fröhlich.

»Hallo.« Das Wort blieb mir in der Kehle stecken.

Tyr lehnte in engen Jeans, einem schwarzen T-Shirt und schwarzen Motorradstiefeln am Türrahmen. Er hatte die Arme verschränkt und die Handflächen ruhten auf einem enormen Bizeps, der sich gegen den dünnen Stoff seines T-Shirts abzeichnete. Sein dunkelblondes Haar war perfekt zerzaust, und in seinen blauen Augen funkelte der Schalk. Er stieß sich von der Wand ab und schlenderte auf mich zu, wobei er seine Daumen lässig in die Gürtelschlaufen steckte. Er blieb stehen, sodass er mir direkt gegenüberstand, wobei uns nur ein Schreibtisch trennte. Ich schaute auf, um ihm in die Augen zu sehen. Er war so nah. Allmächtiger, er roch … berauschend. Wie ein

Kiefernhain und ein nebliger Morgen und … Minze? *Hör auf damit, Mia.* Ich schloss meine Augen und befahl mir, mich zu konzentrieren.

Als ich die Augen wieder öffnete, grinste Tyr. »Was ist denn mit dir los? Immer noch erschöpft vom gestrigen Lauf? Ich dachte, du wärst Sportlerin.«

»Ich bin nicht erschöpft.« Mein Gleichgewichtssinn ließ mich im Stich, und ich schwankte.

Tyr beugte sich vor, sodass sein Mund direkt an meinem Ohr war. Seine Worte kamen im Flüsterton. »Ich schätze, wir müssen morgen mehr Gas geben.

Ich erschauerte. Brynn kicherte.

»Worüber habt ihr gesprochen?« Tyr zog sich zurück.

»Die Mädchen wollten am Wochenende eine Wanderung machen.« Henrik sammelte seine Bücher zusammen und ging zu Brynn.

»Wohin?« Tyr runzelte die Stirn.

»Was glaubst du denn, wo?«, neckte ich. »Ich habe gehört, dass es einen wirklich schönen Weg am Bach entlang gibt, gleich hinter dem Campus …«

Tyr ballte die Hände zu Fäusten, und die Adern an seinen Unterarmen traten hervor. Als er sprach, war seine Stimme leise. »Ich habe doch gesagt, dass das nicht geht, Mia.«

Adrenalin schoss durch meinen Körper, und mein Magen drehte sich um. »Das war ein Scherz. Meine Güte. Deine Botschaft ist laut und deutlich angekommen: ›Halt dich vom Pfad der tollwütigen Tiere fern.‹«

»Der Pfad der tollwütigen Tiere?« Henrik starrte Tyr an.

»Die Ranger haben am Woodside Trail einen tollwütigen Wolf gefunden, hinterm Bach. Weißt du nicht mehr?« Tyrs Augen sahen aus, als könnten sie Dolche schießen. Als Henrik nicht reagierte, wandte sich Tyr an Brynn. »Aber *du* weißt es noch, oder?«

»Ach ja! Der Wolf!« Brynn schlug ihre Hand an die Stirn. »Es tut mir so leid, Mia! Tyr hat mich gebeten, dich und die Mädchen zu warnen, und ich habe es völlig vergessen. Haltet euch vom Woodside Trail fern. Da ist ein …«

»Großer böser Wolf. Ja, ich hab's kapiert. Der Charmebolzen da drüben hat es mir selbst gesagt. Genau genommen hat er mir sogar befohlen, mich von diesem Waldstück fernzuhalten.« Ich verdrehte die Augen und ignorierte das Pochen in meinem Arm, wo das Phantomtier *nicht* zugebissen hatte.

»Befohlen habe ich es dir nicht gerade, Mia.« Tyr starrte mich an.

»Ähm, doch. Hast du. Und du warst nicht besonders nett dabei. Du hast nicht mal bitte gesagt.«

»Ich habe dir gesagt, dass es nur zu deinem Besten ist«, erklärte Tyr. »Das ist doch nett.«

»Und ich hab *dir* gesagt, dass du nicht zu entscheiden hast, wohin ich gehen kann. Du kennst mich doch kaum.«

»Wenn ich dich bitte, mir zu vertrauen, wirst du es tun?«, fragte Tyr.

Ich seufzte frustriert. »Ich will damit nur sagen, dass eine kleine Erklärung und in Ermangelung einer solchen ein Hauch guter Manieren sehr hilfreich sein kann.«

Tyrs Augen funkelten, als er sich nach vorne lehnte. Warmer Atem kitzelte mein Ohr, als er sprach. »Gewöhn dich besser an Enttäuschungen, *prinsessa.*«

Sein Gesichtsausdruck war zu gleichen Teilen sexy und ärgerlich. Mein Atem stockte, als er mir ein letztes Mal zuzwinkerte, dann auf dem Absatz kehrtmachte und den Raum durchquerte.

»Kommst du, Andersson?« Er sprach, ohne sich umzudrehen.

Henrik schaute von mir zur Tür und wieder zurück. Etwas blitzte in seinem Gesicht auf, aber er schüttelte nur den Kopf und warf sich seine Tasche über die Schulter.

»Wir sehen uns in der nächsten Stunde. Und schickt mir eure Lebensläufe für das Forschungsprojekt.«

Mit diesen Worten verließ er den Raum und ließ Brynn und mich allein zurück.

»Sind die immer so komisch?« Ich drehte mich zu ihr um.

Sie schüttelte grinsend den Kopf. »Du machst dir keine Vorstellungen.«

****

»Hey, Charlotte, kannst du mal kurz reinkommen?« Blätter und Textmarker lagen auf meinem Schreibtisch, dem Bett und dem Fußboden herum. Es war die Art von Unordnung, die ich normalerweise als unpassend für Gäste ansah, aber in diesem Moment war ich zu verwirrt, um mich um Ordnung zu kümmern. Und das wollte was heißen.

»Was ist los? Oh, Mann.« Charlotte trat behutsam an mein Bett heran und zeigte auf eine freie Stelle. »Darf ich?«

»Nur zu.« Ich schob das Meer von Karteikarten beiseite, um meiner Mitbewohnerin mehr Platz zu verschaffen. »Ich habe schon mal ein bisschen weitergelesen, um mich auf die Vorlesungen nächste Woche vorzubereiten, aber ich hab einfach keine Ahnung von Kunst. Hilfe.«

»Ach Süße.« Charlotte ließ sich auf mein Bett sinken und schlug die Beine übereinander. »Na sicher. Was verwirrt dich denn so?«

»Es ist die Mythologie. Es gibt zu viele Figuren, um den Überblick zu behalten, zusätzlich zu den Künstlern, Bildern und Themen. Ich kann Diagramme und Tabellen erstellen und mir Notizen machen, aber ich kann mir das alles nicht merken, wenn ich nicht verstehe, warum es wichtig ist.«

»Oh. Aber das ist doch ganz einfach. Geh mal auf Wikipedia.« Charlotte nickte in Richtung meines Laptops, dem Leuchtturm der Information in einem Meer von zusammengeknüllten Blättern.

»Habe ich schon gemacht. Außerdem habe ich mir in der Bibliothek John Lindows *Nordische Mythologie* ausgeliehen.« Ich reichte ihr eine Tabelle, die ich ausgedruckt hatte. Sie war mit Notizen gefüllt. »Das ist eine Aufschlüsselung der Götter, ihrer Funktionen und ihrer Kräfte, sortiert nach dem Reich, in dem sie leben. Asgard ist pink markiert.«

»Ich sehe es. Wow, du bist echt eine Streberin.« Charlotte schüttelte den Kopf.

»Eingetragenes Mitglied.«

»Und wie lautet jetzt deine Frage?«

»Meine Frage ist, was das alles zu bedeuten hat. Es gibt ungefähr tausend verschiedene Götter und Reiche und Schlachten und Geschichten. Es ist eine ganze Religion, zumindest war es das für die Wikinger und die nordischen Kulturen, die vor ihnen kamen. Und es gibt so viele verschiedene Versionen und Variationen – ich bin mir nicht sicher, welche davon die richtigen sind. Ich weiß nicht, was das mit mir zu tun hat oder mit unserer Gesellschaft oder mit der Kunstgeschichte oder mit sonst etwas. Im Moment sind es nur Fakten in einer Tabelle, die ich auswendig lernen muss, aber ich habe das Gefühl, dass ich einen Bezug dazu haben sollte, wenn ich das davon inspirierte Kunstwerk richtig analysieren soll. Ich sollte etwas *fühlen*, wenn ich die Gemälde betrachte. Ich sollte eine Verbindung zur Hintergrundgeschichte herstellen können.«

»Oder du könntest einfach wie wir anderen die Namen der Gemälde und der Künstler auswendig lernen und eine Zwei bekommen.« Charlotte legte die Tabelle aufs Bett.

»Das kann ich nicht. Und du auch nicht.«

»Da hast du wahrscheinlich recht.« Charlotte nahm die Tabelle wieder in die Hand. »Okay, lass uns die Grundlagen durchgehen. Es steht viel zu viel auf dem Papier, um es in einer Nacht zu bewältigen.«

»Na gut.« Ich klappte meinen Laptop zu und drehte meinen Stuhl in Richtung meiner Mitbewohnerin. »Klär mich auf.«

»Okay. Also, die nordische Schöpfungsgeschichte ist so ziemlich Standard – zwei gegensätzliche Elemente werden kombiniert, um etwas Größeres zu schaffen. Das Feuer von Muspelheim und das Eis von Niflheim schufen einen Riesen namens Ymir. Ymir ernährte sich von der Milch einer Kuh und erschuf die ersten Menschen aus seinen Achselhöhlen, bevor Odin und seine Brüder ihn töteten.«

»Warte mal.« Ich riss Charlotte das Arbeitsblatt aus der Hand. »Ich habe nichts von Achselhöhlen gelesen.«

»Dann hast du den lustigen Teil verpasst. Jedenfalls töteten Odin und seine Brüder Ymir und erschufen Midgard – die Erde – aus Teilen des Körpers des Riesen. Sein Blut wurde zu unseren Ozeanen, seine Knochen zu unseren Bergen, und jedes Mal, wenn du einen Stein aufhebst, berührst du einen seiner Zähne.«

»Igitt.«

»Ich weiß, oder? Ich habe dir doch gesagt, dass ihre Mythen verrückt sind.« Charlotte nahm die Tabelle zurück. »Jedenfalls wurde die Erde erschaffen, es passierte noch einiges mehr, und dann gab es einen großen Knall. Wir haben die neun Reiche.« Charlotte warf einen Blick auf das Papier. »Den Teil hast du hier drauf. Asgard, das Reich der höchsten Götter, Vanaheim, das Reich der nächsttieferen Götter, Alfheim, das Reich der Lichtelfen, Svartalfheim, das Reich der Dunkelelfen – wirklich furchterregende Monster. Midgard, also die Erde, Muspelheim, das Reich der Feuerriesen, Jotunheim, das Reich der Frostriesen, Niflheim, die ursprüngliche Eiswelt, und Helheim, das Reich der Toten.«

»Dann hat also jedes Reich einen anderen Herrscher und andere Bewohner? Und wo leben die Trolle? Ich habe kein ›Heim‹ für sie gesehen.« Ich nahm eine Karteikarte in die Hand. »Nein. Kein Trollheim.«

»Die Trolle sind eigentlich vom Volk der Sami in Nordskandinavien inspiriert, aber darum geht es nicht. Du musst nur wissen, dass diese neun Reiche alle durch Yggdrasil, den Weltenbaum, miteinander verbunden waren. Es war ein lebender Baum, um den sich drei prophetische Schwestern, die Nornen, kümmerten. Jeden Morgen gaben sie Yggdrasil Wasser aus dem Brunnen der Weisheit, und dieses Wasser hielt den Baum und damit auch die Reiche am Leben.«

»Das kommt mir aus diesem *Thor*-Film bekannt vor.« Ich nickte.

»Na ja, das ist zumindest ein Anfang. Erinnerst du dich an den Kerl mit der Augenklappe? Das war Odin. Er herrschte über Asgard und gab sein Auge im Tausch gegen Weisheit auf.« Charlotte strich ihren Rock glatt.

»Hat er sie bekommen? Weisheit?«, fragte ich.

»Nicht die, die er suchte, aber er war sowieso ein ziemlich kluger Kerl. Er hatte zwei Raben, die er auf Aufklärungsmissionen schickte. Sie spionierten die Reiche aus und meldeten sich am Ende des Tages zurück, um Odin zu berichten, was vor sich ging.«

»Und Thor ist der Sohn von Odin und Flicka?«

»Frigga. Und ja. Thor war der Gott des Donners, und er heiratete Sif, die Göttin der Schönheit. Sie war auch eine ziemlich tolle Kriegerin. Sie hatte einen Sohn namens Ull, der der Gott des Winters war. Und das ist im Grunde genommen die königliche Blutlinie der Götter Asgards.«

Ich schloss für einen Moment die Augen und prägte mir Charlottes Zusammenfassung ein. »Was ist mit den anderen Göttern? Ich habe mindestens dreißig gefunden, die laut Wikipedia eine große Rolle zu spielen scheinen.«

»Da gibt es viele. Die wichtigsten waren Odin, Thor, Sif, Ull, Freya – sie war die Göttin der Liebe. Loki, der Gott des Schabernacks, Idunn, die Göttin der ewigen Jugend, Balder, der Gott des Friedens und ...«, Charlotte grinste, »Tyr, der Gott des Krieges.«

»Richtig. Tyr, der Gott des Krieges. War ja klar, dass ich als Laufpartner keinen Kerl bekomme, der nach einem dieser netteren Götter benannt ist.«

Charlotte streckte ihre Beine aus. »Du musst zugeben, dass es irgendwie lustig ist.«

»Ich werde gar nichts zugeben. Erzähl mir mehr Geschichten.«

»Es ist schon ziemlich spät.« Charlotte reichte mir meine Tabelle. »Und die nordische Mythologie hat *viel* zu bieten. Das hier ist nur der oberflächliche Teil. Die eigentlichen Geschichten sind wirklich düster – Morde, Vergewaltigungen, Zerstörung und Dämonen. Die Wikinger sahen viele schreckliche Dinge in ihrer Welt, und so ist es nur logisch, dass ihr Pantheon voll von krassen Charakteren war. Lassen wir das

Ganze ein paar Tage sacken, dann kommen wir darauf zurück.«

Mit einem widerwilligen Nicken klappte ich meinen Laptop zu und räumte den Papierstapel auf meinem Schreibtisch auf. Dann folgte ich Charlotte nach unten und setzte mich an den Tisch, während sie eine Packung Eiscreme aus dem Gefrierschrank holte. »Du läufst morgen früh mit Tyr?«

»*Ich* werde laufen. Mal sehen, ob er auftaucht.«

»Hmm.« Charlotte holte zwei Schüsseln aus dem Schrank und öffnete die Geschirrschublade.

»Hmm was? Was bedeutet *hmm?*«

»Na ja, es ist wahrscheinlich nichts, aber als ich heute Abend die Galerie verließ, hab ich ihn in dieses italienische Restaurant in der Innenstadt gehen sehen.« Charlotte stellte zwei Löffel und einen Portionierer in die Schalen, trug alles zum Tisch und stellte das Eis vor mir ab.

»Er hat mal irgendwas von Italienisch erwähnt.« Ich öffnete den Deckel und begann das Eis zu verteilen.

»Also, er war nicht allein.« Charlotte begann auf ihrer Unterlippe herumzukauen. »Er war in Begleitung eines Mädchens mit erdbeerblonden Haaren.«

Oh. Meine Hand erstarrte mitten in der Bewegung.

»Ich hätte ja nichts gesagt, aber sie hat regelrecht an seinem Arm gehangen und ihn mit großen Augen angeschmachtet. Er hatte ein breites Lächeln aufgesetzt, und irgendwie sah es nach einem Date aus.«

Ich spürte einen kleinen Stich im Herzen. »Ich verstehe.« Warum störte mich diese Neuigkeit so? Ich hatte ja schließlich keinerlei Anspruch auf den Kerl. Als ich das Eis verteilt hatte, schob ich Charlotte eine Schale zu. »Schien er auf sie zu stehen?«

Charlotte zuckte mit den Schultern. »Ich konnte nicht hören, was sie gesagt haben, aber er sah ziemlich glücklich aus. Sie hat über etwas gelacht, was er gesagt hat. Das muss zumindest ein Egoschub für ihn gewesen sein.«

Das Mädchen. Seine Muskeln. Sein Gesicht. Nach einem Gott benannt zu sein. Tyrs Liste der Egoschübe war endlos.

»Alles okay?«, fragte Charlotte sanft. Sie nahm mir den Portionierer ab und gab mir eine weitere Kugel.

»Alles bestens. Keine große Sache. Gut zu wissen, wo ich bei ihm stehe, oder?« Ich unterdrückte die Enttäuschung, die in mir aufsteigen wollte. Jede Verbindung zwischen uns war das Produkt meiner hyperaktiven Vorstellungskraft. Offensichtlich war ich nur eine neue Laufpartnerin, die er kaum kannte. Mehr nicht.

Warum also konnte ich mir Tyr Fredriksen nicht aus dem Kopf schlagen?

Fünf

»*God morgen, Mia.*«

Die tiefe Stimme überraschte mich. Ich hatte nicht erwartet, jemanden auf meinen Eingangsstufen anzutreffen. Als ich herumwirbelte, schlug die Haustür hinter mir zu. Hoffentlich hatten meine Mitbewohnerinnen einen tiefen Schlaf.

»Du bist gekommen«, platzte es aus mir heraus, und ich bereute es sofort. Musste ich unbedingt wie ein kleines Kind an Weihnachten klingen?«

»Natürlich.« Tyr runzelte die Stirn. »Dachtest du, ich würde es nicht?«

»Ich … ähm … Wie lange bist du denn schon hier draußen?« *Im Zweifel schnell ablenken.* Jasons alte Footballweisheit kam mir gerade genau recht. Oder war es *Angriff ist die beste Verteidigung?* Mein Bruder hatte viele Weisheiten.

»Nur ein paar Minuten.« Tyr stand auf, streckte seine unmöglich langen Beine und kam die Stufen herauf. »Sollen wir?«

»Na klar.« Ich drehte mich zum Haus und bückte mich, um einen Doppelknoten in meine Schuhe zu binden. »Danke, dass du mich so früh … Starrst du mich etwa an?«

»Nein.« Schnell schaute Tyr woandershin.

Grinsend richtete ich mich auf. »Tyr Fredriksen, du hast mir gerade auf den Hintern gestarrt.«

»Sollen wir jetzt laufen oder nicht?«, murmelte er.

»Gut.« Ich joggte Richtung Bürgersteig und stieß ihn im Vorbeigehen mit dem Ellbogen an. »Was würde Red denken?«

»Wer?« Tyr lief neben mir her.

»Meine Mitbewohnerin hat dich mit einem rothaarigen Mädchen gesehen. Deine Freundin? Ich bemühte mich, beiläufig zu klingen.

»Stalkst du mich, Ahlström?« Tyrs Mundwinkel verzog sich nach oben.

»Nein.«

Doch jetzt hatte ich mir in die Karten blicken lassen. Wir liefen schweigend weiter, bis wir den Waldrand erreichten. Tyr joggte vor, dann drehte er sich um, sodass er rückwärts lief. Bergauf.

»Angeber«, murmelte ich.

»Ich habe keine Freundin.« Er ließ mich während des Laufens nicht aus den Augen.

»Oh.« Ich zuckte mit den Schultern. Doch innerlich vollführte ich Luftsprünge. »Sonst noch was?«

»Ja.« Tyr grinste. »Wer zuerst auf dem Berg ist.«

Er drehte sich um und sprintete auf den Gipfel zu. Ich versuchte, mit aller Kraft mitzuhalten, aber Tyr war größer, stärker und viel schneller als ich. Außerdem hatte er einen ziemlich großen Vorsprung.

Er erreichte den Gipfel eine ganze Minute vor mir. Als ich dort ankam, stand er mit verschränkten Armen und breit grinsend da. Er war nicht einmal außer Atem.

»Das war nicht fair.« Keuchend rannte ich an ihm vorbei und stützte die Hände auf die Knie. »Du hast geschummelt. Wie konntest du so schnell laufen?«

»Ich bin ein besserer Sportler als du.«

Als ich zu ihm aufblickte, musste ich grinsen. »Du schaust mir doch schon wieder auf den Hintern.«

»Was? Nein. Ich will nur sichergehen, dass es dir gut geht. Dein Gesicht ist so rot.«

»Weil mich gerade ein Schummler den Berg hochgejagt hat.«

»Gut.« Tyr verschränkte seine Arme. »Willst du eine Revanche?«

»Ich habe eine bessere Idee.« Ich richtete mich auf. »Ein Wettrennen mit dir zum Bach.«

Tyr versteifte sich. »Ich habe dir doch gesagt, dass ein Wanderer dort unten einen Wolf gesehen hat, Mia.«

»Das war vor mehr als einer Woche«, rief ich ihm ins Gedächtnis. »Wird dich das für immer in Angst und Schrecken versetzen?« Aber mein Arm pochte. Ich hatte auch einen Wolf in den Wäldern gesehen. Nein … ich hatte mir einen eingebildet. Es war unmöglich, dass ich von einem riesigen Wolf gebissen und von einem mysteriösen blonden Kerl gerettet worden war, der vielleicht eine flüchtige Ähnlichkeit mit Tyr hatte, und dann ohne einen Kratzer davongekommen war. Das ganze Szenario war einfach lächerlich.

Trotzdem hielt Tyr an seiner Geschichte fest, dass ein Wanderer einen Wolf gesehen hatte. Na ja, vielleicht hatte der Wanderer die gleiche Halluzination gehabt wie ich. Die Wälder waren in der Dämmerung wirklich ziemlich unheimlich.

»Lass uns einfach kein Risiko eingehen.« Tyrs Kiefermuskeln zuckten.

Ich schob meine Hände in die Taschen meines Kapuzenpullis. »Denkst du, ich kann nicht allein auf mich aufpassen?«

»Ich denke …« Tyr hielt inne. »Ich denke, bei wilden Tieren kann man nicht vorsichtig genug sein. Und es gibt viele schöne Wege, die wir stattdessen nehmen können. Zum Beispiel den hinter dem Hügel. Warst du schon mal da oben?«

»Nein.« Ich klang gereizter, als ich wollte.

»Dann lass uns den nehmen. Es ist ein Acht-Kilometer-Rundweg, also müssen wir zwischendrin kehrtmachen, damit du rechtzeitig zum Unterricht zurück bist. Aber selbst die halbe Strecke ist es wert. Besonders morgens.«

Tyr begann zu joggen, und ich lief hinter ihm her. Da er vor mir war, würde er nie erfahren, wenn ich ihm beim Laufen ebenfalls auf den Hintern starrte. Meine Güte, was war ich doch für eine Heuchlerin.

Aber seine Rückseite war wirklich spektakulär.

»Was ist denn morgens so besonders?« Ich riss meinen Blick von Tyrs Hintern los und lief neben ihm her.

»Das wirst du schon sehen.«

Mehr sagte er nicht, und so liefen wir schweigend durch den Wald. Heute gab es kein goldenes Sonnenlicht, nur eine schwache graue Helligkeit, die von einem bedeckten Himmel durch die Bäume fiel. Es verlieh dem Wald ein unheimliches Leuchten. Wir kamen an einer Gruppe riesiger Mammutbäume vorbei, von denen jeder in grünes Moos gehüllt war. Als der Weg nach links abbog, warf ich einen kurzen Blick auf meinen Begleiter. Er trug dasselbe graue Sweatshirt wie beim letzten Training, aber diesmal hatte er die Kapuze nicht hochgezogen, und ein zerzauster Schopf blonder Haare war zu sehen. Seine Augen starrten geradeaus, aber er schmunzelte leicht.

»Was ist denn so lustig?«, fragte ich.

»Nichts.« Er sah mich an, und mir wurde ganz warm ums Herz. Das Funkeln in seinen Augen war ein Hinweis darauf, dass er genau wusste, welche Wirkung er auf mich hatte. Ich zog die Schultern zurück und nahm mir fest vor, cool zu bleiben. Doch als wir um eine Ecke bogen, blieb ich wie angewurzelt stehen.

»Heiliges Kanonenrohr …« Meine Stimme verlor sich.

»Ich sagte doch, dass es sich lohnen wird.«

Sich lohnen war eine Untertreibung, um die Aussicht zu beschreiben. Wir waren einen sanften Hang hinaufgelaufen und standen nun am Rande einer Schlucht. Der staubige Feldweg war auf beiden Seiten mit Baumstämmen gesäumt, und auf der einen Seite führt der Weg gleich hinter dem Holz hinab. Üppige grüne Farne und dicke Moospolster wuchsen über umgestürzte Mammutbäume und bildeten ein verschlungenes Muster, das fast schon absichtlich geplant aussah. Die Schlucht war groß, und an der gegenüberliegenden Seite schlängelte sich eine dichte grüne Tapete hinauf. Die überdimensionalen Farne und umgestürzten Baumstämme gaben dem Wald ein urzeitliches Aussehen – als ob jeden Moment ein Velociraptor durch das Dickicht stürmen könnte.

»Das ist unglaublich«, flüsterte ich.

»Sag es.« Tyr stupste mich mit seiner Schulter an.

»Was sagen?«

»*Tyr, du hattest recht.* Mach schon. Sag es.« Er grinste auf mich herab.

»Du bist lächerlich ehrgeizig. Das weißt du hoffentlich.« Ich stemmte meine Hand in die Hüfte.

»Das sagt die Richtige.«

»Haha.« Ich atmete tief ein und bewunderte die herrliche Aussicht vor mir … und auch die neben mir. *Hmm.* Die Schlucht war geheimnisvoll schön, aber der Schwede war schön geheimnisvoll. Es beunruhigte mich, dass ich immer noch so gut wie nichts über ihn wusste. Ich drehte mich zu Tyr um. »Was ist eigentlich deine Geschichte?«

»Was meinst du?« Sein Lächeln erlosch.

»Ich weiß nicht viel über dich. Wie alt bist du?«

»Du willst etwas über mich wissen?« Tyr starrte auf seine Fingerknöchel. Seine Fäuste waren so fest geballt, dass seine Adern hervortraten.

»Warum sollte ich nicht?«

Er begegnete meinem Blick und deutete auf seinen Kopf. »Ist irgendwie seltsam da drin.«

»Versuch es einfach mal.« Ich setzte mich auf einen umgestürzten Baumstamm und klopfte auf die Stelle neben mir. Dabei ignorierte ich, dass die Rinde durch den dünnen Stoff meiner Trainingshose pikste. Tyr nahm Platz und starrte in die Bäume.

»Nach der Schule bin ich zum Militär gegangen. Hab meinen Dienst abgeleistet und bin Henrik dann hierher gefolgt. Ich muss mit ein paar Dingen klarkommen und mir überlegen, wie es weitergehen soll.«

»Das klingt gar nicht so seltsam.« Ich stupste ihn mit dem Ellbogen an und ignorierte das Kribbeln, das der Körperkontakt auslöste. Tyr versteifte sich, also zog ich mich zurück. »Ziemlich gut nachzuvollziehen, wenn du mich fragst.«

»Na ja, also …« Seine Stimme verlor sich. »Erzähl mir etwas über dich.«

»Was willst du denn wissen?«

»Ich weiß nicht. Etwas, das nicht viele Leute wissen.«

Ich zerbrach mir den Kopf und suchte nach einer harmlosen Kleinigkeit, die ich erzählen konnte. Mein Leben war ziemlich unaufgeregt, und die Dinge, die die Leute nicht über mich wussten, waren eher peinlich. »Oh, hier ist eins. Ich bin völlig tontaub.«

»Tontaub?«

»Ich kann absolut keine Melodie halten. Bei Aufführungen in der Grundschule saß ich immer hinten. Wurde gebeten, in der Kirche leiser zu singen. Und wenn es Zeit für die Nationalhymne ist, bewege ich aus Respekt vor meinem Land nur die Lippen.«

»Das ist gut«, lachte Tyr.

»Jetzt du.«

»Hm. Äh … ich kann nicht kochen.«

»Überhaupt nicht?«, fragte ich.

»Nein, warte. Ich kann Makkaroni mit Käse zubereiten, Speck braten und einen Grill bedienen. Aber alles, was ich in den Ofen schiebe, verbrennt, jedes Mal, wenn ich versuche, den Herd zu benutzen, löse ich den Rauchalarm aus, und beim Versuch, Henrik einen Geburtstagskuchen zu machen, habe ich eine Backform in Brand gesetzt. Das war das letzte Mal, dass ich gebacken habe.« Tyrs Mund verzog sich zu einem verlegenen Lächeln. Während wir Geschichten austauschten, hatten sich seine Schultern entspannt, wodurch er weniger intensiv wirkte. *Gott sei Dank.*

Die Vorstellung von Tyrs rauchender Backform ließ mich kichern. »Echt krass.«

»Jetzt du wieder.« Tyr stützte die Ellbogen auf die Knie und lehnte sich vor.

»Okay. Ich *kann* kochen. Ich kann zwar nicht malen, zeichnen oder singen, dafür ist meine Kunst essbar. Meine Mutter ist ein Foodie und hat uns jeden Abend ein fantastisches Vier-Gänge-Menü gekocht. Mein Bruder Jason und ich durften oft in der Küche helfen. Als wir in die Highschool kamen, konnten wir beide Braten, Aufläufe, Lasagne und so weiter machen. Sie wollte sichergehen, dass wir uns selbst versorgen können, wenn wir mal auf eigenen Füßen stehen. Früher hat sich Jason immer darüber beschwert, aber jetzt wo er herausgefunden hat, wie sehr die Mädchen darauf stehen, liebt er es, zu kochen.« Ich lachte.

Tyr musterte mich. »Du stehst deiner Familie sehr nah.«

»Na klar. Sie ist großartig.« Ich zuckte mit den Schultern. »Wie ist deine Familie so?«

»Wie wäre es mit einem weiteren Funfact?« Nanu? Warum wollte er nicht über seine Familie reden?

»Ich weiß, dass du gerne joggst und Ski fährst. Und kochst. Erzähl mir was, das mich überraschen wird.«

»Ähm … oh. Ich bin eine ziemlich harte Kämpferin.«

»Du? Das Mädchen, das ich gerade bei einem freundschaftlichen Rennen fertiggemacht habe? Du kannst kämpfen?« Tyr stupste mich mit seinem Knie an. Die vertraute Hitze strahlte mein Bein hinauf, aber dieses Mal zog er sich nicht zurück.

»Und wie«, erwiderte ich und räusperte mich. »Als ich das Trockentraining meines Skiteams geleitet habe, waren die Mädels von dem Kardio- und Krafttraining, das ich ihnen angeboten habe, gelangweilt. Also habe ich einen Trainer für Mixed Martial Arts engagiert, um die Sache aufzupeppen. Er hat uns Grappling und Selbstverteidigung beigebracht und all diese lustigen Bewegungen – das hat alle wieder motiviert. *Und* wir konnten die Jungs von unserer Bruderschule fertigmachen, als sie sich über uns lustig gemacht haben, weil wir langsamer waren.« Ich musste grinsen, als ich mich daran erinnerte, wie der Mannschaftskapitän der Jungen mit dem Gesicht nach unten im Schnee lag. Er hatte uns Schneehasen genannt, also hatte ich ihn zu einem Ringkampf herausgefordert. Ich hatte nicht mehr als sein Ego verletzt, aber er und die anderen Jungs mussten für den Rest der Saison Tore für *beide* Kurse aufstellen … und sie haben uns nicht mehr beleidigt.

»Mmm.« Tyr beugte sich vor, sodass mich jetzt sowohl sein Knie als auch seine Schulter berührten.

Meine ganze Seite stand in Flammen. Er neigte sein Gesicht zu meinem, und als er sprach, war seine Stimme ein leises Murmeln. »Lust, mir das irgendwann mal zu zeigen?«

»Ich … äh … ich …« *Oh, Scheibenkleister.* Tyrs Stimme war genauso hypnotisierend wie seine Augen. Ich wurde in einen Strudel gezogen … einen wunderschönen schwedischen Strudel, der zu gleichen Teilen einschüchternder Krieger und überfürsorglicher Partner war. Ohne den Teil mit dem Partner. Ich wollte zwar nichts lieber, als mich in Tyrs Berührung zu lehnen, doch gleichzeitig war mir bewusst, dass er mich noch gar nicht richtig um ein Date gebeten hatte. Aber ich wollte, dass er es tat. Oh Mann, wie sehr ich das wollte.

Ich sprang auf, damit er nicht sah, wie ich errötete. »Es ist wahrscheinlich schon spät. Ich muss vor meinem Kurs um neun noch duschen.«

»Dann bringen wir dich mal zurück. Ladys first.«

Tyr streckte einen Arm aus, und ich joggte lächelnd an ihm vorbei. Er reihte sich neben mir ein, und wir liefen schweigend zurück. Als wir bei meinem Haus ankamen, hielt ich inne. *Was jetzt?*

Tyr zog eine Augenbraue hoch.

»Was?«, fragte ich.

»Nichts. Ich bin nur froh, dass wir das gemacht haben.«

»Ich auch«, gab ich zu.

»Wir sollten das wiederholen.«

»Okay.« *Bitte frag einfach, ob ich mit dir ausgehe.* Ich zwang den Gedanken in seinen Kopf und wartete.

Tyr starrte mich eine lange Zeit an. Seine Augen wanderten langsam von meinem Gesicht die Konturen meines Körpers hinab und blieben dann auf meinem Mund liegen. Am liebsten wäre ich vor Freude in die Luft gesprungen. Stattdessen starrte ich mit großen Augen zu ihm auf. Das war es. Er würde mich küssen. Wir würden endlich …

»Tja, wir sehen uns.« Tyr nickte und trat zurück. Furchtbar enttäuscht sah ich zu, wie er auf dem Absatz kehrtmachte und zurück in den Wald sprintete.

Weg von mir.

Ich rieb mir mit den Handballen die Augen und hoffte, dadurch meine Frustration zu verdrängen. Und was jetzt?

****

Die Antwort lautete: nichts. Die nächsten Wochen vergingen ohne ein Wort von ihm. Tyr kam nicht in Henriks Kurs, er kam nicht bei mir zu Hause vorbei, und ich sah ihn auch nicht mehr bei meinen morgendlichen Läufen. Ich spielte mit dem Gedanken, den Woodside Trail zu nehmen, nur um zu sehen, ob ich ihn so aus seinem Versteck locken konnte, aber letztendlich beschloss ich, dass es das nicht wert war. Angeblich streifte dort ja dieser Wolf durch den Wald, und die Vorstellung eines wütenden Tyrs war so verlockend wie eine Wurzelbehandlung.

Außerdem war ich kein Freund von Spielchen. Entweder mochte mich Tyr oder er mochte mich nicht – dieses Hin und Her war einfach nur bescheuert.

»Argh!« Ich warf mein Kissen gegen die Wand. Ich hatte es so satt, über ihn nachzudenken.

»Alles in Ordnung?« Heather steckte den Kopf in mein Zimmer. In der einen Hand hielt sie ein aufgeschlagenes Lehrbuch, in der anderen einen Textmarker.

»Mir geht's gut. Hab nur keine Lust mehr auf Jungs.« Ich schloss mein Fenster, um die späte Septemberkälte draußen zu halten, dann setzte ich mich aufs Bett. »Tut mir leid, ich wollte deine Konzentration nicht stören. Ich weiß, dass du an einem Referat arbeitest.«

»Ob du es glaubst oder nicht, ich bin mit meiner Gliederung schneller fertig geworden als gedacht.« Heather fuhr sich mit der Hand durchs Haar und seufzte. »Aber ich sollte besser weitermachen. Der Lernplan, den du für mich aufgestellt hast, wird nur schwer einzuhalten sein. Wie schaffst du das? Ich meine, machst du jemals eine Pause? Wirfst du die Routine auch mal aus dem Fenster?«

Nein. Nein, das tat ich nicht. Und dafür zog mich Jason auch ständig auf. »Du klingst genau wie mein Bruder.«

»Ich sage ja nur, dass Routine schön und gut ist, aber anstrengend ist sie auch. Was würde passieren, wenn diese Ordnung …« Heather gestikulierte in meinem aufgeräumten Zimmer herum, »wenn sie ein bisschen durcheinandergeraten würde? Würdest du damit zurechtkommen? Oder würdest du völlig … Steht auf dem Post-it an deinem Spiegel da wirklich *Fünf Dinge, die ich heute erledigen will?*«

Ich warf einen Blick auf den Zettel über meiner Kommode und errötete. »Vielleicht.«

»Warte mal.« Heather blickte an die Decke. »Hast du das gehört?«

»Was gehört?« Wir warteten schweigend, bis ein seltsames Geräusch von oben kam. Es klang, als würde etwas mit langen Krallen über eine Oberfläche kratzen, um ein Loch in der Decke zu schaffen und …

Wir starrten uns mit großen Augen an und rannten in den Flur. Heather ließ auf der Flucht ihr Buch fallen.

»Oh mein Gott, in unserem Haus spukt es!« Ich griff nach Heathers Armen.

»Es spukt nicht. Das ist nur ein Tier. Aber ich will eigentlich nicht herausfinden, was es ist.« Heather kniff ihre Augen zu.

»Was ist denn hier los, Leute?« Brynn stürmte aus ihrem Zimmer, Charlotte dicht auf den Fersen.

»Wir haben einen Geist«, flüsterte ich.

»Du glaubst doch überhaupt nicht an Geister.« Charlotte verschränkte die Arme.

»Ach, ja? Wie erklärst du dir das dann?« Ich deutete auf die Decke, als das Kratzen in ein Krabbeln überging, das nun an der Flurdecke zu hören war. »Scheibenkleister, es verfolgt uns!« Ich schlang einen Arm um Heather, den anderen um Charlotte und zog uns alle zusammen. Dann winkte ich Brynn heran. »Brynn, komm her!«

»Scheibenkleister?« Charlotte kicherte.

»Im Ernst, das ist ein Tier.« Heather holte tief Luft. »Ein gruseliges Tier mit irrsinnig langen Krallen, wie es sich anhört. Igitt! Ich hab mir das gerade vorgestellt.«

Ich erschauderte. »Jemand sollte es bitten zu gehen. Charlotte, mach du das.«

»Ich gehe doch nicht auf den Dachboden. Bist du verrückt?« Charlotte kreischte, als sich das Kratzen in Richtung ihres Zimmers bewegte. »Heather, geh du da hoch.«

Das Kratzen schien der Richtung unserer Stimmen zu folgen, sodass es nun direkt über uns war. Ich verringerte die Lautstärke in der Hoffnung, dass es mich so nicht mehr hören würde. »Nein«, flüsterte ich. »Das Ding verfolgt uns. Wahrscheinlich hat es Tollwut oder ist voller Bazillen oder was weiß ich. Nein. Einfach nein.«

»Oh, um Odins willen!«, stöhnte Brynn auf.

»Wessen?«, fragte Heather.

»Odin. Gott. Schon gut. Ich werde nachsehen, was es ist.« Brynn marschierte in ihr Zimmer und kam mit einer Taschenlampe in der Hand wieder heraus. Dann marschierte sie zum Ende des Flurs und zog die Schnur herunter, die an der Dachbodentür in der Decke befestigt war. Die Leiter klappte herunter, und sie begann hinaufzusteigen.

»Brynn! Warte!«, rief ich. »Was ist, wenn es was Großes ist? Solltest du nicht besser einen Baseballschläger oder einen Taser oder so was mitnehmen?« In meinem Kopf tauchte das Bild eines riesigen Wolfs auf, der seine rasiermesserscharfen Zähne in meinem Arm versenkte, und ich musste meine Schultern straffen, um den Schauer zu vertreiben, der mir über den Rücken lief.

Brynn drehte sich um. »Ernsthaft? Du willst, dass ich einem Waschbären einen Stromschlag verpasse?«

Charlottes Augen wurden groß. »Du denkst, das da oben könnte ein Waschbär sein? Diese Viecher sind böse. Bei uns zu Hause gab es einen, der ist am helllichten Tag direkt auf einen zugegangen und hat ihm das Essen aus der Hand gerissen. Der kannte keine Grenzen.« Sie rückte näher an mich heran.

Brynn verdrehte die Augen. »Ich habe keine Angst vor einem Waschbären.«

»Das solltest du aber«, murmelte Charlotte.

»Ich möchte, dass ihr euch daran erinnert, dass ich das für euch getan habe, wenn das nächste Mal das Badezimmer auf dem Putzplan steht.« Brynn stieg eine Sprosse höher. »Damit bin ich zweimal raus, oder?«

»Ich hasse diesen blöden Plan«, murmelte Heather.

»Wirklich? Ich dachte, du magst die Ordnung?« Ich blinzelte überrascht.

»Nein, *du* magst diese Ordnung. Ich will samstags einfach nur bis neun Uhr schlafen und nicht um sechs aufstehen müssen, um das Bad zu putzen, weil irgendein Plan mir sagt, dass ich das muss.«

»Ich hatte ja keine Ahnung. Das tut mir leid, ich kann …« Ich brach ab, als sich das Ding auf dem Dachboden seinen Weg durch den Flur bahnte. Jetzt bewegte sich das Geräusch direkt auf Brynn zu.

»Pass auf!«, kreischte Charlotte. »Es kommt auf dich zu!«

Brynn nahm die letzten Sprossen der Leiter. Sie schaltete ihre Taschenlampe ein und richtete den Lichtstrahl durch das Loch in der Decke. Das Krabbeln wich zurück, und das Scharren wurde hektisch, als die Kreatur vor dem Licht zurückwich. »Oh, ekelhaft«, stöhnte Brynn.

»Was? Was ist das?« brüllte ich.

Brynn stieg die Leiter hinunter und klappte sie mit angewidertem Blick an die Decke wieder hoch.

»Ratten.«

»Ewwwww!«, kreischten wir unisono. Charlotte presste ihren Kopf an meine Schulter, und Heather schauderte. Ich tätschelte ihnen den Rücken.

»Ganz ruhig. Das wird schon wieder«, beruhigte ich sie, während ich selbst angewidert die Augen zusammenkniff.

»Das ist ja so eklig!«, sagte Heather.

»Keine große Sache.« Brynns Locken wippten, als sie den Kopf schüttelte. »Wir müssen nur einen Kammerjäger rufen. Ich würde sie ja selbst beseitigen, aber ich bin mir ziemlich sicher, dass sie sich in den Wänden eingenistet haben und …«

»Igitt! Sie sind in den Wänden?« Ich schob Charlotte und Heather von dieser Seite des Flurs weg.

»Also, ich schlafe hier nicht mehr«, erklärte Charlotte.

»Die sind voller Krankheiten!«, fügte Heather hinzu.

»Jetzt beruhigt euch doch mal.« Brynn schlug die Hand an ihre Stirn. »Das sind doch nur Ratten.«

»*Nur* Ratten?« Ich erschauderte, dann marschierte ich in mein Schlafzimmer, zog das Kissen und die Bettdecke von meinem Bett und nahm einige Bücher von meinem Schreibtisch. Das Kratzen ertönte wieder, und ich eilte in den Flur zurück. »Wir werden Folgendes tun. Wir schlagen unser Lager im Wohnzimmer auf, bis der Kammerjäger da ist. Ich bin sicher, dass ein Team noch vor dem Wochenende herkommen kann. Hoffentlich können wir nach ein, maximal zwei Nächten wieder in unsere Zimmer.«

»Hört sich gut an.« Charlotte rannte in ihr Zimmer und kam mit einem Kissen, einer Decke und Lernmaterial wieder heraus.

»Du willst echt, dass wir im Wohnzimmer übernachten? Uns zu viert ein kleines Zimmer ohne Betten teilen? Und dort lernen und schlafen?« Heather stemmte die Hände in die Hüften.

»Hast du eine bessere Idee?«, fragte ich.

»Keine Ahnung. Vielleicht. Nein. Aber erklär mir mal, wie ein großes Kumbaya-Pfadfinderinnentreffen in den vollgepackten *Lernplan* passen soll, den du für mich aufgestellt hast.« Heather zog eine Augenbraue hoch.

Ich starrte sie an. »Warum bist du sauer auf mich? Ich habe die Ratten nicht auf den Dachboden gebracht.«

»Darum.« Heather pustete sich ihren Pony aus der Stirn. »Weil du denkst, dass du auf alles eine Antwort hast. Du hast unser Leben buchstäblich durchgeplant, ohne uns zu fragen, und jetzt sagst du mir, dass ich einen Aufsatz schreiben, für einen Test lernen und all meine Lektüre erledigen muss, während ich mit drei anderen Mädchen für weiß der Himmel wie viele Tage ein Zimmer teile?«

»Als ich den Koch- und Hausarbeitsplan erstellt habe, habe ich euch gesagt, dass wir ihn abändern können, wenn er euch nicht passt«, erinnerte ich Heather. »Dieses Angebot gilt immer noch. Außerdem hast *du* mich darum gebeten, dir bei der Erstellung eines Lernplans zu helfen.«

»Tja, um einen Kochplan habe ich aber nicht gebeten. Oder darum, vorgeschrieben zu bekommen, wann ich das Badezimmer zu putzen habe oder den Rinnstein auszufegen oder was da sonst noch für idiotische Aufgaben auf diesem Ding stehen.«

Heather verdrehte die Augen. »Du denkst, du hast alles im Griff, Mia. Du willst jeden und alles in deine kleinen Kästchen stecken, anstatt sie so sein zu lassen, wie sie sind … deine Freunde eingeschlossen. Tja, ich habe Neuigkeiten für dich. Wir sind nicht alle so perfekt wie du.«

Wow. Dem trotzig gereckten Kinn und den geballten Fäusten nach war Heather wirklich wütend. Ich schaute zu Charlotte, um zu sehen, ob sie es genauso sah wie Heather, aber in ihren großen Augen sah ich nur Schock. Ein kurzer Blick auf Brynns Körpersprache verriet eine kaum beherrschbare Anspannung – ihre Lippen waren zusammengepresst und ihr Oberkörper war zu Heather hin ausgerichtet. Sie sah aus wie ein Wachhund, der bereit war, zu beschützen.

Wenn ich die Sache mit Heather nicht in Ordnung brachte, stand uns ein äußerst unangenehmes Jahr im Daffodil Drive bevor. Ich faltete meine Hände und unterdrückte mein Ego.

»Hör mal, Heather, es tut mir wirklich leid. Ich hab die

Dinge immer auf eine bestimmte Art und Weise gemacht, weil es für mich und die Mädchen, mit denen ich im Internat zusammengewohnt habe, immer gut funktioniert hat. Aber ich verstehe, dass es für dich nicht funktioniert, und ich hätte dir meine Art, die Dinge zu tun, nicht aufzwingen sollen. Euch auch nicht, Charlotte, Brynn – ich dachte, es wäre für euch okay, aber wenn nicht, können wir den Plan einfach weglassen. Wir kochen unsere eigenen Mahlzeiten und putzen, wann wir wollen.« Ich zuckte zusammen, als die Worte aus meinem Mund kamen, aber ich schob die Vorstellung von schmutzigen Badezimmern und mit Geschirr gefüllten Spülbecken beiseite. Freunde – und das Vermeiden eines Mitbewohnerkriegs – waren wichtiger als Sauberkeit. *Komm einfach damit klar, Ahlström.* »Tut mir leid, dass ich dich verärgert habe. Ich hoffe, du kannst mir verzeihen.«

Ich hielt den Atem an, während Heather mich anstarrte. Nach einer langen Minute löste sich die Anspannung in ihren Händen, und sie schüttelte den Kopf.

»Schon gut. Ich bin einfach nur sehr gestresst, weil ich meine Noten verbessern muss, und dieser erzwungene Umzug macht mich nervös. Lasst uns einfach nach unten gehen und versuchen, unsere Hausaufgaben zu erledigen. Wenn es zu voll ist, lerne ich in einer der Bibliotheken auf dem Campus, bis wir das mit den Ratten in den Griff bekommen haben.«

Heather ging in ihr Zimmer und kam mit ihren Schlaf- und Lernsachen heraus. Brynn folgte ihr und stellte sich zwischen Heather und mich.

Charlotte und ich tauschten einen Blick aus, als wir den Flur entlanggingen. *Krise abgewendet.*

»Betrachtet den Koch- und Putzplan als offiziell aufgehoben«, sagte ich, während wir vier nach unten gingen.

»Ich mag den Plan irgendwie«, murmelte Charlotte.

»Ich auch«, sagte Brynn. »Ich weiß gern, was mich erwartet.«

»Ernsthaft? Bin ich die Einzige, die nicht gerne hört: ›Heute ist Samstag, du bist mit dem Putzen des Badezimmers dran‹?« Heather blieb am Fuß der Treppe stehen.

»Na ja, ich mag es nicht *per se*«, erklärte Charlotte. »Aber ich mag es, ein sauberes Bad zu haben.«

»Wie auch immer.« Heather verdrehte die Augen. »Dann behalten wir den blöden Plan eben.«

Ich drehte mich um und legte ihr die Hand auf die Schulter. »Ich weiß, dass ich eine Nervensäge sein kann. Wie wäre es, wenn du auf der Couch schläfst, während wir hier unten festsitzen, und ich übernehme deine nächste Badezimmerputzschicht, damit du mehr Zeit zum Lernen hast?«

»Sagen wir, meine nächsten zwei und wir sind im Geschäft.« Heather nickte, und ich wusste, dass sie mir vergeben hatte. Zumindest vorübergehend.

»Großartig. Dann wollen wir mal diese Rattensituation so schnell wie möglich klären, damit wir alle zu unserem normalen Alltag zurückkehren können.« Ich schaute mir das Wohnzimmer an. »Heather hat nämlich recht, eine Pyjamaparty ist nicht gerade ein ideales Lernumfeld.«

»Meint ihr das wirklich ernst? So viel Aufwand wegen ein paar kleiner Nager?« Brynn schüttelte den Kopf.

»Winzige Nager mit messerscharfen Zähnen«, betonte Charlotte.

Brynn seufzte. »Also, ich war noch nie auf einer Pyjamaparty. Wie macht man das?«

»Du warst noch nie auf einer Pyjamaparty?«, fragte ich,

während sie ihre Bettdecke auf dem Teppich neben der Couch ausbreitete. »Wie ist das überhaupt möglich?«

»Da, wo ich herkomme, gibt es so etwas nicht wirklich.« Brynn rückte ihre Kissen zurecht, setzte sich und nahm ihren Rucksack auf den Schoß.

»Es gibt in Schweden keine Pyjamapartys?« Charlotte suchte sich einen Platz gegenüber von Brynn.

»Schweden? Äh, nein. Nicht so richtig.« Brynns Stimme klang seltsam.

»Hm. Na ja, sie sind lustig. Außer wenn sie von bösen Ratten heimgesucht werden.« Ich erschauderte, während ich meine improvisierte Schlafstätte bereitmachte.

Wir warteten auf das Geräusch von Krallen in den Wänden, aber die Ratten schienen sich auf den Dachboden zu beschränken.

Vorerst.

Ich setzte mich in einen Schneidersitz und legte mein Notizbuch, mein Lehrbuch und den Band über nordische Mythologie, den ich mir in der Bibliothek ausgeliehen hatte, auf meine Decke. Dann nahm ich den Text von John Lindow zur Hand und schlug die Seite mit dem Titel »Die Nornen« auf. Meine Mitbewohnerinnen verstanden den Wink mit dem Zaunpfahl und vertieften sich in ihre eigenen Studien. Wir lasen schweigend, unterbrochen von gelegentlichem Umblättern einer Seite.

»Charlotte?« Ich schob ein Lesezeichen zwischen die Seiten und blickte auf.

»Hm?« Sie blätterte in ihrem eigenen Text.

»Warum waren die Nornen so verschwiegen, wenn sie doch Informationen hatten, die die neun Reiche hätten retten können?«, fragte ich.

Charlotte blickte verwirrt auf. »Wie bitte?«

»Die Nornen. Habt ihr sie in eurem Kurs behandelt?«

»Ein bisschen, aber wir haben uns mehr auf die Hauptgötter und unterschiedlichen Reiche konzentriert«, erwiderte Charlotte. »Wahrscheinlich ist Brynn viel qualifizierter als ich, um über nordische Götter zu sprechen.«

»Warum?«, fragte Brynn.

»Du kommst doch aus Skandinavien, *ja?*« Charlotte versuchte es mit ihrem besten schwedischen Akzent, klang jedoch eher wie *Zoolander*. »Ich dachte nur, ihr seid mit diesen Geschichten wahrscheinlich aufgewachsen.«

»Stimmt. Was wollt ihr wissen?« Brynn streckte sich auf dem Boden aus.

»Also, ich lese gerade etwas über die Nornen. Bei diesem Autor klingen sie wie die Moiren aus der griechischen Mythologie, weil sie die Zukunft vorhersagen können, aber statt zu weben, haben sie den Weltenbaum gefüttert. Ich frage mich, warum sie ihre Gaben nicht genutzt haben, um Odin und den anderen Göttern zu helfen, als sie wussten, dass etwas Schlimmes passieren würde?«

»Weil jeder, den sie warnen würden, versuchen würde, sich nicht zu verletzen«, vermutete Heather und klappte ihr Anatomie-Lehrbuch zu. »Das würde den Verlauf der Zukunft verändern.«

»Aber sie könnten helfen, Schlimmes zu verhindern. Sie haben die Antworten. Warum teilen sie die nicht?«, fragte ich.

Brynn schüttelte den Kopf. »Es ist gefährlich zu wissen, dass etwas Gutes bevorsteht. Die Götter haben viele Feinde, und wenn einer von ihnen erfahren würde, dass ein Aesir oder Vanir …«

»Ein was?«, fragte Heather von der Couch aus.

»Die Götter von Asgard heißen Aesir, und die Götter von Vanaheim heißen Vanir – sie sind beide gut. Und wenn einer der Bösen herausfindet, dass einer der Guten über eine Macht verfügt, die ihn zerstören könnte, hätte er es auf diese Bedrohung abgesehen. Das würde auch die Zukunft verändern.« Brynn schüttelte den Kopf. »Die skandinavische Mythologie ist sehr strukturiert. Jeder Gott hat seine Rolle, und jedes Leben ist dazu bestimmt, eine bestimmte Aufgabe zu erfüllen. Eine Einmischung in diese Aufgaben könnte das Gleichgewicht stören, das die Nornen aufrechtzuerhalten versuchen. Denn in der nordischen Mythologie herrscht ohne perfekte Ordnung das absolute Chaos.«

Endlich. Etwas in all diesen Geschichten, mit dem ich mich identifizieren konnte.

»Die Infrastruktur von Asgard erfordert, dass bestimmte Götter Informationen haben, die über die allgemeinen Prophezeiungen, die die Nornen offenbaren, hinausgehen.« Brynn studierte ihre Nägel. »Zum Beispiel muss die Göttin der Liebe die Prophezeiungen kennen, die sich auf die Zukunft eines potenziellen Paares beziehen. Angenommen, der eine ist dazu bestimmt, zur See zu fahren, und der andere, über ein Bergland zu herrschen, dann wäre es keine gute Idee, die beiden zusammenzubringen, oder? Die Nornen geben der Göttin der Liebe also Zugang zu Informationen, die ihr helfen, ihre Rolle als Kupplerin besser zu erfüllen. In ähnlicher Weise würden die Nornen dem Kriegsgott Zugang zu den Prophezeiungen geben, die sich auf kriegerische Reiche oder feindliche Elemente beziehen.«

»Sie waren also verschwiegen, wenn es um individuelle Schicksale ging, aber wenn man der Gott von was auch immer war, gaben sie einem die Infos, die man brauchte, damit die Dinge reibungslos liefen?«, fasste Charlotte zusammen.

»Ganz genau. Weil so viel davon abhängt, dass Asgard die Kontrolle über die neun Reiche behält, ist es eine sehr traditionelle Kultur mit einer patriarchalischen Hierarchie, und Odin regiert mit eiserner Faust. Hat man dir das in deinem Kunstkurs beigebracht?«, fragte Brynn.

»Nein. Da hat man uns nur Bilder von einem nackten Gott gezeigt.« Ich zwinkerte Charlotte zu, und sie kicherte.

»Na ja, die Götter mit Titel erhielten diese bei ihrer Geburt, und sie behalten sie für die Dauer ihrer Existenz. In den seltenen Fällen, in denen ein Gott mit einem Titel stirbt oder sich zur Ruhe setzt, geht sein Titel auf seinen Erben über. Sollte also Odin etwas zustoßen, würde sein Sohn Thor den Titel *Alfödr* erben«, erklärt Brynn.

»Du sprichst von ihnen, als wären sie echte Menschen.« Ich lächelte. »Sie müssen ein wichtiger Teil der skandinavischen Kultur sein.«

Brynn hielt inne. »Äh, ja. Sie sind ein großer Teil unserer Kultur.«

Ich nickte.

»Das klingt alles so streng durchorganisiert. Wo bleibt da die Romantik?«, fragte Heather.

»Für mich ist Ordnung romantisch«, sagte ich. »Allerdings hat meine Mutter auch eine etwas andere Vorstellung von Romantik. Sie ist der Meinung, dass sich das Leben eines jeden so abspielen sollte wie das ihre. Mein Vater und sie haben sich auf einer Collegeparty kennengelernt. Sie haben sich auf der überfüllten Tanzfläche in die Augen gesehen und sich sofort ineinander verliebt.«

»So was passiert wirklich?«, fragte Heather.

»Im magischen Land Louisiana schon.« Ich grinste und dachte an die tausendmal, die meine Mutter mir schon ihre Liebesgeschichte erzählt hatte. »Die Südstaatenschönheit heiratete ihren Yankeeprinzen, und sie lebten glücklich und zufrieden bis ans Ende ihrer Tage.« Ich legte meine Hand an die Stirn und tat so, als würde ich in Ohnmacht fallen.

»Hey, wahre Liebe ist eine mächtige Kraft. Es lohnt sich, an sie zu glauben«, drängte Brynn.

»Oh, ich glaube an die Liebe«, sagte ich. »Ich finde es nur toll, dass die Mythen eurer Kultur die Schönheit der Struktur ehren.«

»Tja, sie handeln auch von Schicksal und Bedeutung innerhalb der Struktur, und zwar auf mehreren Ebenen«, stellte Brynn klar. »Asgard ist mythologisch gesehen eine wirklich komplexe Gesellschaft, und jeder Gott spielt eine Rolle in der übergreifenden Saga des Reiches – selbst die weniger bekannten Götter.«

»Was meinst du damit?«, fragte ich.

»In Asgard gibt es Krieger, Leibwächter, Walküren, Bauern und Handwerker. Götter ohne Titel spielen eine wichtige Rolle in der asgardischen Gesellschaft, nicht nur die Blockbuster-Götter wie Thor und Loki.« Brynn schlug ihre Beine übereinander und wippte sie hin und her. »Okay, also zum Beispiel die Vereinigerin: Sie minimiert Konflikte, indem sie Probleme aus dem Weg räumt, bevor sie sich zuspitzen, gegnerische Fraktionen zu einer neutralen Lösung führt und die Gemeinschaft fördert.«

»Klingt wie Mia«, sagte Heather.

»Aufgabenplanerstellerin der Götter.« Charlotte kicherte. Ich streckte ihr die Zunge heraus.

»Ganz genau. In einem gewaltigen, Reiche übergreifenden

Ausmaß.« Brynn nickte. »Dann gibt es die Heiler – sie können fast alle Krankheiten heilen. Ein Seher kann die Zukunft vorhersagen. Diese Art Rollen werden Schlüssel genannt, und sie können durch Vererbung oder durch Heirat weitergegeben werden, wenn die Persönlichkeit zu der Aufgabe passt.«

»Das verstehe ich nicht.« Charlotte runzelte die Stirn. »Ich kann mich nicht erinnern, dass ich in meinem Kurs damals etwas über Schlüssel gelernt habe.«

Brynn verbarg hinter ihrer Hand ein Lächeln. »Glaubst du, man kann alles aus Lehrbüchern lernen?«

Ja. Ja, das glaube ich.

»Diese Schlüssel konnten also in einen …« Ich suchte nach dem richtigen Wort, »einen *Job* einheiraten?«

»Genau. Wenn jemand, der die Veranlagung hat, Menschen zusammenzubringen, jemanden mit einem friedenserhaltenden Beruf heiratet, wie zum Beispiel einen hochrangigen Krieger – tja, dann könnte Odin die Braut des Kriegers zur Vereinigerin machen, und sie würde ihre Kräfte einsetzen, um ihren Mann bei der Erfüllung seiner Pflichten zu unterstützen.« Brynn sah mich an.

»Sie würde ihrem Mann also nur den Rücken stärken? Hätte sie eine Wahl?« Ich zog eine Augenbraue hoch. Das klang irgendwie rückständig.

»Um ehrlich zu sein, ist es eine ziemlich große Ehre. In diesem speziellen Fall wäre der Kriegergott ohne die Hilfe des Schlüssels nicht in der Lage, seine Aufgabe effektiv zu erfüllen. Sie würden eine extrem symbiotische Beziehung eingehen.« Brynn nickte.

»Ein echtes Power Couple also«, sinnierte Charlotte.

Brynn hob die Arme über den Kopf und gähnte. »Oh Mann, ich werde müde. Ist nicht langsam Schlafenszeit?«

»Ich werde heute Nacht kein Auge zutun«, sagte Heather leise. »Blöde Ratten.«

»Es ist doch nur für eine Nacht.« Brynn zog sich ihre Schlafmaske über die Augen und vergrub sich unter ihrer Bettdecke. »Der Kammerjäger wird morgen hier sein.«

»Das hoffe ich ja wohl.« Mich durchlief ein kalter Schauer. Gutenachtgeschichten über nordische Götter hin oder her, das hier war eine Erfahrung, auf die ich nur zu gern verzichtet hätte.

Sechs

»Du sagst also, sie können erst nächste Woche vorbeikommen? Das ist völlig inakzeptabel.« Ich warf meine Sporttasche über die Schulter und marschierte aus dem Umkleideraum der Uni-Sporthalle. Brynn lief mir hinterher und wirkte nicht im Geringsten verärgert. »Warum regst du dich nicht darüber auf?«

Sie zuckte mit den Schultern. »Es sind doch nur ein paar Ratten. Ich verstehe immer noch nicht, was daran so schlimm ist.«

»Schlimm daran ist, dass wir in unserem Wohnzimmer zelten. Sollen wir das eine ganze Woche lang tun, während wir darauf warten, dass sich die Ratten durch unsere Wände fressen? Vorher wird uns Heather alle umbringen.« Ein süßer Typ kam durch die Glastür und hielt sie auf.

»Danke«, sagte ich im Vorbeigehen.

»Gern geschehen, Schätzchen«, erwiderte er. Seine Augen musterten die nackte Haut zwischen meinem Sport-BH und der kurzen Yoga-Hose. Sein Blick hätte mich zum Erröten bringen können, wenn in meinem Kopf nicht das Bild der krabbelnden Nagetiere fixiert gewesen wäre. *Igitt.*

»Zelten macht irgendwie Spaß«, argumentierte Brynn. »Und wir können jederzeit zurück in unsere Zimmer gehen.«

»Ich schlafe nicht da oben.« Ich holte meine Sweatjacke aus der Tasche und zog sie mir über. Sie zu schließen, war nicht nötig, denn der Tag war unerwartet warm, selbst jetzt noch, wo die Dämmerung die roten Backsteingebäude in ein violettes Licht tauchte.

»Na gut.« Brynn blieb stehen und ging auf die Zehenspitzen. »Oh, juhu. Henrik! Tyr! *Hei hei!*«

Mein Herz setzte einen Schlag aus. *Tyr.* Derjenige, der sich immer noch nicht gemeldet hatte. Als Brynn winkte, folgte ich ihrem Blick, bis ich Schwedens Herkules-Export entdeckte. Er kam auf uns zu und trug eine schwarze Jeans, ein schwarzes T-Shirt und ein breites Grinsen.

»*Hei*, Brynn. Hey, Mia.« Die Stimme gehörte Henrik. Tyr war zu sehr damit beschäftigt, auf jeden einzelnen meiner Bauchmuskeln zu starren. Es waren nur vier, denn trotz meines gewissenhaften Trainingsplans gelang es mir einfach nicht, die letzten beiden zu definieren. Tyr schien das nicht zu stören. *Schau ruhig, Herkules. Schau dir an, was du verpasst.*

»Wie geht's euch, Jungs?«, trällerte Brynn.

»Uns geht's gut. Ich muss nur schnell ins Labor, um meinen Laptop zu holen«, sagte Henrik.

»Du hast deinen Laptop im Labor vergessen? Henrik! Du weißt doch, dass er die Analyse für ... äh, du weißt doch, dass du ihn nicht herumliegen lassen solltest.« Brynn klang sauer. Es war lieb von ihr, dass sie sich um Henriks Forschungsprojekt sorgte, oder was auch immer er sonst noch an Schulmaterial auf seinem Laptop aufbewahrte, aber ich konnte ihr gerade nicht zustimmen. Denn meine Augen waren in einem tiefblauen Strudel verloren.

Tyr starrte mich mit einer Intensität an, die meine Herzfrequenz verdreifachte. Er stand mit zurückgenommenen Schultern und angespanntem Kiefer da, und obwohl seine Lippen nach oben gezogen waren, wirkte der Ausdruck gezwungen. Winzige Erschütterungen einer Emotion, die ich nicht identifizieren konnte, kräuselten sich unter seinem perfekten Äußeren. Es war kaum wahrnehmbar, aber ich war so sehr auf jede kleine Nuance fixiert, dass ich nicht übersehen konnte, wie ... seltsam er wirkte. Nicht dass er jemals übermäßig herzlich gewesen wäre, aber unter der üblichen Arroganz lag eine Verletzlichkeit, an die ich nicht gewöhnt war. Seine Augen sahen mich fast sanft an, während seine Hände gleichzeitig zu Fäusten geballt waren.

Tyr Fredriksen war eine Studie der Kontraste. Absolut verblüffende, unmöglich unwiderstehliche, furchtbar frustrierende Kontraste.

»Mia. Atme.« Ich merkte erst, dass ich die Luft anhielt, als Brynn mir einen Ellbogen in die Seite stieß.

»Was?«, platzte ich heraus, sehr zu Tyrs Belustigung. Die Sanftheit verschwand, als ich ins Schwanken geriet. Mit einer blitzschnellen Bewegung streckte er einen Arm aus, um mich aufzufangen. Wie immer schickte die Berührung einen Hitzeschub durch meinen Körper, und ich entzog Tyr meinen Ellbogen, sobald ich mein Gleichgewicht zurückgewonnen hatte. Als ich seinen Blick erwiderte, starrte er mich einen Moment lang mit großen Augen an, bevor sein Gesicht wieder ausdruckslos wurde.

Er war so unglaublich nervig.

»Autsch, Brynn. Das war hart!«, beschwerte ich mich.

»Tut mir leid.« Sie zuckte mit den Schultern, und es war offensichtlich, dass es ihr überhaupt nicht leidtat.

»Der Kickboxunterricht ist seit zwanzig Minuten vorbei«, murmelte ich.

»Ihr wart gerade Kickboxen? Hattet ihr heute Lust, jemanden zu verprügeln?« Tyr zog eine Augenbraue in die Höhe. Inzwischen war er wieder der Inbegriff von Ruhe und Gelassenheit.

Ich verschränkte meine Arme. »Vielleicht.«

»Jemand Bestimmtes?« Die Belustigung in seinem Gesicht nervte mich wahnsinnig, aber ich ließ mir nichts anmerken.

»Henrik hat also seinen Laptop vergessen, aber was machst du hier? Du bist kein Student.«

»Hast du das immer noch nicht herausgefunden?« Brynn deutete auf ihre Freunde. »Sie sind praktisch an der Hüfte zusammengewachsen.«

»Zwillinge.« Henrik hob eine Faust und Tyr stieß mit seiner eigenen dagegen, das universelle Zeichen der männlichen Freundschaft.

»Verstehe.« Das Lachen verging mir schnell, als mir ein Schauer über den Rücken lief. Trotz der warmen Brise, die durch die alten Eichen auf dem Campus raschelte, tanzte mir plötzlich eine Gänsehaut über die Haut. Ich verschränkte die Arme und schaute nach unten, um meinen Hoodie zu schließen, aber eine tiefe Stimme ließ mich innehalten.

»Nicht«, befahl Tyr.

»Wie bitte?«

»Mach den Reißverschluss nicht zu.« Er fuhr sich mit einer Hand durch sein zerzaustes Haar und starrte auf meinen Bauch. »Das würde die Aussicht ruinieren.«

Neben mir kicherte Brynn.

Mir klappte die Kinnlade herunter. Einerseits war es unglaublich frech von ihm. Wer sagte so etwas schon laut, noch dazu vor anderen Leuten? Andererseits war es schwer, ein angemessenes Maß an Empörung aufrechtzuerhalten, wenn der süßeste Junge, den ich je gesehen hatte, mir sagte, dass er meine Bauchmuskeln mochte.

Ich wette, sein Sixpack ist der Oberhammer …

Mit brennenden Wangen beeilte ich mich, den Reißverschluss meiner Sweatjacke zu schließen.

»Tut mir leid wegen ihm«, entschuldigte sich Henrik. »Wir lassen ihn nicht oft raus. Er provoziert andere gern.«

»Offensichtlich«, murmelte ich.

»Habt ihr euer Rattenproblem in den Griff bekommen?«, fragte Henrik.

Brynn seufzte. »Ich habe heute Morgen den Mann angerufen, den du mir empfohlen hast. Er kann uns erst nächste Woche einen Termin geben.«

»Ihr könnt jederzeit bei uns übernachten. Wir haben jede Menge Platz«, bot Henrik an.

Brynns Augen leuchteten auf, gleichzeitig verschwand Tyrs Grinsen.

»Oh, das ist nicht nötig«, platzte ich heraus, während Tyr murmelte: »Ich glaube nicht, dass das eine gute Idee ist.«

Unsere Augen trafen sich in gegenseitigem Einverständnis. Tyr wollte nicht mit mir ausgehen, und ich wollte ihm in seinem Haus nicht in die Quere kommen. Die Nacht bei ihm zu verbringen wäre noch unangenehmer, als bei den Ratten auf dem Dachboden zu schlafen.

»Aber du hast doch gerade gesagt, eine Woche sei zu lang, um auf dem Wohnzimmerboden zu schlafen«, argumentierte Brynn. »Und Heather wird explodieren, wenn sie hört, dass es noch Tage dauern wird.«

»Warum schlaft ihr auf dem Wohnzimmerboden?«, fragte Henrik.

»Äh, tja also …« Ich schaute zu Brynn.

Sie zuckte mit den Schultern. »Ich finde das alles ziemlich lächerlich.«

Meine Augen suchten auf dem Gehweg vor der Sporthalle nach einer Ausrede, um zu verschwinden. Die Art, wie Tyr mich ansah, war beunruhigend. »Ähm … na ja …«

»Mia und die Mädchen haben Angst.« Brynn glättete ihren Pferdeschwanz.

»Wirklich, *prinsessa?* Der Super-G-Champion hat Angst vor Mäusen?« Tyr zog eine Augenbraue hoch.

»Das sind Ratten, sie sind direkt über meinem Zimmer, und ich schlafe gern allein, vielen Dank.«

»Mmm.« Tyr starrte mich an, und ich errötete.

Oh.

»Dir ist schon klar, dass die Ratten früher oder später auch in eure Küche kommen werden, oder? Ich nehme an, ihr seid nicht so pedantisch wie Tyr und lasst ab und zu mal einen Krümel auf dem Tresen liegen. Und der Boden eures Wohnzimmers ist wahrscheinlich näher an der Küche als eure Zimmer.« Henrik grinste.

Oh, Crêpes. Warum hatte ich nicht daran gedacht? Ich drehte mich zu Brynn um. »Es muss einen anderen Kammerjäger geben. Jemand, der heute noch Zeit hat.« Ich nahm mir fest vor, die Küche von oben bis unten zu schrubben, sobald ich zur Tür reinkam.

Henrik lachte. »Ich kenne da vielleicht einen anderen Kerl. Seine Methoden sind nicht gerade konventionell, aber er kann das Haus ziemlich schnell von Schädlingen befreien.«

»Wir nehmen ihn«, platzte ich heraus.

»Ich rufe ihn an und frage, ob er euch vielleicht dazwischenquetschen kann.« Henrik schlug Tyr auf den Arm. »Wir sollten besser gehen. Ich muss bis neun die Noten bei Professor Antosie abgegeben haben. Übrigens habt ihr beide euren Test bestanden.«

»Reden wir von einer Eins oder einer Zwei?«, hakte ich nach. Es war nie zu früh im Semester, um sich über Noten Gedanken zu machen.

»Ich glaube, ihr habt beide Einsen.« Henrik runzelte die Stirn. »Oder eine Eins minus – ich kann mich nicht erinnern. Oh, und ihr habt die Praktikumsplätze bekommen. Gratulation.«

»Fabelhaft!«, jubelte Brynn.

Ich grinste so breit, dass meine Wangen schmerzten und ich sowohl meine Verärgerung über Tyr als auch meine durch Nagetiere verursachte Paranoia vergaß. »Wirklich?«

»Wirklich. Mia, für eine Studienanfängerin hast du einen echt guten Lebenslauf. Die ehrenamtliche Arbeit im Raumfahrtzentrum muss eine tolle Erfahrung gewesen sein.«

»Das war es. Ich habe hauptsächlich Daten für die Wissenschaftler zusammengetragen, aber es hat Spaß gemacht, ihre Forschungsarbeiten noch vor der Veröffentlichung lesen zu dürfen.« Ich strahlte. »Wow, ich bin wirklich aufgeregt.«

»Toll. Kannst du morgen anfangen? Ich denke, dienstags und donnerstags Nachmittag geht es, es sei denn, du hast dann Unterricht.« Henrik schob sich die Brille auf die Nase.

»Nach zwei habe ich Zeit«, sagte ich.

»Ich auch«, ergänzte Brynn.

»Ausgezeichnet. Dann sehe ich euch beide im Techniklabor.« Henrik winkte und drehte sich in Richtung des Ingenieursgebäudes um. »Tyr! Hör auf, Mia anzustarren, und komm.«

Mein Blick schoss zu Tyr, als er gerade seine Fäuste entspannte. Er warf mir einen Blick zu, der eine Sekunde länger als unbedingt nötig anhielt und mehr als nur einen Hauch von Traurigkeit enthielt. Weshalb sollte er traurig sein? Sein Blick wurde weicher, und ich bekam Herzklopfen. Der Ausdruck in seinen Augen sagte mehr als all unsere bisherigen Gespräche und machte mir klar, dass meine irrationale Tyr-Schwärmerei nicht ganz einseitig war. *Ich wusste es!* Doch so schnell, wie die Veränderung über Tyr gekommen war, war sie auch schon wieder verschwunden. Mit einer raschen Bewegung machte er auf dem Absatz kehrt und ging davon. »*God natt*, Mädels«, rief er über die Schulter.

»Gute Na-acht!«, trällerte Brynn zurück.

Tyr schlenderte mit der Zuversicht eines erfahrenen Sportlers davon, während ich wieder einmal versuchte, nicht auf seinen unnatürlich schönen Hintern zu starren. Er war ein absolutes Schmuckstück.

Und völlig unerreichbar für mich.

****

»Mia, du bist doch das Organisationsgenie, oder?« Henrik stand in einem weißen Kittel an einem Labortisch. Zu seiner Rechten befand sich ein Tablett mit fein säuberlich geordneten Metallteilen. Das Skelett des Roboterarms stand auf einem Sockel zu seiner Linken, und ein kompliziertes Diagramm, das den Aufbau der Maschine skizzierte, war an das Whiteboard geklebt.

»Kommt darauf an, wen du fragst.« Ich zog die Kappe von meinen Stift.

»Brynn sagt ja, also möchte ich, dass du mir hilfst, die Metallteile für das Gerät zu testen. Brynn, und du spielst bitte mal mit dem Algorithmus am Whiteboard. Lerne ihn. Liebe ihn. Mach ihn zu deinem Freund. Mia, die gehören alle dir.« Henrik hielt einen kleinen Bolzen hoch. Hinter seiner Brille leuchteten seine Augen – er sah aus wie ein Kind, das gerade entdeckt hatte, dass es über Nacht in einem Süßigkeitenladen eingesperrt worden war.

»Aye, aye.« Brynn salutierte. Sie schnappte sich ihr Notizbuch und begann zu schreiben.

In der Zwischenzeit zog ich einen Hocker an Henriks Tisch und sah mir die Schrauben und Muttern an. »Was brauchen Sie, Captain?«

»Das gefällt mir.« Henrik kratzte sich am Kinn. »Ja, so könnt ihr mich ab jetzt immer nennen.«

»Ich glaube, das war eine einmalige Sache.« Ich nahm eine Schraube in die Hand und hielt sie zwischen meinen Fingern.

Meine French Nails wirkten schon ziemlich verblasst – ich sollte Charlotte besser bitten, sie aufzufrischen.

»Tja, die Option ist jetzt auf jeden Fall da – ihr könnt mich gern Captain nennen. Oder Cappy. Je nachdem, was euch am liebsten ist.«

»Hattest du jetzt eine Aufgabe für mich oder nicht?«

»Ach ja, richtig. Ich spiele diese Woche mit der Mobilität herum. Welche Größe der Teile ermöglicht den höchsten Grad an Flexibilität und den geringsten Grad an Widerstand? Verstanden?« Henrik nahm eine Pinzette und wandte sich dem Roboterarm zu.

»Du willst, dass er flexibel und biegsam, fest, aber gleichzeitig leichtgängig ist?«

»Ja. Und in dieser Phase geht es nur um die Mechanik. Die Elektroden kommen als Nächstes.«

»Das wird eine der ersten Prothesen sein, die nicht von Hand bedient werden müssen – arbeitest du mit einem bereits existierenden Modell, oder entwickelst du eine neue Technologie?«, fragte ich.

»Es ist … eine neue Technologie.« Henrik hielt inne. »Mit Hilfe von Mikroelektroden kann es Gehirnströme lesen.«

»Wie ist das möglich?« Ich starrte ihn an.

»Man implantiert sie in den linken motorischen Kortex, verbindet sie über einen Computer mit dem Arm, und der Computer …«

»Der Computer führt den Algorithmus aus, der das Signal, das das Gehirn an den Arm sendet, umsetzt«, unterbrach ich. »Henrik, das ist genial!«

»Danke. Erzähl das gern weiter. Und jetzt mach dich an die Arbeit und entwirf ein paar Konfigurationen auf der Grundlage dieses Diagramms.« Henrik deutete auf das Whiteboard. »Die Teile in der Kiste sind nach Größe und Masse sortiert, wenn du sie also so aufstellst, wie es Diagramm B vorschlägt, kann ich sie zu Versuchszwecken einbauen.«

»Klingt gut.« Ich sah mir das Diagramm genau an und suchte dann die Teile aus, die ich für die kleinste Konfiguration benötigte.

»Hast du dir schon einen Namen dafür überlegt?« Brynn blickte von ihrem Notizbuch auf.

»In der Tat, das habe ich.« Henrik schob sich die Brille auf den Nasenrücken und spähte über den Rand. »Meine Damen, ich möchte euch Fred vorstellen.«

»Aww!« Brynns Grübchen erschien. »Das ist perfekt!«

»Du hast den Arm Fred genannt?«, fragte ich.

»Ich mag diesen Namen. Hast du ein Problem damit?« Zwischen Henriks Brauen bildete sich ein kleines *V*, und seine Brille rutschte ein wenig nach unten.

»Ganz und gar nicht. Ein sehr traditioneller Name.« Ich unterdrückte ein Lachen.

»Fred hieß der Hund, den er als Kind hatte«, erklärte Brynn. »Er war ein Malamute, oder?«

»Ja«, bestätigte Henrik. »Der beste Freund, den ich je hatte.«

»Und was bin ich? Gehackter *lutefisk?*« Brynn streckte ihre Zunge heraus.

»Oh, *sötnos*. Sei nicht neidisch.«

»Ihr müsst mir unbedingt Schwedisch beibringen.« Ich grinste. »Wie ist es dort eigentlich?«

»In Schweden?« Henrik starrte angestrengt auf den Arm. »Es ist schön. Man kann gut wandern und Ski fahren, und es gibt viele Möglichkeiten, draußen in der Natur zu sein. Tyr und ich haben eine kleine Hütte am See außerhalb von Malmö, die wir für Angelausflüge nutzen.«

»Ich wette, die ist wunderschön. Warst du schon mal in ihrer Hütte, Brynn?« Ich nahm die Zange in die Hand und zog eine Schraube fest.

»*Nur für Jungs*, blablabla.« Sie blickte Henrik an. »Ihr lasst Gunnar mitkommen, aber mich nicht.«

»Er ist ein erfahrener Angler, kann ein Tier auf hundert Meter mit der Armbrust erschießen und weiß, wie man ein Rentier ausnimmt und grillt. Tut mir leid, *sötnos*, keine Mädchen erlaubt.«

»Wie auch immer, Henrik«, schnaubte Brynn.

»Dir würde es sowieso nicht gefallen. Kein Handyempfang. Kein Internet in diesem Teil des Reiches. Das weißt du doch.«

»Reich?« Da war schon wieder dieses Wort. Erst benutzte es Tyr, dann Henrik.

»Du meinst, in diesem Teil des *Landes?*«

»Hmm? Richtig. Des Landes. Es ist zu abgelegen für den Internet-Empfang. Keine Masten. Nichts.« Henriks Augen wurden kurz ausdruckslos, bevor er Brynn wieder ins Visier nahm. »Wir haben nicht einmal einen Fernseher, Brynnie. Wie würdest du ohne deine Reality-Shows klarkommen?«

»Kein Internet?« Brynn ließ in gespieltem Entsetzen ihren Stift fallen. »Kein Fernsehen? Wie überlebt ihr da nur?«

»Ab und zu muss man mal den Stecker ziehen.« Henrik schwang den Arm herum; sein Fred hatte jetzt einen ordentlichen Bewegungsspielraum.

»Ich nicht«, murmelte Brynn.

»Gehst du oft mit Tyr in die Hütte?« Ich richtete den Blick auf meine Arbeit.

»Ich bin ziemlich häufig da. Tyr nicht so oft.«

»Warum nicht?«

»Er ist ein sehr beschäftigter Mann, Mia.« Henrik schien seine Worte sorgfältig zu wählen. »Er hat nicht viel Freizeit.«

»Jetzt gerade macht er nichts«, entgegnete ich. »Er ist nicht hier eingeschrieben, und er arbeitet nicht.«

»Oh, er arbeitet schon. Er macht nur nicht die Art von Arbeit, die man sehen kann.« Henrik hielt inne.

»Was bedeutet das?«, fragte ich.

»Es bedeutet, dass Tyr ein komplizierter Typ ist.«

»Das habe ich mir schon gedacht«, murmelte ich. Wenn mich Tyrs Funkstille bis gestern Abend nicht auf seine Probleme aufmerksam gemacht hatte, dann sein allgemeines Hin und Her.

»Sei doch nicht so.« Henrik lehnte sich auf seine Unterarme. »Tyr ist kompliziert, ja. Aber auch loyal. Und ehrlich. Und unglaublich beschützend gegenüber den Menschen in seinem Leben. Wenn du einmal in seinem inneren Kreis bist, bleibst du für den Rest deines Lebens darin. Bleib dran, Mia. Es lohnt sich, ihn kennenzulernen.«

Mir wurde ganz heiß im Nacken, und ich versteckte mich hinter meinen Haaren. Wie kam er darauf, dass ich Tyr kennenlernen wollte?

»Es ist doch völlig offensichtlich, dass ihr euch mögt«, erklärte Brynn.

»Ihr konntet gestern Abend gar nicht aufhören, euch anzustarren.«

»Tja, er hätte mich ja auch anrufen können, wenn er gewollt hätte.« Ich seufzte. »Ich schätze, ich war kein guter Laufpartner.«

»Glaub mir, Tyr würde gerne mehr Zeit mit dir verbringen. Er hat nur viel zu tun. Freya ist in der Stadt, und … autsch!« Henrik rieb sich die Schulter und starrte Brynn an. »Warum hast du einen Bolzen nach mir geworfen?«

»Weil du unfassbar dumm bist, du Schwachkopf.« Brynn starrte zurück.

»Freya? Ach ja. Eine Freundin von ihm?« Mein betont beiläufiger Tonfall täuschte niemanden. Sie muss das Mädchen mit den erdbeerblonden Haaren gewesen sein, die Charlotte mit Tyr gesehen hat.

»Ja, Henrik, erkläre es doch mal. Wer ist Freya?« Brynn starrte ihn finster an.

»Oh. Äh, Freya ist Tyrs beste Freundin. Sie ist von dort, wo wir wohnen.« Henrik tippte mit dem Finger auf die Tischplatte.

»Sie sind beste Freunde?« Der betont beiläufige Tonfall wurde eine Oktave höher.

»Ja. Sie sind schon ewig Freunde. Machen alles zusammen. Irgendwie irritierend eigentlich. Autsch!« Henrik rieb sich die andere Schulter und starrte Brynn an. »Es reicht!«

»Freya und Tyr sind wirklich nur Freunde, Mia. Da ist nichts.« Brynn dachte wahrscheinlich, dass sie tröstlich klang.

Das tat sie aber nicht.

»Ja, er hat sie mal erwähnt.« Ich nickte, dann platzte ich mit dem Gedanken heraus, der mir im Kopf herumschwirrte. »Freya ist die Rothaarige, stimmt's?«

Brynn warf Henrik erneut einen finsteren Blick zu, aber er bemerkte es nicht. »Ja. Lange Haare, groß, lange Beine. Ein totales *baben.*«

Es war nicht schwer, *baben* zu übersetzen.

»Bei den Göttern, du bist so dumm!«, explodierte Brynn.

Henrik bemerkte mein ausdrucksloses Gesicht und wich schnell zurück. »Nicht dass Tyr sie jemals so gesehen hätte. Ehrlich, Mia. Sie ist wie eine Schwester für ihn.«

»Wie lange ist das totale *baben* denn schon in der Stadt?«, fragte ich schriller, als mir lieb war.

»Seit drei Wochen.« Henrik zuckte mit den Schultern.

Drei Wochen. Sie war aufgetaucht, Tyr war ein letztes Mal mit mir joggen gewesen, und dann war er abgetaucht.

»Fantastisch«, murmelte ich.

»Schreib ihn nicht ab, Mia. Freya ist nicht das, wonach sie klingt«, versuchte Brynn mich zu beruhigen.

»Das ist sie bestimmt nicht«, brummte ich. Die Puzzleteile fügten sich zusammen, und das Bild, das sich daraus ergab, sah für mich nicht besonders toll aus.

Nicht dass es mich interessierte. Ich hatte über viel wichtigere Dinge nachzudenken als über irgendeinen Typen.

****

Donnerstag war mein Kochabend, also machte ich mich auf

den Weg in den Supermarkt, nachdem wir im Labor fertig geworden waren. Ich wollte ein so fantastisches Abendessen zubereiten, dass ich gezwungen sein würde, Tyr und das *baben* zu vergessen – zumindest für ein paar Stunden. Da ich seit fast einer Woche nicht mehr mit meinem Bruder gesprochen hatte, rief ich von unterwegs Jason an und schaltete auf Lautsprecher, als er dranging.

»Na, wenn das mal nicht die Intelligenzbestie unserer Familie ist.« Ich konnte Jasons Grinsen durch das Telefon hören.

»Hey, Jase. Wie läuft's im großen Elfenbeinturm?«

»Ich lerne fleißig. Was ist mit dem Matheklub? Habt ihr euch schon in Schwierigkeiten gebracht?«, neckte Jason.

»Worauf du dich verlassen kannst.«

»Was ist mit dem Kerl, den du vor einer Weile erwähnt hast?« Jason hatte ein Gedächtnis wie ein Elefant. War ja klar, dass er ausgerechnet das Thema ansprach, über das ich nicht reden wollte.

»Ach, Tyr. Hat nicht geklappt mit ihm.« Ich bemühte mich, nicht verletzt zu klingen.

Jason zeigte sich angemessen empört. »Ich komme vorbei und verprügle ihn, wenn du das willst.«

»Danke, Jase, aber es geht mir gut. Immer am Ball bleiben, oder?«

»Hey, das ist mein Spruch.«

»Ich habe all meine besten Sprüche von dir«, scherzte ich. »Hey, ich wollte gerade ein bisschen einkaufen und nur mal kurz Hallo sagen. Ich vermisse dich, großer Bruder.«

»Ich vermisse dich auch. Grüß die Bäume von mir.«

»Mach ich. Und grüß du Mom und Dad von mir, wenn du sie am Wochenende siehst.« Ich fuhr in eine Parklücke.

»Abgemacht. Und Mees?«, fügte Jason hinzu.

»Hmm?«

»Mach dir keinen Stress wegen des Losers. Du bist klug und süß und ein ziemlich cooles Mädchen. Der richtige Typ wird schon kommen.«

»Danke, J.« Manchmal konnte er so süß sein.

»Aber du brauchst es nur sagen, und ich trete ihm in den Hintern. Bis später, Mia.« Jason legte auf.

Ich summte vor mich hin, als ich den Laden betrat und meine Absätze über den Boden klackten. Jason wusste immer, wie er mich zum Lächeln bringen konnte. Ich schnappte mir einen Einkaufskorb und ging durch die Gemüseabteilung, bis ich den ersten Artikel auf meiner Einkaufsliste fand. Ich hatte den Spargel gerade in der Hand, als ich eine vertraute Stimme hörte.

»*Hei*, Mia.«

Ich wirbelte herum und stand Tyr Auge in Auge gegenüber. Er trug eine schmal geschnittene Jeans zu seiner schwarzen Lederjacke, und sein typisches verschmitztes Lächeln umspielte seine Lippen.

Mein Herz setzte einen Schlag aus.

»Du bist überall.«

»So langsam kommt es mir auch so vor.« Er wirkte genauso unglücklich über diese Begegnung wie ich.

»Auf jeden Fall. Tja also, wir sehen uns.« Ich warf den Spargel in meinen Einkaufskorb und wollte weitergehen.

»Bist du sauer auf mich?«

Ernsthaft?

Tyr folgte mir den Gang entlang, wo ich zwei Packungen Capellini, Hühnerbrühe und Marsala mitnahm.

»Nein.« Ich setzte mein bestes falsches Lächeln auf und eilte in den nächsten Gang. Dort warf ich Basilikum, Oregano und

Meersalz in meinen Einkaufskorb und lächelte weiter, bis mein Kiefer schmerzte und ich endlich an der Selbstbedienungskasse war. *Bleib cool. Du bist hier im Handumdrehen raus.*

Tyr runzelte die Stirn. »Du verhältst dich seltsam.«

»Ich habe es nur eilig. Heute Abend bin ich dran mit Kochen.«

Tyr stand an der Kasse neben mir und überprüfte seine Einkäufe. Drei Tiefkühlpizzen und eine Flasche Spülmittel ... nicht dass ich darauf geachtet hätte. Als er fertig war, nahm er eine schwarze AmEx aus seiner Brieftasche und zog sie durch. Hatten nicht nur Superreiche so eine Kreditkarte?

»Ist das etwa eine ...«

Er steckte die Karte zurück in seine Brieftasche, bevor ich zu Ende sprechen konnte. »Soll ich deine Tasche tragen?«, bot er an.

»Was? Äh, nein. Danke.« Ich eilte mit schnellen Schritten aus dem Laden. Tyr folgte mir. Natürlich stand sein Motorrad zwei Plätze von meinem Audi entfernt. Er war wirklich überall.

»Mia, warte«, rief er, als ich die Einkäufe und mein Portemonnaie in mein Auto warf.

»Tut mir leid, ich muss los. Abendessen kochen.« Ich knallte die Tür zu und verließ den Parkplatz. Das war *so* unangenehm. Ich war vielleicht naiv, was Jungs anging, aber ich hatte kapiert, dass ich bei diesem einen völlig auf dem Holzweg war.

Sieben

Ich kanalisierte jedes bisschen Anstand, das mir meine Mutter eingetrichtert hatte, und schrie *nicht* vor Wut auf. Aber ich wollte es. Dummes Reh. Wäre es mir nicht vor das Auto gesprungen, hätte ich nicht ausweichen müssen und wäre nicht in das Schlagloch gefahren. Und wäre ich nicht in das Schlagloch gefahren, wäre mir nicht ein Reifen geplatzt. Schon wieder. Jetzt saß ich auf dem unbefestigten Seitenstreifen fest, mit einer Tüte Lebensmittel, die es vielleicht nicht rechtzeitig nach Hause schaffen würden, um ihr Schicksal als umwerfendes Abendbrot zu erfüllen.

Dummes, dummes Reh.

Ich musste meinen Mitbewohnerinnen Bescheid sagen, dass sich das Abendessen verzögern würde, bis ich den Reifen gewechselt hatte. Ich kramte in meiner Handtasche herum, bis sich meine Finger um mein Handy schlossen. Doch als ich es herauszog, musste ich enttäuscht feststellen, dass es auf diesem Abschnitt der Waldstraße keinen Handyempfang gab.

Na super.

Ich stieg aus, um den Reifen zu wechseln, doch noch bevor ich den hinteren Teil des Wagens erreicht hatte, blieb ich stehen. Mein Wagenheber war nicht im Kofferraum. Er war in der Garage, wo ich ihn nach dem Saubermachen gelassen hatte. Er war von meinem Reifenwechsel im Regen während der Fahrt nach Kalifornien ganz schlammig gewesen, also hatte ich ihn geschrubbt und vergessen, ihn wieder in mein Auto zu legen. Ich kletterte zurück in den Audi und kämpfte gegen die Tränen an. Für jemanden, der so viel Wert auf Details legte, war ein solcher Fehler nicht hinnehmbar.

Meine Wange suchte Trost am Lenkrad, und ich schloss die Augen. Ich bereitete mich gerade mental auf den drei Kilometer langen Heimweg zu Fuß vor, als mich ein Klopfen an meinem Fenster aufschrecken ließ.

Das war einfach nicht mein Tag.

Eine Vision in einer schwarzen Lederjacke zwinkerte mir zu. Lässig zerzaustes Haar, blassrosa Lippen, die markante Kieferpartie mit mehr als nur einem Hauch von Stoppeln, weil er sich unmöglich mit etwas so Trivialem wie dem Rasieren aufhalten konnte, wenn er eine umwerfend schöne »beste Freundin« zu unterhalten hatte.

Die Beeren, die Beeren, die Beeren. Mit dem Finger tippte ich auf einen Knopf und ließ das Fenster herunterfahren. »Hör auf, mich zu verfolgen. Das ist unheimlich.«

»Brauchst du Hilfe?« Tyr legte den Kopf schief, und seinen irritierend schönen Augen war anzumerken, dass er ein Lachen unterdrückte.

Ich ließ den Kopf gegen das Lenkrad sinken. *Fest.* Das darauffolgende Hupen ließ mich zusammenzucken. »Geh weg.«

»Und dich im Stich lassen? Was für ein Gentleman wäre ich denn?«

»Du bist kein Gentleman.« Ich machte mir nicht mal die Mühe aufzusehen. Der Tag konnte nicht mehr schlimmer werden, also beschloss ich, die Tyr-Situation direkt anzugehen. Weglaufen hatte mich bis jetzt nicht weit gebracht. *Vielen Dank auch, Reh.* »Warum hast du mich nie angerufen?« Es sollte mich nicht so sehr stören. Wie lautete noch mal Jasons

Spruch dazu? Ein Touchdown macht noch keine Beziehung … oder so ähnlich.

»Weil …«, Tyr grinste, »… du mir nie deine Nummer gegeben hast.«

Habe ich nicht?

»Und außerdem versuche ich, das Richtige für dich zu tun. Du bist vielleicht die Art von Person, der die Kaninchen durch den Wald folgen, aber ich bin es definitiv nicht. Wenn du wüsstest, was für einen *skit* ich mit mir herumschleppe, würdest du mich meiden wie die Pest.«

Ich musterte Tyr mit unverwandtem Blick. »Vielleicht. Vielleicht auch nicht. Ich bin taffer, als du denkst.«

»Mmm.« Tyr streckte die Hand aus, als wolle er meine Wange berühren, zog sie aber so schnell zurück, dass ich die Bewegung kaum registrierte.

»Bin ich«, beharrte ich und erschrak darüber, wie erbärmlich ich klang. Als meine Finger nach dem Fensterschalter griffen, legte Tyr plötzlich seine Hand auf meine. Elektrizität kribbelte meinen Arm hinauf und ließ mich zusammenzucken. Tyr öffnete leicht den Mund. Er zog seine Hand zurück, wobei er einen zittrigen Atemzug zu machen schien.

»Hör mal, Mia …«, begann Tyr.

»Lass es bitte. Ich will einfach nur nach Hause und Abendessen kochen.« Ich öffnete die Tür und stieg aus. Mein Absatz versank im Schlamm, und ich fiel fast um, als ich versuchte, mich loszureißen. Tyr legte seine Hände auf meine Hüften, um mich zu stützen, und wieder schoss diese Hitze durch mich hindurch. Sie setzte sich in meinem Unterleib fest wie ein warmer Puls, der bis zu meinen Oberschenkeln ausstrahlte. Mit großen Augen sah ich zu ihm auf. Er starrte mich mit einem an Nervosität grenzenden Gesichtsausdruck an und ließ schnell die Hände sinken. *Wovor um alles in der Welt hat er denn nur Angst?*

»Ich kann auf mich selbst aufpassen. Wenn du mich jetzt bitte entschuldigen würdest …« Ich zögerte. Mein Verstand sagte mir, dass ich Abstand von diesem Kerl brauchte, um einen klaren Kopf zu bekommen, um nicht mehr an ihn denken zu müssen, um herauszufinden, was in Bezug auf Tyr das Richtige für mich war, da er eindeutig nur das tat, was für *ihn* funktionierte. Aber mein Herz hatte Angst, dass ich ihm nie wieder so nah sein würde, wenn ich jetzt ging. Und aus irgendeinem irrationalen Grund tat mir der Gedanke, von Tyr getrennt zu sein, im Herzen weh.

Was ist nur los mit mir?

Während ich über meine unlogische Verwundbarkeit nachdachte, geschah etwas in Tyr. Sein Blick wurde hart, seine Stimme kühl. »Wenn du eine Ahnung hättest, was wirklich los ist, würdest du dich einfach von mir nach Hause fahren lassen. Du musst nicht immer so stur sein.«

Wow.

Ich lehnte mich auf einem Absatz zurück, stemmte meine Hüfte zur Seite und verschränkte die Arme vor der Brust. »Na dann klär mich mal auf. Was ist hier denn *wirklich* los? Du hast nämlich eine ganze Menge geredet, ohne etwas zu sagen, das auch nur einen Hauch von Sinn ergibt. So wie ich das sehe, geht es darum, dass ein überheblicher Typ, der es irgendwie schafft, mir aus dem Weg zu gehen, wann immer es ihm passt, und überall aufzutauchen, wo ich hingehe, wenn ich ihn *nicht* sehen will, mich davon abhält, ein echt leckeres Abendessen zu kochen.«

Ich griff auf den Vordersitz, schnappte mir meine Handtasche und die Tüte mit den Einkäufen, schlug die Tür zu und stapfte an Tyr vorbei, wobei ich ihn mit der Schulter anstieß.

»Was glaubst du, wo du hingehst?«, fragte er.

»Nach Hause.« Eine meiner Mitbewohnerinnen konnte mich morgen früh bestimmt zu meinem Auto zurückbringen ... mit meinem Wagenheber.

»Das ist drei Kilometer entfernt. Du trägst Schuhe mit Absätzen.«

»Das ist mir bewusst.« Hocherhobenen Hauptes stapfte ich den Feldweg hinunter.

Und dann trat ich in ein weiteres Loch.

Mein Knöchel brannte von dem schmerzhaften Umknicken. Meine Handtasche rutschte mir vom Arm, während meine Einkäufe aus der Tasche flogen, als ich vorwärtsstürzte. Doch bevor ich auf dem Boden aufschlug, legten sich starke Arme um mich. Tyr hielt mich fest und stellte mich sanft auf meine Füße. Ich versuchte mich zu befreien, aber er ließ mich nicht los. Seine Arme legten sich von hinten um meine Taille, und er stützte sein Kinn auf meinen Kopf. Ich lehnte mich gegen ihn und testete das Gewicht auf meinem Knöchel aus. Es tat weh, aber es würde schon gehen.

Meine Wangen brannten, als mir klar wurde, in welche Lage ich mich gebracht hatte. Tyrs Brust drückte hart gegen meinen Rücken, und dort, wo seine Unterarme um mich geschlungen waren, brannte mein Bauch. Ich lehnte meinen Kopf an Tyrs Oberkörper, schloss die Augen und atmete seinen holzigen Geruch ein. »Lass mich dich nach Hause bringen«, murmelte er in meine Haare. »Du kannst mit diesem Knöchel nicht laufen.«

Ich kam wieder zu Sinnen. Momentan lag ich zwar in seinen Armen, doch zu Hause wartete ein *haben* auf ihn. »Nein, danke. Ich schaffe das schon.«

»Es ist doch nur eine Fahrt, Mia. Warum machst du so eine große Sache daraus?«

Die große Sache war, dass ich viel mehr für einen Kerl empfand, der mir überdeutlich gezeigt hatte, dass er nicht an mir interessiert war. Und den ich kaum kannte.

Ich löste mich aus seinen Armen und drehte mich um. Mein Knöchel wackelte unsicher. Verflixt noch mal. Er hatte recht. Ich konnte nicht nach Hause laufen. »Gut«, gab ich schließlich nach. »Du darfst mich nach Hause fahren.«

»Toll, danke.« Tyr stützte mich gegen mein Auto und hob schnell die Einkäufe und die Handtasche auf, die ich beim Sturz fallen gelassen hatte. Er befestigte sie hinten an seinem Motorrad, nahm dann seinen Helm vom Lenker und setzte ihn mir auf den Kopf. »Nimm du ihn. Du brauchst ihn mehr als ich.«

»Hmpf.«

Tyr half mir hinten auf das Motorrad. Dann schwang er ein langes Bein über die Maschine und nahm vor mir Platz. »Halt dich an mir fest.«

»Nein danke«, murmelte ich. Ihm so nah zu sein, ohne ihm *wirklich* nah zu sein, war schon schmerzhaft genug. Wenn tatsächlich nichts zwischen uns war, brauchte ich nicht zu wissen, wie gut es sich anfühlte, mich an ihn zu schmiegen. Es hatte keinen Sinn, die Dinge noch komplizierter zu machen, als sie es ohnehin schon waren.

»Sicherheit geht vor, Mia.« Tyr drehte sich zu mir um. »Wenn du dich nicht festhältst, fällst du runter. Bist du schon einmal auf einem Motorrad gefahren?«

»Nein«, gab ich zu. Der Helm ließ meine Stimme komisch klingen.

»Dann ist es umso wichtiger, dass du dich an mir festhältst. Wir sind nicht weit von deinem Haus entfernt, und ich kann langsam fahren, aber um Himmels willen, fall bloß nicht vom Motorrad, weil du irgendwas beweisen willst. Das Letzte, was ich brauche, ist, dass du dich wieder verletzt.«

Tja, wenn er das so sagt …

Tyr drehte sich um und erweckte das stählerne Biest zum Leben. Beim Geräusch des Motors schlang ich meine Arme um ihn und versuchte, nicht zu stöhnen, als ich merkte, wie sich seine Bauchmuskeln unter meinen Armen anspannten oder wie er seufzte, als ich ihn berührte. Wahrscheinlich hatte er ein Date mit Freya, nachdem er mich abgesetzt hatte, bei dem sie über die ganze Sache lachen würden. Ich hatte keine Lust, mich noch mehr zu blamieren.

Tyr legte eine Hand auf meine und drückte sie, damit ich mich stärker festhielt. Dann lenkte er das Motorrad sanft auf die Straße. Ich lehnte meinen Helm an seinen Rücken und schloss die Augen, spürte die Vibrationen des Motorrads in meinem Körper bis hin zu meinem Schädel und ignorierte die Panik, die ich eigentlich hätte empfinden müssen, weil ich auf etwas fuhr, das meine Mutter immer als »Todesfalle« bezeichnete. Auf Tyrs Motorrad zu sitzen, fühlte sich nicht gefährlich an, sondern gut. Die Art, wie mein Körper an den von Tyr gepresst war und wie der Motor unter meinen Beinen dröhnte. Es war leicht, sich vorzustellen, dass dies unsere Normalität war, dass wir zusammen herumfuhren, uns berührten, miteinander Zeit verbrachten und lachten. In diesem einen Moment fühlte sich alles zwischen uns richtig an.

Aber es war nur eine Fahrt, nur ein Moment. Tyr war nicht

mein Freund und würde es wahrscheinlich auch nie sein. Viel zu schnell erreichten wir den Daffodil Drive. Er hielt vor meinem Haus, und widerwillig löste ich meinen Griff um seine Bauchmuskeln. Tyr stieg ab, nahm mir den Helm vom Kopf, legte ihn auf den Lenker und hob mich vom Motorrad. Meine Wangen brannten, als er mir wortlos eine Haarsträhne hinters Ohr strich und dann mit seiner freien Hand meine Einkäufe und meine Handtasche nahm und zur Haustür ging, ohne mich abzusetzen.

»Schon gut, ich … äh … ich kann alleine gehen«, stammelte ich. Er hörte einfach nicht auf, mich anzustarren, und seine Nähe war überwältigend. Jeder Nerv in meinem Körper machte sich bemerkbar.

»Das werden wir ja sehen.« Tyrs Stimme klang so unsicher, wie ich mich fühlte. Er wartete, bis wir die Veranda erreicht hatten, bevor er mich auf die Beine stellte. Seine Hand nahm er jedoch nicht von meiner Taille, als ich meinen Knöchel belastete. »Soll ich einen Heiler rufen?«

»In Amerika nennen wir sie Ärzte. Und ich glaube, das wird schon wieder.« Ich holte schwankend Luft und nahm meine Taschen aus seinem Arm. »Äh, danke fürs Mitnehmen. Du hast sicher noch irgendwas anderes zu tun, also …«

»Ja.« Tyr schaute zur Straße. »Wenn du noch etwas brauchst, ich bin in der Nähe.«

»Okay.« Ich sah zu, wie Tyr rückwärts zum Bordstein ging. Er stieg auf sein Motorrad und zog sich den Helm auf, ohne den Blickkontakt zu unterbrechen. Nach einem Moment nickte er. Er ließ den Motor aufheulen und fuhr davon, wobei er auf der Straße eine Reifenspur und in meinem Magen ein flaues Gefühl hinterließ.

»Sorry noch mal für das späte Abendessen«, entschuldigte ich mich bei meinen Mitbewohnerinnen. Ich hasste es sehr, wenn man mich warten ließ, und fühlte mich schrecklich, wenn ich es jemand anderem antat.

»Hör auf, dich zu entschuldigen.« Charlotte tupfte sich mit einer Serviette den Mundwinkel ab. »Wow, das war köstlich, wie immer.«

»Freut mich, dass es dir geschmeckt hat. Hey, wäre jemand bereit, mich morgen auf dem Weg zur Schule an meinem Auto abzusetzen? Ich habe einen Ersatzreifen im Kofferraum, ich muss nur meinen Wagenheber aus der Garage holen, damit ich ihn wechseln kann.« Ich faltete meine Serviette zusammen und legte sie neben den Teller.

»Självklart.« Brynn nickte. Wir starrten sie an. »Selbstverständlich«, übersetzte sie. Dann reichte sie mir einen Teller mit Brownies; meine Wiedergutmachung für das späte Essen. »Oh, hab ich ganz vergessen! Henriks Kammerjäger hat angerufen. Er hat dieses Wochenende einen Termin frei, aber wir müssen woanders übernachten, während er arbeitet. Ich schätze, er ist so eine Art Rattenflüsterer, und erst muss die ganze menschliche Energie aus dem Haus sein, bevor er mit den Ratten kommunizieren und sie auf humane Weise fangen kann, bevor er sie in ihr neues Zuhause verfrachtet.«

»Du hörst die Worte, während du sie sagst, oder?«, fragte ich.

»Er *kommuniziert* mit *Ratten?*« Heather wirkte entsetzt. »Und ich dachte, die Leute in Portland wären seltsam.«

Brynn zuckte mit den Schultern. »Es klingt verrückt, aber Henrik sagt, der Kerl sei gut. Ehrlich.«

»Na ja, also wenn *Henrik* das sagt, muss es stimmen ...«, kicherte Charlotte.

Brynn stemmte eine Hand in die Hüfte. »Wollt ihr, dass die Ratten verschwinden oder nicht?«

»Sie sollen verschwinden«, sagten Heather und ich gleichzeitig.

»Gut. Also macht euch bereit, morgen Nachmittag hier raus zu sein. Der Rattentyp sagt, wir können am Sonntag wiederkommen.«

»Es dauert zwei Tage, um das schlechte Ratten-Mojo zu vertreiben?«, fragte Heather grinsend.

Brynn zog eine Augenbraue hoch. »Wenn du dein Zimmer zurückhaben willst, solltest du aufhören, den Rattentyp zu verspotten.«

Heather hob ihre Hände. »Schon gut. Ich habe meine Arbeit abgegeben und fahre dieses Wochenende sowieso mit Charlotte nach San Francisco. Ich war noch nie dort.«

»Ihr zwei könnt übrigens immer noch gerne mitkommen«, bot Charlotte an.

Ich schüttelte den Kopf. »Danke für das Angebot, aber es geht nicht. Ich muss am Montag ein Referat halten. Ich brauche die Bibliothek am Wochenende. Vielleicht nehme ich mir einfach ein Hotelzimmer.«

»Sei nicht albern.« Brynn winkte ab. »Henrik sagte, er bringt uns gern beide unter. Er ist mir sowieso etwas schuldig.«

»Schon gut. Ich finde etwas anderes.« Ich wollte Brynn nicht dazwischenfunken, was auch immer zwischen Henrik und ihr vor sich ging. Eine weitere von Jasons Weisheiten – *drei sind einer zu viel.* Und vor allem wollte ich auf keinen Fall gleich zwei Nächte in Tyrs Haus verbringen.

»Du hast nicht wirklich eine Wahl«, sagte Charlotte. »Dieses Wochenende ist dieser Antiquitätenmarkt. Alle Hotels der Stadt sind seit Wochen ausgebucht.«

»Und mit ›alle Hotels‹ meinst du die beiden Hotels.« Brynn spielte an einer blonden Locke herum. »Ich liebe diesen kleinen Ort.«

»Ernsthaft?«, fragte ich.

»Ernsthaft«, bestätigte Charlotte. »Aber ihr seid wirklich herzlich eingeladen, Heather und mich zu begleiten. San Francisco ist um diese Jahreszeit wunderschön. An manchen Tagen scheint sogar die Sonne.«

»Ich würde ja gerne, aber ich muss an meinem Referat arbeiten.« Ich biss mir auf die Wange, während ich mir vorstellte, wie ich Amor zwei Tage lang aus dem Weg gehen sollte. Allzu schwierig sollte es nicht sein, denn Amor hatte offensichtlich kein Problem damit, mir aus dem Weg zu gehen. Und ohne eine andere Möglichkeit blieb mir wirklich keine andere Wahl. »Bist du sicher, dass es den Jungs nichts ausmacht, wenn ich bei ihnen übernachte?«

»Den Jungs?«, fragte Heather.

»Henrik wohnt bei Tyr«, erklärte Brynn.

»Oh. Oh!« Charlottes Mund verzog sich zu einem *O*. »Oh, Schatz. Vergiss dein Referat. Komm einfach mit uns nach San Francisco.«

»Das wird ein Viertel meiner Note ausmachen. Ich muss in der Bibliothek schreiben, damit ich Zeug nachschlagen kann.« Ich seufzte. »Trotzdem danke für die Einladung.«

»Und Tyr werden wir wahrscheinlich gar nicht zu sehen bekommen. Er ist fast nie zu Hause«, fügte Brynn hinzu.

»Wirklich? Wo ist er denn dann?«, fragte ich.

»Oh, er treibt sich so herum.« Brynn machte eine vage Geste. »Irgendwo. Ich behalte ihn nicht ständig im Auge oder so. Außerdem wird Henrik uns wahrscheinlich in der Garage an

Fred arbeiten lassen oder so.« Brynn verdrehte die Augen. »Er ist so ein *nörd.*«

Wieder starrten wir sie an.

»Ein Nerd«, übersetzte Brynn.

»Tja.« Ich kaute nervös auf meiner Unterlippe herum. Henrik war ein netter Kerl. Und Tyr vielleicht gar nicht so oft da. Außerdem war es ja nicht so, als hätte ich viele andere Möglichkeiten. »Okay. Danke, Brynn.«

»Keine Ursache.« Sie wippte aufgeregt herum. »Das wird großartig!«

»Also kommen alle irgendwo unter?« Heather warf einen Blick in die Runde. Alle nickten. »Fantastisch. Und am Sonntagabend sind dann keine Ratten mehr hier.«

»Das Haus wird sich so leer anfühlen ohne sie«, scherzte Charlotte.

»Gott sei Dank«, murmelte ich.

»Oh mein Gott, Mia. Du wirst Henriks Kochkünste lieben. Wusstest du, dass er auch gerne backt?«, sagte Brynn aufgeregt.

»Henrik? Dieser große Kerl?«, unterbrach Heather. »Er backt?«

»Oh ja!« Brynn nickte. »Seine Kuchen sind legendär. Ich wette, er macht den holländischen Apfelstreusel seiner Großmutter.«

Ich zog eine Augenbraue hoch. Herzensbrecher Tyr hin oder her, wenn Henrik den Kuchen seiner Großmutter backte, musste ich das *unbedingt* sehen.

Acht

Am nächsten Nachmittag warf ich meinen Koffer auf den Rücksitz meines frisch geputzten Audis. Brynn setzte sich auf den Beifahrersitz und begutachtete ihr Aussehen im Spiegel.

»Du siehst toll aus«, versicherte ich ihr.

»*Takk*«, sagte sie. »Fahr zurück zur Hauptstraße und dann Richtung Wald. Die Jungs wohnen in den Bergen.«

»Stimmt ja. Sie sind gern in der Natur.« Nach dem, was ich von Henrik erfahren hatte, stellten ihre Aktivitäten im Wald die Zeltausflüge meiner Familie in den Schatten.

Nach etwa einer Meile ging es bergauf. »Hier oben links«, sagte Brynn. »Und dann einfach durch diesen Hain dort.«

»Da ist keine Straße.«

»Ich weiß. Ziemlich *galen* hier draußen, stimmt's?« Brynn starrte aus dem Fenster.

»*Takk? Galen?* Im Ernst, Brynn. Wenn wir das Jahr zusammen überstehen wollen, musst du mir unbedingt etwas Schwedisch beibringen.«

»Tut mir leid.« Sie lachte. »*Takk* heißt danke – das Wort ist eigentlich norwegisch. Und *galen* bedeutet auf Schwedisch verrückt. Wir vermischen unsere Sprachen irgendwie.«

»Hat Tyr schon erwähnt. Und ja. Hier ist es total *galen.*« Ich folgte ihren Anweisungen und hielt an dem zweigeteilten Baum an, als sie es mir sagte.

»Es liegt etwa eine halbe Meile vor uns.«

Wir fuhren, bis in der Ferne ein Licht aufleuchtete. Nach

einer weiteren Minute konnte ich sehen, dass es von einem Haus kam. Das Gebäude war riesig – fast so groß wie das Haus meiner Eltern in Buckshire, aber mit einem rustikalen ländlichen Charme. Die rundum hoch aufragenden Mammutbäume mochten es im Verhältnis etwas kleiner aussehen lassen, doch das zweistöckige Gebäude war immer noch recht stattlich. Große, mit Fensterläden versehene Fenster zierten die graue Steinfassade. Eine purpurrote Tür mit einem schmiedeeisernen Türklopfer hob sich vom Geländer ab, das die große Veranda umgab, und die behelfsmäßige Auffahrt vor dem Haus führte zu einer Garage für vier Autos.

Dieses Haus gehört zwei Austauschstudenten um die zwanzig?

»Wir sind da!«, jubelte Brynn. »Trautes Heim, Glück allein.«

»Hast du nicht gesagt, es wäre eine Hütte?« Ich reckte den Hals über das Lenkrad, um das Haus anzustarren.

Brynn warf mir einen neugierigen Blick zu, als sie ihre Tür öffnete. »Für dich ist das keine Hütte?«

»Wenn *Hütte* nicht schwedisch für *stattliches Herrenhaus* ist, dann nein.« Ich stieg aus dem Auto und schnappte mir mein Gepäck. »Sehen alle Häuser, in denen ihr wohnt, so aus?«

Brynn zuckte mit den Schultern. »Ja.«

Interessant.

»*Hei hei*, Mädels. Willkommen im *hus.*« Henrik öffnete die purpurrote Tür seiner palastartigen ›Hütte‹. Mit der weiten Jeans, einem Chili-Peppers-T-Shirt und einem offenen Flanellhemd sah er aus wie eine Mischung aus Verbindungsstudent und Holzfäller. Die silberumrandete Brille, die er mit einer Hand zurechtrückte, verlieh ihm einen intellektuellen Touch.

»Hei!« Brynn lief den Rest des Weges zur Veranda und kam vor Henrik zum Stehen.

»Hei, sötnos.« Henrik klopfte ihr auf die Schulter. Ich wusste immer noch nicht, was dieses Wort bedeutete, aber es muss etwas Gutes sein, denn Brynns Lächeln erhellte den ganzen Wald.

»Danke, dass wir bei euch bleiben dürfen, Henrik.« Ich machte mich auf den Weg zur Haustür und überreichte ihm mein Gastgeschenk – eine weiße Schachtel mit einer roten Schleife darum. »Die habe ich für euch gemacht. Ich hoffe, du magst Red Velvet.«

Henriks Augen leuchteten auf. »Ja, mag ich. Sind das Muffins? Kekse?«

»Kekse«, bestätigte ich. Er hielt uns die Tür auf, damit wir eintreten konnten. »Nach dem Rezept meiner Urgroßmutter mütterlicherseits.«

»*Takk*, Mia. Wir essen sie zum Nachtisch.« Henrik folgte uns mit der Schachtel in der Hand ins Haus. »Tja, willkommen in unserem bescheidenen Heim. Zumindest für dieses Wochenende. Wird es genügen?«

›Bescheiden‹ war wirklich die Untertreibung des Jahres. Jemand mit einer beeindruckenden Liebe zum Detail hatte die Farben und Stoffe so ausgewählt, dass eine ruhige und doch rustikale Atmosphäre entstand. Der Eingangsbereich war in beruhigenden Beige- und Weißtönen gehalten, wobei das untere Drittel der Wände mit weißer Vertäfelung verkleidet war. Auf der linken Seite befand sich ein formloses Wohnzimmer. Es hätte die Titelgeschichte aus der letzten Ausgabe von *Modern Country Home* sein können, mit einer dunklen Ledercouch, niedrigen Eisenlampen auf Mahagoniabstelltischen und einem übergroßen Flachbildschirm. In einer Ecke war ein Kamin, der mit denselben grauen Steinen verkleidet war wie die Außenfassade des Hauses.

»Ich wusste gar nicht, dass du dich für Design interessierst.« Ich schüttelte den Kopf. »Die grauen Überwürfe mit Hahnentrittmuster sind ein echter Hingucker.«

Henrik nahm mein Kompliment mit einem Nicken hin. »Tue ich nicht, aber trotzdem danke. Wir haben einfach bei Pottery Barn angerufen und ihnen gesagt, sie sollen alles schicken, was für eine Jagdhütte geeignet ist. Wir sind Kerle. Wir dekorieren nicht.«

Im Ernst jetzt? Ich war mit dem Inhalt des Pottery-Barn-Katalogs gut genug vertraut, um zu wissen, dass dieses Zeug nicht billig war. *Henriks und Tyrs Familien müssen ziemlich wohlhabend sein.* Bei dem Gedanken an Tyr schoss mir Adrenalin durch die Adern. Ich schaute mich um, um zu sehen, ob der andere Bewohner zu Hause war.

»Tyr ist nicht da.« Henrik deutete meinen Blick richtig. »Er kommt erst heute Abend zurück.«

»Keine große Sache«, sagte ich betont beiläufig. Ich war mal bei ihm mitgefahren. Wir konnten durchaus nebeneinander existieren.

Oh, wem wollte ich etwas vormachen? Mit den beiden Möchtegern-Turteltäubchen, die sich die ganze Zeit sehnsüchtige Blicke zuwarfen, und dem Kerl, dem ich am liebsten ganz aus dem Weg gehen würde, würden das die unangenehmsten achtundvierzig Stunden meines Lebens werden.

»Entspann dich, Mia. Es wird schon alles gut gehen.« Henrik klopfte mir beruhigend auf die Schulter und schlenderte den Flur entlang. »Wie wär's mit einem Rundgang, und dann bestellen wir Pizza? Ich bin am Verhungern.«

»Okay«, antwortete ich mit schwacher Stimme.

»Das hier ist dein Zimmer, Mia.« Henrik ging durch eine Tür, die vom Flur abging, und ich folgte ihm. In der Mitte des Raumes stand ein großes Schlittenbett mit cremefarbener Bettwäsche. Auf passenden Nachttischen, die das Kopfteil umrahmten, standen schmiedeeiserne Lampen, und an schwarzen Stangen hingen dicke blaue Vorhänge, die zurückgezogen waren, um das Licht des späten Nachmittags hereinzulassen. Henrik zeigte auf eine Tür »Da ist das Bad. Handtücher liegen über dem Waschbecken. Sag mir Bescheid, wenn du noch etwas brauchst. Kommt mit.« Er verließ das Zimmer, und wir folgten ihm die Treppe hinauf.

»Brynn, du schläfst hier drüben.« Er zeigte auf eine offene Tür. Brynns Zimmer hatte ein Himmelbett mit marineblauem Bettzeug und Fenstern, die zur Vorderseite des Hauses hinausgingen. »Die Zimmer von Tyr und mir sind am Ende des Flurs. Das Büro ist in dieser Richtung.« Er deutete in die andere Richtung. »Aber haltet euch besser davon fern. Ist eine gruselige Männerhöhle.«

»Hast du Angst, dass wir mit euren iPads spielen?«, scherzte ich.

»Hm. So was in der Art.« Henrik grinste.

Brynn blieb zurück und sagte mit leiser Stimme: »Aber im Ernst, bleib vom Büro weg. Tyr ist ziemlich eigen, was seine Technik angeht.«

»Zur Kenntnis genommen.«

»Die Küche ist unten.« Henrik warf Brynn einen Blick zu, bevor er die Treppe runterjoggte. »Bedient euch ruhig an den Sachen im Kühlschrank. Teller und Gläser sind hier oben.« Er zeigte auf die makellose Glasvitrine, in der Reihen von akribisch geordneten weißen Tellern und glänzenden Tassen standen.

»Man merkt, dass hier ein Ingenieur wohnt.« Ich bewunderte die Liebe zum Detail.

»Danke, aber das ist alles Tyrs Werk. Ich habe kein Problem mit Unordnung, aber ihn macht es wahnsinnig. Manchmal verschiebe ich eines der Gläser, nur um zu sehen, wie lange er braucht, um es zu bemerken. Er sagt zwar nichts, aber wenn ich nachsehe, hat er immer alles wieder so ausgerichtet, dass es *perfekt* ist.« Henrik schnaubte verächtlich.

»Klingt nach jemandem, den ich kenne«, sagte Brynn und grinste in meine Richtung.

»Ordnung kann eine ungeheure Ruhe ausstrahlen.« Ich hob trotzig das Kinn. »Besonders in einer Küche.«

»Dann habt ihr zwei mit eurem Aufräumwahn ja schon mal etwas gemeinsam. Sortiert doch die Vorratskammer nach der Größe der Kartons oder so. Vielleicht werdet ihr dann mal etwas lockerer.« Brynn kicherte. Mein Nacken kribbelte, als ich mir vorstellte, wie ich mit Tyr etwas so Häusliches machte.

»Ich … ähm …«

»Im Ernst. Entspann dich einfach.« Brynn hüpfte hinter Henrik her. »Außerdem sind wir ja auch nur für zwei Tage hier. Was soll da schon passieren?«

****

Später am Abend saßen wir gemeinsam vor dem Fernseher. Brynn döste auf Henriks Schulter, während ich *Viel Lärm um nichts* durcharbeitete. Henrik schaltete zwischen dem Footballspiel Oregon gegen Washington und einem Skiwettbewerb irgendwo in Südamerika hin und her. Er schaute von der Couch auf. »Wie läuft's mit der Lektüre, Mia?«

»Gut, denke ich. Ich verstehe nur nicht, warum Hero Benedikt nicht einfach *sagen* konnte, dass er Beatrice um ein Date bitten soll. Wenn sie wusste, dass Beatrice ja sagen würde, warum dann die ganze Täuschung?«

Henrik zuckte mit den Schultern. »Wahrscheinlich waren alle zu stur, um zu sehen, was direkt vor ihnen lag. Und Hero wollte nur sichergehen, dass sich ihre Cousine nicht wie eine riesige Idiotin aufführt und so ihre Chance auf Glück sabotiert. Sag bloß, du hast noch nie jemanden durch einen Trick dazu gebracht, das Richtige zu tun?«

»Vielleicht.« Ich lächelte. »Mein Bruder ist auch ziemlich stur.«

»Apropos stur.« Henrik verdrehte die Augen, als er Tyrs Motorrad in der Einfahrt hörte. Mir drehte sich der Magen um, als ich zum Fenster blickte, wo das Aufleuchten eines einzelnen Scheinwerfers Tyrs Ankunft bestätigte. Jeder Muskel in meinem Körper spannte sich an.

»Alles cool zwischen euch?«

»Cool genug.« Ich zuckte mit den Schultern.

»Tyr kommt anfangs etwas grob rüber. Aber im Grunde ist er ein netter Kerl. Er befindet sich nur in einer Lage, die ziemlich schwer zu verstehen ist.«

»Hat er erwähnt«, sagte ich.

»Ach ja? Das ist schon mal ein ziemlich großer Schritt für ihn. Er ist eher der zurückhaltende Typ. Das muss er auch sein bei dem, was er tut.« Henrik rückte die Decke über Brynns Beine zurecht. Sie lächelte im Schlaf.

»Er ist beim Militär?«, fragte ich.

»Hat er dir das gesagt?«

»Ja.« Warum druckste Henrik so herum?

»Genau, er ist beim Militär. Er war noch nie in der Position, jemandem näherkommen zu können. Darum weiß er nicht so genau, wie man das macht.«

»Was ist mit Freya?«

»Das ist etwas anderes.« Henrik zuckte mit den Schultern. »Sie ist wie eine Schwester für ihn.«

Na klar. Das *haben* war auf eine ganz schwesterliche Art scharf.

Als der Schlüssel im Schloss klickte, huschte mein Blick zur Tür. Ich umklammerte mein Buch so fest, dass sich mein Unterarm verkrampfte.

»*Hei hei*«, rief Tyr aus der Eingangshalle.

»Im Wohnzimmer, *kille.*« Henrik warf mir einen beruhigenden Blick zu. »Die Mädchen sind da.«

»Mmm.« Tyr betrat den Raum in schmal geschnittener Jeans, einem weißen T-Shirt und einer dünnen Lederjacke. Er hielt seinen Helm in der einen Hand und fuhr sich mit der anderen durch die Haare. Plötzlich hatte ich Schmetterlinge im Bauch, und mir lief ein irritierend vertrautes Kribbeln den Rücken hinauf. *Schluss damit.*

»Hi.« Ich sprang nervös auf.

»*Hei.*« Tyr zog einen seiner Mundwinkel nach oben.

»Der Rattenflüsterer sagt, wir können Sonntagabend wieder nach Hause. Ich werde ohnehin die meiste Zeit in der Bibliothek verbringen, also wirst du mich kaum zu sehen bekommen.« Die Worte sprudelten in Lichtgeschwindigkeit aus meinem Mund. Ich klang wie ein totaler Schwachkopf.

»Du kannst so viel hier sein, wie du willst.« Tyr zog seine Jacke aus und hängte sie in den Flurschrank. Als er zurückkam, gab ich mein Bestes, um lässig zu wirken.

Tyr sah mir in die Augen, als er sich auf die L-förmige

Couch sinken ließ. »Schön, dich zu sehen«, sagte er schlicht. »Wie geht's dem Knöchel?«

»Schon besser. Danke.« Ich setzte mich wieder auf die Couch und zog die Decke über mich. Angespannt ballte ich meine Hände zu Fäusten und versuchte, normal zu atmen.

Es gelang mir überhaupt nicht.

»Mia hat uns Kekse gebacken. Willst du probieren?« Henrik nickte zum Tisch, wo nur noch ein leerer Teller stand. »Oh … ich schätze, ich habe schon alle aufgegessen.«

»Typisch. Hat Henrik dich herumgeführt?« Tyr strich sich mit den Handflächen über die Oberschenkel.

»Hat er.«

»Brauchst du etwas? Eine Zahnbürste? Handtücher?«, bot Tyr an.

»Nein, danke. Ich hab alles dabei.«

Tyr schaute auf meine Hände. Mein Buch lag wie ein Schutzschild vor mir. »Was liest du da?«

»Ähm …« Ich blickte nach unten. »Oh. *Viel Lärm um nichts.* Ich muss am Montag ein Referat halten.«

»Hm. Hab ich nie gelesen.« Tyr schüttelte den Kopf.

»Ich bisher auch nicht«, gab ich zu. »Eigentlich sollte ich ins Bett gehen und es zu Ende lesen. Danke, dass ich hierbleiben darf. Wir sehen uns morgen früh.«

Ich sprang auf und machte mich auf den Weg in den Flur.

»Gute Nacht, Mia. Nimm dir, was du brauchst«, rief Henrik mir nach.

»Okay. Danke.« Ich eilte auf das Gästezimmer zu. Die Einbauleuchten tauchten die Wände in ein schummriges Licht, während ich den Flur entlangging. Kurz vor meinem Zimmer hörte ich eine tiefe Stimme hinter mir.

»Warte.« Tyr musste mir aus dem Wohnzimmer gefolgt sein.

Die Schmetterlinge in meinem Bauch begannen eine Choreographie auf olympischem Niveau. Als ich sie so weit beruhigt hatte, dass ich mich umdrehen konnte, ohne mich zu übergeben, stand Tyr nur zwei Schritte entfernt. Er sah hinreißend aus. Er hatte die Hände in die Taschen seiner Jeans gesteckt, den Kopf zur Seite geneigt, und in seinem Gesicht lag ein verlorener Ausdruck.

»Ja?«, fragte ich.

Tyr starrte mich mit einer Aufmerksamkeit an, die mich überraschte. Er trat einen Schritt näher, und ich spürte die Wärme, die seine Brust ausstrahlte. Unsere Blicke trafen sich. Egal wie sehr ich mir sagte, dass ich nicht mehr an diesen Kerl denken sollte, konnte ich die Anziehungskraft, die er auf mich ausübte, nicht ignorieren. Er war charmant, hinreißend, gefährlich und absolut unerreichbar.

Sich in ihn zu verlieben, wäre äußerst unklug.

Ich straffte meine Schultern und richtete mich auf. »Ja?«

»Ich wollte nur sagen …« Tyr machte einen weiteren Schritt auf mich zu. Jetzt waren wir nur wenige Zentimeter voneinander entfernt. Ich holte tief Luft und atmete den berauschenden Duft von Fichtenholz und Schweiß ein. *Schlechte Idee, schlechte Idee, schlechte Idee.*

»Was wolltest du sagen?« Ich zwang mich, ihm in die Augen zu sehen.

»Ich wollte sagen, äh … es ist schön, dich zu sehen.«

»Das hast du schon gesagt.« Ich sprach ruhig.

»Dann wollte ich das hier sagen.« Er beugte sich hinunter und hauchte einen Kuss auf meine Stirn. *Ach du heilige Scheiße.* Ein Kribbeln schoss von meinem Gesicht die Wirbelsäule hinunter und setzte sich in meinem Unterleib fest. Meine Haut fühlte sich an, als hätte mich jemand in einen Schnellkochtopf gesteckt und ihn auf höchste Stufe gestellt. Und das Brennen in meinen Wangen ließ darauf schließen, dass ich wohl so rot war wie eine Tomate.

»Oh.« Mein Gewicht verlagerte sich auf meinen hinteren Fuß. Tyr wirkte unsicher; die Frage in seinem Gesicht war deutlich zu sehen. Wollte ich mehr?

Wollte ich?

Das war keine einfache Frage. Ich wusste nur, dass ich unmöglich klar denken konnte, wenn er mich so ansah, und ich war nicht bereit, die Entscheidung meinem Herzen zu überlassen. Nicht wenn es um Tyr ging.

»Gute Nacht«, murmelte ich, eilte ins Gästezimmer und schloss die Tür hinter mir.

Aber nicht bevor ich das Glitzern in Tyrs Augen bemerkt hatte. Ich hatte ihm versehentlich eine Herausforderung geboten, und irgendetwas sagte mir, dass er sie nicht ablehnen würde.

****

Eine Stunde später lag ich versunken in meinem weichen Bett und starrte auf mein Buch. Ich versuchte jetzt schon seit fünfundvierzig Minuten, den letzten Akt zu lesen, hatte aber kein einziges Wort registriert. Das leise Klopfen an der Haustür ließ mich zusammenschrecken. *Wer klopft so spät mitten im Wald an die Tür?*

Als niemand öffnete, klopfte es erneut, diesmal fester.

»Tyr?«, rief eine Stimme. Eine weibliche Stimme. Eine melodische Stimme.

Das Geräusch der Stille hallte von oben herab. Unbehagen stieg in mir auf. Wer auch immer diese Besucherin war, ich bezweifelte, dass sie von einer Studentin im Pyjama begrüßt werden wollte. Tyr mochte sich nicht die Mühe machen, seinen Gast zu begrüßen, aber zumindest Henrik sollte an die Tür gehen.

Das Klopfen ging in einem beharrlichen Rhythmus weiter.

»Tyr, ich bin's, Freya. Mach auf.«

Von wegen nur Freunde. Warum stand diese Freya so spät in der Nacht noch vor seiner Tür, wenn sie nur eine gute Freundin war? Ich hatte also recht gehabt. Dieser verlogene …

Ich war es leid, belogen zu werden. Genervt warf ich die Decke beiseite und stapfte mit der Anmut eines wütenden Nashorns den Flur hinunter. Die Türklinke fühlte sich kalt an, als ich sie aufriss und meinen ersten Blick auf Freya warf. *Na großartig.*

Die Kälte schoss mir den Arm hinauf und legte sich wie eine Eisdecke um mein Herz – *haben* beschrieb sie nicht mal annähernd. Mir stand ein extrem schönes und extrem überraschtes Supermodel gegenüber. Sie hatte hüftlanges, erdbeerblondes Haar und war perfekt geschminkt. Und obwohl sie lässig in halbhohen Stiefeln, Skinny Jeans und einer taillierten Fleece-Jacke gekleidet war, strahlte sie eine Art von Glamour aus, die ich nie erreichen würde. Ich war das hübsche Mädchen von nebenan. Freyas betörende Schönheit war vom Himmel herabgestiegen, damit ihr alle Männer der Welt zu Füßen liegen konnten wie eine Armee liebeskranker Welpen. Und ausgerechnet sie musste die beste Freundin des einzigen Mannes in Redwood sein, an dem ich Interesse hatte.

Das Leben war so ungerecht.

»Oh. Mia. *Hei hei.*«

»Du kennst meinen Namen?«

»Natürlich.« Freyas Lächeln wurde breiter. »Wie schön, dich hier zu sehen. Heißt das, du und Tyr seid zusammen?«

»Wir? Oh, nein. Nein. Mein Haus wird, äh, entrattet, also brauchte ich einen Platz zum Schlafen.« Und dann, weil ich mir nicht helfen konnte, fügte ich hinzu: »Tut mir leid, wie war noch mal dein Name?«

»Das hab ich noch nicht gesagt.« Freyas Augen funkelten, als sie mir eine perfekt manikürte Hand hinhielt. Sie hatte die klassischen French Nails etwas abgewandelt – der Ansatz war blassrosa, die Spitzen silbern. Sogar ihre Nägel waren perfekt. »Ich bin Freya. Eine Freundin von Tyr.«

»Hi.« Zögernd schüttelte ich ihre Hand. Freya hatte einen erstaunlich festen Griff.

»Ist Brynn auch hier?«

»Brynn ist im oberen Gästezimmer.«

»Interessant.« Freya steckte die Hände in ihre Jackentaschen.

»Also … willst du hochgehen und Tyr sehen?« Die Worte blieben mir fast in der Kehle stecken. Wenn etwas zwischen ihm und mir war, hatte eine Schönheitskönigin keinen Grund, um diese Zeit auf seiner Veranda zu sein.

»Es wäre wohl besser, wenn du hochgehst und ihm sagst, dass ich hier bin. Würde dir das etwas ausmachen?«

»Ähm … okay. Komm rein.« Ich hielt die Tür auf. Freya betrat die Eingangshalle. Ihre langen Beine bewegten sich so elegant, dass es aussah, als würde sie schweben.

Meine Güte, war sie schön. Sie war anmutig. Wenn sie das Kochbuch meiner Meemaw in die Finger bekäme, hätte ich keine Chance mehr.

»Soll ich auch Henrik oder Brynn holen?«, fragte ich. *Oder stattdessen?*

»Nein. Nur Tyr.« Freya lächelte zuckersüß.

Verflixt und zugenäht.

»Bin sofort wieder da.« Ich joggte die Treppe hinauf, ohne mich umzudrehen. Als ich die obere Etage erreichte, hielt ich inne. Tyrs Zimmer lag am Ende. Leichtfüßig schlich ich den Flur entlang und klopfte leise an. »Tyr?«

Meine Knie knickten ein, als Tyr die Tür öffnete. Das T-Shirt war verschwunden. Er trug eine locker sitzende graue Jogginghose, sonst nichts.

Fünf Jahre obligatorisches Benimmtraining ließen mich kläglich im Stich: Ich konnte einfach nicht anders, als ihn anzustarren. Er war übermenschlich attraktiv.

Tyrs Körper war anders als alles, was ich je gesehen hatte. Er sah aus wie das Modell für eines der Gemälde aus Kunstgeschichte. *Nordische Götter des Bodybuildings*, von Thorson Larson Bjornson.

»Odin sei Dank geht es dir gut.« Tyrs Stimme war heiser, als ob ich ihn geweckt hätte. Er zog mich in seine Arme und umarmte mich fest. War er jetzt völlig verrückt geworden?

»Natürlich geht es mir gut.« Sogar noch besser, jetzt wo mein Gesicht an seine nackte Brust gepresst war, die hart wie ein Brett war und absolut göttlich roch. Aber warum um alles in der Welt umarmte mich der König der Unnahbarkeit bloß? Ich hatte ihn nicht als den Typ eingeschätzt, der andere gern umarmt. »Geht es *dir* gut?«

»Jetzt schon.« Tyr atmete langsam aus, dann lehnte er sich zurück, um mich auf Armeslänge zu halten. »Du bist nicht verletzt?«

»Warum sollte ich verletzt sein?« Dieses Gespräch ergab null Sinn.

»Ich dachte nur …« Tyr schüttelte den Kopf. »Es war ein Traum. *Förbaskat* realistischer Traum.«

»Keine Sorge. Ich bin fit wie ein Turnschuh.« Ich zuckte mit den Schultern. Dann zwang ich mich, einen Schritt zurückzutreten. Einem halbnackten Tyr so nah zu sein, war eine ganz, ganz schlechte Idee. Der Mann war heißer als die Hölle.

»Ähm, du hast Besuch. Deine *Freundin* Freya ist unten.« Ich verschränkte meine Arme.

»Freya?« Tyr lehnte sich gegen den Türrahmen, und seine Fingerspitzen streiften über die übertrieben sexy aussehenden Bartstoppeln, die seine Haut küssten. »Was macht sie denn hier?«

»Keine Ahnung.« Ich zuckte mit den Schultern. »Kommt sie öfter nachts vorbei?«

»Mia.« Tyr rieb sich den Nacken. »So ist das nicht.«

»Wie auch immer«, murmelte ich und machte auf dem Absatz kehrt.

Tyrs Finger legten sich um meinen Oberarm. Er drehte mich zurück und drückte mich sanft gegen die Wand. Mit seinen Händen auf meinen Armen und seiner Brust nur Zentimeter von meinem Gesicht entfernt, fiel mir das Atmen plötzlich sehr schwer.

Tyr beugte sich vor, sodass sich unsere Nasen praktisch berührten. Ich stand wie erstarrt da und schnappte nach Luft. Jeder Nerv in meinem Körper fühlte sich an, als stünde er in Flammen, während sich mein Brustkorb bei jedem Einatmen leicht gegen seinen drückte.

»Sieh mich an«, befahl Tyr.

Meine Augen wanderten mit quälender Langsamkeit seinen

Körper hinauf. Tyrs Blick bohrte sich mit einer Schärfe in mich, die mir jeglichen Rest von Sauerstoff aus den Lungen trieb. Er stützte einen Unterarm an der Wand neben meinem Kopf ab und hielt den Augenkontakt, während er sprach.

»Willst du, dass ich dir zeige, wie *wenig* Interesse ich an Freya habe? Denn im Moment ist sie das, was ich am allerwenigsten im Kopf habe.«

»Und was hast du stattdessen im Kopf?«, flüsterte ich.

»Was denkst du?«, hauchte Tyr in mein Ohr.

»Mich jedenfalls nicht«, platzte es aus mir heraus. »Du gehst mir aus dem Weg, weißt du noch?«

»Ja. Das tue ich.« Tyrs Atem fühlte sich auf meiner Haut warm an. »Weil du so *förbaskat* zerbrechlich bist, und ich nicht will, dass du verletzt wirst. Aber es ist dumm, sich von dir fernzuhalten, wenn dieses Monster …«

Ich verstummte. »Monster? Wovon redest du da?«

»Vergiss es.« Tyr lehnte seine Stirn an meine. »Nichts wird dir wehtun. Ich hab nur einen schlechten Traum gehabt.«

»Du solltest dich ausruhen. Du bist nicht du selbst.« *Du bist süß, aufmerksam, besorgt. Wo ist der echte Tyr?*

»Hast du jemals daran gedacht, dass ich gerade vielleicht absolut ich selbst bin, weil ich keine Lust mehr habe, immer das Richtige zu tun?«

Ich drehte meinen Kopf so, dass ich ihn ansehen konnte. »Ähm …«

»Das hilft mir nicht, mich zu konzentrieren.« Tyr ließ meine andere Schulter los und hob seine Hand an mein Gesicht. Er fuhr mit der Fingerspitze über meine Unterlippe, auf der ich nervös herumkaute. »Besser.«

»Deine Freundin wartet auf dich …« Ich drückte mich mit dem Rücken an die Wand und war dankbar für den Halt.

»Na und?«, murmelte er. Er strich mit seiner Nase an meinem Kiefer entlang, und ich wimmerte leise. *Wie peinlich.* »Hör zu, ich schaffe es offensichtlich nicht, Abstand zu halten. Aber es gibt etwas, das ich dir sagen muss, bevor das hier weitergeht.«

»Ja?«, hauchte ich. Tyr führte seine Nase an meine Wange heran und legte seine Stirn sanft an meine. Unsere Lippen waren sich so nah …

»Ich …«

In diesem Moment ertönte eine melodische Stimme aus dem Erdgeschoss. »Tyr! Ich muss unbedingt mit dir reden.«

Ich kniff die Augen zusammen. Das Timing des Supermodels hätte nicht schlechter sein können.

Tyr schlug mit der Faust gegen die Wand. »Bin gleich unten«, rief er mit zusammengebissenen Zähnen.

»Es ist ziemlich wichtig«, rief Freya zurück. »Alarmstufe Rot. Draußen. Sofort.«

Das löste etwas in Tyr aus. Er richtete sich auf, bis sein Rücken kerzengerade war, und ballte seine Hände zu Fäusten. »Tut mir leid, Mia. Ich muss gehen.«

»Okay.« Als ich ausatmete, merkte ich erst, dass ich davor die Luft angehalten hatte.

Henrik steckte den Kopf aus der Tür seines Schlafzimmers. »Ich habe Alarmstufe Rot gehört. Soll ich …« Er verstummte, als er mich bemerkte. »Oh, *hei,* Mia. Komisch, dich vor Tyrs Schlafzimmertür zu sehen. Mitten in der Nacht. In deinem Schlafanzug.«

Meine Wangen fühlten sich an, als stünden sie in Flammen. »Hi, Henrik«, murmelte ich.

Henrik sah wieder zu Tyr. »Soll ich Brynn wecken?«

»Nein. Ich gehe mit Freya raus.« Tyr nickte in meine Richtung. »Ihr und Brynn bleibt einfach hier.«

»Wird gemacht.« Henrik gähnte, öffnete die Tür ganz und setzte sich auf sein Bett. »Sag Bescheid, wenn du wieder zu Hause bist, ja?«

Tyr nickte und drehte sich zu mir um. »Das sollte nicht lange dauern, Mia. Wartest du auf mich?«

Seine Augen sahen hinreißend hoffnungsvoll aus. Er strich mit einem Finger über meine Wange. Als ich den Kopf schief legte, schenkte er mir ein sanftes Lächeln. »Klar.«

»Tut mir wirklich leid«, entschuldigte sich Tyr erneut. Er lief in sein Schlafzimmer, zog sich ein T-Shirt, einen Kapuzenpulli und Turnschuhe an und kehrte dann zu mir in den Flur zurück. Er legte mir eine Hand in den Rücken und führte mich die Treppe hinunter. Unten angekommen, knurrte er Freya an. »Ich hoffe, es ist wirklich wichtig.«

»Wenn nicht, wäre ich nicht hier.« Freya sah ihn grimmig an. Als sie Tyrs Hand in meinem Rücken sah, zuckten ihre Mundwinkel. »Es tut mir leid, Mia. Ich werde ihn nicht lange aufhalten.«

Ich starrte auf meine Hände, als gäbe es dort irgendetwas Faszinierendes zu sehen. »Ich muss eh noch etwas lesen. Schön, dich kennenzulernen, Freya.«

Sie nickte und machte auf dem Absatz kehrt. »Ich warte auf der Veranda«, rief sie, während sie nach draußen ging.

Ich machte Anstalten, in mein Zimmer zurückzukehren, wo der Shakespeare-Text auf meinem ungemachten Bett lag. Doch Tyr griff mich am Arm und drehte mich herum. Er zog mich dicht an sich heran, dann senkte er seinen Mund auf mein Ohr. »Ich bin gleich wieder da«, flüsterte er.

»Okay.« Ich schwankte auf meinen Füßen.

Er strich ein letztes Mal mit den Lippen über meine Wange und folgte Freya zur Haustür hinaus. Ich stand da, zu aufgewühlt, um mich zu bewegen, bis das Geräusch ihrer Schritte im Wald verschwand.

Neun

Die Hand auf meiner Wange unterbrach meinen äußerst angenehmen Traum.

»Komm, wir machen es dir bequemer.« Obwohl die Stimme leise und warm war, fröstelte ich, als ich die Augen öffnete. Es war, als hätte mein Unterbewusstsein ihn herbeigewünscht. Tyr kniete neben dem Sofa und sah einfach hinreißend aus. Sein enges schwarzes T-Shirt klebte leicht verschwitzt an seiner Brust. Sein blondes Haar stand in alle möglichen Richtungen ab, und sein schiefes Lächeln ließ mich dahinschmelzen. Von hinten fiel der schwache Schein der Lampe auf ihn, sodass er wie ein Engel aussah.

»Hey«, murmelte ich, während ich mich mühsam aufsetzte. Ein Knacken in meinem Nacken ließ mich innehalten. »Autsch.«

»Selber hey. Du bist beim Lesen eingeschlafen.« Tyr schmunzelte. »Und hast dir Billy Shakes in einem ziemlich ungünstigen Winkel eingeklemmt. Hier.« Er nahm mir das Buch von der Schulter und legte es auf den Couchtisch, dann drückte er zwei Finger an meinen Nacken. »Tut es hier weh?«

Ich nickte leicht, als der Schmerz durch meinen Rücken schoss »Ja.«

»Mia, Mia, Mia.« Tyr seufzte, als er begann, den Knoten zu massieren. »Wer bitte verletzt sich beim Lesen?«

Ich suchte nach einer passenden Erwiderung und gab es auf. Seine Finger waren *unglaublich.*

»Bist du jetzt erst zurückgekommen?« Wenn die Uhr auf dem Kaminsims richtig ging, war er drei Stunden weg gewesen.

»Ja.« Er massierte in kleinen Strichen von dem Knoten weg. Ich stöhnte auf. Der Schmerz war verschwunden und wurde durch ein Gefühl der absoluten Entspannung ersetzt.

»Alles in Ordnung?«, murmelte ich.

»Leider nein. Aber wir arbeiten daran.«

Ich wollte fragen, was er meinte, aber stattdessen schloss ich die Augen und lehnte meinen Kopf zur Seite. Tyr rollte mit seinem Fingerknöchel über die Verspannung, was meine Fähigkeit beeinträchtigte, Worte zu bilden.

»Mmm …« Im Moment war ich nicht gerade die hellste Birne im Kronleuchter.

Tyrs Finger wanderten zu meinen Schultern hinunter, wo noch viel mehr Verspannungen auf sie warteten. »Du hast deinem Rücken ganz schön zugesetzt, *prinsessa.* Lehn dich ein wenig vor.«

Ich tat, was er sagte, und Tyr rutschte hinter mir aufs Sofa. Wieder erschauerte ich.

»Ist dir kalt?« Er lehnte sich vor und zog die Decke über meinen Schoß, bevor er die Massage fortsetzte. Ich genoss das Gefühl seiner kräftigen Finger, die über meine Schultern strichen. Als ich ein unwillkürliches Stöhnen ausstieß, spannte sich Tyr hinter mir an.

Nach einem Moment ging das Kneten weiter. »Weißt du, du bist ziemlich süß, wenn du schläfst.«

Mein Körper schmiegte sich an seinen. *Großer Gott. Das ist himmlisch.* »Ach ja?«

»Lehn dich nach *vorn*, Mia. Ich kann dich nicht massieren,

wenn du so nah bist. Nicht dass ich generell etwas dagegen hätte …«

Ups.

Er drückte seinen Daumen in mein Schulterblatt, und ich schrie kurz auf. »Warte kurz.« Er drückte weiter fest auf die krampfende Stelle. Und tatsächlich ließ der Schmerz allmählich nach. Tyr rieb langsam und kreisförmig, bis die Verspannung vertrieben war, dann wanderte er meinen Hals hinauf. Als er mit seinen Fingern meinen Haaransatz entlangfuhr, hielt ich mich an der Armlehne des Sofas fest.

»Aha. *Da* ist also deine Schwachstelle.« Er streichelte sie leicht. Die Empfindungen, die von diesem einen winzigen Fleckchen Haut ausgingen, waren berauschend. Doch viel zu schnell schob er mich weg und erhob sich vom Sofa. Er ließ seine Fingerknöchel knacken und grinste.

»Wohin gehst du?«, flüsterte ich.

»Es ist schon spät. Wir brauchen beide etwas Schlaf.«

»O-oh …« Meine Enttäuschung dehnte das Wort über zwei Silben.

Tyr nahm sanft mein Buch in eine Hand, während er die andere mit der Handfläche nach oben hielt. Als ich aufstand, verschränkte er meinen Arm mit seinem und führte mich in mein Zimmer.

»Ich muss mich morgen noch um etwas kümmern, aber um fünf bin ich wieder zu Hause. Kann ich dich zum Essen einladen?«, fragte er.

»Du meinst, wie bei einem Date?«

»Ja, wie bei einem Date.«

»Ähm …« Ich spielte mit meinen Haarspitzen. »Sehr gern.«

»Du hast gezögert.«

»Hab ich nicht«, protestierte ich mit einem Kopfschütteln.

»Du hast absolut gezögert. Du vertraust mir nicht.«

»Das ist es nicht … okay, vielleicht ein bisschen«, gab ich zu.

»Schon in Ordnung. Du solltest mir wahrscheinlich auch besser nicht vertrauen.«

»Warum nicht?« Ich zog leicht an meinen Haaren. Wollte er damit sagen, dass er ein Mistkerl war?

»Aus vielen Gründen.« Tyr stupste meine Finger an, und ich ließ meine Haare los. »Jetzt gerade musst du nur wissen, dass ich erst mal nirgendwohin gehen werde. Und wenn du dich entscheidest, dich auf mich einzulassen, dann halt dich besser fest, *prinsessa.* Denn mit mir zusammen zu sein ist ein Höllenritt.«

Mich durchlief ein Schauer, während ich Tyrs Worte verarbeitete. *Oh mein Gott.*

»Also, was sagst du? Sollen wir morgen Abend zusammen essen?«

»Ähm. Tja, die Sache ist die. Ich habe Brynn und Henrik versprochen, dass ich morgen Abend Lasagne koche. Ich möchte wirklich ein bisschen in eurer Küche spielen. Ich habe noch nie eine so tolle Ausstattung gesehen«, schwärmte ich. »Euer Herd hat sechs Brenner, eine Grillplatte, berührungsempfindliche Gasregler und einen Ofen, der in weniger als einer Minute aufheizt. Das ist einfach … wow. Aber wenn du lieber ausgehen willst, können wir das auch tun.«

Bilder der ultimativen Küchenmaschine tanzten in meinem Kopf herum, während ich auf Tyrs Antwort wartete.

»Du veranstaltest lieber eine Dinnerparty, als dich von mir ausführen zu lassen?«, sagte Tyr amüsiert. »Das ist eine Premiere für mich.«

»Na ja, dass ein Mann meine legendäre Lasagne ablehnt,

wäre für mich eine Premiere. Und ich sage nicht, dass ich die Ablehnung nicht verkraften könnte, aber das ist nicht der beste Eröffnungsschachzug, die Kochkünste eines Mädchens zu verschmähen.«

»Das will ich natürlich auf gar keinen Fall.« Tyr sprach so aufrichtig, dass ich nicht an seinen Worten zweifelte.

»Also …?«

Tyr reichte mir mein Buch. »Also kochst du morgen das Abendessen für den ganzen Haufen. Ich besorge den Nachtisch, und wenn uns Brynn und Henrik zu sehr nerven, schmeißen wir sie raus. Das ist zwar nicht gerade das konventionellste erste Date, aber da du dich zu meinem Herd hingezogen fühlst, muss es erst mal reichen.«

»Ich würde mich ja entschuldigen, aber es tut mir nicht im Geringsten leid. Dieser Herd ist wirklich sexy.« Mein Ton war neckisch, aber meine Hände umklammerten die Ausgabe von *Viel Lärm um nichts* so fest, dass ich fürchtete, sie könnte zerreißen. Es kostete mich meine ganze Fassung, um nicht auf und ab zu hüpfen.

»Wenn ich Glück habe, wirst du vielleicht eines Tages auch so über mich sprechen, wie du von meinem Ofen sprichst«, scherzte Tyr.

»Das hättest du wohl gern.« Ich zwinkerte ihm zu.

»Du machst nur Ärger, *prinsessa.* Wir sehen uns morgen Abend.«

Er küsste meine Fingerspitzen, dann joggte er die Treppe hinauf, während ich mein Bestes tat, um nicht auf seinen atemberaubenden Hintern zu starren.

Ich schloss die Schlafzimmertür hinter mir und hüpfte in das weiche Bett. Dann rollte ich mich auf den Rücken und strampelte in stiller Freude mit den Füßen.

Ich habe ein Date mit Tyr!

****

Als ich aufwachte, war Tyr verschwunden, und Brynn und Henrik machten keine Anstalten, aus ihren Zimmern zu kommen. Aber in der Küche standen eine frische Kanne Kaffee, ein Laib Sauerteigbrot und ein Toaster, der sehr gut von der NASA hätte stammen können. Ich machte mir schnell einen Toast, dann schnappte ich mir meinen Rucksack und machte mich auf den Weg in die Bibliothek. Um neun saß ich an einem Ecktisch, *Viel Lärm um nichts* in der einen Hand und einen Soja-Latte in der anderen. Bis zum Mittag hatte ich mein Referat grob umrissen, und um zwei war mein erster Entwurf fertig. Ich hatte vor, ihn ein paar Stunden ruhen zu lassen, bevor ich irgendwelche Änderungen vornahm, also machte ich mich auf den Weg in den Laden, um die Zutaten für die Lasagne zu besorgen, und fuhr dann zurück zur Waldhütte.

»Hallo?«, rief ich, als ich die Tür mit dem Ersatzschlüssel öffnete, den Henrik mir geliehen hatte. »Jemand zu Hause?« Ich sah im Wohnzimmer, in der Küche und der Waschküche nach und wagte sogar einen Blick auf die Treppe. Niemand war da. Ich stellte die Einkäufe ab und zückte mein Handy, um Brynn eine SMS zu schreiben.

Wo steckst du denn?

In der Stadt. Bin zum Abendessen zurück!! Kann die Lasagne kaum erwarten!!

Ich bereite sie gerade vor und gehe dann spazieren, bevor ich mich wieder an mein Referat setze.

Okay. Viel Spaß!!

Nachdem ich mein Handy wieder in meine Hosentasche

gesteckt hatte, trug ich die Einkäufe in die Küche, um mit dem Abendessen zu beginnen. Der Herd war noch einfacher zu bedienen, als ich mir vorgestellt hatte. Die Gasflammen brachten das Hackfleisch und die Zwiebeln perfekt zum Kochen, und in Henriks übergroßen Töpfen fanden die Nudelplatten problemlos Platz. Normalerweise musste ich sie in zwei Hälften schneiden, aber das heutige Gericht würde ein ästhetisches und hoffentlich auch kulinarisches Meisterwerk werden.

Als ich das abgedeckte Gericht in den Kühlschrank stellte, bemerkte ich eine Kuchenschachtel aus der örtlichen Bäckerei. Tyr musste das Dessert abgeholt und hergebracht haben, während ich weg war. Mit einem Lächeln machte ich mich auf den Weg in den Wald hinterm Haus. Ziellos wanderte ich durch den Hain der Mammutbäume. Breite, rötliche Stämme ragten in unregelmäßigen Abständen aus der feuchten Erde und hüllten den Wald in ein grünes Blätterdach. Meine Finger berührten einen tiefhängenden Zweig mit Nadeln. Ich war überrascht, wie seidig-weich sie sich anfühlten. Grünes Moos umgab den Fuß jedes Baumes und schlängelte sich am Rand des Weges entlang. Ich ging vorsichtig, denn ich wusste, dass ich leicht den Halt verlieren konnte.

Als ich eine kleine Lichtung erreichte, fand ich einen umgestürzten Baum und ließ mich daneben nieder. Die Vögel zwitscherten eine Nachmittagsserenade, also lehnte ich mich gegen den Baumstamm, während ich die prähistorische Schönheit um mich herum in mich aufnahm. Die hoch aufragenden Mammutbäume und die üppigen grünen Farne sorgten für eine ruhige, erholsame und absolut spektakuläre Atmosphäre – ein Stück Natur, das von der Zeit unberührt geblieben war. Plötzlich erschien ein Reh auf der kleinen Lichtung. Seine Hufe bewegten sich lautlos über die moosige Erde. In der Ferne ertönte ein dumpfer Schlag, und die Ohren des Tieres spitzten sich. Ein elektronisches Piepsen ertönte, als hätte jemand sein Auto ferngesteuert verriegelt. Ein Geräusch, das im Wald völlig fehl am Platze war. Der Piepton ertönte erneut, und das Reh sprang durch die Bäume davon, hüpfte anmutig über einen kleinen Hügel und verschwand schließlich aus meinem Blickfeld.

Als das Reh weg war, herrschte Stille. Ich schaute auf mein Handy – ich hatte noch Zeit bis zum Abendessen und war wahnsinnig neugierig. Innerhalb weniger Sekunden war ich auf den Beinen und ging tiefer in den Wald hinein, in Richtung der Geräusche.

Es dauerte nicht lange, bis ich eine kleine Hütte fand. Das einstöckige Gebäude war in einer dichten Baumgruppe versteckt. Es hatte eine umlaufende Veranda und große, mit Spitzenvorhängen versehene Fenster. Der Spitze und den am Überhang angebrachten Vogelhäuschen nach zu urteilen vermutete ich, dass das Haus einem netten älteren Ehepaar gehörte, das jeden Nachmittag auf der Veranda saß, Tee trank und über seine Enkelkinder sprach. Ich fragte mich, wie viele sie wohl hatten. Vier? Vielleicht fünf?

Ich trat aus den Bäumen heraus und ging auf die Tür der Hütte zu. Wenn diese süßen alten Leute Tyrs engste Nachbarn waren, war es wohl angebracht, sie zu fragen, ob ich ihnen morgen früh etwas Lasagne bringen könnte. Es würde sicher etwas übrig bleiben, denn ich hatte genug gemacht, um eine kleine Armee zu ernähren.

Ich hatte gerade die Veranda betreten, als ich Schritte auf der anderen Seite der Lichtung hörte. Das ältere Ehepaar hatte einen Besucher. Vielleicht war es eines ihrer entzückenden Enkelkinder, das um die Ecke bog … und eine kugelsichere Weste trug.

Wie bitte?

Schnell ging ich in die Hocke, damit mich der Westenträger nicht sehen konnte, und rieb mir die Augen. Vielleicht war das hier nur eine weitere Halluzination. Ich zählte bis zehn und hoffte, dass der süße kleine Enkel aus meiner Vorstellung den Wachmann ersetzen würde. Fehlanzeige. In diesem Wald gab es keine rotwangigen Kinder. Und jetzt wo ich mich auf dieser Seite des Hauses befand, fiel mir auch der glänzende schwarze Hummer auf, der in der unbefestigten Einfahrt stand. Es war der altmodische Typ, den die Armee benutzte, und keines der schicken neuen Modelle, mit denen junge Leute durch Buckshire fuhren. Und bei näherem Hinsehen waren die Spitzenvorhänge im Haus fest zugezogen. Mit Ausnahme des Fensters, das mir am nächsten war – hier waren die Vorhänge gerade weit genug geöffnet, um einen Hauch von Sonnenlicht hereinzulassen.

Was war das für ein Ort? Eine Drogenhöhle? Sollte ich die Polizei rufen? Die Logik verlangte, dass ich mich umdrehte und so schnell von hier verschwand, wie mich meine Füße tragen konnten. Aber was, wenn es in diesem Haus keine Drogen gab? Was, wenn der Westenträger eine Geisel festhielt? Was, wenn dort drinnen jemand gefangen war?

Ich war dazu erzogen worden, auf Menschen zu achten, die Hilfe brauchten, und in diesem Moment überkam mich das Gefühl, dass in diesem Haus jemand war, der mich brauchte. Ich zog mein Handy aus der Tasche, um den Notruf zu wählen, musste aber feststellen, dass ich mich in ein Funkloch verirrt hatte. *Ernsthaft, Arcata? Wären ein paar mehr Mobilfunkmasten so eine schlechte Sache?* Ich steckte mein Handy in die

Tasche zurück und überlegte, wie ich weiter vorgehen sollte. Am klügsten wäre es, von hier zu verschwinden – ich könnte die Polizei von Tyrs Haus aus anrufen, das nur ein paar hundert Meter entfernt war und wo ich wieder Empfang hatte. Ich würde nur einen kurzen Blick durchs Fenster werfen, um der Polizei eine Vorstellung davon zu geben, worauf sie sich einlassen würde. Dann würde ich mich aus dem Staub machen. Sich für andere einzusetzen, war eine Sache, aber es gab keinen Grund, sich dabei umbringen zu lassen.

Ich wartete, bis sich der Westenträger zur Südseite des Gebäudes bewegte, dann sprang ich auf und duckte mich zum nächstgelegenen Fenster – dem mit dem Spalt in den Vorhängen. Ich drückte mein Gesicht an die Scheibe und blinzelte, bis ich das Zimmer sehen konnte.

Die Hoffnung, diese imaginären Großeltern zu sehen, löste sich in Luft auf.

Der Raum war wie eine Krankenstation eingerichtet. In der Mitte stand ein großes Bett mit den Seitenschienen und der erhöhten Rückenlehne eines Krankenhausbettes, jedoch kombiniert mit der plüschigen Bettwäsche und der flauschigen Daunendecke einer Hotelsuite. Auf dem Bett lag ein unheimlich blasses Mädchen, dessen geisterhafter Teint durch die dunklen Ringe unter ihren Augen noch verstärkt wurde. Sie sah schwach, hilflos und jung aus – sie konnte nicht älter als ich sein. Vier Frauen bewegten sich zwischen dem Bett und einer Gruppe von Monitoren hin und her. Zumindest hielt ich es für Monitore. Die Bildschirme selbst konnte ich nicht sehen, nur Bilder, bei denen es sich um einen Körperscan zu handeln schien, und eine Reihe von Zahlen. Die Frauen trugen langärmelige weiße Gewänder, die im Nacken mit einer verzierten Silberspange zusammengehalten wurden, sprachen leise miteinander und tippten gelegentlich etwas in den Computer ein.

Ich beugte mich vor, um ihr Gespräch mitzubekommen, aber als ich mein Ohr an das Glas presste, hielt mir eine feuchte Hand den Mund zu. Mein Hals knackte, als ich vom Fenster weggerissen und über die Veranda geschleift wurde. Angst und Schmerz kämpften in meinem Gehirn um die Vorherrschaft, aber ich schob beides beiseite, während ich versuchte, einen Ausweg zu finden.

»Auf den Boden!« Mein Entführer schubste mich auf den Holzboden. Meine Handflächen bremsten meinen Fall ab, dennoch schlug ich mit dem Gesicht auf die Erde.

Oh Gott!

»Arme hinter den Rücken«, befahl eine zweite Stimme. »Fessle sie.«

Raue Hände packten meine Handgelenke, und meine Wange schlug auf dem Boden auf. Das Klirren von Handschellen ertönte, während ich gleichzeitig kaltes Metall auf der Haut spürte. Es klickte dreimal, und ich war gefangen. Ich atmete tief durch, ignorierte den stechenden Schmerz in meinen Knien und gab mein Bestes, um nicht auszuflippen. Doch mein Herz pochte wie wild in meiner Brust, ich keuchte, und meine Wange brannte von ihrer Begegnung mit dem Boden.

Scheibenkleister. SCHEIBENKLEISTER.

»Stehen Sie auf und drehen Sie sich nicht um.« Einer der Männer zerrte mich auf die Beine. Er stieß mir etwas Kaltes in den Nacken. Ich brauchte es nicht sehen, um zu wissen, was es war.

Jetzt geriet ich doch leicht in Panik.

»Ähm …« Meine Beine wackelten. Ich war noch nie mit einer Waffe bedroht worden, aber zusammenzubrechen kam nicht infrage. Es war ja nicht so, dass ich nicht wusste, wie ich mich verteidigen konnte – Kampfsport mit ins Lauftraining an der Schule integriert zu haben, schien plötzlich die beste Entscheidung meines Lebens gewesen zu sein. Wer auch immer diese Typen waren, sie erwarteten wahrscheinlich nicht, dass ich mich wehrte – schließlich hatte einer der beiden eine *Schusswaffe* auf mich gerichtet. Aber sich zu fügen, war keine Überlebensstrategie. Ich wollte auf keinen Fall, dass sie mich irgendwo anders hinbrachten. Sich zu wehren, war eine schreckliche Aussicht … aber was auch immer sie mit mir vorhatten, war auf jeden Fall schlimmer.

Jetzt oder nie.

Ich trat mit einem Bein nach hinten aus und traf den Typen, der mich festhielt. Er ließ seine Waffe fallen, und ich stieß sie mit meinem Fuß aus seiner Reichweite, bevor ich mich umdrehte und ihm ins Gesicht trat.

Er schrie auf, während Blut aus seiner Nase spritzte.

Ich zerrte an meinen Handschellen und stellte fest, dass die Kette gerade lang genug war. Ich drückte beide Knie an meine Brust und schob meine Arme von hinten nach vorn über meine Beine. Jetzt hatte ich meine Hände wieder vor mir. Ich drehte mich zu dem zweiten Kerl um. Er stand einen Meter entfernt, hatte die Hand an seinem Halfter und den Mund leicht geöffnet.

»Du kleine …« Er zog seine Pistole, und mir wurde flau im Magen.

»Es reicht! Jetzt beruhigen sich alle wieder«, donnerte eine tiefe Stimme von der Veranda. Ich wirbelte herum, um meinen nächsten Angreifer zu begutachten. Doch als ich sein Gesicht sah, erstarrte ich.

Der Mann stürmte die Verandastufen hinunter auf uns zu

und packte mich am Oberarm. »Was glaubst du, was du da tust?« Seine Stimme war leise … und doch unglaublich wütend.

»Tyr?« keuchte ich.

Tyrs Blick durchbohrte mich. Die Hand, die nicht meinen Arm umklammerte, ballte sich zu einer Faust. Jeder Muskel war angespannt, und er strahlte förmlich Wut aus. »Was tust du hier?«

»Ich … ich bin spazieren gegangen und habe … na ja, da war dieses Reh und … autsch!« Ich drehte meinen Arm aus seinem Griff und starrte auf meinen Bizeps. »Das tut weh!«

»Du musst gehen. Sofort.« Er marschierte mit mir in Richtung Hummer.

»Nein.« Ich stemmte meine Füße in den Boden. »Nicht bevor du mir sagst, was hier los ist. Wer ist dieses Mädchen? Du hältst sie doch nicht gegen ihren Willen fest, oder? Denn wenn es so ist, schwöre ich, dass ich zur Polizei gehen werde und – hör auf, mich zu ziehen! Ich steige nicht in dieses Ding ein. Wem gehört das Auto eigentlich?«

»Sonst noch irgendwelche Fragen?« Tyr blickte auf mich herab und hielt mich noch immer am Arm fest.

»Tust du diesem Mädchen weh?« Ich wand mich aus seinem Griff.

»Nein.« Tyr ballte seine Hände so fest zu Fäusten, dass die Adern in seinen Unterarmen hervortraten.

»Und was macht sie dann dadrin?« Ich wollte meine Hände in die Hüften stemmen, aber die Handschellen verhinderten das. »Und nimm mir um alles in der Welt bitte endlich diese Dinger ab.«

Tyr fischte in seiner Tasche herum und zog einen Schlüsselring heraus. Er öffnete die Handschellen, und ich rieb mir die Handgelenke.

»Du musst hier weg, falls er zurückkommt.« Tyr bewegte sich auf mich zu, aber ich wich vor ihm zurück.

»Für den Fall, dass *wer* zurückkommt? Was ist in diesem Haus los? Warum hat dieser Kerl da eine Waffe auf mich gerichtet?« Meine Stimme wurde lauter, während ich sprach. »Er hat eine Schusswaffe auf mich gerichtet! Ich habe ein paar Antworten verdient.«

»Mia«, flehte er. »Ich muss dich von hier wegbringen. Sofort.«

Wir starrten uns in einem stummen Machtkampf an. Tyr vibrierte vor Wut. Ich hob trotzig mein Kinn und blinzelte in mitternachtsblaue Augen, die mich finster anblickten. Ich hätte schreiend weglaufen sollen – ich kannte Tyr kaum, und nun hatte ich ihn hier mitten in einer Art Militäroperation ertappt, wo eine bewusstlose Teenagerin in einer Hochsicherheitshütte gefangen gehalten wurde. Aber ich würde nicht als Erste blinzeln. Man hatte mir beigebracht, mich für Schwächere einzusetzen. Wenn das Mädchen in diesem Haus Hilfe brauchte, dann würde ich einen Weg finden, ihr zu helfen.

»Ich werde nicht nachgeben«, betonte ich.

»Offensichtlich«, murmelte Tyr.

Wir starrten uns noch weitere zehn Sekunden lang an. Schließlich ließ Tyr die Schultern sinken. »Warum musst du nur so stur sein? Wir können ja reden. Aber du *musst* in mein Auto steigen. Ich will nicht, dass du hier so ungeschützt herumstehst.«

»Das ist dein Auto? Was ist aus dem Motorrad geworden?«

»Steig endlich ein, Mia«, flehte er.

»Okay.« Ich marschierte zum Hummer und wartete, während Tyr die Tür entriegelte. Bevor ich nach der Tür greifen konnte, schoss eine Hand von hinten an mir vorbei und öffnete sie für mich.

»Steig ein«, wiederholte er. Während er mir in den Wagen half, sah er sich um. Wonach suchte er?

»Tu ich ja«, erwiderte ich. Die Tür schlug hinter mir zu, und bevor ich mich umdrehen konnte, setzte sich Tyr ans Steuer. Ich warf einen Blick aus dem Fenster. Durch die getönten Scheiben sah der Wald dunkler aus. Wozu brauchte Tyr überhaupt getönte Scheiben? »Erzähl mir von dem Mädchen.«

Tyr ließ seinen Kopf gegen das Lenkrad sinken. »Dein Leben wäre viel einfacher, wenn ich dich einfach nach Hause bringen dürfte.«

»Wird sie gegen ihren Willen festgehalten? Ich werde nicht ohne sie gehen, wenn das der Fall ist.« Ich verschränkte die Arme.

Tyr hob minimal seinen Kopf. Ein Hauch eines Lächelns umspielte seine Augenwinkel. »Das kann ich sehen.«

»Und was machst du mit ihr?«, drängte ich.

»Ich versuche, sie am Leben zu erhalten.« Das erklärte die Frauen in den weißen Gewändern – das mussten Krankenschwestern sein.

»Wenn das stimmt, warum ist sie dann nicht in einem Krankenhaus? Sie sieht krank aus. Sie sollte auf einer Intensivstation liegen.«

»Das *ist* eine Intensivstation. Zumindest unsere Version davon. Eure Medizin wird ihr nicht helfen.« Tyr hielt seine Augen geschlossen.

»Unsere? Warum nicht?«, fragte ich.

»Weil sie nicht so ist wie du. Sie ist … etwas Besonderes.«

»Mal abgesehen von dieser Bemerkung, sieht dieses Mädchen sehr krank aus, Tyr. Was auch immer *eure* Intensivstation tut, es scheint nicht auszureichen. Sie braucht ein richtiges Krankenhaus. Ich wähle jetzt den Notruf.« Ich holte mein Handy heraus, bevor mir wieder einfiel, dass es hier im Wald keinen Empfang gab. Frustriert stöhnte ich auf.

Tyr riss mir das Handy aus den Händen und warf es auf den Rücksitz. »Ich habe dir doch gesagt, dass du ihr nicht helfen kannst.«

»Oh, aber du schon?« Ich griff nach meinem Handy, doch Tyr hielt meine Hände fest.

»Ich weiß nicht, ob ich es kann. Aber die besten Heiler aller Reiche kümmern sich um sie. Und ich habe Sicherheitsleute, die dafür sorgen, dass niemand in ihre Nähe kommt. Na ja, niemand außer der neugierigsten Studentin der Welt.«

»Und warum tust du das alles? Wer ist sie?« Ich versuchte, meine Hände wegzuziehen, aber Tyr hielt sie zu fest. »Ach du meine Güte – ist sie etwa deine Freundin? Deine Freundin liegt im Sterben, und du willst mit mir ausgehen? Das ist so … so … abgedroschen.«

»Abgedroschen? Ist das das gemeinste Wort, das dir einfällt?«

»Es ist das gemeinste Wort, das ich laut aussprechen möchte. Aber ich denke gerade an ein viel schlimmeres Wort für dich.«

»Tja, das solltest du nicht. Das Mädchen in dem Haus ist nicht meine Freundin.«

»Wer ist sie dann?«

Tyr sah mir in die Augen. »Sie ist meine Schwester.«

Zehn

»Sag etwas«, knurrte Tyr.

»Du hast eine Schwester?« Die Worte purzelten praktisch heraus. »Und sie liegt im Koma in einer geheimen Hütte im Wald hinter deinem Haus? Umgeben von bewaffneten Sicherheitsleuten?«

»Mehr oder weniger.«

»Wissen eure Eltern, dass sie hier ist?«, fragte ich.

»Unsere Eltern sind tot.«

»Das … das tut mir so leid«, stotterte ich beschämt. »Ich hatte ja keine Ahnung.«

Tyrs Schulter hob sich, als wolle er mein Mitgefühl abwehren.

Meine Welt stellte sich auf den Kopf. Solche Dinge passierten im wirklichen Leben nicht. Und schon gar nicht bei Menschen, die ich kannte. In diesem Moment flog alles, was ich über Tyr zu wissen glaubte, aus dem Fenster. »Was ist mit ihnen passiert?«, fragte ich leise.

»Ich war noch klein, als sie getötet wurden. Ich denke nicht groß darüber nach.« Tyr umklammerte das Lenkrad.

»Tut mir leid.« Ich streckte die Hand aus, um seine zu berühren.

»Dasselbe Monster hat vor ein paar Wochen versucht, meine kleine Schwester Elsa zu töten.« Tyrs Fingerknöchel waren weiß.

»Warum ist er hinter deiner Schwester her?«

»Das ist kompliziert.« Tyr rieb seine Handflächen an seiner Jeans. »Hör zu, Mia, wenn du an meinem Leben teilhaben willst, wirst du in einigen Bereichen einfach ahnungslos bleiben müssen. Kannst du damit umgehen?«

»Wahrscheinlich nicht, aber das ist irrelevant. Willst du mich überhaupt in deinem Leben haben?« Seit wir uns kennen, war sein Verhalten mir gegenüber so gegensätzlich, dass ich es ehrlich gesagt nicht wusste.

Ein Mundwinkel von Tyrs Mund verzog sich zu seinem typischen schiefen Lächeln. »Ja.«

»Oh.« *Oh!*

»Aber dich in mein Leben zu lassen, bedeutet dich mitten in einen Albtraum zu versetzen. Und ich meine es ernst, wenn ich sage, dass es Dinge gibt, die ich dir nicht erklären kann.«

»Du hast gestern Abend gesagt, du möchtest, dass ich dir vertraue«, erinnerte ich ihn. »Und Vertrauen basiert auf Ehrlichkeit. Wie soll ich dir vertrauen, wenn du mir nicht die Wahrheit sagst?«

»Ich werde dir immer die Wahrheit sagen«, erwiderte Tyr. »Ich werde nur nicht alles beantworten können, was du wissen willst. Klingt das fair?«

»Fair, ja. Machbar für mich? Eher nicht.«

Tyr schmunzelte. »Henrik hat mir schon gesagt, dass du *so* eine bist.«

»Wie bitte?«, fragte ich empört.

»Eine von den Wissbegierigen. Deshalb hast du Ingenieurwesen gewählt, oder? Um in einer chaotischen Welt Ordnung zu schaffen?«

Meine Finger spielten mit dem Ring meiner Großmutter. »Das ist wirklich sehr scharfsinnig. So habe ich noch nie darüber nachgedacht, aber ja. Das ergibt Sinn.«

»Tja, *prinsessa*, in meinem Leben gibt es nichts Geordnetes.«

»Abgesehen von deinen Küchenschränken.«

»Richtig.« Tyr seufzte. »Mia, du musst das verstehen. Ich wache jeden Morgen auf und frage mich, mit welcher Art von *skit* ich es an diesem Tag zu tun haben werde. Ich beschwere mich nicht; ich habe mich für dieses Leben entschieden. Aber ich bin mir nicht sicher, ob du das auch willst.«

»Wie soll ich eine fundierte Entscheidung treffen, wenn du meine Fragen nicht beantwortest?«

Tyr schloss die Augen. »Wie wäre es mit einem Kompromiss? Du kannst jetzt eine Frage stellen, der Rest muss bis heute Abend warten. Ich werde so viel beantworten, wie ich kann, aber du musst akzeptieren, dass es einige Dinge gibt, die du vielleicht nie verstehen wirst.«

In meinem Kopf drehte sich alles, und ich versuchte, die Liste der Dinge, die ich plötzlich über Tyr wissen wollte, zu sortieren – wer er war, wie er damit umging, seine Eltern so jung zu verlieren, wie er nicht vor Sorge um seine Schwester den Verstand verlor, wie Henrik und Brynn in all das passten? Wie *ich* in all das passte …

»Kommt Elsa wieder in Ordnung?« Ich wrang meine Finger im Schoß.

Tyr ließ den Blick senken. »Ich hoffe es. Ich habe das beste medizinische Team im Universum, das sich rund um die Uhr um sie kümmert. Als ich sie fand, war sie fast tot und atmete kaum noch.«

Mir wurde ganz schlecht, als mein Gehirn gegen dieses Bild ankämpfte. »Hast du die Polizei angerufen? Haben sie irgendwelche Hinweise?«

»So einfach ist das nicht. Wo ich herkomme, funktioniert das nicht so.«

»Die Polizei jagt in Schweden keine Mörder?« Das stimmte auf keinen Fall.

»Du hast deine eine Frage schon gestellt«, sagte Tyr.

»Aber das ist eine wichtige Folgefrage. Und darüber hinaus eine völlig legitime Antwort auf deine Aussage.«

»Je weniger du von alldem weißt, desto besser. Wenn der Täter glaubt, dass du darin verwickelt bist, wird er auch hinter dir her sein.«

»Warum?« Mir lief ein eiskalter Schauer über den Rücken.

»Er nimmt sich Personen vor, die mir wichtig sind. Meine Eltern und meine Schwester waren nicht seine einzigen Opfer, aber Elsa war das erste Ziel, das er am Leben ließ.«

Ich drückte meine Finger so fest zusammen, dass ein Knöchel knackte. »Warum sollte er das tun?«

»So ist er nun mal. Ich dachte immer, ich könnte ihn ändern – wenn ich ihm zeigen könnte, dass es einen anderen Weg gibt, würde er sich vielleicht anders verhalten. Aber ich hätte wissen müssen, dass ich nicht so mächtig bin. Und jetzt ist er das geworden, wozu er geboren wurde.«

»Du kennst ihn?«, fragte ich leise.

»Er gehörte praktisch zur Familie.«

»Oh, Tyr.« Diesmal nahm ich seine Hände in meine. Er hatte Dinge erlebt, die so schrecklich waren, dass ich sie mir gar nicht vorstellen konnte. »Es tut mir so leid.«

»Ich kann nicht ändern, was er getan hat. Aber ich kann jetzt die Personen beschützen, die mir wichtig sind.« Tyr zog eine Augenbraue hoch. »Also musst du dich von alldem hier fernhalten, bevor er auch noch hinter dir her ist. Ich weiß nicht, ob ich es ertragen könnte, dass du auch noch verletzt wirst.«

Ich erschauerte. Was würde passieren, wenn dieser Kerl mich aufspürte? Würde ich wie Tyrs Schwester enden … oder noch schlimmer?

»Ich sagte doch, es ist alles ein verkorkster *skit.*« Tyr drückte meine Hände. »Geht's dir gut?«

»Nicht besonders«, antwortete ich ehrlich. »Aber ich bin hier. Es tut mir leid, dass du das durchmachen musstest.« Scham ließ meine Wangen glühen. Die ganze Zeit hatte ich gedacht, dass er sich nicht meldete, weil er auf Freya stand, aber als seine beste Freundin war sie wahrscheinlich sein Rettungsanker gewesen, während er versucht hatte, seine Schwester am Leben zu erhalten und einen verrückten Killer abzuwehren.

»Kann ich sie kennenlernen?«, fragte ich zögernd. »Elsa?«

Tyr fuhr sich durchs Haar. »Ja, das wäre schön. Aber geh direkt ins Haus, ohne dich umzusehen. Und wenn wir fertig sind, bringe ich dich sofort nach Hause. Wenn er es war, den ich vorhin im Wald gesehen habe, will ich sichergehen, dass er dich nicht noch einmal sieht.«

»Wieder?« Wann hatte er mich schon einmal gesehen?

Doch Tyr starrte nur geradeaus, also öffnete ich die Autotür. Bevor meine Füße den Boden berührten, war Tyr an meiner Seite. »Wie machst du das nur?«

»Lass uns gehen, Mia. Ich will nicht, dass du länger als nötig hier draußen bist.« Tyr hob mich in seine Arme und rannte in Richtung des Hauses. Die Wachen starrten uns an, während wir näher kamen – einer tupfte sich noch immer die blutige Nase ab. *Autsch.* Als Tyr die Haustür hinter sich schloss, war ich atemlos und mehr als nur ein bisschen rot im Gesicht.

Glücklicherweise war der Eingangsbereich leer – die Krankenschwestern waren wohl mit ihrem Schützling im anderen Raum.

Tyr lehnte sich gegen die geschlossene Tür. »Wir haben es geschafft.«

»Geschafft«, antwortete ich. Es war schwer, Worte zu finden, wenn ich in seinen Armen lag. Ich fühlte mich wie die Heldin in einem historischen Liebesroman.

»Also ...« Tyr starrte auf mich herab. Mein Herz pochte wie wild.

»Also ...« Zaghaft griff ich nach seinem Haar. Ich berührte die Strähnen über seinem Ohr und strich dann seinen Kiefer entlang. Raue Barthaare kitzelten meine Fingerkuppen. Ich zögerte, dann bewegte ich einen Finger zu seinem Mund und zeichnete die Linie seiner Unterlippe nach. Er versteifte sich.

»Tut mir leid.« Ich zog meine Hand zurück.

»Muss es nicht.« Er grinste. »Aber ich dachte, du wolltest meine Schwester kennenlernen.«

»Will ich ja auch«, beharrte ich. Ich schwang meine Beine von seinen Armen, und er stellte mich auf den Boden. »Aber gibt es hier einen Festnetzanschluss? Ich muss Brynn anrufen, um sie zu bitten, die Lasagne in den Ofen zu schieben. Jemand hat nämlich mein Telefon konfisziert. Außerdem gibt es hier draußen offenbar keinen Empfang.«

Tyr lachte. »Dein Verstand hört nie auf zu rotieren, oder?« Er ging die paar Schritte zu einem kleinen Schreibtisch am Wohnzimmerfenster, nahm den Hörer eines Telefons ab und hielt ihn mir hin, während er wählte.

»Niemals«, bestätigte ich. Als Brynn abnahm, bat ich sie, die Lasagne abzudecken und bei hundertneunzig Grad eine Dreiviertelstunde zu backen. Sie klang seltsam aufgeregt, als ich ihr sagte, dass ich mit Tyr bei Elsa war, und wünschte uns eine »fabelhafte Zeit«.

»Alles erledigt?«, fragte Tyr, als ich auflegte.

Ich nickte. Tyr verschränkte seine Finger mit meinen und zog mich in Richtung des Flurs. Ich blickte auf die riesige Hand, die meine eigene umschloss. Sie war warm und stark und auf seltsame Weise vertraut. Sie passte perfekt zu meiner.

Tyr klopfte leise an die Tür. Er steckte seinen Kopf hinein, ohne eine Antwort abzuwarten.

»*Hei.* Ich bin's. Ich habe einen Gast mitgebracht. Die Sicherheitskontrolle ist diesmal nicht nötig.« Er stieß die Tür auf und gab den Blick frei auf das, was ich nur mit Mühe durch das Fenster erkennen konnte.

Ein steriler weißer Raum voller medizinischer Geräte. Die Krankenschwestern in ihren Kitteln strahlten Kompetenz und Anmut aus, ihre Gesichtsausdrücke waren neutral. Eine von ihnen gab Elsa gerade eine Spritze, dann trat sie beiseite. Die weiß gekleidete Pflegerin ging mit gesenktem Kopf an Tyr vorbei. Mein Blick wanderte zu Elsa – sie trug ein langes, silbrigblaues Gewand, und über dem Bett schwebte ein seltsames Rechteck.

Tyr ergriff meine Hand. »Könnten wir einen Moment mit ihr allein sein?«

Die vier Frauen verließen das Zimmer, während mich Tyr zum Bett führte.

»Mia, das ist meine kleine Schwester Elsa.« Er sah sie an, und ich folgte seinem Blick. Elsa sah aus wie eine lebensgroße Puppe. Ihre Augen waren geschlossen. Dichte schwarze Wimpern ruhten auf unnatürlich blassen Wangen. Blonde Locken reichten bis zu ihrer schlanken Taille, wo ihre Hände ordentlich gefaltet waren. Obwohl sie im Koma lag, waren ihre Augenlider mit einem silbrigen Schatten gepudert, der die dunklen Ringe unter ihren Augen betonte. Auf ihrer winzigen Nase hatte sie ein paar Sommersprossen, und ihre blassrosa Lippen waren zu einem kleinen Lächeln verzogen.

»Sie ist so schön. Wer würde ihr etwas antun?«

»Ein Monster«, knurrte Tyr.

»Was ist das?« Ich nickte zu dem Rechteck, das über Elsa schwebte.

»Es überwacht ihre Vitalfunktionen.« Tyr drückte auf eine Ecke des Rechtecks, woraufhin eine Reihe von Zahlen und Symbolen auf dem schwebenden Bildschirm aufleuchtete. »Sie ist stabil – keine Veränderungen, seit du dich draußen angeschlichen hast.«

»Tut mir leid.«

Tyr hob mein Kinn mit einem Finger an. »Mir tut es leid, dass du es herausgefunden hast. Ich will nicht, dass du mehr als unbedingt nötig in diese Sache verwickelt wirst. Aber egoistisch gesehen ist es schön, dass ich das jetzt mit dir teilen kann. Und Elsa würde sich freuen, dass du gekommen bist, um sie zu treffen. Sie liebt Sterbliche.«

Ich warf ihm einen verwirrten Blick zu.

»Du weißt, was ich meine.« Tyr schüttelte verunsichert den Kopf. »Menschen. Sie liebt die Menschen. Tut mir leid, ich habe es falsch übersetzt.«

Sein Akzent war so schwach, dass ich manchmal vergaß, dass er aus einem anderen Land kam.

»Klar.« Ich drehte mich zum Bett um. »Kann ich mit ihr reden?«

Tyr nickte. »Das würde ihr gefallen.«

»Hallo, Elsa«, sagte ich betont fröhlich. »Ich bin Mia. Freut mich, dich kennenzulernen. Dein Bruder ist manchmal eine

Nervensäge. Genau wie mein Bruder. Wir können über sie lästern, wenn du aufwachst.«

Tyr legte eine Hand auf meinen Rücken und rieb ihn sanft. »Sie ist zäh – in dieser Hinsicht ist sie wie du. Aber er hat sie in einem schwachen Moment erwischt und sie fast getötet. Henrik und ich sind gerade noch rechtzeitig gekommen. Freya schlug vor, sie hierherzubringen – es ist so abgelegen, dass wir dachten, er würde sie nicht wiederfinden. Sie konnte stabilisiert werden, und nun können wir nur noch warten. Wir sind auf der Suche nach einem Heilmittel, aber bis jetzt können wir höchstens verhindern, dass es ihr schlechter geht.« Tyr ließ die Schultern sinken.

»Hey.« Ich strich ihm über die Wange. »Sie wird bestimmt wieder gesund.«

»Danke.« Er beugte sich vor, um meine Stirn zu küssen, und ein wohliger Schauer durchströmte mich. Während ich noch nach Atem rang, beugte sich Tyr über seine Schwester und gab ihr einen Kuss auf die Wange. »Bin bald zurück, Elsa. Halte durch für mich.«

Dann wandte er sich zur Tür und zog mich sanft mit sich. »Komm, wir bringen dich nach Hause.«

Als wir den Flur betraten, eilten drei der weiß gekleideten Frauen zurück, um sich um ihre Patientin zu kümmern. Tyr trat beiseite und unterhielt sich leise mit der vierten Schwester, bevor er an meine Seite zurückkehrte.

»Es geht ihr heute besser. Hoffentlich geht es nun aufwärts.«

»Ganz bestimmt.« Ich drückte seine Hand und folgte ihm zu seinem Wagen. Er wendete und fuhr durch den Wald, wobei er sich trotz fehlender Straßen mühelos durch die Bäume schlängelte.

»Also, was genau hast du denn nun für einen Job?« Ich konnte mir meine restlichen Fragen nicht länger verkneifen. »Ich dachte, du wärst in Arcata, um dir über deine nächsten Schritte klar zu werden, nachdem du aus dem Militär ausgeschieden bist?«

Tyr warf einen Blick hinüber, während er fuhr. »Dir entgeht nie etwas, oder?«

Meine Finger tippten an meine Schläfe. »Ich bin fix hier oben. Beantworte die Frage.«

»Ich bin tatsächlich noch beim Militär, aber meine Rolle ist schwer zu erklären.« Tyr dachte einen langen Moment lang nach. »Das Problem ist folgendes: Ich habe einen Job, über den ich nicht viel reden kann. Ich werde tagelang verschwinden, und ich werde euch nicht sagen können, wo ich war oder warum ich gegangen bin. Ich werde mit schlimmen Verletzungen auftauchen, und ich kann dir nur sagen, dass ich wieder in Ordnung komme. Mein Job verlangt von mir, dass ich Schäden so gering wie möglich halte. Ich werde überfürsorglich und herrisch sein, aber nur, weil ich Dinge weiß, die ich dir nicht einmal ansatzweise erklären kann, und ich will nicht, dass du wie meine Schwester endest.« Er legte eine Hand in meinen Nacken und streichelte mich sanft hinterm Ohr. Seine Worte hatten mir einen Schauer über die Haut gejagt, doch eine Sekunde später ließ ich mich gegen seine Berührung sinken.

»Ich werde nicht immer in der Lage sein, deine Fragen zu beantworten, aber ich verspreche dir, dass ich mich immer um dich kümmern werde. Ich werde dich nie verraten, und ich werde dafür sorgen, dass du bei mir immer sicher bist. Und wenn du nach alldem immer noch an mir interessiert bist, würde ich dich gerne mal ausführen. Zum Beispiel außerhalb meines Hauses, und du darfst nicht kochen. Was sagst du?«

Ich zögerte. Es war nicht gerade ideal, da ich in jeder Situation alle Details wissen wollte. Und es war auch überhaupt nicht so, wie ich mir den Beginn meiner ersten College-Beziehung vorgestellt hatte, wenn es denn dazu führen sollte. Es kam mir wie eine typisch dämliche Mädchenaktion vor, blindlings einem Kerl zu folgen, der offen zugab, Geheimnisse und Aggressionsprobleme zu haben, und, ach ja, es mit einem Killer zu tun zu haben, der jeden verfolgte, der es auf seine Liebsten abgesehen hatte. Doch obwohl mir mein gesunder Menschenverstand LAUF WEG zurief, wollte ich das nicht. Es war vielleicht nicht das, was Jason mit *Lebe mal ein bisschen* gemeint hatte, aber wenn es jemand verdient hatte, einen Vertrauensvorschuss zu bekommen, dann dieser schwedische Traummann.

Ich fasste einen Entschluss. Zum ersten Mal ignorierte ich, was ich tun *sollte.* Ich würde meinem Herzen folgen.

Selbst wenn es gebrochen werden würde. Oder Schlimmeres.

»Okay.« Ich nickte. »Ich werde geduldig sein. Na ja, zumindest werde ich es versuchen. Geduld ist nicht gerade meine Stärke.«

»Gut.« Tyr atmete erleichtert aus, und als er lächelte, erschienen kleine Fältchen um seine Augen. »Und wie geht es jetzt weiter?«

Ich warf einen Blick auf die Uhr am Armaturenbrett. »Wie wäre es mit Abendessen?«

Elf

Als wir in die Einfahrt fuhren, war Tyrs Haus in das warme Licht des Sonnenuntergangs getaucht. Er machte mir die Tür auf und half mir mit Leichtigkeit aus dem Auto. Danach ließ er seine Hände einen Moment länger als nötig um meine Taille liegen. Es war eine vertraute Geste, und ich wich zurück.

»Aber, aber, Mia Ahlström. Habe ich dich etwa zum Erröten gebracht?« Tyrs verräterisches Schmunzeln war so liebenswert wie ärgerlich.

»Nein«, log ich.

»Schade. Bist du bereit?«

Tyr reichte mir seine Hand und starrte auf seine Finger. Seine Frage hing in der Luft. Zwischen uns knisterte eine spürbare Spannung. Nun war es also so weit. Nicht gerade die traditionellste Dinnerparty, aber dennoch *unsere* Dinnerparty. Und obwohl ich mit Handschellen gefesselt und mit einer Pistole bedroht worden war und zudem noch herausgefunden hatte, dass mein potenzieller Verehrer ein sehr dunkles Geheimnis hütete, war dies der Teil meines Tages, der mir am meisten Angst machte. Es war der Moment, in dem ich einem Kerl, den ich kaum kannte, eine Chance gab. Einem Kerl, der, soweit ich das beurteilen konnte, für den schwedischen Geheimdienst arbeitete und jeden Moment für einen Auftrag verschwinden und mein Herz mit sich nehmen konnte. Ein Typ, den meine Mitbewohnerin kürzlich ermahnt hatte, *nett zu sein*, und der sich mir, wie er selbst zugab, vielleicht nie ganz würde öffnen können. Ein Kerl, der wie eine extrem unvorsichtige Partnerwahl wirkte … wenn es überhaupt dazu kommen sollte.

Brich die Regeln. Jasons Worte klangen in meinem Kopf, während mir mein Puls in den Ohren pochte. *Okay, großer Bruder. Aber ich hoffe, du weißt, wovon du sprichst.*

Ich legte meine Hand in die leicht schwielige Tyrs. Er verschränkte seine Finger mit meinen und drückte sie leicht, dann hauchte er mir einen Kuss auf den Scheitel.

Wir gingen die Verandastufen hinauf, und Tyr öffnete die Haustür. »Nach dir.«

Als wir eintraten, empfing uns der köstliche Duft frischer Lasagne. *Ach du heiliger Bimbam, Ahlström, du kannst kochen!* Tyr schloss die Tür hinter sich, nahm wieder meine Hand und führte mich in die Küche.

»Das riecht fantastisch. Also kann Brynn sie nicht gemacht haben«, scherzte Tyr.

»Ha, ha.« Brynn streckte mir die Zunge raus. »Aber es zählt als Hilfe, dass ich sie in den Ofen geschoben habe. Es riecht toll, Mia.«

Ich winkte meiner Freundin zu. »Es ist das Rezept meiner Meemaw.«

»Verrätst du es?« Henrik wirbelte mit der Salatzange in der Hand herum. Auf seiner Schürze stand »Kiss the Cook«. Er warf einen Blick auf unsere ineinander verschränkten Hände und grinste frech. »Na *hei*, ihr zwei.«

Brynn verstand sofort. Sie lehnte sich gegen den Tresen und grinste wie ein Honigkuchenpferd. »Wurde auch langsam Zeit.«

Ich versuchte, meine Hand wegzuziehen, aber Tyr hielt sie fest. »Komm, Süße. Lass uns den Tisch decken.«

Innerlich vollführte ich einen Freudentanz, der einer Aufnahme ins Bolschoi-Ballett würdig gewesen wäre. Ich folgte Tyr zum Schrank und nahm den Stapel Teller entgegen, den er mir reichte, während ich mir immer wieder die Worte durch den Kopf gehen ließ. *Komm, Süße.* Der Spitzname rollte in seinem weichen, beschwingten Akzent über seine Zunge, als wäre es die natürlichste Sache der Welt. Mein Herz klopfte erfreut, und ich drückte dic Teller an meine Brust.

»Alles okay, Mia?« Henrik warf einen Blick über seine Brille.

»Ging mir nie besser.« Ich hüpfte praktisch zum Tisch und begann, die Teller zu verteilen, während Tyr Messer, Gabeln, Löffel und Leinenservietten bereitlegte. Henrik trug den Salat herüber, während Brynn die Lasagne auf eine Warmhalteplatte stellte.

»Oh. Ich habe das Knoblauchbrot vergessen.« Brynn sprang auf und lief zum Ofen. Mit einem Topfhandschuh nahm sie einen in Folie eingewickelten Laib Sauerteig heraus und brachte ihn an den Tisch.

Rauch stieg von ihm auf.

Tyr öffnete den Mund, zweifellos um eine abfällige Bemerkung zu machen, aber als er Brynns Gesichtsausdruck sah, klappte er ihn wieder zu.

»Tut mir leid, Leute«, murmelte sie.

Henrik tätschelte ihre Hand. »Ich mag mein Brot knusprig, *sötnos.*«

Er bot mir eine der etwas weniger verkohlten Scheiben aus der Mitte an. Dasselbe tat er für Tyr, während Brynn die Lasagne verteilte und ich den Salat anrichtete. Bald aßen wir fröhlich vor uns hin.

»Mmm … Sauerteig.« Ich nahm einen Bissen. »Es ist so schön, in Kalifornien zu leben.«

»Der Patriot in mir fühlt sich gezwungen, darauf hinzuweisen, dass Lebkuchen dem Sauerteig überlegen ist. Und er wird am besten in Schweden gemacht.« Henrik schnitt sich eine mundgerechte Portion ab.

»Erzählt mir mehr darüber, wo ihr herkommt.«

»Was willst du denn wissen?« Tyr nahm einen Bissen. »Das ist köstlich, Mia.«

»Danke«, erwiderte ich. »Ich weiß nicht … vielleicht wie es war, zusammen aufzuwachsen?«

Tyr und Henrik tauschten einen Blick aus. Tyr sprach zuerst. »Es war … interessant.«

»Interessant?« Brynn schnaubte. »Es war ein Riesenspaß. Ich habe direkt neben den Andersson-Jungs gewohnt. Tyr und Elsa sind ein paar Häuser weiter aufgewachsen, bis … tja, sie waren immer in der Nähe. Ich kann mich an nichts erinnern, was nicht damit zu tun hat, dass sich Tyr und Henrik mit Stöcken, Schwertern und Numbchucks sinnlos geprügelt haben.«

»Nunchucks«, korrigierte Henrik.

»Wie auch immer. Sie haben die erste bis sechste Klasse damit verbracht, sich gegenseitig die Seele aus dem Leib zu prügeln.«

»Das war alles nur Spaß.« Tyr lehnte sich zurück und legte das Besteck auf seinem Teller ab.

»Willst du Nachschlag?« Ich hielt den Servierlöffel hoch.

»Vielleicht später.« Er zwinkerte mir zu.

»Hat dein Bruder als Kind nicht seine Freunde verprügelt?« Brynn nahm einen Bissen Salat.

»Seine Freunde. Mich. Jason war ein paar Jahre lang ein richtiger Schläger.« Tyr wirkte empört, aber ich lachte nur. »Ach, mach dir nichts draus. Mein Dad hat mir ein paar gute Tricks beigebracht. Sagen wir einfach, seine Freunde lieben die

Geschichte, wie Jason seinen ersten Zahn verlor, als er versuchte, seine kleine Schwester zu verprügeln.«

Brynn lehnte sich vor. »Geschwister streiten sich eben. Ich schätze, deshalb sind Tyr und Henrik immer aufeinander losgegangen.«

»Ihr seid Brüder?« Mein Blick huschte zwischen den beiden hin und her. *Netter Genpool.*

»Nein. Aber die Anderssons haben Elsa und mich aufgenommen, nachdem unsere Eltern gestorben waren. Wir haben bei Henrik und Gunnar gewohnt, seit wir alle in der weiterführenden Schule waren. Sie gehören zur Familie.« Tyr zuckte mit den Schultern.

»Wo ist dein Bruder jetzt, Henrik?«, fragte ich.

»Er ist gerade nach Wales gezogen – er ist ungefähr zur gleichen Zeit ausgezogen, als wir hierherkamen. Er fängt ein Studium an der Universität von Cardiff an, zusammen mit seiner Frau Inga und ihrem besten Freund Ull.«

»Dein Bruder studiert noch, und er ist schon verheiratet?«, platzte es aus mir heraus.

»Ja. Na ja, er und Inga kennen sich schon ewig. Und wir sind eine ziemlich traditionelle Familie.« Henrik ignorierte Tyrs Schnauben.

»Das sind sie.« Brynn starrte ihn an.

»Ist ihr Freund … sagtest du, sein Name ist Uuu-hl?«

»Ull«, bestätigte Henrik.

»Genau.« Diese Schweden und ihre Namen waren eine aussprachetechnische Herausforderung. »Ist ihr Freund Ull auch verheiratet?«

Henrik lachte so laut, dass ich annahm, ich hätte die falsche Frage gestellt. »Ull ist ein eingefleischter Junggeselle. Er ist viel zu sehr in seinen Gewohnheiten gefangen, um Platz für eine

Frau einzuräumen. Aber wenn es nach Inga ginge, hätte sie ihn schon gestern verheiratet. Sie ist sehr hilfsbereit.«

»Hmm. Tja, es klingt, als würde es deinem Bruder in Wales echt gut gehen. Und ich finde es toll, dass ihr euch alle in eurer Kindheit so nah gestanden habt und jetzt immer noch so gute Freunde seid, abgesehen von ein bisschen Geschwisterrivalität und brüderlichen Schlägereien. Ich hoffe, Tyr hat dich nicht zu sehr verprügelt, als ihr klein wart.« Ich zwinkerte Henrik zu.

»Fürs Protokoll, ich war derjenige, der *ihn* verprügelt hat.« Henrik streckte die Brust raus.

»Das hättest du wohl gerne.« Tyr verdrehte die Augen. »Ich hab dir nur deshalb nie die Knochen gebrochen, weil ich deiner Mutter versprochen habe, ihrem Baby nicht wehzutun.«

»Du willst Armdrücken? Jetzt gleich. Du, ich, keine Regeln.« Henrik warf seine Serviette auf den Tisch.

»Abgemacht, Andersson. Der Verlierer kauft einen neuen Tisch.« Tyr ballte die Faust und stützte sich mit dem Ellbogen ab. *Neuer Tisch?*

Brynn stieß einen schrillen Pfiff aus. Die Jungs drehten sich um und starrten sie an.

»Könnten wir das Testosteronfest *bitte* verschieben und erst mal in Ruhe aufessen?« Brynn funkelte sie böse an.

»Klar. Tut mir leid, Brynn.« Tyr lehnte sich auf seinem Stuhl zurück.

»Ja, tut mir leid.« Henrik warf Brynn einen entschuldigenden Blick zu.

Ich versuchte, meine Enttäuschung zu verbergen. Zwei große schwedische Traumtypen beim Armdrücken wären vielleicht *der* Höhepunkt meiner College-Erfahrung gewesen.

Später räumte ich die Teller in die Spülmaschine, während Tyr die Pfannen spülte und Henrik sie abtrocknete. Brynn wischte den Boden und pfiff dabei die ganze Zeit. Wir hatten einen guten Rhythmus als Vierergespann.

»Was wollt ihr jetzt machen?« Tyr trocknete seine Hände an einem Geschirrtuch. »Habt ihr Lust auf einen Film? Oder wollt ihr lieber ein Spiel spielen?«

Brynn und Henrik tauschten einen Blick aus. »Wir sind eigentlich ziemlich müde. Ich glaube, wir gehen schlafen.«

Tyr verdrehte die Augen. »Ihr seid völlig durchschaubar. Wisst ihr das?«

»Gern geschehen.« Henrik schnappte sich Brynn, und sie verließen die Küche. Ich konnte ihr Kichern die ganze Treppe hinauf hören.

»Nicht gerade subtil. Aber sie sind effektiv.« Mit zwei großen Schritten durchquerte Tyr den Raum und drückte mich mit dem Rücken gegen den Tresen. Er legte seine Hände links und rechts von mir auf die Granitarbeitsfläche und drückte mich fest an sich.

Die Atmosphäre in der Küche schoss innerhalb einer halben Sekunde von null auf hundert.

»Ähm …«

Er war mir so nah. Sein Duft erfüllte jeden Winkel meines Kopfs und brachte mich völlig durcheinander. Er lehnte sich vor, sodass sich sein Oberkörper gegen meine Brust presste. Ich klammerte mich an den Tresen, um mich abzustützen.

»Wir sind allein. Endlich.« Tyrs Atem fühlte sich auf meiner Haut kühl an.

»Wir waren schon einmal allein«, erwiderte ich viel schriller als beabsichtigt.

»Unwichtige Details.« Er strich mit seiner Nase mein Kinn entlang. Ich verdrehte wohlig die Augen. Er musste aufhören, mich zu berühren, wenn er wollte, dass ich weiterhin in der Lage war, einen zusammenhängenden Satz zu bilden.

Ich starrte ihn an. Er erwiderte meinen Blick, und in seinen azurblauen Augen loderten Flammen. Mir stockte der Atem. Bevor ich begriff, was geschah, legte er eine Hand auf meinen Hinterkopf, griff in meine Haare und presste seine Lippen auf meine. Es war kein sanfter erster Kuss, sondern eindringlich. Fordernd. Besitzergreifend.

Zusammenhängende Sätze waren so überbewertet.

Tyr zog sanft an meinen Haaren und mein Kopf fiel nach hinten. Er nutzte meine Verletzlichkeit, um meinen Mund zu erforschen. Ich erwiderte jeden seiner sanften Vorstöße mit einem meiner eigenen und genoss seine unglaubliche Süße. Er zog sich zurück und knabberte an meiner Unterlippe, dann saugte er daran. Er ließ seinen Mund an mein Kinn sinken und streifte die Haut mit seinen Zähnen, bevor er sich in meiner Halsbeuge niederließ. *Ach du heiliger Bimbam.* Er zog mit seiner Zunge kleine Kreise, wanderte dann zu meinem Schlüsselbein und folgte der Linie am V-Ausschnitt meines Hemdes. Als ich erschauerte, hob er den Kopf, um meinen Blick zu untersuchen.

Zaghaft streckte ich die Hand aus, berührte seine Wange und streichelte über die Stoppeln an seinem Kinn. Es kitzelte.

»Alles okay?«, murmelte er.

»Ja«, flüsterte ich und strich über sein markantes Kinn. Ich führte meine andere Hand zu seiner Brust.

»Bist du sicher?«

»Absolut.« Ich starrte auf seine Brust und strich mit meinem Daumen über die Muskeln. Als ich wieder aufblickte, waren seine Augen geschlossen.

»Willst du einen Film sehen?«, fragte er.

»Willst *du* einen Film sehen?«

»Nicht unbedingt. Aber es scheint mir höflich zu sein, zu fragen.«

»Na ja, wenn du so höflich bist, wie kann ich da nein sagen?«, scherzte ich.

Tyr legte mir eine Hand auf den Rücken und führte mich ins Wohnzimmer.

»Such dir was aus. Wir haben eine ziemlich gute Auswahl. Ich mache Popcorn.« Er öffnete eine Schublade, und ich ging die DVDs durch, während aus der Küche das Knallen von Maiskörnern erklang. Als ich mich endlich entschieden hatte, hielt ich den Film triumphierend hoch.

»Den hier.« Ich grinste, als Tyr wieder ins Zimmer kam.

»Natürlich hast du dir ausgerechnet Henriks Mädchenfilm ausgesucht. Also, rein damit.« Er legte die Disc in den Player und machte es sich auf der Couch bequem. »Komm her, Baby.«

Er tätschelte den Sitz, und ich rollte mich an ihn heran. Er wickelte die Decke mit dem Hahnentrittmuster um uns und stellte das Popcorn auf seinen Schoß. Schließlich legte er einen Arm um meine Schultern und streichelte mich mit seinem Daumen.

»Bequem?«, fragte er.

»Absolut.« Ich schmiegte mich an seine Brust und steckte mir ein Popcorn in den Mund.

Tyr gab mir einen sanften Kuss aufs Haar. »Was ist das nur mit euch Mädchen und diesem Film? Brynn liebt ihn auch. Sie zwingt uns ständig, ihn zu sehen.«

»*Die Braut des Prinzen* ist ein Klassiker«, erklärte ich. »Abenteuer und Schurken und Kitsch und Helden und Romantik. Diese fantastische alte Hexe. Und ein Mann, der alles tun würde, um mit der Frau zusammen zu sein, die er liebt. Er hat sie nie aufgegeben – niemals. Und sie liebt ihn bis ans Ende der Welt und wieder zurück. Es ist hoffnungslos romantisch, in jeder erdenklichen Weise.«

»Du meinst, in jeder *unvorstellbaren* Weise?« Ich konnte Tyrs Lächeln hören.

»Der war gut«, kicherte ich. »Und jetzt halt die Klappe. Es fängt an.«

»Hast du mir gerade den Mund verboten?«

»Pssst.« Ich nahm mir ein weiteres Stück Popcorn.

»Sie hat mir den Mund verboten«, murmelte Tyr. Aber er sagte während der Eröffnungssequenz nichts weiter. Ich kuschelte mich näher an ihn und atmete seinen inzwischen so vertrauten Geruch ein. Es fühlte sich gut an, mit ihm zusammen zu sein.

Es fühlte sich richtig an.

Tyr zog mich an sich und legte seinen Kopf auf meinen. Ich schloss die Augen und genoss die Nähe. Und bevor ich wusste, wie mir geschah, begann meine Aufmerksamkeit abzudriften. Der Film wurde zu einer beruhigenden Geräuschkulisse. Das Letzte, woran ich mich erinnere, bevor ich einschlief, war Tyrs Mund an meiner Stirn, der etwas murmelte, das absolut keinen Sinn ergab.

»Förbaskat, Mia. Jag kunde falla för dig.«

****

Ich wachte früh auf und zog mir einen Bolero über mein Spaghettiträgertop. Tyr muss mich ins Gästezimmer getragen haben, während ich geschlafen hatte. Hatte er sich vorher den Rest des Films angesehen? Die Vorstellung, dass sich Tyr den ultimativen Mädchenfilm allein ansieht, brachte mich zum Schmunzeln, während ich barfuß in die Küche ging, um Kaffee zu kochen. Wenn ich die richtigen Zutaten auftreiben könnte, würde ich nebenbei ein ordentliches Frühstück zubereiten. Der makellose Herd rief meinen Namen.

Nachdem ich den Kaffee aufgebrüht hatte, wandte ich mich dem Kühlschrank zu. Nach einer kurzen Inspektion fand ich Eier, Milch, Käse und Grünzeug. Eine Spinatfrittata ließ sich leicht zubereiten. Ich fand eine Rührschüssel und einen Schneebesen und machte mich auf den Weg zur Kochinsel, um mit dem Kleinschneiden zu beginnen. Als ich die Blätter in die Eiermischung schabte, legte sich von hinten ein Paar starker Arme um mich.

»Morgen.« Tyr beugte sich vor und drückte seine Wange gegen meine. Die Bartstoppeln kitzelten mich.

»Morgen.« Ich legte das Schneidebrett ab, damit ich mich in seinen Armen drehen konnte. Sie waren warm und hart. Muskeln lugten aus den Ärmeln seines grauen T-Shirts hervor. Meine Handflächen lagen flach auf seiner Brust, als ich meinen Kopf anhob. Tyr kam mir mit seinem Mund entgegen und gab mir einen leidenschaftlichen Kuss.

Er zog sich zurück. »Nächstes Mal suche ich den Film aus. Ich kann nicht glauben, dass du eingeschlafen bist.«

»Zu meiner Verteidigung, es war ein ziemlich langer Tag.« Ich schob ihn weg und wandte mich wieder den Eiern zu. »Überfall mit vorgehaltener Waffe, Treffen mit der Familie, Arbeit an meinem Referat …«

»Ist das alles zu viel für dich?« Tyr klang ernst. Ich blickte auf und sah, wie er mich musterte.

»Mir geht's gut. Ich brauchte nur etwas Schlaf. Und jetzt

muss ich mein Referat fertig machen – das hab ich nämlich gestern Abend irgendwie vergessen.«

»Soll ich dir helfen?«

»Nein, danke. Ich glaube, ich habe einen ordentlichen ersten Entwurf. Ich muss ihn nur noch ein bisschen überarbeiten, dann ist er hoffentlich gut genug.« Ich schüttete die Eier-Käse-Mischung in die Pfanne und schob das Ganze in den Ofen. »Magst du Frittata?«

»Gehört Speck dazu?« Tyr warf einen Blick auf den Ofen.

»Bei der hier nicht. Ich habe keinen im Kühlschrank gesehen.«

»Im Garagenkühlschrank ist noch welcher. Einen Moment.« Er ging aus der Küche und kam eine Minute später mit einer großen Packung zurück. Dreißig Sekunden nachdem er die Grillplatte eingeschaltet hatte, war sie heiß. Dieser Herd war unglaublich. Tyr öffnete den Speck und legte genug für eine kleine Armee auf die dampfende Oberfläche.

»Wenn du hierbleiben willst, musst du die Grundregeln kennen. Regel Nummer eins: Kein Frühstück ist komplett ohne Speck. Kaffee?«

»Ja, bitte.«

Tyr ging zur Kaffeekanne, wo ich vier saubere Becher hingestellt hatte. Er füllte einen und bot ihn mir an. »Milch?«

»Nein, danke. Ich mag ihn schwarz.«

»So trinke ich ihn auch.« Er reichte mir den Becher und schenkte sich selbst einen ein.

»Rieche ich da etwa Speck? Weißt du, was gut zu Speck passt? Meine berühmten schwedischen Pfannkuchen. Ich mache einfach eine Ladung und …« Henrik schlenderte in die Küche, gefolgt von einer fröhlich dreinblickenden Brynn. Ein teuflisches Lächeln breitete sich auf seinem Gesicht aus, als er an der Insel stehen blieb. »Na, sieh mal an, was wir hier haben. Der Inbegriff des häuslichen Glücks. Sieht aus, als hättet ihr zwei das Kochen im Griff. Ich frage mich, was ihr sonst noch so alles im Griff habt …«

»Benimm dich, Henrik.« Brynn schlug ihm spielerisch auf den Arm. Er zwinkerte mir frech zu.

»Allein dafür kannst du dir schon deinen eigenen Kaffee holen.« Tyr nickte in Richtung der Kanne.

»Mmm. Kaffee.« Brynn hüpfte praktisch auf das Koffein zu. Ihre endlose Energie ohne die Hilfe von Aufputschmitteln war wirklich beeindruckend. Sie schenkte zwei Becher ein und fügte ihrem einen großzügigen Haufen Zucker hinzu, wobei sie Henrik den ungesüßten Becher anbot. *Ah, das ist also das Geheimnis ihrer guten Laune. Der Zucker.* Dann setzte sie sich an den Küchentisch. »Was steht denn heute so auf dem Programm?«

»Ich muss mein Shakespeare-Referat fertigstellen. Also gehe ich in die Bibliothek. Was habt ihr denn vor?« Ich trank einen Schluck Kaffee.

»Henrik will den neuen James-Bond-Film sehen«, bot Brynn an.

»Den hast du immer noch nicht gesehen?« Ich konnte es nicht glauben. »Ich dachte, da sind alle schon am Eröffnungstag reingegangen.«

»Leider nein. Ich musste im technischen Labor schuften. Meine Assistenten sind nicht fleißig genug, als dass ich einen Abstecher ins Kino hätte machen können.«

»Stimmt.« Brynn verdrehte die Augen.

»Apropos, meinst du, du könntest am Mittwochnachmittag auch vorbeikommen?« Henrik schob sich die Brille auf die Nase. »Ich möchte, dass Fred in einem Monat funktionsfähig ist, und ich brauche eine zusätzliche Brainstorming-Sitzung, damit wir einen Weg finden, wie wir das schaffen können.«

Tyr war angespannt. »Wozu die Eile?«

»Ich dachte nur, es wäre eine gute Idee, die Dinge zu beschleunigen.«

Ein tiefes V bildete sich zwischen Tyrs Augenbrauen.

Warum regte der Abgabetermin für unser Laborprojekt Tyr so auf? Und warum runzelten er und Henrik plötzlich beide die Stirn?

»Henrik, kann ich mal mit dir reden? Draußen?« Tyr marschierte aus der Küche.

»Entschuldigt uns, Mädels. Wir sind gleich wieder da.« Henrik warf einen Blick auf Brynn, bevor er Tyr hinterherstürmte.

»Das war seltsam.« Ich ging zum Ofen. Die Frittata sah fest aus, also trug ich sie zum Abkühlen zum Tisch, dann nahm ich den Speck vom Grill und legte ihn auf einen Teller mit Papiertüchern. »Sind sie immer so geheimnistuerisch?«

»Eigentlich schon.« Brynn lachte, aber die Falten um ihren Mund sahen eher angespannt als fröhlich aus.

Was war hier los?

Die Jungs kamen zurück in die Küche, als ich gerade die Frittata verteilte. Tyr rieb sich den Unterarm, während Henrik ein Lächeln aufsetzte, das es nicht ganz bis zu seinen Augen schaffte.

»Alles in Ordnung?«, fragte ich beiläufig. Ich hatte unser Gespräch von gestern nicht vergessen – wenn etwas nicht in Ordnung war, sollte ich nicht drängen. Aber Junge, Junge, das fiel mir echt schwer.

»Alles ist bestens.« Tyr nahm die Kaffeekanne mit einem knappen Lächeln in die Hand. »Wer braucht Nachschub?«

Die Angelegenheit war für ihn damit eindeutig abgeschlossen. Trotz meines überwältigenden Wunsches, sofort einzugreifen und das Problem zu lösen, folgte ich meinen Freunden und setzte mich zum Essen. Tyr und Henrik begannen eine hitzige Debatte über ihre Lieblingsfußballmannschaften. Tyr war loyal gegenüber Malmö. Es ärgerte ihn, dass Henrik Stockholm die Daumen drückte.

»Die sind keine Rivalen, Mann. Wir haben euch noch nie geschlagen.«

»Es geht ums Prinzip. Wer feuert denn nicht seine Heimmannschaft an?« Tyr steckte sich einen großen Bissen Speck in den Mund, und Henrik lachte.

Brynn wechselte das Thema. »Habt ihr Lust, mit uns ins Kino zu gehen?«

»Ich gehe, wenn Mia mitgeht.« Tyr hob seine Kaffeetasse. »Aber das zählt nicht als das Date, das ich dir versprochen habe. Mit den beiden rumzuhängen, ist nicht gerade das, was ich mir vorgestellt habe.«

»Wie gemein.« Brynn streckte ihm die Zunge raus.

»Mein Referat.« Ich schüttelte den Kopf. »Mist. Der Film ist bestimmt klasse.«

»Wir wollten eigentlich erst um halb vier gehen. Meinst du, du bist bis dahin fertig?« Brynn warf einen Blick auf die Uhr über dem Herd. »Da hast du noch ein paar Stunden Zeit.«

»Vielleicht.« Ich kaute auf meiner Unterlippe herum. »Das könnte sogar hinhauen, wenn ich mich jetzt sofort fertig mache.« Ich sprang auf und trug meinen Teller zur Spüle. »Sollen wir uns im Kino treffen?«

»Nein, komm wieder her. Ich fahre uns.« Tyr folgte mir und küsste mich. Als ich mich auf die Zehenspitzen stellte, um den Kuss zu verlängern, räusperte sich Henrik.

»Wir sind immer noch hier«, sagte er nachdrücklich.

»Klar.« Meine Wangen wurden ganz heiß. »Dann sehen wir uns heute Nachmittag wieder hier.«

»Bis dann.« Tyr zwinkerte mir zu. »Aber ich schulde dir noch ein Date. Am Freitagabend musst du doch nicht mehr an deinem Referat schreiben, oder?«

Mein Puls raste. »Ich müsste in meinem Terminkalender nachsehen, aber ich glaube, da habe ich Zeit.«

»Gut. Dann hängen wir heute mit diesen Störenfrieden ab, nächstes Wochenende möchte ich dich aber ganz für mich haben.« Tyr beugte sich herunter und flüsterte mir ins Ohr. »Ich habe da etwas im Sinn, das dir bestimmt gefallen wird.«

»Das denkst du also?« Ich blinzelte zu ihm hoch und betete, dass er nicht hörte, wie laut mein Herz klopfte.

»Das denke ich.« Schnell presste Tyr seine Lippen noch mal auf meine, bevor er zurücktrat.

»Klingt toll«, quietschte ich, bevor ich aus der Küche huschte.

Plötzlich konnte ich es kaum erwarten, in die Bibliothek zu kommen, um mein Referat fertig zu machen und mit der Lektüre für nächste Woche zu beginnen. Je eher ich mit der Arbeit fertig war, desto eher konnte ich Tyr wiedersehen.

Ich war noch nie in meinem Leben so motiviert gewesen zu lernen.

Zwölf

»Ich bin so weit. Also, wohin gehen wir? Du warst die ganze Woche so kryptisch.«

Ich starrte auf das glänzende schwarze Motorrad, das vor meinem Haus parkte. Es war Freitagabend, der Abend unserer ersten offiziellen Verabredung nur zu zweit, und mein Herz schlug in einem Rhythmus, der eine Mischung aus Nervosität und Vorfreude war.

»Ich dachte, ich gebe dir einen kleinen Einblick in meine Welt und sorge hoffentlich gleichzeitig dafür, dass du dich amüsierst. Was sagst du dazu?«

Ich zupfte an den Ärmeln meiner offenen Lederjacke, während ich das Motorrad musterte. »Ich sage, ich bin froh, dass du mir gesagt hast, ich solle eine Hose tragen.«

Tyr ließ seinen Blick über mein fließendes rosa Oberteil gleiten, bevor er auf den Konturen meiner schwarzen Skinny Jeans hängenblieb. Sie umschmeichelte meine Kurven an den richtigen Stellen, und Tyrs anerkennendem Blick nach zu urteilen, hatten sich die zusätzlichen Kniebeugen, die ich diese Woche gemacht hatte, ausgezahlt. »Ich auch«, sagte er.

»Okay.« Ich atmete tief durch. »Dann lass uns los.«

»Hast du Angst, dich wieder auf die Maschine zu setzen?«

»Nein«, antwortete ich schnell. *Ja.* Die Unfallstatistiken liefen mir durch den Kopf wie der Börsenticker am unteren Rand des Fernsehbildschirms und erinnerten mich an all die Gründe, warum es keine gute Idee war, auf ein Motorrad zu steigen.

Mein Blick wanderte zu meinem Audi, der direkt hinter dem Motorrad geparkt war – der Gewinner der höchsten Sicherheitseinstufung, die in dem Jahr vergeben wurde, in dem ich sechzehn geworden war, und somit das am besten geeignete Fahrzeug für den jüngsten Spross meiner Eltern. Doch das alles spielte keine Rolle.

Im Audi konnte ich mich nicht fest an Tyrs Körper pressen. Und ich konnte nicht den Wind im Gesicht und den Motor zwischen meinen Schenkeln spüren.

»Komm.« Tyr reichte mir die Hand, und wir gingen zusammen zum Motorrad. Dann nahm er einen Helm in die Hand. »Willst du den selbst aufsetzen, Miss Super-G?«, scherzte er.

»Ha.« Ich gab ihm einen Klaps auf die Schulter, bevor ich ihm den Helm aus der Hand nahm. Während ich ihn mir über den Kopf stülpte, sprach ich ein stilles Gebet, dass meine Frisur noch intakt sein würde, wenn wir an unserem Ziel ankamen.

»Du siehst toll aus.«

»Oh.« Plötzlich wurde mir unter der Kopfbedeckung noch heißer. »Danke.«

Tyr zwinkerte mir zu und setzte seinen eigenen Helm auf. Der schwedische Bad Boy war weit entfernt von dem Märchenprinzen, den sich meine Südstaatenmutter für mich erhofft hatte, aber im Moment war er eben dieser Prinz, was immer das auch bedeuten mochte. Und er war unheimlich sexy dabei. Selbst auf die Gefahr hin, dass er mir das Herz brach, würde ich ihm überallhin folgen. Zumindest heute Abend.

»Halt dich gut fest. Wir werden es krachen lassen.«

Ich schlang meine Arme um seine Taille und drückte mich an ihn. Tyrs Brust entrang sich ein wohliges Knurren. »Wenn ich es mir recht überlege, könnten wir auch einfach zu Hause bleiben.«

»Fahr los, Fredriksen.«

Tyr straffte die Schultern und ließ das Motorrad aufheulen. Bevor ich wusste, wie mir geschah, rasten wir durch die sonst so ruhige Nachbarschaft. Mich an ihn zu pressen, war genauso aufregend wie beim ersten Mal. Nur musste ich heute Abend nicht die Tatsache beklagen, dass Tyr niemals mir gehören würde. In diesem Moment, und hoffentlich zumindest noch ein paar weiteren, tat er es.

Tyr hielt auf einem Parkplatz und stellte den Motor ab. Er stieg von der Maschine, hängte seinen Helm an den Lenker und streckte die Hände aus. Ich hielt mich an ihnen fest und rutschte an der Seite hinunter, wobei ich einen Fuß auf den Boden setzte, bevor ich Tyrs coole Absteigetechnik, ein Bein über das Motorrad zu schwenken, versuchte.

Es stellte sich heraus, dass man das am besten tat, wenn man gerade keine Stiefel mit hohen Absätzen trug.

»Whoa. Alles okay, *prinsessa?*« Tyr fing mich auf, bevor ich stürzte.

»Ging mir nie besser«, murmelte ich in meinen Helm. Es erstaunte mich immer wieder, dass ich auf anderthalb Meter langen Brettern eisige Hügel hinunterfliegen, aber nicht über eine Wiese laufen konnte, ohne zu stolpern. Tyr legte seine Hände um meine Taille und stellte mich mit leichtem Druck wieder auf die Beine. Ich nahm den Helm ab und gab ihn zurück. »Wie schlimm steht es um meine Frisur?«

Tyr zog eine Augenbraue hoch. »Du machst dir Sorgen um deine Frisur?«

»Natürlich mache ich das.« Ich beugte mich vor, um meine Haare durchzuwuscheln. Als ich mich wieder aufrichtete, lachte Tyr. Ich stemmte meine Hände in die Hüften. »Hey Kumpel, Haare sind wichtig für Mädchen. Und Helme sind nicht besonders frisurenfreundlich. Deshalb tragen Skifahrerinnen Zöpfe.«

»Du siehst toll aus, Mia. Mach dir keine Sorgen um deine Haare. Außerdem werden sie durch die Kopfhörer sowieso weniger flauschig.

»Flauschig? Du benutzt manchmal die seltsamsten Wörter. Warte, was meinst du mit Kopfhörern?«

Tyr zeigte auf das Gebäude am Rande des Parkplatzes. Ich drehte mich um. »Skeeter's Shooting Range and Grill? Im Ernst?!«

»Du lächelst.« Tyr klang erleichtert.

»Natürlich lächle ich. Das ist ein großartiges Date.«

»Du hast gesagt, dass deine Familie sehr naturverbunden ist und dass dir dein Vater das Schießen beigebracht hat. Ich dachte, es würde dir vielleicht gefallen.«

»Ich finde es toll, dass du mich hergebracht hast.« Ich stellte mich auf die Zehenspitzen und zog seinen Kopf heran, um ihn auf die Wange zu küssen. »Das wird großartig.«

»Mmm. Ich finde es jetzt schon großartig.« Tyr verschränkte seine Finger mit meinen. »Bereit?«

»Du hast ja keine Ahnung.« Endlich war ich in meinem Element.

Wir liefen über den Parkplatz. Als wir am Schießstand ankamen, hielt er mir die Tür auf, damit ich hindurchgehen konnte. »Danke«, murmelte ich.

»Jederzeit.«

Wir zeigten dem Angestellten unsere Führerscheine und unterschrieben unsere Verzichtserklärungen, dann trug Tyr die Gewehre zu unseren Plätzen, während ich unsere Schutzbrillen, Kopfhörer und Munition mitbrachte. Jeder von uns befestigte seine Zielscheibe am Draht und schickte sie zum Ende des Schießstandes. Dann wandte sich Tyr mit seinem typischen Schmunzeln an mich.

»Du weißt doch, wie man ein Gewehr lädt, oder, *prinsessa?*«

Ich richtete die Waffe auf die Zielscheibe, spannte sie und schob das Magazin hinein, bis ich es einrasten spürte. »So?« Ich klimperte mit den Wimpern.

Tyrs Blick wurde leidenschaftlich. »Du warst noch nie attraktiver.«

»Warte, bis du mich schießen siehst.« Ich setzte die Schutzbrille und den Kopfhörer auf, dann konzentrierte ich mich auf das Ziel. Im Handumdrehen hatte ich ein halbes Dutzend Kugeln durch das Herz des Papiermanns gejagt. Das Gewehr weiter auf mein Ziel gerichtet, drehte ich mich zu Tyr um. »Wie ist es jetzt?«

»*Förbaskat*, Mia. Jetzt würde ich dich am liebsten sofort nach Hause schleifen.« Meine Kopfhörer dämpften Tyrs Stimme, doch das Verlangen in seinen Augen sprach Bände. *Heiliger Bimbam ...*

»Dafür amüsiere ich mich gerade zu gut.« Ich senkte den Kopf, um zu zielen, und bemühte mich, meinen Puls zu beruhigen.

»Ich verspreche dir, dass du dich zu Hause auch amüsieren wirst.« Tyrs Stimme war tief und heiser.

»Hör auf. Ich versuche, mich zu konzentrieren.« Ich schoss erneut, und diesmal traf ich genau in die Mitte des Ziels. Als meine Munition aufgebraucht war, legte ich die 22er auf den Tresen und rief das Ziel zurück. Es kehrte mit einer Reihe von passenden Löchern in Kopf und Herz zurück. Ich zog es aus dem Clip und reichte es Tyr. »Für dich. Damit du dich immer an mich erinnerst.«

»Oh, ich glaube nicht, dass ich *dich* jemals vergessen könnte. Ein sterbliches Mädchen in Leder und hohen Absätzen, das eine Waffe mit tödlicher Präzision hält.«

»Ein ›sterbliches Mädchen‹? Wir müssen wirklich an deinen Anmachsprüchen arbeiten.«

»Äh … ja. Es ist nicht immer so einfach, alles im Kopf zu übersetzen, weißt du.« Tyr nahm mir das Papier aus den Händen und faltete es zusammen, bevor er es in seine Jackentasche steckte und sein eigenes Gewehr lud. Er setzte sich die Schutzbrille auf, verzichtete aber auf die Kopfhörer. Ich versuchte, ihn nicht anzustarren, als er schoss, aber der Anblick eines gottgleichen Schweden, der auf den dünnen Papiermann schoss, war unglaublich sexy.

Das war so was von das beste Date aller Zeiten.

Als sich Tyr wieder umdrehte, ertappte er mich beim Starren. Einer seiner Mundwinkel verzog sich amüsiert. »Gefällt dir die Aussicht?«

»Äh … ähm … stört dich der Lärm nicht?«, wich ich der Frage aus und tippte auf meine Kopfhörer.

»Es gibt nicht viel, was mich stört, Süße.«

»Wirklich? Denn als ich dich das erste Mal traf, schienst du ziemlich unentspannt zu sein.« Ich lud mein Gewehr nach und hängte eine weitere Papierzielscheibe an den Clip. Als sie am hinteren Ende des Schussfeldes angekommen war, warf ich einen Blick zu Tyr. Er grinste.

»Und das von einem Mädchen, das sich jeden Tag eine To-do-Liste an den Spiegel klebt. Oh, ich weiß davon. Brynn erzählt mir so einiges.«

Ich hob trotzig mein Kinn und ignorierte sein Lachen.

»Studien haben gezeigt, dass eine visuelle Bestätigung ein sehr effektives Werkzeug bei der Zielsetzung ist und die Effektivität um mehr als zweihundert Prozent erhöht.«

Tyr hob eine Hand. »Ich will damit nur sagen, dass Leute, die im Glashaus sitzen, andere Leute nicht als unentspannt bezeichnen sollten.«

»Sind wir hier, um zu reden oder um auf Dinge zu schießen?«

»Du bist so sexy.«

Mit einem Augenzwinkern wandte ich mich wieder meinem Ziel zu. Drei Runden und zwei Zielscheiben später tat mir allmählich der Arm weh. Als ich meine Waffe ablegte, tat Tyr es ebenfalls und nahm seine Schutzbrille ab. »Was hältst du davon, wenn wir jetzt was essen gehen?«

»Sehr viel. Ich bin am Verhungern.«

Wir gaben dem Mitarbeiter unsere Ausrüstung zurück und gingen in das Restaurant, das zum Schießstand gehörte. Es war sauberer, als ich erwartet hatte, und die Atmosphäre erinnerte eher an ein Diner. An den Wänden hingen Fotos der örtlichen Little-League-Teams sowie Bilder von Highschool-Football und -Basketball. In der Ecke stand eine Vitrine mit Trophäen und hinter der Bar gab es eine Reihe von Flachbildschirmen, auf denen Spiele aller möglichen Sportarten übertragen wurden. Offensichtlich wollte Skeeter so viele Gäste wie möglich ansprechen.

»Setzen Sie sich hin, wo Sie wollen.« Die Barkeeperin musterte Tyr anerkennend, während sie einen Krug mit Bier füllte. Er nickte und deutete auf einen Fensterplatz.

»Ist die Sitzecke okay?«, fragte er mich.

»Solange sie dort auch Burger servieren, ist alles in Ordnung.«

Wir durchquerten den Raum und setzten uns auf die gegenüberliegende Seite des schwach beleuchteten Tisches. Eine Kellnerin erschien kurz darauf mit unseren Speisekarten. Sie las Tyr langsam die Spezialitäten vor und streckte dabei die Brust heraus, als ob sie ihm liebend gern noch etwas anderes serviert hätte, wenn er interessiert wäre. Doch Tyr behielt seinen Blick auf mich gerichtet und wartete, bis ich meinen Cheeseburger bestellt hatte. Dann wandte er sich an die Kellnerin und bestellte das Gleiche. Sie warf einen letzten hoffnungsvollen Blick auf meinen Begleiter. Als er sie ignorierte, starrte sie mich auf eine Weise an, die Lava hätte gefrieren lassen können, und schlenderte davon. Ich versuchte, mir nicht vorzustellen, was sie mit meinem Essen anstellen könnte.

»Du kannst echt gut schießen. Besser, als ich dachte.« Tyr griff über den Tisch nach meiner Hand.

»Na, vielen Dank auch.«

»Du weißt, was ich meine. Du hast gesagt, dass dir dein Vater den Umgang mit Schusswaffen beigebracht hat, aber ich wusste nicht, dass du so gut darin bist. Ich dachte, sterbliche Mädchen wären … hilfloser, schätze ich.«

»Ich nicht.« Ich zuckte mit den Schultern. »Meine Eltern haben großen Wert darauf gelegt, uns praktische Dinge zu lehren. Als wir noch ziemlich jung waren, hat uns Mom beigebracht, unsere eigene Wäsche zu waschen, zu nähen und zu kochen, und Dad hat uns gezeigt, wie man ein Zelt aufbaut, schießt, angelt und einen Reifen wechselt. Sie wollten sicher sein, dass wir auf alle Eventualitäten vorbereitet sind, wenn sie uns in die Welt hinausschicken.«

»Aber ihnen muss doch klar gewesen sein, dass sie dich nicht auf *alles* vorbereiten können.« Tyr streichelte mit seinem Daumen über meinen Handrücken.

»Stimmt.« Ich erschauerte. »Aber sie haben es auf jeden Fall versucht. Was ist mit dir? Wie war deine Kindheit, bevor …« Ich beendete den Satz nicht. *Bevor deine Eltern ermordet wurden.*

»Nicht ganz so wie deine.« Tyr drückte meine Hand. »Auch vor dem Tod meiner Eltern musste ich viel Verantwortung tragen. Meine Familie ist … Es wird viel von uns erwartet. Es war immer klar, dass ich in die Fußstapfen meines Vaters treten und zum Militär gehen würde. Als er starb, hätte ich seine Aufgabe übernehmen sollen, aber ich war noch zu jung. Odin ist eingesprungen, bis ich volljährig wurde, und hat sie dann auf mich übertragen.«

»Odin? Ist er ein Freund oder ein Onkel oder so was?« Und war jeder Schwede nach einem nordischen Gott benannt?

»Odin? Äh … ein Freund. Eine Art großväterliche Figur. Wenn dein Großvater zufällig eine zwei Meter große Killermaschine wäre.« Ich zog eine Augenbraue hoch, und Tyr drückte leicht meine Hand. »Das war ein Scherz, Mia. Er ist nur ziemlich … intensiv.«

»Oh. Na klar. Also machst du jetzt den Job, den dein Vater und dieser Odin hatten?«

»Ich überwache alle größeren Bedrohungen für mein … Land und beschütze seine begehrtesten Schätze. Wenn sie in die falschen Hände fielen, würde das den Frieden, den wir uns erarbeitet haben, völlig zerstören.«

Tyrs Erklärung ließ einen Haufen Fragen offen. Warum vertraute Schweden seine nationale Sicherheit einem Mann an, der gerade alt genug war, um zu wählen? Und warum hatten sie ihn freigestellt, um in die Vereinigten Staaten zu kommen? Ich studierte Tyrs Gesicht, und er runzelte die Stirn. »Alles okay?«

»Mir geht's gut.« Er hob mein Handgelenk an seine Lippen und hauchte einen Kuss auf die empfindliche Haut. Ich stieß einen leisen Seufzer aus und vergaß für einen Moment meine Fragen. Plötzlich hatte ich Schmetterlinge im Bauch, und meine Wangen kribbelten vor lauter Vorfreude. Als Tyr wieder sprach, spürte ich die Bewegung seiner Lippen an meinem Arm. »Ich bin hungrig.«

Oh. Mein. Gott.

Genau diesen Moment wählte die Kellnerin, um mit unserem Essen zu erscheinen. Meinen Teller stellte sie so unsanft ab, dass eine der Pommes auf den Tisch fiel. Tyrs Essen hingegen servierte sie ausgesprochen langsam und brachte ihr Dekolleté dabei so nah an sein Gesicht, wie es der Anstand zuließ. »Kann ich Ihnen sonst noch etwas bringen?«, schnurrte sie.

»Mia?« Tyr sah mich fragend an.

»Wir haben alles, danke.« Ich schenkte ihr mein falschestes Lächeln. Sie funkelte mich an und marschierte davon.

»Ich glaube, sie mag dich nicht besonders.« Tyr schmunzelte, als er mir seinen Teller hinschob. »Hier. Lass uns tauschen. Ich will nicht wissen, was sie mit deinem Essen gemacht hat.«

»Du musst das nicht essen«, protestierte ich. Aber er hielt eine Hand hoch.

»Nimm den Cheeseburger, Süße.«

Dankbar schob ich ihm meinen Teller vor die Nase. »Danke.«

»Alles im Namen der Romantik, *prinsessa.*«

»Du bist gar nicht so schlecht in Sachen Romantik, Fredriksen.«

»So heißt es.« Grinsend nahm er eine seiner Pommes in die Hand und biss ab. Die Intensität in seinen Augen, während er kaute, ließ mich innehalten. Es steckte wohl mehr in Tyr Fredriksen, als ich vielleicht jemals erfahren würde. Während ich in meinen Burger biss, ging ich alle möglichen Szenarien durch. Er war ein mutierter Superkrieger. Er konnte Börsentrends vorhersagen und sein eigenes Geld drucken – das würde auf jeden Fall das schicke Haus und die Designermöbel erklären. Er war ein Superheld. Mir kamen immer weitere Ideen, während wir uns unterhielten und aßen, eine bizarrer als die andere, bis Tyr schließlich die Rechnung bezahlte und wir zum Motorrad zurückgingen. Doch als ich wieder auf das Motorrad kletterte und meine Arme um Tyr schlang, war das alles vergessen, und ich kam auf ganz andere Ideen. Das änderte sich erst wieder, nachdem sich Tyr mit einem langen und leidenschaftlichen Kuss auf der Veranda von mir verabschiedet hatte.

****

Dieses Date am Freitagabend war der Beginn meiner neuen Normalität – meiner etwas bizarren, definitiv unerwarteten, aber absurd fabelhaften Normalität. In der nächsten Woche holte mich Tyr ab, als ich im Techniklabor fertig war, und wir fuhren mit Henrik und Brynn zu ihm, um gemeinsam Abendessen zu kochen. Das wurde zu unserer Tradition am Dienstag- und Donnerstagabend, und wir wechselten meine deftigen Südstaatengerichte mit Henriks leichteren skandinavischen Gerichten ab. An den Wochenenden gingen wir wandern, schauten Filme oder fuhren an den Strand. Manchmal brachten wir das Essen auch zu Elsa, die auf die Gesellschaft zu reagieren schien. Mehrmals, als ich dort war, verbesserten sich ihre Vitalwerte deutlich, und einmal sah ich sogar, wie sich ihr Mundwinkel zu einem Lächeln verzog. Ihr Zustand verbesserte sich stetig, und es gab keine Hinweise auf weitere gefährliche

Sichtungen im Wald. Ich war der Antwort, was nun genau Tyrs Aufgabe war, keinen Schritt näher gekommen, aber dadurch, dass ich so viel Zeit mit ihm verbrachte, störte mich seine Geheimniskrämerei nicht mehr so sehr wie früher. Er ließ mich so viel wie möglich an seinem Leben teilhaben, und ich lernte, mich mit der Tatsache abzufinden, dass sich seine Geheimnisse zu gegebener Zeit von selbst lüften würden.

Zumindest hoffte ich das.

An einem Freitagnachmittag Ende Oktober zogen Henrik, Brynn und ich eine zusätzliche Sitzung im Labor durch. Henrik bog den Finger der Prothese hin und her und grinste mich an.

»Was?« Ich reichte ihm das Lösungsmittel, und er schüttete etwas davon auf einen Tupfer, bevor er den Roboter abwischte.

»Ich bin nur froh, dass sich Tyr überwunden hat, mit dir auszugehen. Er ist deutlich weniger unausstehlich, seit du aufgetaucht bist.«

»Du sagst es.« Brynn blickte von ihrem Notizbuch auf, in dem sie beim Algorithmus große Fortschritte gemacht hatte. »Das hat einen freundlicheren, sanfteren, weniger reizbaren Tyr hervorgebracht.«

Brynn und Henrik sahen sich an und brachen in Gelächter aus.

»Was ist daran so lustig?«, fragte ich.

»Kann ich nicht erklären. Aber wenn du ihn dein ganzes Leben lang so kennen würdest wie wir …« Brynn bekam einen weiteren Lachanfall.

»Tut mir leid.« Henrik wischte sich über die Augen. »Gib mir mal den Schraubenschlüssel, ja?«

Ich tat es und versuchte, mich nicht ausgeschlossen zu fühlen.

»Apropos.« Henrik blinzelte. »Tyr meinte, ihr habt heute Abend etwas vor.«

»Er hat gesagt, ich soll mich warm anziehen. Hast du eine Ahnung, wohin er mit mir will?«

»Ja. Ich habe ihm beim Packen geholfen.«

»Beim Packen? Fahren wir weg?« Ich versuchte, nicht in Panik zu geraten. Ich war mir nicht sicher, ob ich bereit für ein Übernachtungsdate war. Tyr hatte mir inzwischen zwar mehr über sein Leben vor Arcata erzählt und war immer noch unheimlich sexy, aber ich wusste immer noch nicht, ob ich schon bereit war, mit ihm zu schlafen. Ich wollte es, schließlich war ich nicht aus Stein, aber er hatte diese ganze geheime Welt mit seiner Schwester und seinem Job, die ich nicht mal ansatzweise verstand. Wie konnte ich mich auf dieser Ebene mit ihm einlassen, ohne genau zu verstehen, wie er tickte?

»Das wäre doch nicht das Schlechteste«, neckte Brynn. »Tyr ist heiß. Soooo heiß.«

»Er ist okay«, murmelte Henrik.

»Er ist mehr als okay. Du bist auch heiß. Aber eher auf eine intellektuelle Weise. Dein Verstand, die wilden Haare, die Brille – Bücherwurm-sexy eben«, erklärte Brynn.

»Was manchmal besser ist als das andere Sexy«, ergänzte ich und war erleichtert, dass ich noch etwas Zeit hatte, um zu entscheiden, ob Tyr mein erster … Na ja, mein erster *Alles* sein sollte.

»Eure Mitleidskomplimente brauche ich nicht. Arbeitet härter, Ladys. Fred macht sich nicht von allein fertig.«

Henrik rückte seine Brille zurecht und befestigte eine winzige Schraube an seinem Roboterarm.

»Wir nennen ihn immer noch Fred, oder?« Ich war erleichtert, dass der Fokus nicht mehr auf mir lag.

»Natürlich«, erwiderte Henrik empört. »Fred war ein ganz besonderer Hund.«

»Okay. Waffenstillstand?« Ich hielt ihm meine Hand hin, und er nahm sie.

»Waffenstillstand. Oh, und Mia? Gern geschehen für die Marshmallows.«

Er grinste, als ich verwirrt blinzelte. Was in aller Welt sollte das bedeuten?

Dreizehn

»Du siehst umwerfend aus, *prinsessa.*«

Tyr stand auf meiner Veranda mit einer Handvoll lila Pfingstrosen. Er sah in seiner Jeans, dem grauen Henley-Shirt und seiner Lederjacke einfach perfekt aus. Sein Blick schweifte über den Ausschnitt meines engen Pullovers, bevor er mir den Strauß hinhielt. Der kleine Abstecher ins Dessousgeschäft hatte sich gelohnt.

»Danke.« Ich nahm die Blumen entgegen. »Die duften ja herrlich.«

»Du auch.« Tyr legte seinen Arm um meine Taille, beugte sich zu mir und hauchte mir einen federleichten Kuss auf die Lippen. Mir war ganz schwindlig, als er sich wieder aufrichtete. Er sah mich amüsiert an. »Alles in Ordnung mit dir?«

Ich lachte. »Du machst nur Ärger.«

»Du hast ja keine Ahnung.«

»Lass mich nur schnell die hier ins Wasser stellen.« Ich huschte in die Küche und stellte die Pfingstrosen in eine schlanke Vase. Es wäre sinnvoll gewesen, eine Vase an der Tür bereitzustellen, denn Tyr kam selten mit leeren Händen. Dennoch überraschte es mich, dass dieser Bad Boy, der ein Team bewaffneter Leibwächter zu seinem Schutz beschäftigte, so nett war, mir Blumen zu bringen. Tyr war ganz anders, als ich erwartet hatte. Viel rücksichtsvoller, als er die Leute glauben machen wollte, zumindest nach dem, was ich in den letzten Monaten gesehen hatte. Irgendetwas sagte mir, dass ich bisher nur an der Oberfläche gekratzt hatte.

Als ich durch die Vordertür zurückging, streckte Tyr seinen Arm aus. Zusammen gingen wir zur Straße, wo das glänzende schwarze Motorrad wartete.

Wir schafften es in Rekordzeit in die Stadt, und als Tyr endlich auf das Tempolimit herunterging, klopfte mein Herz wie verrückt in meiner Brust. Er musste es durch seine Jacke hindurch spüren, denn er griff nach hinten und drückte mich mit einer Hand an sich, dann ließ er dieselbe Hand langsam zu meinem Hintern hinuntergleiten. Er drückte fest zu und legte seine Hand dann wieder auf den Lenker.

Ach du heiliger Bimbam.

Wir hielten unser Tempo niedrig, als wir durch die Innenstadt fuhren. Die kleinen Geschäfte, die die Straße säumten, sahen an diesem kühlen Abend malerisch aus. Pärchen schlenderten entspannt im Diner ein und aus, und ich fragte mich, ob wir in eines der drei Restaurants der Stadt gehen würden, aber als die Ampel auf Grün schaltete, drehte Tyr den Motor wieder auf.

Wir fuhren über die Hauptverkehrskreuzung und Tyr nahm die Straße, die zum Strand hinunterführte. *Der Strand!* Jetzt ergab sein Vorschlag, sich warm anzuziehen, Sinn. An den Küsten Nordkaliforniens wurde es abends recht kühl.

Tyr brachte das Motorrad zum Stehen und schwang ein langes Bein über die Seite. Dann legte er seine Finger um meine Arme und half mir herunter. Als er seinen Helm abnahm, erhellte sein Grinsen den ganzen Strand. Ich wollte nicht die Spielverderberin sein, indem ich erwähnte, dass meine Beine die Konsistenz von Wackelpudding hatten.

»Einen Moment lang dachte ich schon, ich würde dich verlieren.« Er nahm mir den Helm vom Kopf und hängte ihn an den Sitz. Ich wuschelte mir durch die Haare, während er mir den Rücken zuwandte.

»Na klar.« Ich richtete mich auf. »Und du dachtest, du sicherst mich ab, indem du mir in den Hintern kneifst?«

»Es hat dich auf dem Motorrad gehalten, oder?«, sagte Tyr mit einem Augenzwinkern. Er drehte sich mit zurückgezogenen Schultern herum, und seine Augen durchkämmten den Strand so aufmerksam, als wollte er sich die Merkmale jedes Sandkorns einprägen. Obwohl er mit dem Rücken zu mir stand, hörte ich das leise Grollen seiner Stimme eine halbe Sekunde, bevor ich das Licht sah. Es erschien über uns, wirbelte dann herum und hüllte den Strand in eine blassgrüne Blase. Mein überraschter Aufschrei hallte durch die Luft, während die Illusion wieder verschwand.

»Was im Namen von allem, was gut und heilig ist, war das?«, platzte ich heraus.

Tyr drehte sich um. »Was?«

»Na, das da!« Mein Finger stieß in die Luft. »Dieses … verrückte Lichtding?« Tyrs Litanei kryptischer Kommentare lief durch meinen Kopf wie ein Newsfeed im Schnelldurchlauf. »Moment mal. Kurz bevor es passiert ist, hast du etwas gemurmelt. Warst du das etwa … was immer das war?«

»Wovon redest du?« Tyr runzelte die Stirn.

Meine Worte purzelten regelrecht heraus. »Ob du das getan hast?«

Tyr legte die Hände auf meine Schultern und drückte beruhigend zu. »Baby, wenn du ein verrücktes Lichtding gesehen hast, war das wahrscheinlich der Meteoritenschauer. Er beginnt heute Nacht, schon vergessen?«

»Das sah nicht wie ein Meteoritenschauer aus. Es sah aus wie ein Nordlicht. Wie das, was ihr in Skandinavien habt.«

Tyr schüttelte den Kopf. »Arcata ist nicht nördlich genug für diese Art von atmosphärischen Phänomenen.«

»Du weichst der Frage aus.« Ich wartete.

Tyr seufzte. »Hör zu, Baby. Ich muss sicherstellen, dass der Kerl, der meine Schwester angegriffen hat, nicht hinter dir her ist. Henrik meint, er hätte ihn heute wieder im Wald gesehen, also sind wir besonders vorsichtig. Das ist alles, was du wissen musst.«

»Warum kannst du mir nicht einfach sagen, was ich gesehen habe?« Ich ignorierte den Schauer, der mir über den Rücken lief. Meine Verärgerung über Tyrs Geheimniskrämerei gewann die Oberhand über meine Angst vor Elsas Angreifer. Erneut.

»Weil es zu lange dauern und das Abendessen kalt werden würde. Komm jetzt.« Tyr nahm seine Tasche vom Motorrad und warf sie sich über die Schulter. Dann verschränkte er seine Finger mit meinen und zog mich in Richtung Strand.

Mir schwirrten so viele Fragen im Kopf herum, dass es mich fast überwältigte. Wenn das Licht nichts Schlimmes war, warum sagte mir Tyr dann nicht einfach, was ich gesehen hatte? War es eine Leuchtpistole oder ein illegaler Feuerwerkskörper gewesen? Wie sollte eines von beiden Elsas Angreifer fernhalten? Und warum musste so viel aus seinem Leben immer noch ein großes Geheimnis sein?

»Tyr.« Ich brach unser Schweigen, als wir einen Felsvorsprung umrundeten und eine kleine Bucht betraten. »Vertraust du mir?«

»Unbedingt«, antwortete er.

»Warum willst du mir dann nicht sagen, was gerade passiert ist?«

Tyr seufzte und zog einen kleinen Plastikgegenstand aus seiner Tasche. Er sah aus wie ein Feuerzeug. »Weil ich nicht will, dass du mich auslachst. Ich weiß, dass du mich für übervorsichtig hältst. Ich habe unsere erste gemeinsame Laufrunde nicht vergessen.«

»Du *bist* übervorsichtig. Das ist doch nichts Neues.«

»Wie auch immer.« Er hielt das Feuerzeug hoch. »Das hat Henrik entworfen. Es ist eine Art Refraktor. Es krümmt das Licht in einem Umkreis von fünfzig Metern um die Stelle, an der es aktiviert wurde, sodass jeder, der sich außerhalb seiner Reichweite befindet, nicht sehen kann, was innerhalb geschieht. Das heißt, wenn Henrik heute wirklich den Kerl gesehen hat, der meine Schwester jagt, müssen wir uns dadurch keine Sorgen machen, dass er dich jetzt mit mir sieht.«

»Ernsthaft? Henrik hat das gemacht?« Ich starrte das Gerät an. »Er ist ein Genie.«

»Das denkt er jedenfalls.« Tyr zuckte mit den Schultern und steckte den Refraktor zurück in seine Tasche. »Jetzt weißt du es also. Henrik ist ein Nerd. Hier drin sind wir vor dem Bösewicht sicher. Können wir jetzt bitte essen?«

»Natürlich.« *Gott sei Dank.* Meine Fantasie hatte nämlich bereits damit begonnen, sich einige ziemlich unglaubliche Erklärungen für Tyrs seltsames Verhalten auszudenken, von denen keine besonders beruhigend war. Doch wenn es eines gab, das Ordnung in mein geistiges Chaos bringen konnte, dann der Matheklub und Henriks Technikbesessenheit.

»Gut.« Tyr warf seine Tasche in den Sand und holte zwei Decken sowie eine Reihe von Lebensmitteln heraus. Eine der Decken breitete er auf dem Boden aus und begann, das

Abendessen auszupacken: Focaccia-Sandwiches mit Truthahn, Avocado und Käse sowie eine dampfende Aluminiumschale, Teller, Gabeln und Servietten.

»Was ist da drin?« Ich setzte mich auf die Decke.

Er hob eine Ecke des Deckels an, und ich atmete den Duft ein. »Mmm, Makkaroni mit Käse.« Es sah nicht aus wie die gekaufte Variante, sondern selbst gemacht. Es waren sogar Semmelbrösel oben drauf. »Ist das … Speck?«

Tyr zwinkerte mir zu.

Oh, lecker.

Tyr setzte sich neben mich, legte mir die zweite Decke um die Schultern und reichte mir einen Teller mit Essen und eine Flasche Sprudelwasser, dann füllte er sich selbst einen zweiten Teller und hob seine eigene Flasche an meine. »*Skål.* Prost.«

»Prost.« Wir stießen an und tranken einen Schluck, dann stürzte ich mich auf die Makkaroni. »Das ist unglaublich lecker. Ich bin beeindruckt.«

»Du musst nicht so überrascht klingen«, sagte Tyr ironisch.

Ich nahm noch einen Bissen. Der Käse war die perfekte Mischung aus würzig und rauchig – alter Gouda war mein Favorit. »Du solltest wirklich öfter kochen.«

»Ich sehe in einer Schürze nicht annähernd so gut aus wie du. Außerdem hast du in der Küche gern die Kontrolle.« Tyr beugte sich mit einem lasziven Grinsen vor. »Ganz schön sexy.«

Ich ließ den Kopf sinken, um mich hinter meinen Haaren zu verstecken, doch Tyr strich mir die Strähne hinters Ohr.

»Du bist *så förbaskat* schön, Mia.« Er ließ die Worte nachklingen. Als ich schließlich wegsah, kribbelte mein ganzer Körper. Mit zitternden Fingern nahm ich mein Sandwich in die Hand. Tyr tat das Gleiche. Wir kauten schweigend und starrten auf die Wellen, die sich zehn Meter entfernt am Ufer brachen. Als wir fertig gegessen hatten, zog ich meine Knie an die Brust und ließ meinen Kopf an Tyrs Schulter sinken. Er legte einen Arm um mich und massierte sanft meinen unteren Rücken. Ich schloss die Augen und versuchte, mir jedes Detail dieses Moments einzuprägen.

»Wie geht's Elsa?«, fragte ich.

Tyr atmete aus. »Sie hatte einen harten Tag.«

»Oh, Tyr.« Ich umschloss seine Taille mit meinen Armen und drückte ihn. »Was ist passiert?«

»Ich habe keine Ahnung. Eine Zeit lang ging es ihr gut.«

»Ich weiß. Letzte Woche hatte sie mehr Farbe auf den Wangen. Es schien fast so, als würde sie nur schlafen.« Ich schmiegte mich an seine Brust.

»Ja.« Tyr stützte sein Kinn auf meinen Kopf. »Ihre Vitalwerte sind seit gestern unbeständig. Ihre Ärzte wissen nicht, was los ist – keine ihrer Behandlungen hat sich geändert, und ihre inneren Verletzungen sind seit Wochen stabilisiert. Das ergibt keinen Sinn.«

»Kannst du irgendwas tun?«

»Ich tue alles, was ich kann.« Tyrs Schmerz kam in seiner Stimme durch. »Ich weiß nur nicht, wie lange sie noch durchhalten wird. Ihre Leukozytenzahl ist … es geht ihr nicht gut.«

»Es tut mir so leid«, flüsterte ich. »Willst du jetzt zu ihr gehen? Ich kann dich begleiten.«

»Nein. Ich war heute Nachmittag dort. Henrik ist jetzt bei ihr. Ich glaube, meine Energie hat es nur noch schlimmer gemacht. Es regt mich ziemlich auf, wenn es ihr schlechter geht.«

»Wenn Jason etwas zustoßen würde, ginge es mir genauso.« Wieder drückte ich mich an Tyrs Taille.

»Sei einfach vorsichtig, okay?« Tyrs Lippen bewegten sich an meinem Haar.

»Bin ich immer«, versprach ich.

Tyr hob mein Kinn mit einem Finger an und küsste mich sanft. Als er sich zurückzog, wirkte er aufgeheitert. »Hilf mir, Treibholz zu finden. Ich dachte, wir könnten S'mores machen. Ich hatte noch nie einen.«

»Weißt du überhaupt, wie das geht?«

»Henrik hat mir eine ziemlich detaillierte Anleitung gegeben.« Er verdrehte die Augen, und ich lachte.

»Lass mich raten: Schritt eins, ein Feuer mit Scheiten aus Birkenholz machen, die in der perfekten Tipi-Form angeordnet sind, und genau vier Stücke zusammengeknülltes Zeitungspapier zum Anzünden dazwischen stecken. Bin ich nah dran?«

»Beängstigend nah.« Tyr hielt mir eine Hand hin, um mich hochzuziehen. »Hilfst du mir, nach diesem Birkenholz zu suchen?«

»Ja, Sir.«

Wir schlenderten Hand in Hand den Strand entlang und hielten inne, um Treibholzstücke aufzusammeln, die einigermaßen trocken aussahen. Als wir genug Holz hatten, um ein kleines Feuer zu machen, gingen wir zurück zu unserer Decke. Tyr legte das Holz in eine kleine Grube und zog das Feuerzeug aus seiner Gesäßtasche.

»Ich dachte, das wäre dieses magische Lichtblasending?«, fragte ich.

»Es ist multifunktional.« Tyr versuchte, das Holz anzuzünden, doch der Wind erstickte die Flamme. Er runzelte die Stirn und versuchte es erneut. Er war so konzentriert, dass er die Zunge herausstreckte.

Ich musste lachen.

»Findest du das lustig?« Er sah auf.

»Ehrlich gesagt, ja.« Zu sehen, wie dieser coole Supertyp von einem Stück Plastik besiegt wurde, war unbezahlbar.

Doch er fluchte nicht. Er warf das Feuerzeug auch nicht in die Brandung. Stattdessen widmete er sich in wahrer Tyr-Manier einfach wieder seiner Aufgabe und machte immer weiter, selbst nachdem klar war, dass es nicht funktionieren würde. An diesem Punkt war es eine Frage des Stolzes, und ich kannte ihn inzwischen gut genug, um zu wissen, dass er nicht aufgeben würde. Er war vielleicht der einzige Mensch auf diesem Planeten, der noch sturer war als ich.

Allerdings sah es momentan so aus, als würde uns das Feuerzeug besiegen.

»Hol du doch schon mal die Tasche dort, während ich mich darum kümmere? Die Marshmallows sind da drin.« Tyr nickte in Richtung der Decke.

»Na gut.« Ich drehte mich um und ging den kurzen Weg zu unseren Sachen. Als ich zurückkam, hatte Tyr es geschafft, ein kleines Feuer zu entfachen.

»Wie hast du das gemacht? Und so schnell?« Normalerweise schwelte ein Feuer eine Weile vor sich hin, bevor die Holzscheite richtig brannten. Da meine Familie mein ganzes Leben lang zelten gefahren war, kannte ich mich mit Feuermachen aus.

»Du weißt doch, dass ich geschickt mit meinen Händen bin.« Tyr zog eine Augenbraue hoch.

Ich boxte seinen Arm. »Im Ernst jetzt. Es ist unmöglich, dass du so schnell ein Feuer gemacht hast.«

»Du nennst mich einen Lügner?« Tyr sprang auf und machte einen Schritt auf mich zu. Ich hielt inne. Warum sollte er mich wegen so etwas anlügen?

»Ähm. Nein?«

»Mehr Überzeugung, bitte.« Mit funkelnden Augen kam Tyr noch einen Schritt auf mich zu.

»Nein. Auf keinen Fall. Niemals.« Ich ließ den Plastikbeutel mit den Marshmallows fallen und wich einen Schritt zurück.

»Ich glaube dir nicht.« Tyr trat über die Tüte und kam immer näher.

»Ich würde dich nie einen Lügner nennen. Niemals.« Ich hob meine Hände.

»Zu spät.« Tyr machte einen weiteren Schritt. Ich flüchtete über den weichen Sand davon. Das Meer rauschte zu meiner Rechten, und hinter mir donnerten Tyrs Schritte. Ehe ich mich versah, hatte er mich eingeholt. Seine muskulösen Arme legten sich von hinten um mich und drehten mich im Kreis. Als er mich wieder auf die Füße stellte, war mir schwindelig, und ich lachte hysterisch.

»Du machst nur Ärger«, sagte ich zum zweiten Mal an diesem Abend.

»Du hast ja keine Ahnung«, murmelte er.

»Das sagst du ständig.«

»Vertrau mir.« Tyr sah mich mit Verzweiflung in den Augen an. Mir wurde klar, dass er versuchte, mir etwas Wichtiges mitzuteilen. Seine Worte hallten in meinem Kopf wider. Es handelte sich nicht nur um eine beiläufige Bemerkung – sie waren ein Versprechen. Und ein Flehen. Tyr entblößte seine Seele und legte in zwei Worten seinen tiefsten Wunsch offen. *Vertrau mir.*

Als ich zu ihm aufblickte, wurde mir die Wahrheit klar, die sich irgendwo zwischen unserer ersten gemeinsamen Laufrunde und unserem ersten gegrillten Käsetoast an mich herangeschlichen hatte, zwischen den spätabendlichen Telefonaten und den Besuchen bei Elsa, den Abenden, an denen wir während eines Films einschliefen, und den Morgen, an denen wir im Wald joggten. Tyr hatte sich so nahtlos in mein Leben eingefügt, dass ich mir meine Welt ohne ihn nicht mehr vorstellen konnte.

Und das wollte ich auch gar nicht.

In diesem Moment traf ich eine bewusste Entscheidung. »Ich vertraue dir«, flüsterte ich und war erstaunt über die Wahrheit dieser Worte. Ich legte meine Hand in Tyrs und sah ihn an. Sein Mund verzog sich zu einem wunderschönen Lächeln, als er mich hochhob und seine Arme unter meinem Hintern verschränkte, sodass wir uns direkt in die Augen sahen. Mein Herz schlug wie verrückt.

»Tust du das wirklich?«, fragte Tyr.

»Das tue ich.«

Damit hob Tyr eine Hand, legte seine Finger um meinen Hinterkopf, presste seinen Mund auf meinen und küsste mich mit einer Kraft, die mein armes Herz auf Hochtouren brachte. Das Blut rauschte aus meinem Kopf auf einer halsbrecherischen Reise nach Süden, während ich meine Beine um Tyrs Taille schlang und mich festhielt. Die Hand auf meinem Hintern streichelte mich, erst sanft, dann mit immer stärkerem Druck, während mich Tyr näher an sich zog. Sein Mund wanderte meinem Hals hinab. Das wäre ein wirklich guter Abend gewesen, um sich das Oberteil mit dem tiefen V-Ausschnitt aus Charlottes Kleiderschrank zu leihen.

»Sag es noch mal«, knurrte er in meinen Nacken.

»Ich vertraue dir«, flüsterte ich.

»Oh, Mia.« Tyr vergrub sein Gesicht an meiner Haut, und mein Atem stockte, als ich eine weitere Entscheidung traf. Ich war bereit, Tyr zu zeigen, wie tief mein Vertrauen war. Und zwar auf die wichtigste Art und Weise, die ich kannte.

Ach du heiliger Bimbam. Es war eine gewaltige Entscheidung – ich hatte in meinem ganzen Leben erst drei Jungen geküsst und ganz sicher noch nie mit einem geschlafen. Das waren wirklich tiefe Gewässer, und ich war mir sicher, dass Tyr schon oft in ihnen geschwommen war. Aber so etwas hatte ich noch nie für jemanden empfunden, und es gab niemanden, mit dem ich es lieber tun wollte.

Plötzlich waren S'mores das Letzte, woran ich dachte.

Ich hob Tyrs Gesicht an und blickte ihm in die Augen. »Können wir nach Hause gehen? Zu dir nach Hause, meine ich?«

Tyr sah mich an, stellte mich wieder auf die Beine, packte unser Picknick ein und löschte das Feuer. Das Ganze dauerte nicht länger als eine Minute.

Er führte mich wortlos zu seinem Motorrad, setzte mir den Helm auf den Kopf und sah mich entschlossen an.

»Steig auf.«

Diesmal hielt er sich auf den Straßen von Arcata an die Geschwindigkeitsbegrenzung, zumindest bis wir den Wald erreichten, denn dort gab er Gas. Ich umklammerte seine Brust so fest, dass ich befürchtete, er würde nicht mehr atmen können. Doch wir erreichten sein Haus in Rekordzeit, und er half mir mit Leichtigkeit vom Motorrad. Er setzte mich erst im Haus ab, und seinem Blick nach zu urteilen, handelte es sich um eine reine Formalität.

Meine Gedanken rasten.

Tyr schaltete das Licht an, schloss die Haustür hinter sich und nahm meinen Mantel. Er ging zum Kleiderschrank im

Flur und zog seine eigene Jacke aus, während ich mit den Ärmeln meines Pullovers kämpfte.

Tyr schloss die Tür und drehte sich zu mir um. In fünf langen Schritten war er an meiner Seite. Er legte einen Arm um mich und presste meinen unteren Rücken an seine Taille, während er mit der anderen Hand in mein Haar griff. Er zog sanft daran und presste seinen Mund an meinem Hals. Seine Zunge fühlte sich auf meiner Haut heiß an und sandte Flammen durch meinen Körper. Ich schlang meine Hände um ihn und griff nach oben, um seine weichen Haare am Hinterkopf zu berühren. Als ich das tat, leckte er meinen Kiefer entlang, dann presste er seinen Mund auf meinen. Seine Zunge schob sich an meinen Lippen vorbei und bewegte sich sanft in einem verrückten Tanz, der mich zum Beben brachte.

Und dann hörte ich die Stimme.

»Tyr! Komm sofort nach draußen!« Freya hämmerte an die Eingangstür.

»Bei Odin!«, donnerte Tyr. Er zog sich gerade so weit zurück, dass er mir in die Augen sehen konnte. »Bleib genau hier. Das ist ein Befehl.«

»Aye, aye.« Ich salutierte atemlos.

Tyr nahm seine Hand nicht von meiner Taille, als er nach der Tür griff. Er klemmte sie gerade so weit auf, dass er seinen Kopf hindurchstecken konnte, während er mich fest an seine Seite drückte.

»Was?«, zischte er.

»Das.« Freya zeigte auf etwas jenseits der Einfahrt.

»Du musst schon etwas genauer sein. Und komm morgen wieder. Denn wie du sehen kannst …«

In diesem Moment hörte ich einen Knall. Es klang wie ein Donnerschlag, der sich in der Nähe entlud. Mit einem Lichtblitz prallte etwas Großes und Behaartes gegen eine unsichtbare Begrenzung am Rande der Bäume. Dann brach es durch, raste auf das Haus zu und knurrte mit gefletschten Zähnen. Freya ging in die Hocke, als würde sie sich auf einen Sprung vorbereiten.

»*Skit!*«, fluchte Tyr. Er ließ mich so schnell los, dass ich fast das Gleichgewicht verlor. Er rannte zur Tür neben dem Garderobenschrank und gab einen Code in ein Tastenfeld ein, das mir vorher nie aufgefallen war. Die Tür sprang auf. Tyr riss zwei futuristische Handfeuerwaffen und eine Armbrust heraus. Dann sprintete er aus dem Haus.

»Bleib drinnen, Mia«, befahl er. Ich stand in der Haustür und war zu geschockt, um mich zu bewegen.

Tyr stürzte sich von der Veranda und flog gute zwanzig Meter weit. Er traf die Kreatur mitten in der Luft, ihre Körper umschlangen sich in einem tödlichen Tanz, doch anstatt auf den Boden zu fallen, blieben sie in einem Wirrwarr aus Reißzähnen, Fell und Fäusten zwei Stockwerke hoch in der Luft hängen. Irgendetwas an dem Tier kam mir bekannt vor, aber mir blieb keine Zeit, näher darüber nachzudenken, denn zwischen meinem Freund und der Bestie erstrahlte plötzlich ein bläuliches Licht. Es wurde immer heller, je mehr sie kämpften – fast so, als würde sich das Licht von ihrer Energie ernähren. Tyr packte die Ohren der Kreatur und drehte ihr den Hals um. Ich hörte ein unangenehmes Knacken, aber das Tier schien es nicht zu stören. Es knurrte nur und schlug seinen Kopf gegen Tyrs Schulter. Die Armbrust fiel mit einem dumpfen Geräusch auf den Boden. Tyr griff nach einer seiner Schusswaffen, doch das Tier schlug sie mit einer seiner riesigen Pranken beiseite, und Freya fluchte von der Veranda aus.

»Jetzt hat er nur noch eine«, murmelte sie. »*Jävla skit.*«

»Ich kann helfen. Ich bin eine gute Schützin. Gib mir eine von den Waffen.« Ich stürzte zum Schrank, aber Freya rannte hinein und packte mich am Arm.

»Diese Gewehre sind nichts für Sterbliche. Du kannst hier nicht helfen, Mia. Jedenfalls noch nicht.«

Musste sie so herablassend klingen? Und was hatte es mit den Sterblichen auf sich? Wer hatte diesen Leuten ihr Englisch beigebracht?

»Du magst seine beste Freundin oder was auch immer sein, aber du bist nicht die Einzige, die sich um ihn sorgt. Er braucht Hilfe. Ich kann ausgezeichnet zielen. Gib mir jetzt eine verdammte Waffe.« Von draußen kam ein Knurren, das mir eine Gänsehaut über den Rücken jagte. »Jetzt, Freya!«

»Tut mir leid, Mia. Nein.« Freya sprintete aus dem Haus und machte eine seltsame Geste an der Tür. Mit einem Keuchen drehte sie sich zum Wald um, gerade als sich die Bestie auf Tyr stürzte. Natürlich wäre es dumm, einfach so in den Kampf zu springen, aber glaubte die Schönheitskönigin wirklich, ich würde tatenlos zusehen, wie mein Freund von einem gedopten Wolf zerfleischt wurde? Ich rannte zur offenen Tür und schrie auf, als ich mit dem Gesicht gegen eine unsichtbare Barriere stieß. *Was in aller Welt …?* Freya sah mich mit so etwas wie Mitgefühl in den Augen an. Ich schüttelte den dumpfen Schmerz in meiner Nase ab und rannte ein zweites Mal auf die Veranda zu, nur um wieder von etwas aufgehalten zu werden, das ich nicht sehen konnte. Eine Art Schild füllte die Tür und hielt mich davon ab, nach draußen zu gehen. *Moment mal.* Freyas seltsame Geste. Hatte sie auch eines von Henriks Feuerzeugen? Hat sie es benutzt, um mich zu blockieren? War sie wahnsinnig? Jetzt war ich im Haus gefangen und konnte nur hilflos zusehen, wie draußen ein furchtbarer Kampf tobte.

»Freya!«, rief ich. Sie würde mir einiges erklären müssen.

»Tut mir leid, Mia.« Sie fuhr sich mit einer Hand durch ihre erdbeerblonden Locken. »Tyr würde wollen, dass ich dafür sorge, dass du in Sicherheit bist.« Mit zwei anmutigen Schritten sprang sie hoch in die Luft und flog die zwanzig Meter in Richtung des Streits. *Wie um alles in der Welt ist das überhaupt möglich?* Sie landete auf dem Rücken der Kreatur und begann an ihr zu reißen, wobei ganze Fellbüschel zu Boden flogen. Das Tier brüllte auf, und Tyr griff nach seiner Waffe. Er feuerte eine Reihe von Laserstrahlen in den Nacken der Bestie, aber sie zuckte nicht mal. Stattdessen wurde sie ganz still und warf Tyr einen stahlharten Blick zu, der mir das Blut in den Adern gefrieren ließ. Dann verschwand das Tier in einer Rauchwolke.

Mein Gesicht war so stark gegen die unsichtbare Barriere an der Tür gepresst, dass ich kein Gefühl mehr in der Nase hatte. Meine Fäuste hämmerten hilflos gegen den unsichtbaren Schild wie eine wütende Pantomimin.

Tyr und Freya schwebten weiterhin über dem Boden. Galten die Gesetze der Physik hier nicht? Auf keinen Fall hatte Henrik etwas erfunden, das sie dazu bringen konnte, *das* zu tun. Konnten sie das etwa einfach? Und wenn dem so war … auch wenn das absolut nicht sein konnte … waren sie überhaupt Menschen? Sterblich? Was zum Teufel war hier los?

Freya sah, wie ich starrte, und murmelte etwas zu Tyr. Er warf einen Blick über die Schulter und verzog das Gesicht, steckte seine Waffe in die Gesäßtasche und sank langsam zu Boden. Ohne den Blick von mir abzuwenden, kam er auf mich zu und blieb an den Stufen zur Veranda stehen. Er hielt mir die Hände hin, die Handflächen nach oben.

»Mia«, sagte er leise.

Da merkte ich, dass ich zitterte. Ich wusste nicht, ob es aus

Wut darüber war, dass man mich im Dunkeln ließ, oder der Schock darüber, dass der Kerl, den ich zu kennen glaubte, fliegen konnte.

Tyr machte zwei zaghafte Schritte auf die Veranda und blieb stehen. Er betrachtete, wie mein Körper gegen die unsichtbare Barriere der Tür gepresst war, die Hände zu Fäusten geballt, als könnte ich mich mit reiner Willenskraft hindurchzwängen. In meinen Augen standen Tränen, mein Kinn zitterte, und ich stellte mich auf die Zehenspitzen, bereit zu flüchten, sobald jemand die Barriere deaktivierte.

»Hey«, flüsterte Tyr leise. »Es ist okay. Ich bin's nur.«

Ich schüttelte heftig den Kopf. Es war unmöglich, den Mann, mit dem ich seit ein paar Monaten zusammen war, mit dem Mann in Einklang zu bringen, den ich gerade dabei gesehen hatte, wie er geflogen war, gegen ein Monster gekämpft und einen Laser abgefeuert hatte. Ganz zu schweigen von dem geheimnisvollen Waffenschrank, den er nie erwähnt hatte – man musste kein Raketenwissenschaftler sein, um zu erkennen, dass Armbrüste und Weltraumkanonen nur die Spitze des Eisbergs waren. Und Freya, die es für eine gute Idee hielt, mich wie einen nutzlosen Trottel im Haus einzusperren, würde auch noch etwas zu hören bekommen. Ich hatte zwar keine Ahnung, was hier vor sich ging, aber nutzlos war ich nicht. Ich war taffer, als sie ahnte, und das würde ich ihr beweisen.

»Soll ich noch hierbleiben?« Freya tauchte hinter Tyr auf.

Ich starrte sie böse an. »Keine Ahnung, was du bist oder wer dir angemessenes Sozialverhalten beigebracht hat, aber es ist nicht in Ordnung, Menschen in Häuser einzusperren.«

Tyrs Mundwinkel zuckten, aber er lächelte nicht. Wenn er es getan hätte, hätte ich etwas nach ihm geworfen, Türbarriere hin oder her.

»Es tut mir leid, Mia. Das tut es wirklich. Und ich weiß, dass es nicht danach aussah, aber du musst mir glauben, dass ich es nur zu deinem eigenen Besten getan habe.« Freya hob ihre Hände.

»Zu meinem eigenen Besten? Was ist nur los mit euch und diesem Spruch? Ich brauche euch zwei nicht, um mich zu beschützen. Ich kann selbst auf mich aufpassen, vielen Dank. Ich hätte das Ding abschießen oder zumindest ablenken können. Aber eure beste Idee war, mich mit einem von Henriks Hightech-Feuerzeugen im Haus einzusperren?« Meine Stimme hatte sich um mindestens eine Oktave erhöht. Es war nicht besonders würdevoll, aber es war mir auch egal.

»Henriks Hightech-Feuerzeug? Wovon redet sie, Tyr?« Freya drehte sich zu Tyr um. Er legte den Kopf schief und sah verwirrt aus.

»Na, diese Hightech-Feuerzeuge.« Ich funkelte ihn an. »Du weißt schon, die diese Blase gemacht haben, um den Bösewicht davon abzuhalten, uns am Strand zu sehen, oder wo auch immer.« Freya starrte mich ausdruckslos an. »Tyr hat eins in seiner Tasche. Zeig es ihr.«

Tyr zog langsam das Feuerzeug aus seiner Gesäßtasche. Er und Freya tauschten einen Blick aus. Sie schienen ein stilles Gespräch zu führen.

»Siehst du? Das Hightech-Feuerzeug. Tut mir leid, dass ich seinen richtigen Namen nicht kenne. Das hast du benutzt, um mich hier einzusperren, oder? Oder?« Ich wartete auf Freyas Bestätigung, doch sie schwieg. Tyr steckte das Feuerzeug zurück in seine Tasche, und Freya riss ihren Blick von ihm los.

»Mia, wir können später reden. Es tut mir wirklich leid, dass ich dich verärgert habe. Ich werde dich nie wieder irgendwo einsperren.« Sie drehte sich wieder zu Tyr um. »Ich lass euch zwei lieber allein. Ich bin hier wohl keine Hilfe. Ruf mich an, wenn er zurückkommt. Es tut mir leid, dass er entkommen ist.«

Sie wollte einfach so gehen? Einfach so? Und was meinte sie mit »Er ist entkommen«? Die Kreatur hatte sich in einer Rauchwolke aufgelöst. Ich hatte es gesehen. Er war doch sicher tot, oder?

»Tritt zurück, Mia.« Freya machte eine erneute Geste in Richtung Tür, und ich schob meine Hand hindurch. Die Barriere war weg. Sie nickte mir zu und lief in den Wald. Ich starrte auf die Stelle, an der sie verschwunden war, bis ich ihre Schritte nicht mehr hören konnte.

»Darf ich reinkommen?«, fragte Tyr. Seine Hände waren immer noch offen – vielleicht um zu beweisen, dass er unbewaffnet war. Nicht dass das viel ausmachte – ein Kerl, der fliegen und eine Kreatur dieser Größe bekämpfen konnte, würde keine Waffe brauchen, um mir zu schaden.

Ich warf ihm meinen besten bösen Blick zu.

»Bitte, Baby. Lass es mich erklären.«

Meine Augen schossen zwischen dem Wald und meinem Freund hin und her. Im Wald gab es eine Bestie, aber auf der Veranda saß ein Mann, dem die Schwerkraft nichts anhaben konnte. Einer, der mich ganz sicher angelogen hatte. Ich war mir nicht sicher, was mich mehr aus der Fassung brachte.

Was ich wirklich wollte, war zu verstehen, wie Tyr getan hatte, was er getan hatte. Weshalb er und Freya menschlich wirkten, es aber offensichtlich nicht waren. Weshalb dieser Wolf so mächtig war. Wie Tyr, wenn er ein Außerirdischer, Superheld, Mutant oder was auch immer war, überhaupt mit mir eine Beziehung haben konnte. Warum alle außer mir Henriks absolut geniale Feuerzeuge hatten.

»Ich komme jetzt rein.« Tyr kam langsam, die Handflächen nach oben, durch die Tür. Dann ging er rückwärts zum Schrank, wo er seine Armbrust und die beiden Laserkanonen aufhängte. Er schloss sanft die Tür, gab einen Code ein, von dem ich annahm, dass er den Schrank verriegelte, und schloss die Abdeckung des Tastenfeldes.

Ich hatte mich noch immer nicht bewegt.

»Darf ich dich berühren?«, fragte er.

Ich nickte. Tyr bewegte sich langsam an meine Seite. Er nahm eine meiner geballten Fäuste und zog mich von der Tür weg.

»Keine Geheimnisse mehr«, schwor er. Er zog das Feuerzeug aus seiner Gesäßtasche und warf es auf die Veranda. »Henrik hat kein spezielles Feuerzeug gemacht. Das war alles ich.«

Er streckte eine Hand aus und murmelte etwas auf Schwedisch, das ich nicht verstand. Licht schoss aus seiner Hand, und ich drehte mich, um seine Flugbahn zu verfolgen. Es traf auf etwas, das wie ein durchsichtiger Schirm am Waldrand aussah, und zog einen Bogen um das Haus in einer Halbkugel, die das Grundstück in einen silbernen Mantel hüllte. Winzige Punkte schwebten sanft von der Kuppel, wie Tausende leuchtende Schneeflocken, und bald war der Boden um das Haus mit einem glitzernden Pulver bedeckt. Tyr schnippte mit den Fingern, und das Pulver verschwand. Alles war wieder so wie vorher – als wäre der ganze Abend nie passiert.

Der Raum begann sich zu drehen, und meine Knie knickten ein. Tyr fing mich auf, bevor ich zu Boden fiel, und trug mich zum Sofa.

»Okay, *prinsessa.* Zeit für ein Gespräch.«

Er legte eine Decke über meine Beine und setzte sich neben

mich. Eine seiner Schultern war nur wenige Zentimeter von meiner entfernt. Vorsichtig drehte ich meinen Kopf, um ihn zu begutachten. Äußerlich hatte sich nichts verändert. Seine Augen waren immer noch mitternachtsblau, sein Kinn das gleiche perfekte Quadrat, und die riesigen Arme, die er vor der Brust verschränkt hatte, waren dieselben, in die ich mich so gerne schmiegte.

Aber alles fühlte sich anders an. Mir wurde klar, dass ich keine Ahnung hatte, wer dieser Mann eigentlich war, woher er kam und wozu er sonst noch fähig war. Mit Sicherheit wusste ich nur, dass ich Antworten brauchte. *Richtige* Antworten diesmal. Keine Geheimnisse mehr.

Zitternd holte ich Luft und sprach die Worte, die mein Leben für immer verändern würden.

»Wer bist du?«

Vierzehn

»Darf ich?« Tyr hielt mir seine Hand hin.

Ich nickte.

Er strich mit den Fingerkuppen über meine Handfläche. »Ich habe vielleicht etwas untertrieben, als ich dir sagte, dass ich beim Militär bin.«

»Dachte ich mir.«

»Ich diene dem *Alfödr* in einer militärischen Funktion.«

»Dem Allvater …« Ich erstarrte. »Ist das so was wie der Pate? Bist du etwa bei der Mafia?«

»Nein.« Tyr schmunzelte. »Ich diene Odin, dem *Alfödr*. Vater von allem. Herrscher über die Götter.«

»Du bist also in einer … religiösen Organisation?« Mit anderen Worten: einer Sekte. Das hatten wir in Sozialkunde gelernt. *Mitglieder sind meistens zutiefst indoktriniert.* Langsam befreite ich meine Hand und legte sie in meinen Schoß. Tyr runzelte die Stirn, aber er ließ mich los.

»Was? Nein. Lass es mich noch einmal versuchen.« Er schaute auf die Einbaulampen, dann richtete er seinen Blick wieder auf mich. »Die Sache ist die.« Er holte tief Luft. »Ich bin ein nordischer Gott.«

»Natürlich bist du das. Sieh dich an.« Das war ziemlich offensichtlich, oder?

»Nein, Mia. Ich bin eine nordische Gottheit. Im wahrsten Sinne des Wortes. Ich diene den Reichen als Gott des Krieges. Ich lebe unter Odins Kommando in Asgard und überwache den Schutz der neun Reiche durch die Vernichtung feindlicher Elemente. Ich bin ein unsterblicher Krieger und habe eine Armee von Feinden, die mich tot sehen wollen.« Er beobachtete mein Gesicht, vermutlich um eine Reaktion zu sehen.

Ich starrte ihn ausdruckslos an. Entweder hatte er einen wirklich seltsamen Sinn für Humor, oder sein gutes Aussehen hatte ihm einen Gottkomplex beschert. Auch darüber hatte ich etwas in Soziologie gelernt. »Soll das witzig sein?«

»Nicht mal ein bisschen.«

»Was tust du dann?«

Tyrs Hände umkreisten meine Handgelenke. Er verschränkte seine Finger mit meinen und hielt mich fest, als würde sein Leben davon abhängen. »Ich bin ehrlich zu dir.«

»Ich soll dir glauben, dass du der nordische Kriegsgott bist. Das ist nicht lustig. Es ist einfach nur irre.«

»Wie würdest du dann erklären, was du draußen gesehen hast?« Tyr wartete, während ich überlegte.

»Ich weiß es nicht«, gab ich zu. »Ein seltsames Wetterphänomen?«

»Glaubst du das?«

Nein. Ein Wetterphänomen würde nicht manche Objekte in die Luft befördern, andere jedoch nicht. Aber was mir Tyr da sagte, war auch nicht gerade glaubhaft.

»Du willst mir ernsthaft erzählen, dass du ein Gott bist? Und du erwartest, dass ich dich ernst nehme?« Diese Forderung war völlig absurd. Im wirklichen Leben gab es keine Götter. Sie waren der Stoff, aus dem Mythen gemacht wurden – Figuren in Märchenbüchern und Filmen. In der realen Welt gab es Menschen und Tiere und gelegentlich einen Staubsaugerroboter. Aber es gab ganz sicher *keine* Götter. Und schon gar keine Götter, die mit menschlichen Studentinnen ausgingen.

»Na ja, du hast mich geküsst. Was denkst du?«, sagte Tyr augenzwinkernd. Dann sah er auf unsere verschränkten Hände hinunter und runzelte die Stirn. Meine begannen zu zittern.

»Keine Witze mehr. Sagst du die Wahrheit?«

»Ich schwöre beim Leben meiner Schwester«, sagte Tyr. »Ich bin ein Gott. Und ein ziemlich gut aussehender, wenn ich das sagen darf.«

ACH DU HEILIGER BIMBAM. Er machte keine Witze. Entweder hatte er völlige Wahnvorstellungen, oder ich war kurz davor gewesen, meine Jungfräulichkeit einem echten Gott zu schenken. *Atme, Mia. Durch die Nase ein, durch den Mund aus. Durch die Nase ein und durch den … ach, wem mache ich was vor?* Es gab keine Möglichkeit, mich aus dieser Panikattacke herauszuatmen. Mein Freund war ein Gott. *Ein Gott. EIN GOTT.* Was in aller Welt sollte ich damit anfangen? Die Existenz mythologischer Götter passte nicht in mein Weltbild, und mit einem solchen auszugehen, gehörte ganz sicher nicht zu meinem Fünfjahresplan. *Ach du grüne Neune!* Irgendwie war ich in einer Liveversion dieser Teeniefilme mit glitzernden Vampiren gelandet. Nur war ich nicht mehr die schwärmende Schülerin, sondern konnte mich kaum noch zusammenreißen.

»Du bist ein Gott?«, flüsterte ich.

»Ja«, antwortete Tyr schlicht.

»Wirst du mir wehtun?«, fragte ich.

»Was? Nein. Wie kommst du denn darauf?« Er drückte sanft meine Hände, dann streichelte er meine Wange. Zum ersten Mal lehnte ich mich nicht gegen seine Berührung. Alles an ihm fühlte sich gleich an – seine Finger ließen meine Haut immer noch brennen, und der leidenschaftliche Blick in diesen stahlblauen Augen ließ mein Herz wie verrückt schlagen. Aber absolut alles hatte sich verändert. *Alles.*

»*Deshalb.* Das ist eine wirklich beängstigende Sache.«

»Es muss nicht beängstigend sein. Wir sind die Guten.« Er streichelte meine Schläfen, und meine Hände beruhigten sich.

»Wir? Es gibt noch mehr von euch?«

»Ja, natürlich. Es gibt mich, Henrik …«

»Henrik auch?«

»Henrik auch. Brynn. Freya.«

Heiliger Strohsack. Die Hälfte meines Freundeskreises steckt da mit drin?

»Es gibt Hunderte von uns. Wir kämpfen für *ære* – das ist ein norwegisches Wort und bedeutet …«

»Ich dachte, ihr sprecht alle Schwedisch.«

»Skandiwegisch, weißt du noch? Da wir alle skandinavischen Länder vertreten, versuchen wir, auch alle abzudecken.« Tyrs Lächeln wirkte angespannt. »Und *ære* bedeutet Ehre, Ruhm, Tugend, das höhere Wohl. Wir existieren, um die neun Reiche zu schützen, und wir sind bereit, dafür zu sterben.« Er hielt inne. »Baby, du wirst ja ganz bleich.«

»Stimmt.« Mühsam atmete ich durch. »Warte, Götter können nicht sterben. Sie sind Götter. Ihr seid Götter. Oh Gott!« Das war Wahnsinn. *Völliger Wahnsinn.* Mein Freund stammte geradewegs aus einem Märchen.

Und er war nicht der Märchenprinz.

»Götter können sterben, Mia. Unsterblich zu sein, bedeutet nicht, immun gegen den Tod zu sein. Es bedeutet, dass wir weiterleben, bis wir getötet werden. Wir werden nicht krank oder sterben an Altersschwäche, wie es Sterbliche tun. Unser Körper altert extrem langsam.«

»Wie langsam?«, platzte ich heraus. Irgendetwas sagte mir,

dass mein Freund, der wie ein Student aussah, mich über sein Alter angelogen hatte. *Unter anderem …*

Tyr legte seine Stirn in Falten, der universelle Gesichtsausdruck des Kopfrechnens. »Ich glaube … ungefähr mit einem Fünfzigstel der Geschwindigkeit eines Sterblichen. Während du also leicht fünfzig Jahre alt werden könntest, bevor du alt aussiehst, könnte ich zweitausendfünfhundert Jahre alt werden, bevor ich das gleiche Aussehen annehme.«

»Fantastisch.« Ich kniff die Augen zusammen und sprang vom Sofa auf. »Dann bist du jetzt schon, was, tausend Jahre alt?«

»Fast.« Tyr starrte mich an. Ich starrte zurück. Das war alles so verrückt. Und kompliziert. In meinem Kopf wirbelten eine Million Gedanken herum, doch mein Gehirn konnte keinen davon verarbeiten. Ich begann vor dem Sofa auf und ab zu gehen.

»Du bist ein Gott.«

»Immer noch ja.«

»Und du kannst … Göttersachen machen?«

»Ja«, wiederholte Tyr.

»Was für Sachen? Was sind deine Kräfte?«

»Das ist ein bisschen kompliziert.« Tyr fuhr sich durch die Haare. »Wie du gesehen hast, kann ich fliegen, ich kann Schutzschilde erschaffen, meine Hände sind ziemlich zuverlässige Waffen – damit kann ich andere schwächen und verzaubern. Ich habe ein paar übersinnliche Fähigkeiten, die mir helfen, böse Geister und schlechte Auren aufzuspüren. Ich kann Dinge herbeizaubern und verschwinden lassen, und ich habe ein paar Heilfähigkeiten, alles ziemlich alltägliches Verteidigungszeug. Ist wirklich keine große Sache.«

»Entschuldige, aber es ist eine *ziemlich* große Sache.« Ich hielt inne und drückte Tyr meinen Finger ins Gesicht, die linke Hand in die Hüfte gestemmt. »Du bist ein unsterblicher Gott, der in einer Universitätsstadt herumläuft, seine Schwester beschützt und mörderische Wölfe abwehrt, wie eine Mischung aus Verbindungsbruder und Pfadfinder. Was laut Jason ein weiterer totaler Mythos ist. Wenn das, was du bist und was du tust, nicht völlig gaga ist, dann weiß ich auch nicht.«

Tyrs Mundwinkel zuckten. »Hast du mich gerade gaga genannt?«

»Du hast mich angelogen. Du darfst mich nicht auslachen.« Ich zupfte an meinem Haar.

Tyr griff nach meiner Hand. »Ich bin immer noch ich.« Sein Mundwinkel verzog sich zu einem verschmitzten Grinsen, und einen Moment lang war ich fasziniert von seinem strahlenden Lächeln, seinen strahlenden Augen und der Art und Weise, wie seine Bartstoppeln sein ohnehin schon markantes Kinn betonten, als er sprach. »Und ich habe dich nie angelogen, außer bei der Sache mit dem Feuerzeug. Ich bin von Schweden hierher gezogen, ich habe ein Portal zwischen Midgard und einem der dunklen Reiche deaktiviert. Ich bin mit Henrik und Brynn aufgewachsen, die Anderssons nahmen uns auf, und Brynn wohnte nebenan. Und ich habe meine Eltern an den Wolf verloren. Ich habe nur ein paar Fakten ausgelassen.«

»Das sind aber ganz schön viele Fakten«, murmelte ich. »Was machst du denn hier? Warum bist du nicht im Himmel?« Ich wollte wieder nach meinem Haar greifen, aber Tyr hielt meine Hand fest.

»Man nennt es Asgard. Es ist so schön, wie sich viele Sterbliche ihren Himmel vorstellen – große sanfte Hügel, grasbewachsene Wiesen, eine Trauerweide mit Blättern aus echtem

Silber, Burgen … aber es ist kein besonders friedlicher Ort. Unser Reich ist ständigen Angriffen ausgesetzt, und die meisten unserer Bewohner werden für militärische Aufgaben ausgebildet. Ähnlich wie die Menschen haben wir eine große Armee, mit Soldaten, Kommandeuren und einem Eliteteam. Und sie sind alle mir unterstellt. Der Einzige, der über mir steht, ist Odin.«

Oh, heiliges Kanonenrohr. Er war tatsächlich der Gott des Krieges.

»Hör auf, vor mir zurückzuweichen. Komm her.« Tyr zog eine Augenbraue hoch, und ich setzte mich widerwillig hin. Am liebsten wäre ich nach Hause in das kleine Haus im Daffodil Drive gerannt und hätte wie am Spieß geschrien, aber draußen vor der Tür stand ein riesiger Wolf … und ein riesiger blonder Typ hier drinnen. Langsam fügten sich die Teile des Puzzles zu einem Gesamtbild zusammen.

»In den Wäldern«, flüsterte ich. »An meinem ersten Tag hier. Da hat mich wirklich ein Wolf angegriffen. Du warst da. Ich habe mir das nicht eingebildet. Oh mein Gott, der Wolf draußen ist der Wolf, der hinter mir her war.« Ich begann wieder zu zittern.

»Du hast es dir nicht eingebildet.« Tyr streichelte mir beruhigend über den Arm.

»Aber ich war verletzt – er hat mich bis auf den Knochen gebissen. Warum war da kein Blut?« Ich berührte meinen Unterarm.

»Bist du sicher, dass du das wissen willst?«

»Ich bin mir ziemlich sicher, dass nichts, was du mir sagen kannst, mich mehr schockieren würde als ›*Ich bin ein nordischer Gott,* prinsessa.‹«

Tyr grinste. »Hübscher Akzent.«

»Wie auch immer. Sag mir, warum ich nicht verletzt wurde.«

»Ich habe dich von Freya heilen lassen.«

Das konnte ich auf keinen Fall richtig verstanden haben. »Wie bitte?«

»Ich musste mich um den Wolf kümmern, und ich wusste, dass es dich ziemlich schlimm erwischt hatte. Ich rief Freya herbei, sie kam über den Bifröst …«

»Den was?«, fragte ich.

»Den Bifröst. Das ist die Regenbogenbrücke, über die wir zwischen den Welten reisen. Heimdall bewacht sie und lenkt sie dorthin, wo wir sie brauchen.« Tyr strich mir mit der Hand über die Schultern. »Brauchst du wieder die Decke? Du zitterst immer noch.«

»Schon gut. Ich bin nur geschockt, dass mein Freund mit dem Regenbogen reist, mehr nicht.«

»Das ist nicht so toll, wie es klingt.« Tyr schnappte sich die Decke vom Sofa und legte sie mir um die Beine. »Es dauert Jahrhunderte, bis man die Reisekrankheit überwunden hat.«

»Ich werde versuchen, daran zu denken.« Ich zog die Decke bis zu meiner Taille hoch. »Das nächste Mal, wenn ich einen Regenbogenbus nehme oder mit meinem Regenbogenfahrrad fahre oder … Hat mich Freya wirklich geheilt?«

»Das hat sie. Der Wolf war völlig außer sich, und ich musste ihn von den Menschen weglocken, also habe ich Freya gerufen. Als sie dich verbluten sah, wusste sie, was zu tun war. Kurz darauf kam Brynn dazu, und Freya ließ dich zurück, um mir zu helfen, das Tier zu bändigen. Leider haben wir ihn verloren, als er durch ein Portal rannte.«

Ich blinzelte. »Er ist durch den Regenbogentunnel zurückgelaufen?«

»Brücke«, korrigierte Tyr. »Und nein. Das war der Plan – wir hatten gehofft, ihn zurück in den Kerker von Asgard zu bringen. Aber als ich Heimdall rief, er solle den Bifröst öffnen, lief der Wolf los. Es gelang ihm, selbst ein Portal zu öffnen, und er verschwand.«

»Hast du das an dem Tag befürchtet, als ich Elsas Hütte fand? Hattest du Angst, dass jemand aus einem Portal in der Nähe gekommen ist?« Ich drückte meine Knie an die Brust. »Du hast so getan, als würde jeden Moment etwas hinter einem Baum hervorspringen.«

»Ich dachte, ich hätte den Wolf am Nachmittag im Wald gesehen, aber Henrik hat später in der Nacht alles abgesucht und keine Rückstände gefunden.«

»Rückstände?« Ich hielt inne. »Rückstände von was?«

Tyr runzelte die Stirn. »Als der Wolf an jenem Tag verschwand, habe ich mich als Erstes vergewissert, dass es dir gut geht. Freya hatte dich so gut geheilt, wie es mir möglich gewesen wäre, also ließ ich dich in Brynns Obhut und untersuchte das Portal, aus dem das Monster entkommen war. Es enthielt starke Spuren dunkler Magie. Der Wolf hat selbst keine Magie – nur rohe Kraft. Das bedeutet, dass etwas Böses auf der anderen Seite des Portals ihm geholfen hat zu entkommen. Jemand mit viel dunkler Macht arbeitet mit ihm zusammen. Das ist nicht gut.«

Tyr legte schützend einen Arm um mich und streichelte mit dem anderen über meinen verspannten Nacken. Ich zuckte zusammen, als er eine besonders empfindliche Stelle berührte. Er drückte sanft auf den Knoten, und der Schmerz ließ nach.

Kein Wunder, dass er so gut mit seinen Händen war. Er war ein Gott.

»Wollen die dich umbringen?«, flüsterte ich.

»Das glaube ich nicht. Ich glaube, sie wollen mich brechen.«

»Dich brechen? Warum?«

»Weil ich die erste und letzte Verteidigungslinie zwischen den Monstern der Unterwelten und Asgard bin. Wer auch immer dem Wolf hilft, muss wissen, dass ich mich wegen der Taten dieses Monsters sehr schuldig fühle – er wäre schon vor Jahrhunderten hingerichtet worden, wenn ich nicht eingegriffen hätte. Und ich glaube, sie hoffen, dass diese Schuld mich irgendwann in den Wahnsinn treiben wird. Wenn ich mich gegen mein Reich wenden oder auch nur meinen Posten aufgeben würde, wäre der Weg zu Odin und dem Thron frei. Ein freier Platz an der Spitze des Kosmos«, erklärte Tyr.

»Wenn diese bösen Jungs hinter dir her sind, warum bist du dann hier? Solltest du nicht in Asgard sein und den … den Thron beschützen?« Habe ich das überhaupt richtig gesagt?

»Ich bin hier, um meine Schwester zu beschützen. Asgard sollte der sicherste Ort für sie sein, aber genau dort hat der Wolf sie erwischt. Freya und ich vermuten, dass er mit einem Maulwurf zusammenarbeitet, also brachten wir sie in die verschlafenste Stadt, die wir finden konnten, im entlegensten Reich des Kosmos.«

»Warum die Erde? Wenn der Wolf so leicht kommen und gehen kann, wäre sie dann nicht woanders sicherer? Vielleicht in dem Reich mit all den Elfen?« Die hatten in diesem *Herr der Ringe*-Film ziemlich kriegerisch ausgesehen.

»Weil Midgard – die Erde – zum größten Teil unter dem Radar fliegt. Es gibt nicht genug Böses, damit sich die Jotunn, Feuerriesen oder Dunkelelfen die Mühe machen hierherzukommen. Die Lichtelfen verlassen Alfheim nur selten, und die Zwerge haben auch keine Lust, ihr Reich zu verlassen. Wir dachten, Midgard wäre der beste Ort, um sie zu verstecken.«

Tyr zuckte mit den Schultern. »Wir haben uns geirrt. Aber obwohl der Wolf an dem Tag, an dem er dich angegriffen hat, im Wald war, hat er Elsas Hütte immer noch nicht gefunden. Und dieses Haus hätte er auch nicht finden sollen. Ich hatte keine Ahnung, dass jemand die Verteidigungsanlagen um das Gebäude herum durchbrechen könnte. Ich habe neue Zauber ausgesprochen, die ihn aufhalten sollten.«

»Der Glitzerschneesturm?« Nervös kaute ich auf meiner Unterlippe herum. Wenn Tyrs alter Schutz nicht gehalten hatte, warum glaubte er dann, dass dieser neue es konnte?

»Das klingt zwar ein bisschen flapsig, aber ja. Der Glitzerschneesturm.« Tyr streichelte über mein Haar. Die Besorgnis in seinen Augen war ein Hinweis darauf, dass er mich zu beruhigen versuchte.

Streichle weiter, Herkules.

»Das Tier, gegen das du gekämpft hast, ist es das gleiche, das … Hat es …?« Ich wusste nicht, wie ich die Frage stellen sollte.

»Er hat meine Eltern getötet, ja.«

»Aber du hast gesagt, der Mörder deiner Eltern gehörte praktisch zur Familie.« Mitgefühl machte sich in meinem Bauch breit. »Ist diese Bestie dein Haustier gewesen?«

»In gewisser Weise. Sein Name ist Fenrir, und er ist ein Wolf. Mein Wolf. Er ist der Sohn von Loki und einer Riesin.«

Mein Mund klappte auf, während ich in Gedanken meine Karteikarten für Kunstgeschichte durchblätterte. *Loki, Loki, ah! Loki.* Loki war der dunkle Fleck auf Asgards ansonsten makellosem Stammbaum. Das schwarze Schaf, das sich daran erfreute, den anderen Göttern zu schaden. Und obwohl die Bücher nahelegten, dass Loki weitgehend missverstanden wurde, deutete sein Verhalten für mich darauf hin, dass er eine ernsthafte

Lektion in Sachen Moral nötig hatte. Und möglicherweise einen verschreibungspflichtigen Stimmungsstabilisator.

»Als Fenrir geboren wurde, sagten unsere Propheten voraus, dass sein Verrat das Ende Asgards bedeuten würde. Odin wollte ihn töten, aber ich flehte ihn an, es nicht zu tun. Er war noch ein Welpe, und es erschien mir falsch, ihn für ein Verbrechen sterben zu lassen, das er noch nicht begangen hatte. Odin gab ihn in meine Obhut, mit der Auflage, Fenrir einzusperren, sobald er aus der Reihe tanzt. Ich war damals jung, vielleicht so alt wie ein sechs- oder achtjähriges Menschenkind, und fest entschlossen, Fenrir zu retten. Ich zog ihn auf und versuchte, ihn zu lehren, was richtig und was falsch ist. Ich verbrachte so viel Zeit mit ihm, wie es meine Ausbildung zuließ.«

»Was ist passiert?« Ich verspürte einen Stich im Herzen.

»Er konnte seine Natur nicht besiegen. Er wurde in der Dunkelheit geboren, und es war ihm bestimmt, die Götter zu hassen. Ich war nicht stark genug, um ihn zu erziehen. Er drehte durch, brachte meine Eltern um und lief weg. Ich gab einen Tötungsbefehl auf ihn aus, als ich den Titel des Kriegsgotts übernahm, aber zu dieser Zeit prophezeiten die Nornen, dass die Götter Fenrir bei Ragnarök als Verhandlungsinstrument benutzen würden – anscheinend ist seine weitere Existenz eine Voraussetzung, um die totale Vernichtung Asgards zu verhindern. Als er das hörte, setzte sich Odin über meinen Befehl hinweg und gab stattdessen den Befehl, den Wolf zu ergreifen. Dann griff Fenrir Elsa an. Seitdem versuchen wir, ihn einzufangen.«

»Oh, Tyr«, flüsterte ich. »Das tut mir so leid.«

»Mir auch. An Fenrir ist nichts normal, nicht mal nach unsterblichen Maßstäben. Er ist teuflisch schlau. Er ist gefühllos, hinterhältig und grausam. Trotz allem, was ich versucht habe, ihm beizubringen, hat er die schlimmsten Seiten seiner Eltern übernommen und sich in dieses abscheuliche Wesen verwandelt. Er mag wie ein Wolf aussehen, aber innerlich ist er ein berechnendes Superhirn. Ich mache keine Witze, Mia. Er ist ein Monster geworden – oder vielleicht war er es schon immer, und ich war nur ein Idiot. Ich weiß es nicht mehr. Mein Späher in Muspelheim hat Fenrir jetzt zweimal bei den Feuerriesen gesehen. Vielleicht arbeitet er mit ihnen zusammen, aber es ist auch möglich, dass er sich mit einem der Dunkelelfen oder mit Jörmungandr verschworen hat.«

»Mit wem?« Ich schlang meine Arme fester um die Knie.

»Die Midgardschlange. Es gibt eine Seeschlange, die buchstäblich um eure Welt kreist.«

Tyr wirkte absolut ernst. Das war kein Witz.

»Völlig absurd. So etwas würde man doch auf Satellitenfotos sehen. Und in keiner wissenschaftlichen Fachzeitschrift wurde jemals eine um die Welt kreisende Schlange erwähnt.«

»Sie ist getarnt, Mia. Glaubst du, Odin würde die Sterblichen so etwas wissen lassen?«

»Oh.« Wieder begann ich zu zittern. Tyr legte seine Hand auf meinen Rücken und zog beruhigende Kreise. Ich empfand eine Mischung aus Angst und Behagen.

»Also, was sagen die Nornen über Fenrir? Abgesehen davon, dass er ein Verhandlungsobjekt sein wird?«

Tyrs Stirnrunzeln wirkte, als wollte er die Traurigkeit in seinen Augen verdrängen. »Die Nornen sagen, Fenrir sei der berechnendste Dämon, den die Reiche seit Jahrhunderten gesehen haben. Aber dass er uns lebend nützlicher ist als tot.«

»Das ist alles?«

»Wir bekommen eine Erklärung für das große Ganze, so ähnlich wie eure Glückskekse.«

»So was wie *Ein wundersames Paket kommt auf Sie zu?* Das stand nämlich in meinem letzten.«

Tyr lächelte. »Deine Glückskeks-Prophezeiung ist wahr geworden, Baby.«

»Hör auf damit.« Ich musste unwillkürlich lächeln. »Stört es dich, dass du nicht mehr weißt?«

»Die Nornen sagen, dass das Teilen aller Details die Freude am Leben nehmen würde, aber ich bin anderer Meinung.«

»Eben. Sie haben all diese Informationen, und sie tun nichts, um den Guten zu helfen.« In diesem Punkt waren wir uns einig.

»Details sind Daten. Man kann sie verarbeiten, planen. Je mehr ich über eine bestimmte Situation weiß, desto mehr kann ich sie zum Schutz der Reiche manipulieren. Ich habe besonderen Zugang zu einigen ausgewählten Akten, denn in meinem Fall ist Wissen buchstäblich Macht. Und mein spezieller Zugang hat mich auf den Hack aufmerksam gemacht.«

»Der Hack?«, fragte ich.

»Jemand hat sich in das Sicherheitssystem der Nornen gehackt und die Dateien mit den Schicksalen der Aesir gestohlen.«

»Die Aesir?«

»Die Götter von Asgard sind die Aesir. Die Götter eines anderen befreundeten Reiches, Vanaheim, sind die Vanir«, erklärte Tyr.

»Ach ja, richtig. Moment mal, jemand hat sich in eure Dateien gehackt?« Ich hob eine Hand. »Welche Art von Sicherheitssystemen haben denn Götter? Sind eure Computer mit Zaubersprüchen belegt? Oder eure Aktenschränke?« Auf welchem technischen Niveau befand sich die Datenspeicherung von Asgard?

»So ungefähr.« Tyr bewegte seinen Daumen kreisförmig über meine Schulter, aber meine Muskeln waren völlig verspannt. Sollte eine Massage das alles wieder in Ordnung bringen? »Asgards Technologie ist ziemlich fortschrittlich. Die Nornen halten ihre Prophezeiungen auf einer digitalen Tafel fest, die in einem bestimmten System codiert ist. Sie erlauben nur einer Handvoll Götter den Zugriff darauf. Die Tafel ist in einem Tresor eingeschlossen, für den ein Netzhautscan erforderlich ist, und das Ganze wird von Lasern überwacht. Dann legen wir noch einen Zauber über das ganze System. Wenn sich jemand auf zwanzig Meter der Kuppel nähert, der keinen Zugang hat, verändert sich die Atmosphäre, die den Tresor umgibt, und die Prophezeiungen implodieren.«

Das alles hörte sich an wie ein futuristischer Actionfilm. »Meine Güte. Ihr seid aber gründlich.« Und gruselig. Wer bitte ließ Dinge implodieren?

»Das ist der Plan. Wie auch immer, eines Tages, als ich noch in der Ausbildung war, ging ich hinein, um zu bestätigen, dass ein Portal nach Svartalfheim nicht wieder geöffnet werden konnte. Einige der Akten fehlten – darunter Elsas Prophezeiungen und die meiner Eltern.« Tyr ließ den Kopf sinken. »Fenrir, oder wer auch immer mit ihm zusammenarbeitet, muss etwas damit zu tun gehabt haben.«

»Und wie geht es dir dabei?«, fragte ich sanft.

»Das macht mich einfach krank. Es ist meine Schuld, dass er all diese Zerstörung anrichtet.« Tyr ballte eine Hand zur Faust. »Aber ich werde es wiedergutmachen. Wenn er letztlich hinter mir her ist, wird er zurückkommen. Henrik und ich bereiten uns darauf vor.«

»Wie?«

Tyr räusperte sich. »So gern ich Fenrir auch töten würde,

die Prophezeiung der Nornen hat diese Möglichkeit zunichte gemacht. Strategisch gesehen weiß ich, dass er mehr als nur ein Druckmittel für uns sein wird. Er wird uns auch Informationen liefern können – er wird uns sagen, mit wem er zusammenarbeitet und auf wen sie es abgesehen haben.«

»Du kannst mit dem Wolf kommunizieren?« Das klang völlig irre.

»Das kann ich.«

»Oh Mann …«

Tyr beobachtete mich aufmerksam und mit Sorge in den Augen. Wahrscheinlich sah ich aus, als würde ich jeden Moment durchdrehen. *Vielleicht tue ich das auch …*

»Fenrir ist zu einem Monster herangewachsen, das ich nicht kontrollieren kann, und wenn er überleben soll, dann muss er gefesselt werden. Wir haben die Zwerge davon überzeugt, eine spezielle Fessel für uns anzufertigen – ein magisches Seil, das das mächtigste Tier der Reiche halten kann.«

»Ernsthaft jetzt, Zwerge? Wie in *Schneewittchen?*«

Tyr verzog sein Gesicht. »Schön wär's. Diese Zwerge singen nicht, und sie schürfen auch nicht nach Edelsteinen. Sie sind bösartig, hinterhältig und manipulativ. Man muss im Umgang mit ihnen vorsichtig sein. Aber sie sind extrem fleißige Arbeiter – sie haben einige der mächtigsten Waffen Asgards geschaffen. Und sie haben versprochen, dass sie mir eine Kette machen, die Fenrir halten kann, wenn ich ihnen die richtigen Zutaten bringe. Wir können ihn an einem Ort einsperren, an dem er nie wieder jemandem etwas antun kann.«

»Also sammelst du die Zutaten? Das tust du also, wenn du verschwindest?« Allmählich fügten sich die Puzzlestücke zusammen.

»Genau.«

»Wie viele müsst ihr denn noch finden? Zutaten, meine ich?«

»Nur noch zwei. Bärennerven und Fischatem.« Tyr zuckte mit den Schultern. »Ein Kinderspiel.«

Ich verlagerte mein Gewicht so, dass ich ihn ansehen konnte. »Merkst du eigentlich, wie verrückt das klingt? Warum bleibst du bei all dem so ruhig? Warum flippst du nicht aus?«

»Baby, ich bin der Gott des Krieges. Was denkst du, was ich bei der Arbeit sehe?«

Ich rang mit den Händen.

»Hey.« Er hob mein Kinn mit einem Finger an. »Du brauchst keine Angst zu haben. Ich hab das im Griff.«

»Bärennerven und Fischatem? Und schon ist der Killerwolf außer Gefecht gesetzt. Oh, und du bist ein unsterblicher Kriegsgott, der etwa neunhundertdreiundachtzig Jahre älter ist als ich. Aber ich soll keine Angst haben?« Mir drehte sich der Magen um. Diese ganze Situation war so überwältigend, dass mir übel wurde.

»Nicht ganz. Es sind eher neunhundert Jahre bei dir, höchstens. Aber ansonsten, ja. Du brauchst keine Angst zu haben. Willst du mir helfen, den Rest der Zutaten zu sammeln? Es wäre schön, Gesellschaft zu haben.«

Ich runzelte die Stirn. Sosehr ich auch mit all dem einverstanden sein wollte, war dem in Wahrheit einfach nicht so. Zumindest noch nicht. Mein analytischer Verstand brauchte Zeit, um sich zu entspannen.

»Ich glaube, ich muss über all das noch mal nachdenken, bevor ich mich kopfüber in diese Sache stürze. Du verlangst von mir, dass ich mich auf ein Leben einlasse, von dem ich nichts weiß. Und sosehr ich dich auch mag, bin ich mir ehrlich gesagt nicht sicher, ob ich das tun kann.«

Mit klopfendem Herzen beobachtete ich, wie Tyr meine Worte aufnahm. Mit gesenktem Blick ließ er mein Kinn los. »Ich verstehe. Du brauchst etwas Abstand von mir.«

»Ein bisschen«, gab ich zu. »Du hast mir in kurzer Zeit viel zugemutet. Gestern warst du noch mein Freund aus Schweden. Anders vielleicht, aber ein normaler Mensch. Und heute bist du der nordische Kriegsgott, der über eine Regenbogenbrücke durch neun Reiche reist und böse Monster bekämpft. Das ist irgendwie … irgendwie …«

»Unglaublich?« Tyr nickte. »Dein Gehirn kann mich nicht einordnen, oder?«

»Nein.« Ich schüttelte den Kopf.

»Und das macht dich verrückt, nicht wahr?«

»Ja, so ziemlich.«

»Hmm. Kannst du das einordnen?« Tyr legte seine Hände auf meine Wangen und zog mich an sich. Er küsste mich mit einer Intensität, die mir den Atem verschlug. Dort, wo er mich am Hals und Arm streichelte, hinterließ er ein warmes Kribbeln. Doch als er die Stelle erreichte, an der mich der Wolf gebissen hatte, wurde alles zu Eis.

Tyr hob den Kopf, als ich erstarrte. »Alles okay?«

Ich schüttelte den Kopf und begann zu schluchzen.

»Mia.« Tyr schlang beide Arme um mich. »Warum weinst du?«

»Weil«, heulte ich, »ich dich wirklich, wirklich, wirklich gern habe.«

»Ich habe dich auch gern.«

»Und ich will nicht, dass der Riesenwolf dich tötet!«, schluchzte ich und wischte mir die Nase am Ärmel meines Pullovers ab. »Das ist alles einfach so … so …«

»Oh, Süße.« Wieder nahm er mein Gesicht in seine Hände.

»Ich werde mich immer um uns kümmern. Das weißt du doch, oder?«

Ich nickte.

»Komm, ich sollte dich besser nach Hause bringen. Du bist wahrscheinlich ziemlich erschöpft. Und ich bezweifle, dass du hierbleiben willst.«

»Okay«, flüsterte ich.

»Mach dir keine Sorgen, ja? Henrik und ich haben dieses Haus unter Kontrolle. Und Brynn wird dafür sorgen, dass du bei dir zu Hause auch sicher bist.«

»Das kann Brynn?«, fragte ich.

»Brynn ist eine von Freyas stärksten Kampfgöttinnen – sie ist eine Walküre.«

Fünfzehn

»Was zum Kuckuck?« Ich riss die Tür zu Brynns Zimmer auf und stürmte hinein. Sie lümmelte gemütlich auf ihrem Bett und las *Stolz und Vorurteil.*

»Auch dir *hei hei.*« Brynn ließ ihr Buch sinken.

»Du bist eine Göttin? Eine verflixte Kampfgöttin?«

»Pst!« Brynn sprang von ihrem Bett auf, rannte zur Tür und steckte ihren Kopf in den Flur, bevor sie sie hinter sich schloss.

»Oh, sie sind nicht zu Hause. Und sieh mich nicht so an. Wenn hier jemand wütend sein darf, dann ich.« Ich verschränkte die Arme. »Wieso hast du das nie vorher erwähnt?«

»Ich konnte es dir nicht sagen. Und irgendwie war nie der richtige Zeitpunkt.« Brynn hob trotzig ihr Kinn.

»Versuch das gar nicht erst. All unsere Maniküre-Sessions, die Spaziergänge zum Campus, die Nachmittage im Labor – niemals, nicht ein einziges Mal, hättest du erwähnen können, dass du kein Mensch bist?«

»Warum hat er es dir gesagt? Es muss etwas Großes passiert sein.« Brynn ging an den Rand ihres Bettes. Sie tätschelte die Matratze, und ich setzte mich neben sie.

»Ein Riesenwolf hat das Haus angegriffen«, murmelte ich.

Brynn riss die Augen auf. »Ist er …«

»Alles in Ordnung.« Ich winkte ab. »Tyr und Freya sind in der Einfahrt mit ihren Weltraumkanonen herumgeflogen, und der Wolf ist wieder verschwunden. Freya ist nach Hause gegangen, und Tyr hat mich hierhergebracht. Alles ist in bester

Ordnung. Außer dass mein Freund und meine Mitbewohnerin unsterbliche Krieger sind.«

»Ziemlich abgefahren, oder?« Brynn strahlte.

Mein Kopf sank in meine Hände. Es war ein lächerlich langer Tag gewesen.

»Hat er dir das mit dem Fliegen gezeigt? Nur einige von uns können das. Ich nicht, hab das Gen nicht bekommen.« Brynn hüpfte neben mir herum. »Ist das nicht cool?«

»Äh …«

»Und die ›Weltraumkanonen‹? Henrik und ich haben sie gemacht. Das sind nano-molekulare Teilchenbeschleuniger.«

»Das heißt?« Ich hob den Kopf.

»Die lassen dich implodieren. Krass, oder?«

Was hatten diese Leuten nur immer mit implodieren? »Warum hüpfst du immer noch?«

»Weil ich so aufgeregt bin!« Brynn zog die Knie unter sich. »Jetzt müssen wir nicht mehr diese dummen ›Nachbarn aus Schweden‹-Geschichte erzählen. Die war so blöd. Henriks Idee. Ich habe Tyr gesagt, dass du mit der Wahrheit umgehen kannst. Du bist taffer, als du aussiehst.«

»Äh … danke?«

Brynn verdrehte die Augen. »Du weißt, was ich meine. Du kommst süß und zart rüber, aber du bist knallhart. Hast du irgendwelche Fragen? Über uns, meine ich.«

»Willst du, dass ich ganz oben auf der Liste anfange oder ganz unten?« Ich befühlte den Rand ihrer Bettdecke.

Brynn wirkte so aufgeregt wie ein Kind am Weihnachtsmorgen. »Ich weiß, es klingt verrückt, aber wir sind eigentlich gar nicht so anders als ihr.«

»Außer dass ihr göttlich seid. Aus einer anderen Welt, einem anderen Reich, was auch immer. Ihr widersetzt euch den

Gesetzen der Physik, habt seltsame Weltraumwaffen und könnt nicht sterben. Außer …« Ich brach ab. Außer ihr werdet ermordet.

»Hat dir Tyr die Unsterblichkeit erklärt?«, fragte Brynn.

Ich nickte.

»Wie alt bist du?«, fragte ich zaghaft.

»Nicht so alt. In sterblichen Jahren vielleicht … ich glaube achthundertneunundvierzig?« Brynn beugte sich vor, ihr Gesicht sprudelte vor Freude förmlich über. »Nächsten Juli hab ich Geburtstag.«

»Du wirst achthundertfünfzig?« Ich bemühte mich, nicht das Gesicht zu verziehen. Und das sollte jung sein?

»Ein großes Ereignis, oder? Ich überlege, einige dieser Freizeitparks in Südkalifornien zu besuchen.« Ihre Hände flogen an ihre Wangen. »Oh, oh! Würdest du mich begleiten?«

»Ähm, na klar. Vielleicht bekommst du ja einen Seniorenrabatt.«

»Ha.« Brynn setzte sich im Schneidersitz hin. »So, jetzt können wir reden. Also hier sind die Regeln. Frag mich alles, was du über uns oder Asgard wissen willst, was wir tun oder was auch immer. Aber du darfst mich nicht nach Tyrs Ex-Freundinnen fragen – da waren ein paar Verrückte dabei, und ehrlich gesagt, die sind es nicht wert, erwähnt zu werden. Und verlange nicht von mir, dass ich dir erkläre, was mit ihm und Freya los ist – sie sind beste Freunde und haben kein romantisches Interesse aneinander, also brauchst du dir keine Sorgen zu machen.«

Ich zog eine Augenbraue hoch.

»Ach, komm schon. Es ist doch offensichtlich, dass dich diese Sache verrückt macht.«

»Ich dachte, die beste Freundin meines Freundes wäre ein

Supermodel. Doch wie sich herausstellt, ist sie eine buchstäbliche Göttin«, murmelte ich. »Das ist einfach nicht normal.«

»Sie ist toll. Glaub mir. Also, was willst du wissen?«

»Keine Ahnung. Fang mit den Grundlagen an. Habt ihr jemals wirklich in Schweden gelebt?«

»Ja.« Brynn nickte. »Wir haben dich in dem Sinne nicht angelogen. Eine Zeit lang haben wir wirklich in Malmö gelebt. Tyr musste ein Portal nach Jotunheim ausfindig machen und zerstören, das jemand vor der Küste geöffnet hatte. Aber vor Malmö gab es noch Trondheim in Norwegen. Ein weiteres Portalproblem, diesmal nach Muspelheim. Und vor Trondheim war es Asgard.«

»Erklär mir diese Portale. Sind sie wie das, durch das Fenrir herkam?«

»Ja. Du weißt davon?« Brynn blinzelte.

»Tyr sagte, jemand hätte mithilfe dunkler Magie ein Portal geöffnet und ihn nach Hause geholt.«

»Okay. Also, Aesir sind ziemlich mächtig – normalerweise reisen wir mit dem Bifröst, unserer Regenbogenbrücke, aber wenn wir in der Klemme stecken, können wir ein Portal öffnen. Das ist eine Art Wurmloch, das uns dorthin bringt, wo wir hinmüssen. Tja, und in den letzten fünfzig Jahren hat jemand aus einem der bösen Reiche, wie Muspelheim oder Jotunheim oder Helheim …«

»Ihr habt eine Menge Heime.«

»Haben wir«, stimmte Brynn zu. »Jemand aus einem dieser Orte hat also mit dunkler Magie Portale in die skandinavischen Länder geöffnet. Wir wissen nicht, warum sie es auf diese Region abgesehen haben, und wir konnten auch nicht herausfinden, wer dafür verantwortlich ist. Aber jedes Portal, das wir gefunden haben, weist Rückstände von dunkler Magie auf, was bedeutet, dass etwas Böses sie öffnet. Surtr, der Anführer der Feuerriesen in Muspelheim, hat haufenweise dunkle Macht. Und Hel, die Herrscherin der Unterwelt, verfügt über alle möglichen schwarzen Kräfte. Sie ist ein absoluter Albtraum.«

»Die Herrscherin der Unterwelt ist eine Frau?« Ich strich die Bettdecke glatt. Der Stoff fühlte sich unter meinen Fingerspitzen sehr weich an. Ich fragte mich, ob Brynn ihn aus Asgard mitgebracht hatte. Wie hoch die Fadenzahl da oben wohl ist. Oh Mann.

»Ja, natürlich. Wer sonst könnte mit so vielen bösen Geistern umgehen? Glaubst du, ein Kerl hätte die Geduld für das ganze Gezänk, das da unten stattfindet?« Brynn zuckte mit den Schultern. »Ihr Vater ist Loki. Er hat mit einer Riesin geschlafen und drei Ungeheuer mit ihr gezeugt – Fenrir, Jörmungandr und Hel. Sie ist zweifellos die Schlimmste der drei.«

Der Wolf, die Schlange und die Hüterin der Unterwelt sind Geschwister?

»Wird Tyr sauer sein, dass du mir das erzählst?« Ich lehnte mich gegen das Kopfteil des Bettes.

»Ich habe keine Angst vor Tyr. Außerdem weiß er, dass du das alles irgendwann erfahren musst, weil ihr beide ein Paar sein werdet, wenn das alles vorbei ist.«

»Wie bitte?« Mir klappte vor Überraschung der Kiefer herunter.

»Schau nicht so überrascht. Freya sieht euch beide zusammen. Es wird also passieren.«

»Freya tut was?« Meine Stimme hob sich um eine Oktave.

Brynn seufzte. »Die ganze Situation ist wirklich kompliziert. Und Tyr würde es dir wahrscheinlich lieber selbst sagen.«

»Raus damit, Walküre.« Ich verschränkte die Arme und starrte sie an.

»Oh. Also gut. Aber flipp nicht aus.«

Ich warf ihr einen genervten Blick zu. »Ich denke, ich bin heute über den Punkt hinweg, an dem mich noch irgendwas zum Ausflippen bringen könnte. Also, spuck es aus.«

»Meinetwegen.« Brynn seufzte. »Es sieht so aus. Freya sucht seit einer gefühlten Ewigkeit nach einer Partnerin für Tyr. Er hat diesen seltsamen Komplex und glaubt, dass er es nicht verdient hat, glücklich zu sein, also trifft er sich mit Mädchen, will aber mit keiner etwas Ernstes anfangen, weil er glaubt, dass er nur ihren Geist zerstören oder sie umbringen wird, was auch immer.«

»Hab ich auch schon gemerkt«, murmelte ich.

»Genau. Tja, die Nornen haben Freya jedenfalls erzählt, dass es eine Prophezeiung darüber gibt. Anscheinend ist Tyr dazu bestimmt, mit einem Mädchen zusammen zu sein, das nicht aus Asgard stammt.«

»Was soll das bedeuten?«, fragte ich.

»Es bedeutet, dass es ihm nicht bestimmt ist, mit einer Göttin zusammen zu sein. Sondern mit jemandem aus einem anderen Reich. Es könnte eine Lichtelfe sein, eine Bergriesin oder …« Brynn wackelte mit den Augenbrauen.

»Oder ein Mensch?« Bedeutete das, dass Tyr und ich tatsächlich … füreinander bestimmt sein könnten?

»Oder ein Mensch«, bestätigte sie. »Aber die Prophezeiung sagt nicht, welcher Mensch. Etwas so Spezielles würde Tyr die Entscheidungsfreiheit nehmen, weißt du? Die Nornen sollen leiten, nicht diktieren. Also war es an Freya als Göttin der Liebe, Tyr in die Richtung einer guten nicht-asgardischen Partie zu führen.«

»Warte mal. Freya ist die Göttin der Liebe?« Ich starrte sie an.

»Ja. Sie ist auch die Anführerin der Walküren. Jedenfalls wusste sie, dass Tyr Asgard verlassen muss, um Elsa zu beschützen, also fand sie eine Handvoll Mädchen, die ihre ganz speziellen Anforderungen erfüllten – dich eingeschlossen –, und plante, euch alle Tyr vorzustellen in der Hoffnung, dass er sich in eine von euch verlieben würde. Aber dann griff Fenrir dich an, und Tyr hatte schon immer eine Schwäche für Jungfrauen in Nöten. Die Tatsache, dass du zufällig sowohl aus Freyas Sicht als auch aus der Sicht der Prophezeiung in das Profil seiner idealen Partnerin passt, na ja …« Brynn zuckte mit den Schultern und holte schließlich tief Luft. »Manchmal kommt es einfach, wie es kommen muss.«

Nur dass mein ›ideales Gegenstück‹ ein unsterblicher Kampfgott war und ich eine Studentin. Was hoffnungslose Liebe anging, konnten uns Romeo und Julia nicht das Wasser reichen.

»Warum ist es Freya so wichtig, Tyr zu verkuppeln? Wusste Tyr, was Freya vorhatte? Dass sie einen Haufen Mädchen für ihn zusammentrommelt, die er treffen soll?« Mit anderen Worten: War ich versehentlich in den bizarrsten Dating-Wettbewerb der Welt geraten? Einem, bei dem sich niemand die Mühe gemacht hatte, mich zu fragen, ob ich überhaupt mitmachen wollte?

»Oh, bei den Göttern, nein. Er wusste nichts von dem ganzen Dating-Plan, als Freya ihm vorschlug, Elsa nach Arcata zu bringen – er wusste nur, dass es bewaldet und abgelegen ist und in der Nähe eines unserer sicheren Häuser liegt. Freya hat ihn seitdem aufgeklärt, und er ist nicht gerade begeistert, dass er teilweise deshalb in ein anderes Reich gezogen ist, weil sie ihn verkuppeln wollte. Er hat sich gegen jeden Vorschlag gewehrt, mit dem Freya ankam.« Sie stieß mich spielerisch an. »Ich schätze, du bist selbst für den Gott der Junggesellen einfach zu unwiderstehlich.«

»Es gab andere Mädchen …« Mein Gehirn schwirrte.

»Gab es.« Brynn sprach ganz sachlich. »Freyas Meinung nach hätte jede von ihnen zu Tyr passen können, aber aufgrund deines Profils und deiner unglaublichen Hartnäckigkeit dachten wir, du hättest die größte Chance, ihn für dich zu gewinnen. Deshalb hat mich Freya hier untergebracht und nicht bei einem der anderen Mädchen. Du warst unsere beste Wahl, und für den Fall, dass du das schaffst, was wir uns erhofft haben, und Tyrs Herz eroberst, wussten wir, dass du sofort Schutz brauchen würdest. Möglicherweise sogar noch früher.«

Die Worte ließen mir das Blut in den Adern gefrieren. Mit dem Schutz hatten sie sich nicht geirrt. Fenrirs Angriff erfolgte innerhalb einer Stunde nach meiner Ankunft in Arcata – noch bevor ich Tyr überhaupt kennengelernt hatte. Aber das war nicht das einzig Beunruhigende, was Brynn gesagt hatte. »Warte. Ich war eure beste Wahl für was?«

Brynns Augen schimmerten kurz vor Tränen, bevor sie sie wegblinzelte. »Tyr hat in seinem hübschen Kopf eine Menge Dunkelheit. Wir befürchten, dass er ausrasten könnte, wenn er noch eine Person verliert, die ihm nahesteht. Und wenn das passiert, müssen wir dafür sorgen, dass jemand mit einem starken verbindenden Geist bei ihm ist, um ihm Halt zu geben. Du kannst Menschen wunderbar zusammenbringen; das weißt du doch, oder? Du wärst eine großartige Vereinigerin. Diese positive Energie wird er brauchen, wenn wir – Odin verhüte es – Elsa verlieren sollten. Wir zählen darauf, dass du ihn auf unserer Seite hältst. Denn wenn der Gott des Krieges böse werden sollte …« Brynn verdrehte die Augen und biss sich auf die Unterlippe. Sie sah absolut niedergeschlagen aus. »Tja, das wäre nicht schön.«

Ich stützte den Kopf in die Hände und atmete langsam. Die Unsterblichen von Asgard verließen sich darauf, dass ich ihren Kriegsgott davor bewahrte, böse zu werden. Denn laut der Göttin der Liebe war ich seine perfekte Partnerin.

Es würde Jahre dauern, das alles zu verarbeiten.

»Was hat Henrik mit alldem zu tun?« Ich massierte mir die Schläfen.

»Henrik ist Tyrs Leibwächter.« Brynn zog eine Feile von ihrem Nachttisch und begann ihre Nägel zu bearbeiten.

»Der süße, alberne Henrik ... mit der Brille, die ihm immer die Nase runterrutscht ... der Typ, der backt ... er ist der Leibwächter des Kriegsgottes?«

»Die Brille ist nur Tarnung. Er denkt, dass er damit nicht auffällt. Also bitte.« Brynn schüttelte den Kopf. »Glaubst du wirklich, wir hätten Augenprobleme? Wir können fünfmal besser sehen als Sterbliche. Und das im Dunkeln. Einige von uns haben sogar den Röntgenblick.«

Wie war das überhaupt möglich?

»Wozu braucht der Kriegsgott überhaupt einen Leibwächter?«, fragte ich.

»Was glaubst du, auf wen es die Dunkelelfen zuerst absehen, wenn sie Asgard schwächen wollen? Auf den Kriegsgott. Wenn man den Anführer ausschaltet, ist es ein Leichtes, die Gefolgsleute auszuschalten. Das ist das Einmaleins des Krieges.«

Brynn widmete sich wieder ihren Nägeln.

»Aber warum hat Freya dich geschickt?«

»Um dich zu beschützen.« Brynn sah auf.

»Ach so, na klar. Du bist hier, um mich zu beschützen ...«

Plötzlich machte Brynns Fähigkeit, sich furchtlos auf einen von Nagetieren verseuchten Dachboden zu begeben, Sinn. Als Walküre hatte sie wahrscheinlich schon viel Schlimmeres gesehen. Meine Güte.

»Wir waren besorgt, dass die Feuerriesen uns hierher folgen könnten – als wir gingen, gab es diesen Aufstand. Deshalb war ich an dem Tag, als du in Arcata angekommen bist, nicht da, um auf dich aufzupassen – das tut mir übrigens leid. Aber die Riesen waren letztendlich kein Problem.«

»Was genau ist ein Feuerriese?« Ich zog meine Knie an die Brust.

»Ein richtig böses Monster.« Brynn legte ihre Nagelfeile weg. »Glaub mir, du willst nicht in Muspelheim landen.«

»Warst du schon mal da?«, fragte ich.

»Ja, natürlich. Während unserer Ausbildung besuchen wir alle Reiche. Unsere Hauptaufgabe als Walküren ist es, gefallene Soldaten zurück nach Asgard zu bringen. Die einzige Voraussetzung ist, dass sie einen soliden moralischen Charakter haben, also sind es meistens menschliche Soldaten, aber gelegentlich finden wir so was wie einen Rohdiamanten in einem der anderen Reiche. Jedenfalls nehmen wir die eine Hälfte mit zu Odin, um das Reich zu verteidigen, und geben die andere Hälfte Freya, damit sie sie nach eigenem Gutdünken verteilen kann. Ich habe keine Ahnung, wie sie ihre Aufgabe bewältigt. Kriegsgöttin der Liebe zu sein, hört sich auf dem Papier gut an, aber in Wirklichkeit sind das so unterschiedliche Aufgaben, weißt du?«

»Hm.« Ich hielt inne. Vielleicht hat derjenige, der gesagt hat, dass in der Liebe und im Krieg alles erlaubt ist, von Tyrs bester Freundin gesprochen. »Und was genau sind deine Aufgaben? Du bringst tote Soldaten zu Freya und Odin. Sonst noch irgendetwas?«

»Ich bin Tyrs zweite.« Brynn lehnte ihren Kopf gegen ihr Kissen.

»Zweite was?«

»Seine zweite Leibwächterin. Henrik ist sein erster. Tyr verfügt über alle möglichen ausgefallenen Waffen, aber Henrik tötet lieber mit bloßen Händen. Er ist derjenige, vor dem du dich in Acht nehmen musst.«

Ich schloss meine Augen. Mein Tutor war ein ausgebildeter Killer, und meine freche kleine Mitbewohnerin eine Walküre. Jason hatte recht – das College verlief definitiv nicht so, wie ich es mir vorgestellt hatte.

»Es gibt eine Menge furchterregender Monster in den Reichen, Mia. Wir können es uns nicht leisten, das Leben unserer Schützlinge aufs Spiel zu setzen.«

»Macht dich das nicht nervös? Das Töten?«

»Das Töten von Monstern«, korrigierte Brynn. »Ich habe noch nie einen Menschen getötet. Und nein, eigentlich nicht. Alle Götter und Göttinnen bekommen von klein auf eine umfassende Kampfausbildung. Egal in welche Situation man uns bringt, wir haben sie im Griff. Die Ungeheuer überleben nur selten.«

»Das ist alles so unwirklich.« Götter und Ungeheuer und fremde Reiche … meine geordnete Welt zerfiel in eine Million Splitter. Ich starrte auf meine Nägel und fragte mich, ob es mich nervös machen sollte, mit einer ausgebildeten Killerin allein zu sein. »Jetzt wo Fenrir zurück ist, wird mir Tyr wahrscheinlich den Auftrag geben, dich rund um die Uhr zu beschützen.«

»Warum?« Ich klammerte mich ans Bett.

»Weil …« Brynn sah mich an, als wäre ich nicht die hellste Kerze auf der Torte. »… Fenrir hinter den Leuten her ist, die Tyr liebt, Dummerchen.«

Ich schüttelte energisch den Kopf. »Tyr liebt mich nicht. Wir kennen uns doch erst seit ein paar Monaten.«

Brynn verdrehte die Augen. »Für ein Mathegenie bist du ungewöhnlich unaufmerksam.«

»Wie auch immer«, murmelte ich. Ich war noch nicht bereit, es mir selbst einzugestehen, geschweige denn mit jemandem darüber zu reden. Und schon gar nicht mit jemand anderem als Tyr. Wir hatten ein ziemlich heftiges Gespräch vor uns, und das wollte ich nicht zuerst mit jemand anderem führen.

»Du und Henrik seid also hier, um Tyr zu beschützen. Tyr ist hier, um Elsa zu beschützen. Fenrir ist darauf aus, so ziemlich jedem zu schaden.« Ich hielt inne. »Was ist mit Elsa? Abgesehen davon, dass sie Tyrs Schwester ist, was hat sie mit alldem zu tun? Sie ist doch nicht auch eine Kriegsgöttin, oder?«

»Ach du meine Güte, nein. Sie ist viel zu wertvoll, um sie im Kampf einzusetzen. Sie ist eine Hohe Heilerin, jemand, der extrem seltene Heilungen durchführen kann. Sie hat eine sehr intensive Magie. Haben sie wohl beide, soweit ich weiß.« Brynn wackelte mit den Augenbrauen. »Wie ich schon sagte, du würdest eine großartige Vereinigerin abgeben, wenn Tyr und du eine dauerhafte Beziehung eingehen würdet.«

Mein Kopf fühlte sich an, als wäre ich auf einem außer Kontrolle geratenen Karussell.

»Du siehst erschöpft aus.« Brynn tätschelte meine Hand. »Warum versuchst du nicht, ein bisschen zu schlafen? Ich bin noch eine Weile wach, falls du weitere Fragen hast.«

Ich konnte mir nicht vorstellen, heute Nacht noch ein Auge

zuzutun, geschweige denn einen Job in Asgard zu haben. Und eine Zukunft mit Tyr.

»Ich glaube, ich habe erst mal keine Fragen mehr. Ich muss über alles nachdenken. Danke für deine Antworten.« Ich stand auf, ging zur Tür und öffnete sie langsam. Als ich in den Flur trat, rief mir Brynn hinterher.

»Ich bin hier, wenn du etwas brauchst. Egal was.«

»Danke.« Ich winkte kurz, dann ging ich in mein Zimmer und ließ mich mit dem Gesicht voran auf mein Bett fallen.

Mein Freund war ein unsterblicher Krieger, meine Mitbewohnerin eine Walküre, und wer auch immer Tyr heiratete, könnte der Schlüssel zum intergalaktischen Frieden sein. Und das könnte sehr wohl ich sein.

Sechzehn

Ich bekam Freitagnacht keinen Schlaf und verbrachte den ganzen Samstag damit, darüber zu grübeln, ob ich mit Tyr zusammen sein könnte, jetzt wo ich wusste, was er war und was von ihm erwartet wurde … und von der Frau, mit der er zusammenkam. Tyr war gerade erst in mein Leben getreten, und bis gestern Abend hatte ich gedacht, dass vielleicht etwas Festes daraus werden könnte. Aber jetzt … Jetzt war mir klar, dass er ganz und gar nicht so war, wie ich ihn mir vorgestellt hatte. Wie konnte ich mit jemandem zusammen sein, der vorgab, etwas zu sein, was er nicht war? Aber wie konnte ich den ersten Jungen verlassen, in den ich mich jemals so sehr verliebt hatte? Tyr ließ mich Dinge fühlen, die ich noch nie für jemanden empfunden hatte. Das war problematisch, da ich bereit gewesen war, mit ihm zu schlafen, und unsere ganze Beziehung auf einer Lüge basierte. Oder doch nicht? Genau genommen hatte mich Tyr nie direkt angelogen. Alles, was er mir über seine Freundschaften mit Brynn und Henrik, sein Leben in Malmö und sogar über seine Eltern und seine Schwester erzählt hatte, traf zu. Er hatte durch Weglassen gelogen, was ziemlich mies war, aber er hatte immer das Thema gewechselt, wenn die Dinge zu kompliziert oder zu nah an der Wahrheit waren.

Der Wahrheit.

Die Wahrheit war, dass Tyr ein fast eintausend Jahre alter nordischer Gott war. G. O. T. T. Und offenbar ein ziemlich mächtiger Gott, denn er hatte einen wichtigen Job. Und wenn ich es richtig verstanden hatte, war er eine absolut unerschütterliche Tötungsmaschine. Mein erster richtiger Freund war ein unsterblicher Attentäter, der das Universum vor der ewigen Zerstörung bewahren sollte. In was war ich da nur hineingeraten?

Konnte ich mich wirklich auf eine Beziehung mit Tyr einlassen, mit allem, was dazugehörte? Er war ein Gott – ein Gott. Er würde ewig leben, oder zumindest so lange, bis ihn etwas tötete. Er würde immer zwanzig bleiben, zumindest die nächsten paar Jahrhunderte lang. Es würde immer Monster und Dämonen, böse Elfen und riesige Hunde geben, die versuchen würden, ihn zu töten. Und wenn ich mich entschied, seine Freundin zu sein, und vielleicht eines Tages auch seine Frau, würden all diese Kreaturen auch hinter mir her sein. Ich müsste eine völlig neue Art von Selbstverteidigungskurs belegen, was spannend wäre, wenn es nicht darum gehen würde, Hel zu bekämpfen. Eine kecke blonde Leibwächterin würde mir rund um die Uhr folgen. Und auch wenn sie eine meiner besten Freundinnen an der Redwood war, hätte ich keinerlei Privatsphäre. Ich müsste meine Eltern und Jason anlügen; das störte mich am meisten. Tyr lief nicht herum und erzählte jedem, was er war. Mit ihm zusammen zu sein, bedeutete, sein Geheimnis zu bewahren, und Geheimnisse gab es im Hause Ahlström nicht viele. Irgendwann würde meine Familie Tyr kennenlernen wollen, und was sollte ich dann tun? Ihn mit nach Connecticut bringen und hoffen, dass er sie mit seinem Charme überzeugt? Er brachte gern Blumen mit, ein Punkt, der ihm die Gunst meiner Südstaaten-Mutter garantierte, aber was, wenn wir auch die nächsten Jahre lang ein Paar blieben? Mein Vater würde erwarten, dass er mir einen Antrag macht. Würde er das tun? Würde ich das auch wollen? Und was war mit Kindern? Wir kamen von verschiedenen Planeten oder Reichen oder was auch immer; konnten wir überhaupt zusammen Kinder haben? Würde Tyr das wollen? Was, wenn wir heiraten würden? Was würde in dreißig Jahren passieren, wenn ich Krähenfüße hatte und graue Haare, Tyr hingegen immer noch wie ein Zwanzigjähriger aussah? Wie würden wir das erklären?

Mein Kopf schwirrte vor lauter Fragen, und am späten Samstagnachmittag hielt ich es nicht mehr aus. Ich rief die einzige Person an, deren Rat mich noch nie in die Irre geführt hatte.

»Hey, Schwesterchen«, meldete sich Jason nach dem ersten Klingeln. »Solltest du nicht mit deinem Traummann unterwegs sein? Wie hieß er noch, Tür?«

»Tyr«, korrigierte ich. »Und ja. Das sollte ich. Aber wir hatten gestern Abend eine kleine Meinungsverschiedenheit. Also werden wir den Tag getrennt verbringen.«

»Ärger im Paradies? Bei unserem letzten Telefonat war noch alles gut. Ich glaube sogar, dass eine gewisse kleine Schwester mich gefragt hat, ob es noch zu früh sei, um aufs Ganze zu gehen.« Ich konnte praktisch hören, wie Jason mit den Augenbrauen wackelte.

»Jason! Das habe ich dich nicht gefragt.« Ich würde meinem Bruder diese Frage nie stellen … aber ich hatte es vielleicht angedeutet.

»Man muss kein Raketenwissenschaftler sein, um zu wissen, dass ihr darauf zusteuert, wenn ihr es nicht schon getan habt. Und wenn, will ich es gar nicht wissen. Denn dann müsste ich kommen und den Kerl umbringen.«

»Also bitte. Ich habe wirklich keine Lust, mit meinem Bruder darüber zu reden.« Ich erschauerte.

»Wenn das so ist, worum ging es bei eurer Meinungsverschiedenheit?«

Ich wählte meine Worte sehr sorgfältig. »Er hat mir ein großes Geheimnis über sein Leben zu Hause anvertraut. Er hat nicht gelogen, er hat nur etwas ziemlich Wichtiges ausgelassen. Und ich weiß einfach nicht, was ich davon halten soll.«

»Willst du, dass ich ihm in den Arsch trete, oder willst du einen Beziehungsratschlag?«

»Eindeutig Letzteres. Je nachdem, wie es ausgeht, vielleicht auch Ersteres.« Ich lächelte. Jason stand immer zu mir.

»Hm.« Jason überlegte. Es war ein Beweis für seine Südstaatenmanieren, dass er mich nicht bat, Tyrs Geheimnis zu verraten, obwohl er sich brüderlich absichern musste. »Ist das Geheimnis etwas, das dich verletzen könnte?«

Ich dachte nach. Könnte es das? »Nein«, entschied ich wahrheitsgemäß. »Wenn überhaupt, dann wird es dafür sorgen, dass ich immer in Sicherheit bin.« Vor allem. Für immer. Es sei denn, eines der Monster erwischt mich. Dann wäre ich tot.

»Geht das Geheimnis gegen deine Überzeugungen? Ich nehme nicht an, dass er dich zu einem Leben als Kriminelle überreden will, sonst hättest du wahrscheinlich längst Schluss gemacht.«

Irgendwie war Tyr in ein kriminelles Leben verwickelt, aber er war derjenige, der es bekämpfte. »Mach dir keine Sorgen. Meine Überzeugungen sind intakt.«

»Hmm. Ist es etwas, das deine Gefühle für ihn verändert? Hat es grundlegend beeinflusst, was du über seinen Charakter weißt? Denn als wir das letzte Mal gesprochen haben, warst du dabei, dich Hals über Kopf in diesen Kerl zu verlieben. Ein bisschen zu schnell für meinen Geschmack, aber du bist ein Mädchen, also vergebe ich dir.«

Ich seufzte. »Ich liebe ihn nicht. Noch nicht. Aber ja, ich könnte mir vorstellen, dass es eines Tages dazu kommt. Und das Geheimnis ändert nicht gerade seinen Charakter, aber es ändert, wie ich ihn sehe. Nicht auf eine gute oder schlechte Art. Einfach anders.« Völlig anders.

»Verstehe.« Jason seufzte. »Hör zu, Mees, es ist scheiße, dass der Typ dir etwas verheimlicht hat, aber wenn es kein schlimmes Geheimnis ist, hatte er wahrscheinlich einen Grund, bis jetzt damit zu warten, es dir zu sagen. Und wenn das Geheimnis nichts an deinen Gefühlen für ihn ändert, würde ich sagen, genieße dein Leben.«

»Das ist dein Ratschlag für alles.«

»Das ist mein Ratschlag für alles, was dich betrifft. Das Leben ist kurz, Mia. Du hast nur eine Chance, jung zu sein. Jetzt ist die Zeit, verrückte Entscheidungen zu treffen. Hör auf, dir das aufzuschreiben …«

»Mir das was?«, fragte ich.

»Aufzuschreiben. Erzähl mir nicht, du hättest nicht mindestens ein halbes Notizbuch voller Pros und Kontras, ob du den Kerl deswegen fallen lassen sollst.«

»Ich habe drei Viertel davon gefüllt, seit er mir sein Geheimnis verraten hat«, gab ich zu.

Jason lachte. »Dann hör jetzt damit auf. Du scheinst diesen Tür wirklich toll zu finden …«

»Tyr«, korrigierte ich erneut.

»… diesen Tyr wirklich toll zu finden. Wirf das Notizbuch weg und folge stattdessen deinem Bauchgefühl. Du bist klug. Dein Instinkt wird dich nicht in die Irre führen.«

»So einfach, ja?«

»Ja. Aber denk dran, wenn er dir das Herz bricht, komme ich sofort rüber und mache ihn fertig.«

»Hab dich lieb, Jase.« Ich lächelte.

»Ich dich auch, Schwesterherz. Ich hab gleich eine Verabredung, sonst könnte ich länger reden. Geht es dir gut?«, fragte er.

»Das wird es. Geh und hab Spaß. Mach's gut.«

»Bye.« Jason legte auf.

Ich ließ den Kopf in meine Hände sinken. Ich hatte alles getan, was mir einfiel, um zu entscheiden, ob ich bei Tyr bleiben sollte oder nicht. Ich hatte ein Viertel meines Notizbuchs mit Pro- und Kontra-Listen gefüllt, ein weiteres Viertel mit allen »Was-wäre-wenn«-Fragen, die ich mir ausgedacht hatte, während ich nicht schlafen konnte, und ein dritter Teil enthielt mögliche Lösungen für unser Mensch-Gott-Dating-Problem. Aber ich war genauso verwirrt wie in dem Moment, als ich Tyr hatte fliegen sehen. Es kam niemals etwas Gutes heraus, wenn man eine emotionale Entscheidung traf, und es war offensichtlich, dass ich in dieser Sache keinen rationalen Weg finden konnte. Vielleicht waren mehr Fakten nötig. Und wenn das nicht half, wäre eine Tasse Kaffee gut.

Ich nahm mein Handy und rief Tyr an.

»*Hei hei.*« Er nahm nach dem ersten Klingeln ab.

»Hi. Kannst du vorbeikommen? Und Kaffee mitbringen?«

»Ich bin in zehn Minuten da.« Seine Stimme klang kratzig, als ob er genauso erschöpft war wie ich.

Gut. Wenn ich wegen dieser Situation nicht schlafen konnte, sollte er das auch nicht. Sicher hatte er nur nicht so dunkle Ringe unter den Augen wie ich.

Ein Gott zu sein, hatte wirklich seine Vorteile.

Als Tyr in den Daffodil Drive einbog, saß ich bereits frisch geschminkt auf der Veranda. Nur eine Schicht Concealer, um meine dunklen Augenringe zu verdecken. Tyr stieg mit zwei Bechern Kaffee aus seinem Auto und kam die Einfahrt hinauf. Sein Haar war unordentlich, er wirkte angespannt, und ich bemerkte kleine Fältchen um seine Augen. »*Hei.*« Er hielt mir einen Kaffee hin.

»Danke.« Ich nahm das flüssige Koffein und klopfte auf die Stufe neben mir. »Setz dich.«

Steif ließ sich Tyr auf die Stufe sinken. Er streckte seine langen Beine und blieb unnatürlich still.

»Ich habe keine Angst vor dir.« Ich verdrehte die Augen. »Du kannst dich ruhig bewegen.«

»Ich will dich nur nicht überfordern.« Tyr beugte sich vor und gab mir einen sanften Kuss aufs Haar.

»Ich bin mir ziemlich sicher, dass wir den Punkt der Überforderung irgendwo zwischen ›Ich bin ein Gott‹ und ›Die Monster der Unterwelt wollen mich tot sehen‹ hinter uns gelassen haben. Aber danke, dass du an mich gedacht hast.«

»Mia …«, begann Tyr.

»Warte. Bevor ich entscheide, ob das ein Leben ist, das ich mir für mich vorstellen kann – egal wie lange –, muss ich dir ein paar Fragen stellen.«

»Schieß los.« Er klang besorgt.

Ich trank einen Schluck Kaffee und warf einen Blick in mein Notizbuch. Die Seiten waren mit Sorgen gefüllt, und ich öffnete den Mund, um die erste vorzulesen. Doch dann sah ich den Mann an, der neben mir saß. Seine großen Hände hielten seinen Becher so fest umklammert, dass es aussah, als würde er ihn gleich zerquetschen und den heißen Kaffee überall verteilen. Er saß kerzengerade da, und nur sein Ellbogen wippte scheinbar unbewusst. Sein Kiefer war so fest zusammengepresst, dass ich mich wunderte, warum ich kein Zähneknirschen hörte. Er hatte mich seit gestern Abend nicht mehr angerufen. Er hatte mir den Freiraum gegeben, um den ich gebeten hatte. Aber es war offensichtlich, dass ihn meine Entscheidung genauso stresste wie mich.

Ich klappte mein Notizbuch zu und schob es beiseite.

»Okay.« Ich drehte mich zu Tyr, sodass sich unsere Knie berührten. »Nummer eins. Gibt es noch etwas, das du mir verheimlichst? Und hast du vor, in Zukunft Geheimnisse vor mir zu haben?«

»Nein«, antwortete Tyr schnell. »Ich meine, es gibt viele Dinge über Asgard, die ich dir noch nicht erklärt habe, aber ich werde dir alle Fragen beantworten. Versprochen.«

»Das solltest du auch. Ich bin jemand, der alle Fakten braucht, bevor er eine fundierte Entscheidung trifft.«

Man musste ihm zugutehalten, dass er nicht grinste. Stattdessen antwortete er einfach: »Ich verstehe.«

»Brynn hat gestern Abend etwas davon gesagt, dass viel Dunkelheit in dir steckt. Was hat sie damit gemeint?« Ich umklammerte meinen Kaffeebecher.

»Müssen wir jetzt darüber reden?« Tyr knirschte mit dem Kiefer.

»Ja.«

»Also gut. Ich bin nicht rein asgardisch wie der Rest meiner Kollegen. Ich habe Riesenblut in mir.« Tyr beobachtete mich aufmerksam. »Das bedeutet, dass mein Temperament nicht so sanft ist wie das der anderen Aesir, und manchmal fällt es mir schwer, auf der Seite des Lichts zu bleiben. Wir können weiter darüber reden, wenn du willst, aber kurz gesagt ist mein Stammbaum verwachsen. Das ist nichts, worauf ich stolz bin.«

Tja, das erklärte die breiten Schultern. Und die Körpergröße. *Heiliger Bimbam.* Er war ein Gott und ein Riese. Konnte diese Beziehung noch seltsamer werden?

Hör auf dein Bauchgefühl. Jasons Ratschlag hallte in meinem Kopf nach. Hielt ich Tyr für einen guten Mann, äh, Gott? Ja. Was spielte es dann für eine Rolle, ob er ein Gott, Riese oder die Zahnfee war? Er war absolut ehrlich zu mir, so bizarr es auch war, und das Mindeste, was ich ihm zurückgeben konnte, war unvoreingenommen zu sein.

»Na gut. Nummer zwei. Wenn wir weitermachen und am Ende eine Weile zusammenbleiben, wie werden wir dann mit unserem Altersunterschied umgehen? Offensichtlich werde ich mit normaler menschlicher Geschwindigkeit altern. Und du wirst mit … einem Fünfzigstel dieser Geschwindigkeit altern? Also werde ich in zwanzig Jahren wie achtunddreißig aussehen, aber du immer noch so, als wärst du auf dem College.« Ich wartete.

»Daran habe ich gestern Abend gedacht.« Tyr beugte sich leicht vor. »Mir wird gefallen, wie du aussiehst, egal wie alt du bist, aber ich kann verstehen, dass es seltsam für dich sein wird, mit einem Zwanzigjährigen auszugehen, wenn du fünfzig bist. Oder achtzig.«

»Achtzig?« Wollte er wirklich so lange mit mir zusammen sein?

»Ich spiele nur die Szenarien durch«, erklärte Tyr. »Odin müsste das absegnen, aber vielleicht gibt es magische Möglichkeiten, dich in deinem jetzigen Zustand zu halten, falls du das willst. Idunn, unsere Göttin der Weisheit, hat Äpfel, die uns unsere Unsterblichkeit verleihen. Wenn sie die Formel für den menschlichen Gebrauch anpasst, sollten sie in der Lage sein, den sterblichen Alterungsprozess abzuschwächen. Oder vielleicht hat Odin einen Zauber, der verhindert, dass man über einen bestimmten Punkt hinaus altert. Er hat schon mal die menschliche Genetik manipuliert; ich bin mir also ziemlich sicher, dass er dazu fähig wäre.«

Ich erschauerte. Diese Gewässer waren so tief, dass ich zwei Schwimmwesten brauchte. »Okay. Also haben wir Optionen. Wir können sie später besprechen. Nummer drei.« Ich zögerte. »Willst du mit mir zusammen sein?«

Tyr stellte unsere Kaffeebecher auf den Boden, nahm meine Hände in seine und sah mich auf eine Weise an, die mich mein Notizbuch voller Sorgen vergessen ließ.

»Ja, Mia. Ich will mit dir zusammen sein.«

»Warum?«, erwiderte ich. »Du kannst mit jeder zusammen sein – Göttin, Elfe, Feenprinzessin, was auch immer. Warum hast du mich gewählt?« Ich war nicht auf der Suche nach Komplimenten. Es ergab einfach keinen Sinn, dass dieser schwedische Traummann aus Asgard von seiner Wolke herunterkommt, sich auf der Erde umsieht und sich sagt: Die Brünette da drüben. Mia Ahlström … sie wäre eine tolle Freundin, während ich hier bin. Ich werde sie um ein Date bitten. Natürlich war ich ein guter Fang, aber es musste eine Menge attraktiver Optionen geben, wenn man den ganzen Kosmos zu seiner Verfügung hatte.

»Oh, Mia.« Tyr seufzte. »Warum nicht du?«

»Ernsthaft?«

»Glaub mir, wenn ich mich fernhalten könnte, würde ich es tun.« Tyr hielt den Blickkontakt.

»Oh, danke.«

»Du missverstehst mich. Ich wollte nie, dass du in all das hineingezogen wirst. Fenrir verletzt die Personen, die mir etwas bedeuten – und die sind unsterblich. Kannst du dir vorstellen, was er einem Menschen antun könnte? Als er dich im Wald angegriffen hat, hielt ich es zuerst für einen unglücklichen Zufall. Du warst niemand, der mir etwas bedeutete oder den ich überhaupt kannte, und so dachte ich, du wärst in Sicherheit, sobald du dich von deinen Verletzungen erholt hast.«

»Hm.«

»Hör mir zu. Du hast mir an dem Tag, als du angegriffen wurdest, nichts bedeutet. Ich wusste nicht, dass Freya mich zu dir geführt hat, bis wir uns auf der Party getroffen haben. Ich hatte nicht vor, an diesem Abend mit dir zu reden, aber Brynn sorgte dafür, dass ich keine andere Wahl hatte. Und als wir anfingen zu reden, habe ich gemerkt, dass ich dich tatsächlich mochte. Ich wollte dich ignorieren, einerseits weil ich genervt war, dass Freya sich mal wieder in mein Privatleben einmischte, und andererseits, weil ich nicht wollte, dass du in diesen ganzen Wahnsinn hineingezogen wirst. Aber wir sehen ja jetzt, wie gut das funktioniert hat.« Tyr zuckte mit den Schultern. »Und dann bist du bei Elsa aufgetaucht und hast meine Welt auf den Kopf gestellt.«

»Was meinst du damit?«, fragte ich.

Tyr zögerte. »Ich habe mein Leben immer in streng voneinander getrennte Bereiche eingeteilt, doch an diesem Tag bist du hereingeplatzt und hast sie alle durcheinandergebracht. Plötzlich vermischte sich mein Arbeitsleben mit meinem privaten Chaos, doch anstatt es zu hassen, wie ich es mir immer vorgestellt habe, war ich glücklich, weil … na ja, weil ich endlich jemanden hatte, mit dem ich diesen Teil meiner Welt teilen konnte. Jemanden, bei dem ich einfach ich selbst sein konnte. Es war das erste Mal, dass ich meine Schutzmauern fallen ließ und diesen … diesen Schmerz mit jemandem teilte, der mir wichtig ist.« Tyr holte zitternd Luft. »Es gefiel mir, dass du diese Seite von mir sehen konntest. Es gab mir das Gefühl, nicht allein zu sein.«

»Aber du bist doch nicht allein. Du hast Henrik und Brynn. Und Freya«, betonte ich.

»Stimmt. Aber eigentlich bin ich Henriks und Brynns Chef. Ich versuche, in ihrer Nähe nicht übermäßig emotional zu sein. Und Freya und ich reden über oberflächliche Dinge. Sie ist zwar eine meiner ältesten Freunde, aber ich bin einfach nicht der Typ, der darüber redet, was ihn bedrückt. Oder zumindest war ich es nicht, bevor ich dich traf.«

Meine Wangen wurden warm. »Ich bin froh, dass du mit mir reden willst.«

»Ich auch.« Tyr beugte sich vor und hauchte einen Kuss auf meine Stirn.

»Es ist wohl offensichtlich, dass ich dich mag. Und ich glaube nicht, dass ich mit dir Schluss machen könnte, selbst wenn ich wollte. Aber verdammt, Tyr, diese Sache ist kompliziert. Wie soll das funktionieren? Ist das überhaupt erlaubt, wo du herkommst?« Ich deutete zwischen uns hin und her. »Das kann doch nicht natürlich sein.«

»Es ist so natürlich, wie wir es haben wollen, Baby.« Tyr wackelte mit den Augenbrauen, und ich stöhnte auf.

»Du weißt, was ich meine.«

»Wir sind kein typisches Paar, das stimmt. Und das wird zu Hause auch nicht gerade gefördert. Odin ermutigt Beziehungen zwischen den Reichen nicht. Aber er lässt mir ein wenig mehr Spielraum als den meisten im Rat.« Tyr streichelte mit seinem Daumen über meine Hand. »Und ich lasse mich von einer Kleinigkeit wie deiner Herkunft aus einem anderen Reich bestimmt nicht davon abhalten, zu sehen, wohin das führt. Das heißt, wenn du den Sprung mit mir wagen willst.«

Wenn du den Sprung mit mir wagen willst. Die Welt drehte sich. Unter Wasser. Die Welt drehte sich unter Wasser. Während sie auf dem Kopf stand.

Atmen, Mia.

»Was denkst du?«, fragte Tyr.

»Dass mich in dich zu verlieben nicht gerade das ist, was ich erwartet hatte«, gestand ich.

»Ich werde dir nie wehtun, *prinsessa.* Ich könnte dich enttäuschen, ich weiß, dass ich dich verwirren werde, und ich werde dich mit Sicherheit frustrieren. Mein Leben passt in keine deiner ordentlichen Schubladen. Ich habe kein Problem damit, aber ich weiß, dass es noch eine Weile dauern wird, bis du es auch so siehst. Aber Mia Ahlström, ich schwöre, ich werde alles in meiner Macht Stehende tun, um dich glücklich zu machen, jeden einzelnen Tag, den wir zusammen haben. Was sagst du dazu?« Tyr lehnte sich zurück und betrachtete mein Gesicht.

Also, wenn er es so ausdrückte … Meine Nervosität verflog. Tyr war vollkommen ehrlich zu mir. Er konnte mir keine normale Beziehung bieten, aber er wollte mir alles geben, was er konnte. Was er versprach, war seine absolute Hingabe – hundert Prozent von sich, egal wie beängstigend die Dinge werden würden. Wie könnte ich das aufgeben?

»Es ist ein bisschen überwältigend. Und ziemlich beängstigend. Aber ich mag dich zu sehr, um zu gehen«, gab ich zu. »Was auch immer das hier geben wird, ich bin dabei.«

»Wirklich?« Tyrs Gesicht erhellte sich in einem Anflug echter Freude. »Oh, Odin sei Dank. Nachdem ich den ganzen Tag nichts von dir gehört habe, dachte ich, du wärst fertig mit mir.« Er schüttelte den Kopf, beugte sich hinunter und drückte seine Lippen auf meine. Ich reagierte instinktiv. Meine Finger schoben sich in seine zerzausten Strähnen. Er fuhr mit seiner Zunge über meine Unterlippe. Ich seufzte und gab mich dem Gefühl hin. Ein warmes Brennen begann in meinem Bauch und strahlte in meine Extremitäten aus. Ich wollte nicht mehr in Schubladen denken – nicht was Tyr war, nicht was er zu tun versuchte, und auch nicht die unmöglichen Dinge, die ich am Abend zuvor gesehen hatte. Ich wollte ihm einfach so nah sein, wie es menschlich – oder göttlich – möglich war. Ich setzte mich rittlings auf seinen Schoß und drückte meinen Körper gegen seinen. Er griff mit einer Hand in meine Haare, zog sanft meinen Kopf nach hinten und küsste mein Kinn. Ich stöhnte auf, und seine Lippen glitten tiefer zu meinem Hals.

Er fuhr mit einer Hand meinen Arm entlang, und ich verspürte die vertraute Hitze auf meiner Haut. Seine Handflächen streichelten über meinen Rücken, dann zog er mich an sich und hielt mich fest, als würde er mich nie loslassen.

Ich hoffte, er würde es nie tun.

Das anerkennende Pfeifen der Wasserpolo-Spieler von der anderen Straßenseite ruinierte den denkwürdigen Moment. Beschämt vergrub ich mein Gesicht an Tyrs Brust, und er lehnte sich lachend zurück. »Kann ich dich morgen auf das wahrscheinlich verrückteste Date deines Lebens einladen?«

»Verrückter als der Abend, an dem ich herausfand, dass mein Freund ein nordischer Gott ist?«, fragte ich und versuchte wieder runterzukommen. Blödes Wasserpolo-Haus.

»Gut möglich. Die Uhr tickt, und ich muss noch zwei Zutaten für das Seil besorgen. Morgen ist Angeltag. Was sagst du?«

»Ich sage, mach dich bereit, vorgeführt zu werden. Ich halte den Ahlström-Familienrekord für den größten Fang.« Jason war immer noch sauer deshalb.

»Du bist eine erstaunliche Frau.« Tyr gab mir einen Kuss und zog sich dann zurück. »Komm, lass uns eine Pizza bestellen.«

»Es ist erst vier«, sagte ich. »Das mag für einen Senior wie dich vielleicht normal sein, aber wir Teenager essen zu normalen Zeiten.«

»Hast du denn heute schon was gegessen?«, fragte Tyr.

»Na ja, nein.« Wenn ich es mir recht überlegte, war ich am Verhungern.

»Hab ich mir gedacht. Komm schon.« Er stand auf und hielt mir seine Hand hin. Ich ergriff sie, hob mein Notizbuch auf und führte ihn ins Haus. Er war bereits dabei, die Pizzeria anzurufen, und gab eine Bestellung auf. »Was ist das?«, murmelte er und deutete auf mein Notizbuch.

»Das?« Ich starrte auf die Seiten, die mit meinem verworrenen Gekritzel gefüllt waren. Vor ein paar Stunden war es noch so wichtig gewesen, einen Sinn in allem zu finden. Ich musste wissen, wohin das führen würde, wie es enden würde und wie wir die scheinbar unüberwindbaren Hindernisse, die vor uns lagen, bewältigen würden. Aber Jason hatte absolut recht gehabt. Meine starre Struktur loszulassen, mal etwas Neues zu probieren oder auch nur die Dinge mal so zu akzeptieren, wie sie waren, anstatt sie zu dem zu machen, was ich aus ihnen machen wollte ... Es fühlte sich richtig an. Verrückt, impulsiv, vielleicht sogar dumm, aber richtig. Und sich von Tyr zu trennen wäre völlig falsch gewesen, auch wenn es bedeutete, dass ich keinen konkreten Fünfjahresplan mehr hatte. Oh Gott. Ich hatte keinen Fünfjahresplan. Schön durchatmen ... Das war okay. Ich hatte nur den Plan in Bezug auf diese Beziehung verloren. Ich konnte immer noch einen Plan für mein Studium, meine Karriere und mein Fitnessprogramm haben. Immer einen Schritt nach dem anderen. Ich führte ihn in die Küche und warf das Notizbuch in den Mülleimer.

»Okay, danke.« Tyr legte auf. »Die Pizza ist in zwanzig Minuten da. Was ist das?«, fragte er wieder und deutete nun auf den Mülleimer.

Ich stellte mich auf meine Zehenspitzen und küsste seine Unterlippe. »Etwas, das ich endlich loslassen kann.«

»In Ordnung.« Tyr erwiderte meinen Kuss und legte einen Arm um meine Taille, um mich näher zu ihm zu heben. Ich wusste zwar nicht, wo wir beide enden würden, aber ich war mir ziemlich sicher, wo wir gerade waren.

Und das war für den Moment gut genug.

Siebzehn

»Bist du bereit für einen Tag auf dem See?« Tyr schlug den Kofferraum des Hummers zu und klemmte sich die Angelkiste unter den Arm. Wie immer sah er in seiner dunklen Jeans, einem schwarzen T-Shirt und einem Kapuzenpulli mit Reißverschluss unvorstellbar gut aus. Er trug die obligatorischen schwarzen Stiefel und eine Baseballkappe.

»Auf jeden Fall.« In der rechten Hand trug ich zwei Angelruten, und die Finger der linken waren mit Tyrs verschränkt. Er schaute langsam auf unsere Hände hinunter und lächelte.

»Ich mag dich neben mir, weißt du das?« Er blieb stehen und drückte mir einen sanften Kuss auf die Lippen, auf die Art, die mich vergessen ließ, wo ich war. Es verblüffte mich immer noch, dass dieses spektakuläre Wesen und ich uns gefunden hatten, aber ich hatte nicht vor, einem geschenkten Gaul ins Maul zu schauen.

»Mir gefällt es auch.« Ich stellte mich auf die Zehenspitzen, um den Kuss zu verlängern, doch Tyr drückte meine Finger zusammen, drehte sich um und starrte aufs Wasser. Widerstrebend folgte ich ihm.

Wir hatten Arcata hinter uns gelassen und waren eine Stunde lang zu einem ruhigen, von Mammutbäumen umgebenen See gefahren. Das Wasser war ruhig und blau, und schmale Wolkenstreifen zogen über den frühen Nachmittagshimmel. Eine Handvoll Hütten säumte das gegenüberliegende Ufer, und die einzigen Wege zum und vom See waren unbefestigt.

Es gab im Umkreis von fünfzehn Kilometern keine größeren Straßen. Es war entspannend, rustikal und unglaublich romantisch.

»Komm, wir haben noch zu tun.« Tyr zog an meiner Hand und erinnerte mich daran, warum wir hier waren. Ich folgte ihm zu einem hölzernen Steg, an dessen Ende ein schnittiges Boot befestigt war. Er führte mich zum Rand und hielt mir die Hand hin. »Komm an Bord.«

»Weiß der Besitzer, dass wir hier sind?«, fragte ich vorsichtig. Ich war noch nicht bereit, meinem ansonsten makellosen Vorstrafenregister schweren Bootsdiebstahl hinzuzufügen.

Tyr lachte. »Es gehört mir. Brynn hat es heute Morgen rausgefahren.«

»Oh.« Ich sah ihn überrascht an.

»Ich weiß, was du jetzt denkst.« Er verdrehte die Augen. »So extravagant ist es auch wieder nicht.«

»Die meisten Leute in dieser Gegend haben Ruderboote.« Ich deutete auf die Reihe bescheidener Boote, die den benachbarten Steg säumten.

»Ich gehöre nicht zu den meisten Leuten.« Tyr grinste. »Und jetzt hüpf an Bord, Skipper.«

»Ja, Sir.« Ich salutierte, bevor ich das schaukelnde Boot betrat. Es war auf Geschwindigkeit ausgelegt, weiß und stromlinienförmig. Aber es war auch extrem luxuriös. Bequeme Ledersitze schmückten den kleinen Sitzbereich, und drei Stufen führten hinauf zu einer kleinen Kabine. »Oh, kann ich da hoch?«

»Du kannst gehen, wohin du willst. Das Bett ist auf der rechten Seite.«

Ich errötete.

Meine Finger umklammerten beim Gehen das Geländer.

Die flachen Schuhe waren eine gute Entscheidung gewesen. Das Boot schaukelte sanft hin und her, und ich brauchte eine Minute, um mich daran zu gewöhnen.

»Was denkst du?«, hauchte mir Tyr ins Ohr. Er stand hinter mir und schlang seine Arme um meine Taille.

Ich zuckte bei der Berührung zusammen. »Es ist hübsch.«

Das war es wirklich. Hinter mir befand sich der Bootssitz, versteckt hinter einem durchsichtigen Fenster. Auf der linken Seite gab es eine winzige Kochnische und ein Tisch für zwei Personen. Und auf der rechten Seite stand das versprochene Bett. Es war viel zu groß für den Raum, locker ein Doppelbett.

Tyr entdeckte meinen Blick. »Willst du es später ausprobieren?«, fragte er heiser.

»Bevor oder nachdem wir den magischen Fisch gefangen haben?«

»Wann immer du willst, Baby.« Tyr fuhr mit seiner Nase an meiner Halsbeuge entlang.

Als ich leise wimmerte, stieß er einen unwilligen Seufzer aus. »Aber nicht jetzt. Wir müssen uns beeilen, wenn wir vor Einbruch der Nacht zurück sein wollen. Ich will nicht im Dunkeln durch diese Wälder fahren.«

»Du bist so ein Quälgeist.«

»An Deck. Sofort.«

Er kniff mir in den Hintern, und ich huschte die Treppe hinunter und verdrehte die Augen, während ich pflichtbewusst die grell orangefarbene Schwimmweste anzog, die er von einer der Bänke genommen hatte. »Einfach zauberhaft.«

»Sicherheit geht vor.« Er richtete den Sitz meiner Weste. »Wo willst du sitzen? Hier oder in der Kabine?«

»Ich bleibe hier draußen, wenn es dir nichts ausmacht. Ich war schon eine Weile nicht mehr auf einem Boot.«

»Dann setz dich hin und halt dich fest. Ich fahre schnell.«

»Du machst alles schnell, nicht wahr?« Fahren, rennen, fliegen …

»Nicht alles.« Tyr hob eine Augenbraue, und mein Puls beschleunigte sich. Er lehnte sich über das Boot und löste die Vertäuung. Als er die Taue aufgewickelt und in der Sitzbank verstaut hatte, duckte er sich in die Kajüte. Ich nahm meinen Platz ein.

»Wir legen ab.«

Gekonnt steuerte Tyr das Boot ins offene Wasser und erhöhte die Geschwindigkeit, als wir uns in sicherer Entfernung vom Ufer befanden. Der Wind streifte mein Gesicht, als ich den Kopf zurücklegte. Es war in der frühen Nachmittagssonne kühl und das Brummen des Motors seltsam entspannend. Tyr steuerte das Boot in einem langsamen Bogen über den See, wobei er eine Handvoll unnötiger Kurven machte, die mich fast von meinem Platz geschleudert hätten. Meine Hände umklammerten den Ledersitz, während ich in die Kabine starrte. Das Lachen in Tyrs Augen verriet mir, dass seine Navigationskünste wohlüberlegt waren. Als ich ihm mit dem Finger drohte, zwinkerte er mir nur zu.

Dafür würde ich mich definitiv rächen.

Tyr verlangsamte das Boot, als wir eine abgelegene Bucht in der Nähe des gegenüberliegenden Ufers erreichten. Die Sonne stand hinter dem Berg, also ruhten wir uns im Schatten aus. Tyr kletterte aus der Kabine und holte seinen Angelkasten und beide Angelruten. Er reichte mir eine davon und setzte sich neben mich. Die andere legte er auf seinen Schoß, dann öffnete er die Schachtel.

»Du weißt, dass du auf meiner Liste stehst, Kumpel.« Ich hob eine Augenbraue.

»Oh, ich habe Angst.« Tyr stupste mich mit seiner Schulter an, und ich lachte. »Beköderst du normalerweise deine Angel selbst?«

»Klar.« Das war der Teil beim Angeln, den ich am wenigsten mochte, aber er musste getan werden.

»Heute nicht.« Tyr schnappte sich meinen Haken und gab ihn mit einem Wurm daran zurück.

Ich verdrehte die Augen. »So ein Gentleman.«

»Kein Problem. Soll ich dir auch beim Auswerfen helfen?«

Ich lachte. »Das bekomme ich schon hin.«

»Ich bin mehr als glücklich, dir bei deiner Technik zu helfen.« Tyr ließ seine Rute fallen, schlang von der Seite seine Arme um mich und hielt meine Hände zwischen seinen. Seine Nähe war überwältigend.

»Du bist heute wirklich besonders hilfsbereit. Aber ich mach das schon, Fredriksen.« Ich schob ihn weg und warf meine Rute aus, wobei ich die Fliege mühelos neunzig Meter weit schickte. Als sie aufspritzte, drehte ich mich mit einem Lächeln um. »War das okay?«

Tyrs Mund war leicht geöffnet. »Bei Odin. Du angelst genauso gut, wie du schießt.«

Ich zuckte mit den Schultern und wandte mich wieder dem Wasser zu. »Ich hab doch gesagt, ich kann in Nullkommanichts von Make-up auf Schlamm umschalten.«

Tyr trat von hinten an mich heran und legte erneut seine Arme um mich. Er lehnte sich vor, sodass mich sein Atem im Ohr kitzelte. »*Prinsessa*, wenn du nicht in meinen Armen liegen würdest, würde ich nicht glauben, dass du echt bist.«

»Das Gleiche könnte ich sagen.« Ich befand mich auf einem sündhaft teuren Boot in den Armen eines superattraktiven nordischen Gottes, der versuchte, einen Fisch zu fangen, um mit dessen magischen Atem einen mörderischen Wolf zu erledigen. Genauer betrachtet war ich noch der glaubhafteste Teil dieser bizarren Situation. »Außerdem mag ich angeln. Und bis du mir das Gegenteil beweist, werde ich allen erzählen, dass ich es besser kann als du.«

Tyr gluckste. »Na dann viel Glück. Denn jetzt werden wir so viele Fische fangen, wie wir können.«

»Spielt es eine Rolle, welche Art von Fisch?«, fragte ich.

»Nein. Ich muss nur *den Atem eines Fisches* bekommen. Egal welche Sorte.«

»Okay.« Ich nickte.

»Nur damit du es weißt, ich habe noch nie versucht, Atem zu extrahieren, also könnte es sein, dass ich es die ersten paar Mal vermassle. Wenn du einen fängst, wirf ihn hier rein.« Tyr hob einen silbernen Eimer und tauchte ihn in den See, um ihn mit Wasser zu füllen. »Wir versuchen, sie am Leben zu erhalten, aber die, die es nicht schaffen, essen wir heute Abend. Klingt das gut?«

»Ja.« Ich biss mir auf die Zunge und kniff die Augen zusammen, während ich gespannt darauf wartete, dass an der Leine gezogen wurde.

Tyr köderte seinen eigenen Haken und warf ihn aus, dann stand er ruhig auf dem Deck, während ich versuchte, nicht auf sein perfektes Profil zu starren. Zum Glück begann meine Leine zu zucken.

»Ich glaube, ich habe etwas.« Ich holte die Leine langsam ein, und bald baumelte eine zappelnde Forelle vom Ende meiner Rute. Tyr bugsierte den Fisch in den Eimer und entfernte vorsichtig den Haken aus seinem Maul. Dann begann er in dem begrenzten Platz schnelle Kreise zu ziehen.

Tyr köderte meinen Haken erneut und hob seine Rute auf. »Jetzt fang noch einen.«

Wir gingen an die Arbeit und machten einen Fang nach dem anderen. Als zehn Fische im Eimer waren, legte Tyr seine Rute nieder.

»Ich denke, es reicht jetzt. Mal sehen, ob ich das hinbekomme.«

»Ich möchte, dass im Protokoll vermerkt wird, dass ich sechs dieser Fische gefangen habe. Das sind zwei mehr als du, Fredriksen.« Ich stupste Tyr mit meiner Zehe an.

»Du warst wirklich gut, Baby. Ich war von deinem Wahnsinnshintern einfach zu abgelenkt, wenn du dich vorgebeugt hast. Nächstes Mal werde ich mich besser konzentrieren können.«

»In deinen Träumen vielleicht.«

»Ganz genau«, erwiderte Tyr augenzwinkernd. Dann hockte er sich neben den Eimer und starrte lange in das Wasser, die Finger leicht auf die Stirn gelegt.

»Wie fängt man eigentlich Fischatem? Weißt du, was du da tust?« Ich schaute Tyr über die Schulter.

»Nicht genau.«

Er griff mit zwei Fingern nach einem Fisch, der wild zu zappeln begann. Tyr streckte seine offene Hand aus, und ein schwacher Nebel schwebte aus seiner Handfläche. Er hüllte das Tier in eine hellgrüne Hülle. Tyr berührte den oberen Rand dieser Hülle mit einem Finger und zog ihn zurück. Der Fisch fiel tot zu Boden, und die Hülle brach auf.

»Hat es geklappt?«, fragte ich nervös.

»Nein.«

Tyr wählte einen zweiten Fisch aus. Er streckte seine Hand aus, und diesmal schoss ein Wasserstrahl auf die Kreatur. Das

Wasser gefror beim Aufprall und umschloss den Fisch mit einem Eisblock. Tyr studierte den Block und drehte ihn in seiner Handfläche. Er murmelte etwas in einer Sprache, die ich nicht verstand. Das Eis mit dem Fisch darin schwebte über seiner Hand. Tyr richtete einen Finger auf das Tier und schickte einen roten Lichtstrahl auf sein Maul. Die Augen des Fisches wölbten sich, aber ansonsten blieb er im Eis erstarrt. Mit seinem Finger zog Tyr den roten Strahl zurück. Kurz bevor er seine Hand erreichte, verwandelte er sich in eine Flamme. Tyr sprang zurück. Rauch stieg aus seinem Finger. Der Fisch fiel auf den Boden.

»Er ist tot«, flüsterte ich unnötigerweise.

»Ich weiß«, murmelte Tyr auf eine Weise, die mein Herz erweichte. Tyr mochte ein Gott sein, dennoch gab es Dinge, die ihm nicht leichtfielen. Zu sehen, wie er kämpfte, ließ die Entfernung zwischen unseren Welten etwas weniger unendlich wirken.

Der dritte Fisch explodierte. Der vierte verschwand. Als Tyr den fünften aufhob, stand ihm Schweiß auf der Stirn. Er streckte konzentriert seine Zunge heraus, während er mit der Hand über die Kreatur strich. Sie hörte auf, sich zu bewegen. Mit zwei Fingern zog er einen lavendelfarbenen Nebel über das Tier, und als es in der Hülle versiegelt war, klopfte er neunmal auf die Hülle. Beim letzten Klopfen zog er den Finger zurück, und blassblaue Schwaden stiegen von dem Fisch auf. Tyr zog die Augenbrauen hoch.

»Du hast es geschafft?« Ich vermutete es.

»Du klingst überrascht«, erwiderte er ironisch.

Ich beobachtete, wie er ein kleines Fläschchen hervorholte. Er leitete die Schwaden hinein und verschloss es fest, bevor er es wieder in die Tasche steckte. *Hat er gerade einen magischen*

Nebel in eine Flasche befohlen? Das war bei Weitem das faszinierendste Date, das ich je gehabt hatte.

»Eine Zutat erledigt, eine fehlt noch.« Tyrs Mundwinkel verzogen sich zu einem halben Lächeln. »Wir haben also noch ein paar Fische übrig. Sollen wir sie hier ausnehmen oder zu Hause?«

»Wie bitte?«

»Die Fische. Soll ich sie hier oder zu Hause ausnehmen? Wir werden sie zum Abendessen braten und …« Er stockte. »*Skit.*«

Ich folgte seiner Blickrichtung zum Waldrand, wo teilweise verdeckt hinter einem Mammutbaum ein riesiger Wolf stand. Die Augen des Tieres fixierten mich, und er scharrte mit den Pfoten auf dem Boden, als wolle er angreifen. Ich hätte schwören können, dass seine Augen rot aufblitzten und sich seine Nasenlöcher blähten.

Das kann nicht sein. Wir sind hier mitten im Nirgendwo.

Ich wirbelte herum und sah Tyr an, in der Hoffnung, dass er mich beruhigen würde. Er warf unser Angelzeug auf das Deck, klappte eine der Bänke hoch und zog eine massive Armbrust heraus.

»Mia, geh in die Kabine. Sofort.«

Ich stand wie erstarrt auf dem Deck. Meine Beine wollten sich nicht bewegen.

»Sofort!« bellte Tyr. Mir wurde flau im Magen. Es war ein Ton, den ich nur einmal zuvor gehört hatte. Und zwar an dem Abend, als Fenrir alles verändert hatte.

Mein Blick schweifte in den Wald, wo mich eine knurrende Bestie erzittern ließ.

»Soll ich den Fisch nehmen oder …«

»Geh rein!« Tyr explodierte. Er hob seine Hand, und ein

Lichtstrahl schoss über das Deck, traf mich in der Brust und stieß mich in die Kajüte. Ich landete unsanft auf dem Bett und sprang auf, als Tyr die Kabinentür mit einem zweiten Strahl zudrückte. Mein Herz hämmerte wie wild, als ich zur Tür rannte, um an der Seite meines Freunds zu kämpfen. Ich rüttelte am Knauf, aber er rührte sich nicht.

»Tyr Fredriksen! Mach sofort die Tür auf! Lass mich doch *einmal* etwas für dich tun, oder ich werde …« Was? Was würde ich tun? Ich war mitten auf einem See, verfolgt von einem Killerhund und von einem nordischen Gott in einen Raum gezaubert, der anscheinend dachte, der beste Weg, mich zu verteidigen, bestehe darin, mich einzusperren. Ich drückte mein Gesicht gegen die Scheibe in der Tür und wünschte, er würde mir zutrauen, mich zu verteidigen. Ich hatte zwar keine magischen Blitzhände, aber wenn hier zufällig ein Elektroschocker herumliegen würde, hätte ich das Tier schneller lahmlegen können, als einen weiteren Fisch zu angeln.

Tyr schien meine Hilfe nicht zu brauchen. Auf der anderen Seite der Scheibe lud er die Armbrust und gab ohne mit der Wimper zu zucken erst einen, dann zwei weitere Schüsse ab. Sein Gesicht war grimmig, die Stirn gerunzelt und die Augen sprühten förmlich Funken. Er strahlte eine Art von Autorität aus, die mich genau daran erinnerte, wer genau er war.

Und daran, wie viel auf dem Spiel stand.

Ich presste mein Gesicht weiter gegen das Fenster. Meine Kehle war wie zugeschnürt, als Tyr eine weitere Runde von Pfeilen in den Wald schoss. Der Wolf wich jedem Schuss aus und ging in die Hocke, als wolle er losspringen, doch das Boot war gut hundert Meter vom Ufer entfernt. So weit würde er es auf keinen Fall schaffen.

»Skit«, fluchte Tyr laut genug, dass ich es durch die Scheibe

hören konnte. Er ließ die Armbrust fallen und streckte die Hände aus. Er zeigte auf einen der dreißig Meter hohen Redwoods, dann machte er eine ausholende Armbewegung. Der Baum brach in zwei Hälften und krachte zu Boden. Fenrir blickte erschrocken auf und lief, gerade als der Baum fiel, zum Wasser. Er landete genau dort, wo der Wolf gerade noch gestanden hatte.

Fenrir ging wieder in die Hocke und behielt das Boot im Auge. Das sah nicht richtig aus. Es war unmöglich, dass ein Wolf …

Es traf mich wie ein Güterzug mit kaputten Bremsen. Fenrir konnte alles tun. Er hatte Tyrs unsterbliche Eltern getötet. Er hatte Elsa verletzt. Er hatte die angeblich undurchdringliche Verteidigung von Tyrs Haus durchbrochen. Und jetzt hatte er uns von Arcata bis in die Hinterwälder von Humboldt County verfolgt. Was sollten wir nur tun?

Mein Blick suchte in Tyrs Augen nach Beschwichtigung, doch da war keine. Sein Blick war gefährlich, seine Züge wutverzerrt. Sein Auge zuckte. Er warf einen Blick auf die Hütte, und als er zu mir sah, brach mir sein Gesichtsausdruck das Herz.

Tyr hatte Angst. Um mich.

Er machte eine Geste Richtung Ufer, und eine drei Meter hohe Welle erhob sich aus dem See. Sie hätte den Wolf mitgerissen, wenn Fenrir nicht in die Luft gesprungen wäre. Das Tier flog in einem engen Bogen Richtung Boot. Der Abstand zwischen uns verringerte sich mit beängstigender Geschwindigkeit.

»Pass auf!«, schrie ich und hoffte, dass Tyr mich durch die verschlossene Tür hören konnte. Er hob die Armbrust und zielte. Fenrir blieb keine Zeit, seine Flugbahn zu ändern. Der

Pfeil traf den Wolf mitten in der Brust und ließ ihn ins Wasser stürzen. Strampelnd hielt er sich über Wasser. Seine Kiefer schnappten auf und zu, während er sich mühsam zurück ans Ufer brachte. Fenrirs Bewegungen wühlten Wellen auf, die das Boot zum Schwanken brachten. Es fiel mir schwer, das Gleichgewicht zu behalten.

»Fang ihn, Henrik«, befahl Tyr.

Henrik?

Ohne Vorwarnung fiel eine Gestalt vom Himmel und landete in einer niedrigen Hocke am Ufer. Es war Henrik, die Hände zu Fäusten geballt.

Bevor ich so richtig begriff, was ich gesehen hatte, stand Henrik auf, stieß einen Schrei aus und sprang in die Luft. Er flog über das Wasser und steuerte auf den strampelnden Wolf zu. Als Henrik noch drei Meter entfernt war, hob der Wolf den Kopf und stieß ein wildes Knurren aus, das über den See hallte. Kurz bevor Henrik seine Arme um das Tier schlingen konnte, verschwand es. Henrik flog kopfüber ins Wasser und tauchte mit leeren Händen wieder auf.

Was in aller Welt …?

»Lasst mich hier raus!« Ich hämmerte gegen die Scheibe, doch Tyr schaute nicht mal in meine Richtung. »Tyr Fredriksen, du drehst dich sofort um und öffnest diese Tür, oder ich werde, so wahr mir Gott helfe … ich werde … ich werde in deinem makellosen Küchenschrank deine Kaffeebecher mit deinen Wassergläsern vertauschen!«

Tyr drehte sich mit einer Mischung aus Belustigung und Entsetzen zu mir um. Eine kleine Geste von ihm, und die Tür flog auf. Ohne einen weiteren Atemzug zu verschwenden, rannte ich aus der Kabine und starrte Tyr an. »Hör auf, mich einzusperren. Ich bin nicht so hilflos, wie du zu denken scheinst.«

Statt mir zu antworten, befahl er: »Henrik, sichere das Boot. Wir verschwinden von hier. Er war zu nah an Mia dran.«

»Darüber reden wir später«, murmelte ich.

»Ich habe nichts anderes erwartet«, erwiderte Tyr leise. Er zog mich an seine Seite. Meine dicke Schwimmweste wirkte wie ein Puffer zwischen uns, als er einen schützenden Arm um mich legte und Henrik zuwinkte. Der andere Gott flog auf das Boot zu und landete geschmeidig auf dem Deck.

Tyr hielt seine Armbrust in der einen und mich in der anderen Hand, während Henrik irgendetwas Magisches mit dem Boot machte.

»Gut.« Ich zitterte.

Tyr wirkte grimmig. »Ich habe diesen See ausgewählt, weil er so abgelegen ist. Wie hat er uns hier draußen gefunden?«

»Er muss Brynn aufgespürt haben, als sie heute Nachmittag das Boot hergebracht hat.« Henrik beendete seinen Zauber und kam in die Mitte des Decks. »Geht es dir gut, Mia?«

»Ich bin nicht gerade kopfüber in einen eiskalten See gesprungen. Geht es *dir* gut?«, konterte ich.

»Alles bestens. Ich bin nur stinksauer.« Mein normalerweise so fröhlicher Freund kochte vor Wut. »Tut mir wirklich leid, *kille.* Ich habe den ganzen Nachmittag die Gegend abgesucht. Er ist erst aufgetaucht, als du ihn am Ufer gesehen hast. Er muss sich materialisiert haben.«

»Materialisiert?«, fragte ich.

»Er hat ein Portal benutzt, um von einer Welt in die andere zu reisen. Wo auch immer er herkommt, er hat einen Weg gefunden, um unbemerkt nach Midgard zu gelangen.« Henrik warf sich seinen Bogen über die Schulter.

»Was soll das bedeuten?«

Tyrs Blick wurde milder, als er sich zu mir umdrehte. Er strich mir eine Haarsträhne aus dem Gesicht und legte mir eine seiner großen Hände auf die Wange. »Es bedeutet, dass Fenrir eine direkte Verbindung zu diesem Reich hergestellt hat. Er kann ohne Vorwarnung auftauchen.«

Henrik stieß einen scharfen Atemzug aus. »Willst du, dass ich mit Brynn die Stellung tausche?«

»Ja. Ab heute Abend ist Mia deine Zielperson.« Tyr betrachtete mit gerunzelter Stirn die Stelle, an der der Wolf gestanden hatte. »Bring sie zur Hütte. Lass sie nicht aus den Augen.«

Mein Blick wanderte zwischen Tyr und Henrik hin und her. »Wovon redet ihr da?«

Aber sie redeten weiter, als hätte ich nichts gesagt.

»Ich schicke Brynn los, um ihre Sachen abzuholen. Wir können sie nicht gehen lassen, bevor wir ihn gefangen haben.« Henrik starrte durch mich hindurch, als er sprach.

»Mich nicht gehen lassen? Wehe, ihr sperrt mich wieder irgendwo ein. Es ist wirklich nicht in Ordnung, dass ihr das immer wieder macht.« Meine Worte stießen auf taube Ohren.

»Sorg dafür, dass Brynn ihr Haus verzaubert – es ist der erste Ort, an dem Fenrir es versuchen wird, und wir wollen nicht, dass er ihre Mitbewohnerinnen umbringt. Odin hat auch ohne zwei tote Menschenmädchen schon genug Probleme, um die er sich kümmern muss.« Tyr sprach über meinen Kopf hinweg.

»Was ist hier los?« Ich stampfte mit dem Fuß auf.

»Er hat meine Familie erwischt, mein Mädchen bekommt er nicht auch noch.«

»Kann mir vielleicht mal endlich jemand sagen, was hier los ist?«, flehte ich.

Tyr sah mich an, als hätte er sich gerade erst daran erinnert, dass ich da war. Er streichelte meine Wange und schüttelte den Kopf. »Tut mir leid, *prinsessa.* Es gibt eine Planänderung. Du ziehst bei mir ein.«

Achtzehn

»Ich tue was? Bist du wahnsinnig?« Mein Ton war nicht besonders freundlich, aber die Situation erforderte es. Ein Mann konnte einer Frau nicht einfach befehlen, bei ihm einzuziehen. Vielleicht in Asgard, aber nicht im Amerika des einundzwanzigsten Jahrhunderts. Und schon gar nicht mir.

Tyr ignorierte meinen wütenden Blick. Er brachte das Boot in völliger Stille zurück, trotz meiner immer lauter werdenden Proteste. Wir erreichten das Ufer in nur einer Minute, doch ich nutzte jede einzelne dieser sechzig Sekunden, um dagegen zu protestieren, wie er mein Leben verplante. Für wen genau hielt er mich eigentlich? Ich war ein Super-G-Champion und keine albern kichernde Jungfrau in Nöten.

Ich zog die Schultern zurück und hob trotzig das Kinn. »Falls du es noch nicht bemerkt haben solltest, Kumpel, ich bin eine Frau. Kein Vieh. Du kannst mich nicht einfach so herumkommandieren. Wenn du willst, dass ich mit dir zusammenlebe, musst du eine lange Zeit mit mir ausgehen, mir deine Liebe erklären, mit meinem Vater sprechen, der in solchen Dingen sehr traditionell und sensibel ist, und mich *fragen*, ob ich überhaupt mit dir zusammenleben *will*. Befiehl es mir nicht einfach. Frag mich. Es gibt gesellschaftliche Regeln für so etwas, und du, mein Freund, brichst sie alle. Hörst du mir überhaupt zu?«

Doch das tat Tyr nicht. Er sprang an Land und setzte sich in Bewegung. »Henrik«, rief er. »Lege einen Schutzzauber über den Steg. Dann bring den Wagen so nah wie möglich heran. Das Fläschchen mit Fischatem ist in meiner Tasche, also ist wenigstens etwas Gutes dabei herausgekommen. Ich gebe Mia Deckung, und dann fahren wir gemeinsam zurück.« Tyr band das Boot am Pier fest und nahm den Eimer mit den restlichen Fischen darin. Dann nahm er meine Hand, um mir vom Boot zu helfen.

»Ich kann allein gehen, vielen Dank.« Ich riss mich von ihm los, zog meine Schwimmweste aus und drückte sie ihm in die Hand. Dann kletterte ich vom Boot und marschierte vor ihm den Steg entlang. Es war einfacher, auf Tyr wütend zu sein, als an das Entsetzen zu denken, das ich beim zweiten Angriff des Wolfs empfunden hatte. Bei der bloßen Erinnerung drehte sich mir der Magen um. Nichts an diesem Moment war in Ordnung.

»Die Luft ist rein«, rief Henrik. Er hatte den Hummer direkt an den Steg gefahren und wechselte vom Fahrersitz nach hinten. »Schnell.« Wir rannten die kurze Strecke zum Wagen. Tyr reichte Henrik die Fische, bevor er sich umdrehte, um mir auf den Beifahrersitz zu helfen. Aber ich war schon eingestiegen. Tyr ging zur Fahrerseite, schloss die Tür und schnallte sich an.

Er drückte auf das Gaspedal. Der Hummer schlingerte rückwärts und hinterließ ein großes »U« im Boden. Er raste durch die Redwoods auf den Highway zu. Die Bäume flogen mit beängstigender Geschwindigkeit vorbei, aber Tyrs ruhige Hand hielt das Fahrzeug auf Kurs. Er wirkte fest entschlossen.

»Redest du jetzt endlich mal mit mir?« Ich verschränkte die Arme.

Tyr hielt den Blick auf die Straße gerichtet. »Worüber?«

»Ich werde nicht bei dir einziehen.«

»Doch, das wirst du.« Tyr fuhr unbeirrt weiter.

»Nein, werde ich nicht. Das ist etwas, was Paare gemeinsam entscheiden. Vielleicht nicht in dem Teil von Asgard, aus dem du kommst, aber hier in der Gegend ist so etwas keine einseitige Entscheidung.«

Henrik schnaubte auf dem Rücksitz, und Tyr warf ihm einen Blick zu. »Na schön. Mia Ahlström, würdest du bitte bei mir einziehen?«

Ich warf ihm einen grimmigen Blick zu. »Jetzt bist du einfach nur herablassend.«

»Ich bin nicht herablassend. Ich versuche nur mitzuspielen. Denn am Ende dieser Unterhaltung holt Brynn deine Sachen und bringt sie zu mir nach Hause. Das ist keine Verhandlung.«

»Du kannst einer Frau nicht einfach sagen, dass sie bei dir einziehen wird.« Wieder verschränkte ich die Arme und drehte mich zu Henrik um. »Er kann mir nicht einfach befehlen, bei ihm einzuziehen!«

»Doch, das kann er.« Henrik versuchte nicht einmal, seine Belustigung zu verbergen. »Er ist der Gott des Krieges. Selbst Thor darf ihn nicht infrage stellen.«

»Vielleicht bedeutet dieser Titel in Asgard etwas, aber hier kann man nicht einfach Leute herumkommandieren. Es gibt Regeln, die man befolgen muss. Und außerdem bin ich noch nicht bereit, mit dir zusammenzuwohnen. Ich kenne nicht einmal deinen zweiten Vornamen.«

»Ragnar.« Tyrs Mundwinkel zuckte.

»Oh. Tja.« Ich tippte mit dem Fuß. »Das ist ein wirklich hübscher zweiter Vorname.«

»Danke. Ist der Streit jetzt vorbei?«

»Nein. Ich werde nicht bei dir einziehen. Ich mag dich zu sehr.«

»Das ergibt keinen Sinn.« Tyr griff nach meiner Hand. »Du magst mich. Ich mag dich. Du bist das einzige Mädchen, mit dem ich zusammen sein will, und du bist das einzige Mädchen, das ich je gebeten habe, bei mir einzuziehen. Ich verstehe nicht, wo das Problem liegt.«

»Jemals? Du bist ungefähr tausend Jahre alt. Im Ernst, du hast noch nie mit einer Frau zusammengelebt?«

»Nein. Ich mag meinen Freiraum.«

»Oh. Tja. Du kannst jedenfalls nicht mit mir zusammenziehen, weil …« Es war schwer, das richtige Maß an Empörung aufrechtzuerhalten, wenn er mich berührte. »… weil du es aus den falschen Gründen tust. Du tust es nicht, weil du mit mir zusammenleben willst, sondern weil ein Killer-Wolfsgott hinter mir her ist und dein Macho-Alpha-Gen anspringt. Das ist eine impulsive Entscheidung, keine rationale.«

Tyr zuckte mit den Schultern. »Ich will mit dir leben. Und mein Alpha-Gen schaltet sich immer ein. Das schließt sich nicht aus.«

»Aber wenn wir zusammenziehen, dann möchte ich, dass wir es beide wollen, und nicht, weil wir Angst vor etwas haben.« Ich schlug meine Faust auf meinen Oberschenkel. Es war, als würde ich mit einer Gummiwand reden. Alles, was ich ihm entgegenschleuderte, prallte an ihm ab.

»Hör zu, Baby, ich verstehe, dass du Angst hast. Es gibt im Moment viel, vor dem man Angst haben kann. Aber du musst niemals Angst vor dem hier haben.« Er legte meine Hand auf sein Herz. »Und daran wird sich nichts ändern. Du bedeutest mir mehr, als du weißt, Mia Ahlström, und ich werde alles tun, was nötig ist, um dich zu beschützen. Selbst wenn das bedeutet, dass ich dich verärgern muss.«

Ich hielt ganz still und dachte über Tyrs Angebot nach. *Vorteile:*

Das erste Studienjahr unter dem Schutz des nordischen Pantheons.

Erhöht die Wahrscheinlichkeit, bizarre Wolfsangriffe zu überleben.

Nächtliche Blicke auf den nordischen Kriegsgott in seinem Pyjama erhaschen.

Nachteile: Ähm …

Mein Gehirn wurde durch die Vorstellung von Tyr im Pyjama gelähmt.

»Du musst nicht mein Zimmer teilen. Du kannst das obere Gästezimmer haben. Aber ich will dich in meiner Nähe, zumindest bis wir Fenrir gefangen haben. Wenn du dann gehen willst, werde ich dich nicht aufhalten.«

Er küsste meine Fingerspitzen mit einem Lächeln, aber ich hörte die Anspannung in seiner Stimme.

Die Wahrheit war, dass es mich überglücklich machen würde, bei Tyr einzuziehen. Und das würde es noch schwieriger machen, darüber hinwegzukommen, wenn er eines Tages nach Asgard zurückkehrte. Tyr bemühte sich ständig um mich – die süßen Dates, die frühmorgendlichen Laufrunden, die Überraschungsbesuche in der Uni. Er tauchte »mysteriöserweise« nach dem Unterricht auf, um mich zu meinem Auto zu begleiten, und einer seiner Bodyguards war zufällig meine Mitbewohnerin. Ob es nun an Freyas Einmischung oder Tyrs beschützender Natur lag, passte seit dem Tag meiner Ankunft in Arcata jemand auf mich auf. So viel zu meiner Unabhängigkeit am College. Ich hatte mein Elternhaus verlassen, um von den Göttern bewacht zu werden.

Und jetzt wollten sie mich in ihrer Hütte unterbringen.

Weil sie der Meinung waren, dass ich mich nicht gegen ihren bösen Wolf verteidigen konnte.

»Erzähl mir, was an diesem Tag im Wald passiert ist. Ich muss wissen, warum Fenrir *mich* angegriffen hat und nicht eines der anderen Mädchen, die Freya für dich ausgesucht hat.«

»Woher weißt du von Freyas Mädchen?« Tyr warf mir einen erstaunten Blick zu.

»An dem Abend, als ich herausgefunden habe, was du bist, hat mir Brynn alles erklärt. Warum also ich? Warum hat er nicht jemand anderen verfolgt und angegriffen?«

»Ganz ehrlich?« Tyr tippte auf das Lenkrad. »Ich habe keine Ahnung. Durch den Hack des Sicherheitssystems der Nornen muss er wissen, dass ich mit jemandem zusammen sein würde, die eine Sterbliche sein könnte. Obwohl die Prophezeiung, dass ich mit jemandem enden würde, die *nicht aus Asgard* stammt, genauso gut eine Vanir oder eine Lichtelfin oder, Odin bewahre, eine Bergriesin betreffen könnte. Ich schätze, weil sich Freya darauf eingeschossen hatte, dass meine Partnerin ein Mensch sein würde, war auch Fenrir dieser Meinung. Du bist an diesem Tag den Pfad entlanggelaufen, der direkt zu meiner Hütte führte, also dachte er vielleicht, dass du zu mir willst. Und ich habe die anderen Mädchen nie getroffen, jedenfalls nicht dass ich wüsste, also weiß ich nicht, wie sie aussehen. Aber Fenrir kennt mich gut genug, um zu wissen, dass ich mich zu dir hingezogen fühlen würde«, sagte Tyr augenzwinkernd. »Ich hatte schon immer eine Schwäche für langbeinige Brünette.«

»Also wollte er mich töten, weil ich in Richtung deines Hauses gejoggt bin und weil ich dein Typ bin?« Meine Stimme klang schrill. »Das ist verrückt.«

»Es könnte auch hundert andere Gründe geben. Wir werden es wohl nie erfahren.« Tyr zuckte mit den Schultern. »Aber als ich das Knurren hörte, kam ich aus meinem Haus und war rechtzeitig bei dir, um zu helfen. Du brauchst nur zu wissen, dass ich mich damals um dich gekümmert habe. Und auch jetzt versuche ich, mich um dich zu kümmern.« Tyr beugte sich leicht in meine Richtung. »Du hast am Strand gesagt, dass du mir vertraust. Das wäre jetzt ein wirklich guter Zeitpunkt, um es zu beweisen.«

Wir würden später noch eine Menge zu besprechen haben, doch sein Gesichtsausdruck war so liebenswert, dass ich nur zwei Minuten brauchte, um zu beschließen, ihm auf halbem Weg entgegenzukommen.

»Okay. Hier sind meine Bedingungen. Ich ziehe probeweise bei dir ein. Für eine Woche. Wenn wir danach das Gefühl haben, dass es zu früh oder zu viel ist, lässt du mich zurück in mein Haus ziehen, ohne mir Schuldgefühle oder eine Szene zu machen. Und ich werde alle Regeln befolgen, die du für nötig hältst, damit du das Gefühl hast, dass der Wolf mich nicht erwischt. Ich werde nicht alleine joggen gehen, spätabends in den Laden gehen oder was auch immer. Aber wenn es die Dinge zwischen uns unangenehm macht«, *oder wenn ich das Gefühl habe, dass ich zu sehr an dir hänge, um dich eines Tages wieder nach Asgard zurückkehren zu lassen,* »hören wir sofort auf. Abgemacht?«

Vom Rücksitz drang ein Lachen. Tyr und ich warfen Henrik beide einen bösen Blick zu.

»Tut mir leid. Ich habe nur noch nie gesehen, dass jemand mit ihm feilscht. Mit Freya und Idunn schon. Aber nie mit Tyr.« Er bekam sich vor Lachen gar nicht mehr ein.

»Haben wir eine Abmachung?«, fragte ich erneut und ignorierte den Lärm von den billigen Plätzen.

»Was passiert, wenn ich nein sage?«

»Dann gehe ich zurück nach Hause und lebe mein Leben weiter, als wäre kein verrückter Wolf hinter uns her, und du musst einfach damit klarkommen. Ich rufe meinen Bruder an, wenn du versuchst, mich zu entführen, und mich zwingst, bei dir zu bleiben. Und glaub mir, du willst Jason nicht verärgern. Er hat gedroht, dich zu töten, wenn du mir das Herz brichst, nur damit du es weißt.«

»Ach, das hat er, ja?« Tyr lächelte.

»Das hat er. Haben wir also eine Abmachung?«

»Meinetwegen. Abgemacht.« Tyr nickte. »Und jetzt hört auf, mich abzulenken, ihr beiden. Wenn es wirklich ein Portal in diesen Wäldern gibt, könnte Fenrir zurückkommen – und er könnte Freunde mitbringen. Wir wissen, dass er mit jemandem zusammenarbeitet, es ist also nur eine Frage der Zeit, bis derjenige auftaucht.«

Zitternd drückte ich Tyrs Hand. Wir fuhren eine Weile schweigend weiter, bevor ich den Mut zu fragen fand.

»Mit was für Freunden hängt ein Killerwolf herum?«

»Mit seinen Geschwistern.«

»Stimmt ja. Der Wolf hat einen Bruder, der eine Schlange ist.« Ich erinnerte mich, aber es erschien mir immer noch absurd. »Und ihre Schwester ist Hel.« Ich zupfte an meinen Ärmeln herum.

Tyr redete weiter. »Odin wusste, dass Jörmungandr ein großes Problem sein würde, also warf er sie in den Ozean von Midgard. Die Schlange wurde so groß, dass sie sich selbst in den Schwanz biss, doch dann konnte sie sich nicht mehr befreien. Es heißt, wenn Jörmungandr ihren Schwanz loslässt, wird deine Welt untergehen.«

»Wenn Fenrir also Jorga… Jomug… na ja, wenn er also mit

der Schlange auftaucht, wird es eine Art Apokalypse geben?« Ich presste meine Handflächen auf meine Oberschenkel.

»So in etwa. Aber du kannst darauf wetten, dass sie zuerst versuchen werden, dich zu töten.«

Tja, das war ziemlich ätzend. Plötzlich wirkte der Rat meines Bruders, mal ein bisschen zu leben, nicht mehr so gut. Ein Schauer durchlief meinen Körper. Ich hatte noch nie groß über den Tod nachgedacht, da ich erst achtzehn und durch das Ski-Training in bester körperlicher Verfassung war. Und es gab ja auch nicht so was wie eine ideale Art zu sterben. Aber der Tod durch einen riesigen Wolfsgott und/oder ein Schlangenmonster stand nicht gerade ganz oben auf meiner Liste.

»Komm her, *prinsessa.*« Tyr streckte einen Arm aus, und ich rutschte so nah ran, wie es die Konsole zuließ.

»Ich bin immer noch sauer auf dich, weil du versucht hast, mich herumzukommandieren«, stellte ich klar. »Das bedeutet nicht, dass du wegen deines dämlichen Verhaltens aus dem Schneider bist.«

»Glaub mir, das weiß ich. Und ich weiß auch, dass das alles ziemlich beängstigend für dich ist. Du bist taffer, als du aussiehst, und ich weiß es zu schätzen, dass du nicht aus dem Fenster gesprungen bist, um dem ganzen Wahnsinn zu entkommen. Aber ich werde nicht zulassen, dass dir etwas zustößt. Nicht heute, nicht nächste Woche, niemals. Ich werde bis zum Tod kämpfen, damit du in Sicherheit bist. Hast du das verstanden?« Er sprach mit einer Vehemenz, die mich leicht verblüffte.

»Ja«, flüsterte ich. Seine Bartstoppeln kitzelten meine Lippen, als ich mich zu ihm beugte und ihm einen sanften Kuss auf die Wange drückte, während er fuhr. Als ich mich zurückzog, legte er seinen Arm um meine Schultern.

»Und jetzt halt dich gut fest.« Als wir den Freeway erreichten, trat er aufs Gas. »Das wird eine ziemlich wilde Fahrt.«

****

Als wir Tyrs Haus erreichten, sprang er mit ausgestreckten Armen aus dem Wagen.

Er murmelte etwas, das ich nicht verstehen konnte, und eine schimmernde Blase erschien. Sie bedeckte das Haus und erstreckte sich in einem Radius von zwanzig Metern um das Gebäude.

»Das hast du schon mal gemacht. Was ist das?« Ich stieg aus dem Auto. Wir befanden uns sicher innerhalb der goldenen Kuppel.

»Eine Schutzhülle«, murmelte er wieder, diesmal zielte er mit seinen Händen auf Elsas Hütte.

»Das sollte Fenrir fernhalten, bis wir auf das nordwestliche Gelände umziehen.«

»Ich schaue nach deiner Schwester und treffe dann Brynn im Haus der Mädchen.« Henrik warf einen Blick auf sein Telefon. »Forse ist hergekommen, um auf Elsa aufpassen zu können. Du brauchst dich nur um Mia zu kümmern.«

Wir ziehen um? Und wer ist Forse?

»Ruf sofort an, wenn in der Hütte etwas nicht stimmt«, befahl Tyr.

»Natürlich.« Henrik reichte Tyr den Eimer mit den Fischen, setzte sich auf den Fahrersitz und fuhr davon.

»Rein mit dir, Mia.« Mit seiner freien Hand hob mich Tyr in einen Feuerwehrgriff und sprintete ins Haus.

»Ich kann allein gehen«, betonte ich von meiner Position über seiner Schulter aus.

»Ja, aber du bist nicht so schnell wie ich.« Tyr schlug die Tür hinter sich zu und stellte den Eimer auf den Boden. Ich zappelte, bis er mich auf die Beine stellte.

»Warum machen wir nicht ein Rennen, *ohne* dass du deine Superschnelligkeit einsetzt? Dann werden wir sehen, wer schneller ist.«

Ich stemmte die Hände in die Hüften.

»Gern. Morgen. Jetzt müssen wir uns erst einmal um ein paar Dinge kümmern.« Tyr flitzte die Treppe hinauf, schlug einige Türen zu und kehrte in der Zeit, die ich für zwei Atemzüge brauchte, nach unten zurück. Innerhalb von Sekunden überprüfte er die Räume im Erdgeschoss und kam vor mir zum Stehen. »Die Luft ist rein.«

»Das ist wirklich unheimlich, weißt du das?«

»Es ist effizient. Und jetzt besorgen wir dir etwas zu essen. Sind Käsemakkaroni okay? Ich bin nicht mehr in der Stimmung, diese Fische zu braten.« Tyr ging in Richtung Küche.

Ich nahm den Eimer, dann rief ich. »Tyr. Warte.«

Er nahm seine Baseballkappe ab und fuhr sich mit den Fingern durch die Haare, während er sich umdrehte. »Was ist, Baby?«

»Die wird gleich herausfallen.« Ich deutete auf seine Jacke. Das Fläschchen mit dem Atem des Fisches ragte gefährlich weit aus der Tasche.

»Oje, danke.« Tyr warf seine Baseballmütze auf einen Beistelltisch und schnappte sich das Fläschchen. »Die habe ich ja ganz vergessen. Ich lege sie besser beiseite.«

»Mach das. Ich bringe den Fisch in die Küche.«

Wir gingen gemeinsam den Flur hinunter. Am Ende bog ich rechts ab und stellte den Eimer auf der Theke ab – wir konnten die Fische einfrieren und später kochen. Als ich zurückkam, hatte Tyr einen Spiegel von der Wand genommen. Er drehte das Zahlenschloss des dahinter versteckten Safes, und die Tür schwang auf. Als das Fläschchen sicher im Tresor war, verschloss er ihn wieder.

»Die restlichen Zutaten sind hier. Alle außer der Bärensehne.«

»Wann werden wir die denn besorgen?«, fragte ich, während er den Spiegel wieder aufhängte.

»*Wir* gar nicht. Zu gefährlich.« Tyr versuchte meine Hand zu ergreifen, doch ich zog sie weg.

»Du musst wirklich mal aufhören, mich zu unterschätzen. Ich habe bereits bewiesen, dass ich besser schießen und fischen kann als du. Und wer weiß? Vielleicht bin ich sogar eine hervorragende Bärenjägerin.« Ich verschränkte meine Arme.

»Daran habe ich nicht den geringsten Zweifel. Aber ich kann nicht zulassen, dass du im Wald bist, während der Wolf auf dich lauert. Ich kümmere mich um den Bären.« Tyr griff wieder nach meiner Hand, aber ich wich zurück. Er warf mir einen langen Blick zu. »Du kannst wütend auf mich sein, so viel du willst, *prinsessa*, aber das wird nichts ändern. Du bleibst hier, bis ich weiß, dass du in Sicherheit bist. Du kannst es dir also auch genauso gut bequem machen.«

Mit diesen Worten ging Tyr an mir vorbei in die Küche. Ich stand im Flur und widerstand dem Impuls, mit den Füßen aufzustampfen. Stattdessen atmete ich einige Male tief durch und folgte dem nervigsten Gott der Welt. Dabei machte ich mich bereit, ihm noch einmal so richtig die Meinung zu geigen.

Aber als ich ihn mit angespannten Schultern gegen die offene Kühlschranktür lehnen sah, während er Milch, Butter und Käse auf die Arbeitsplatte der Insel stellte, ließ ich es sein. Er befand sich gerade in einer Art Albtraum, und ich regte mich über eine vorübergehende Wohnsituation auf.

Ich schüttelte den Kopf. *Wähle deine Schlachten weise, Ahlström. Sein Tag läuft viel schlechter als deiner.*

»Hier.« Ich ging zum Schrank und holte die Reibe heraus, da ich genau wusste, dass Tyr sein ganz persönliches Wohlfühlessen machte. »Lass mich dir helfen. Ich kann den Käse reiben.«

Tyr ließ erleichtert die Schultern sinken, während er mir den Cheddar-Block in die Hand drückte. »Danke, Mia.« Er küsste meinen Hinterkopf, während ich anfing, den Käse zu raspeln. »Das Ganze hier tut mir leid. Ich schwöre, ich werde alles in meiner Macht Stehende tun, um es wiedergutzumachen.«

»Das weiß ich doch.« Ich schob den Käse über die Reibe. »Aber du musst nicht immer alles allein machen.«

Tyr lachte. »Wie wäre es, wenn du mir hilfst, die Nerven zu extrahieren, nachdem ich den Bären besorgt habe. Klingt das fair?«

»Nicht besonders. Aber ich nehme an, du hast heute keine Lust mehr auf weitere Verhandlungen?«

»Da liegst du richtig.« Tyr holte etwas Speck aus dem Kühlschrank und legte ihn auf den Tresen. »Ich werde gehen, sobald es dunkel ist. Es ist einfacher, einen Bären mitten in der Nacht durch die Wälder zu schmuggeln als am Tag. Man weiß nie, wer einen beobachtet.«

Ich erschauderte. »Du glaubst, dass dich außer dem Wolf noch jemand beobachtet?«

»Wer weiß? Das Glück ist mit den gut Vorbereiteten, nicht wahr?« Tyr ließ ein halbes Pfund Butter in der Pfanne schmelzen, dann rührte er etwas Mehl hinein. Ein ganzes Päckchen

Butter? Kein Wunder, dass seine Käsemakkaroni so gut schmeckten.

Ich stellte die Reibe in die Spüle und reichte Tyr den Käse, während er einen Topf mit Wasser füllte und zum Kochen brachte.

»Deshalb habe ich alles, was ich für die Sezierung brauche, in der Garage aufgebaut.«

»Im Ernst?« Ich blinzelte.

»Im Ernst.« Er fügte Milch, Käse, Salz und Pfeffer zu der Mehlmischung hinzu und schüttete die Nudeln in den Topf mit Wasser.

»Das ist hier ja wie in der verdammten Bathöhle.«

»Das hättest du wohl gern«, scherzte Tyr. »Nach dem Essen kannst du duschen und es dir bequem machen. Brynn hat dir ein paar Sachen zum Wechseln dagelassen.«

»Wann hat sie das denn getan?«

»Henrik hat ihr eine Nachricht geschickt, als wir auf dem Heimweg waren.« Tyr zuckte mit den Schultern. »Er sollte bald mit dem Rest deiner Sachen hier sein. Wenn es dunkel ist, werde ich den Bären betäuben. Wir werden die Nerven extrahieren, überprüfen, ob alle Zutaten da sind, und um halb elf können wir beide im Bett sein.«

»So einfach ist das, was?« Mein Magen knurrte. Dazwischen konnten noch so viele Dinge schiefgehen.

»So einfach ist das.« Tyr kam herüber und setzte sich auf den Platz neben mich. Er nahm meine Hände in seine und küsste nacheinander jede Handfläche. Ein Kribbeln wanderte meinen Arm hinauf und direkt in meinen Unterleib. Bärenjäger. Unsterblicher Krieger. Übermenschlicher Küsser. Gott. Dieser Mann war einfach unwirklich.

Als der Timer schließlich piepte, stand Tyr auf, um das Gericht aus dem Ofen zu nehmen. Er verteilte großzügige Portionen in zwei Schalen und brachte sie zur Kochinsel.

»Und jetzt iss auf, *prinsessa.* Wir haben noch viel vor.«

****

Henrik kam an diesem Abend nicht nach Hause. An sein Handy ging er auch nicht. Tyr sprach ihm eine zunehmend verzweifelte Nachricht nach der anderen drauf. Während er im Raum herumschwirrte und in seiner Panik sogar das ein oder andere Mal vom Boden abhob, zog ich mein Handy heraus und schrieb Brynn eine SMS.

Wo ist Henrik?

Einen Moment später bekam ich eine Antwort.

Bei mir. Es gibt da ein kleines Problem. Wir haben es unter Kontrolle.

Ich tippte unauffällig.

Tyr flippt aus.

Brynns Antwort brachte mich zum Kichern. *Das ist ja was ganz Neues. Sag ihm, wir haben es im Griff. Tut, was immer ihr tun müsst, um den Rest der Zutaten zu bekommen, JETZT. Richte Tyr aus, dass ich gesagt habe, die Zutaten wären Code Orange. Ich schicke Henrik, sobald ich kann. Bis dann!!*

Als Tyr mein Lachen hörte, blieb er stehen. Sein Blick fiel auf mein Handy. »Was ist?«

»Henrik ist bei Brynn. Offenbar gibt es ein Problem, aber sie haben es unter Kontrolle. Sie meint aber, dass du die Sache mit dem Bären sofort erledigen solltest.«

»Ich rufe Freya an und werde sie bitten, bei dir zu bleiben.« Tyr hielt sein Handy ans Ohr und begann ein hitziges Gespräch. »Was soll das heißen, ihr sichert immer noch das nordwestliche Gelände? Ich dachte, die Verstärkung wäre fast fertig?«

Es gab eine lange Pause.

»Ich verstehe. Und Forse? Er ist doch immer noch bei Elsa, oder?« Tyr schloss die Augen. »Na gut. Ich denke mir etwas aus. Kümmere du dich dort um alles.«

Er steckte sein Handy in die Gesäßtasche und straffte die Schultern.

»Freya ist beschäftigt?«, fragte ich mit beiläufigem Tonfall, um meine wachsende Anspannung zu überspielen.

»Ich werde nicht gehen. Ich lasse dich hier nicht allein.«

»Ich komm schon zurecht. Leg einen Extrazauber über das Haus, oder gib mir eine deiner schicken Weltraumwaffen oder so.« Ich schenkte Tyr mein schönstes Lächeln, und er zuckte zusammen.

»Vielleicht kann ich Brynn dazu bringen …«

»Du willst, dass ich dir vertraue? Das funktioniert in beide Richtungen. Ich kann auf mich selbst aufpassen«, sagte ich sanft.

Tyr sah mich an. »Ich weiß, dass du das denkst. Aber dieses Monster …«

»Es kommt nicht näher als dreißig Meter an mich heran. Ich habe schon viele Gewehre abgefeuert.« Ich zeigte auf den geheimen Weltraumwaffenschrank. »Gib mir einfach eine davon.«

Tyr warf einen Blick auf den Schrank, dann wieder zu mir. Dann ging er zur Geheimtür und öffnete sie. Er griff hinein und reichte mir ein Gewehr. »Gut. Aber die ausgefallenen Weltraumwaffen sind zu riskant. Soll ich dir noch mal zeigen, wie man das hier benutzt?«

»Du hast mich schießen sehen. Ich bin besser als du«, erwiderte ich augenzwinkernd.

»Das hättest du wohl gern.« Tyr küsste mich auf den Kopf. »Ich verlasse dich wirklich ungern, Mia. Der Bär kann warten, bis Brynn und Henrik zurück sind.«

»Vielleicht. Aber Brynn hat gesagt, ich soll dir ausrichten, dass die Zutaten Code Orange sind.«

Tyr erstarrte. »Zeig mal her.«

Ich reichte ihm mein Handy. Sein Gesicht wurde kreidebleich, als er den Text las. *»Förbaskat.«*

»Geh.« Ich schob ihn durch die Eingangstür. Er stand auf der Veranda und machte eine ausladende Handbewegung. Um die Grundstücksgrenze bildete sich eine dichte lavendelfarbene Blase, die am Boden durch einen wirbelnden schwarzen Nebel verankert war.

»Ich bin in ein paar Minuten zurück.« Er tippte auf seinem Handy herum. »Hundert Meter südlich von hier jagt ein Schwarzbär Fische. Das sollte nicht lange dauern.«

»Gibt es eine asgardische App zum Aufspüren von Bären?«

»Es gibt für alles eine App.«

»Tja, ich werde hier sein.« Ich küsste ihn auf die Wange und schob ihn von der Veranda. »Jetzt geh schon.«

Tyr starrte mich an. »Bist du sicher, dass das für dich in Ordnung ist?«

Ich hob das Gewehr und hielt es in Augenhöhe. Ich zielte auf einen Felsen direkt am linken Rand des Grundstücks und gab einen Schuss ab. Der Felsen explodierte, und winzige Stückchen flogen umher.

»Ich komme klar«, versicherte ich Tyr.

»Bei Odin, du bist gerade so schön. Wenn ich nicht müsste …« Er riss den Blick von mir los und lief in den Wald. »Ich habe Pläne für dich, wenn ich zurückkomme«, rief er über seine Schulter.

»Dann komm schnell wieder«, rief ich ihm hinterher. Dann ging ich zurück ins Haus und schloss die Tür ab.

Und wartete.

Neunzehn

Eine halbe Stunde später stand ich in Tyrs Garage und beugte mich über den schlafenden Körper eines lebenden Bären. Das Tier atmete leise aus, als Tyr einen Einschnitt in den oberen Deltamuskel machte. Während er arbeitete, hatte er wieder unbewusst die Zunge rausgestreckt. Wenn die Situation nicht so ernst wäre, hätte ich Tyr wegen seines Ticks geneckt.

»Gib mir mal das kleinere Skalpell.« Tyr hielt mir die Hand hin. Er hatte nicht gescherzt – in seiner Garage war ein komplettes Labor eingerichtet. Neben dem Motorrad stand ein stabiler Operationstisch mit komplizierten Beleuchtungsvorrichtungen und medizinischen Maschinen, die ich noch nie in einem menschlichen Krankenhaus gesehen hatte.

Mittendrin lag ein zwei Meter großer schlafender Bär. Sein dickes schwarzes Fell hob sich von dem matten Metalltisch ab, und seine Pfoten waren so massiv, dass er uns mit einem Schlag beide hätte auslöschen können, wenn er gewusst hätte, was wir hier mit ihm veranstalteten.

»Bist du auch ganz sicher, dass er nicht zwischendrin aufwachen wird?« Ich sprach leise, während ich das Tablett mit den chirurgischen Geräten durchsuchte. Als ich das kleine Skalpell fand, reichte ich es Tyr.

»Ziemlich sicher.« Er grinste. Dann beugte er sich vor, um mir einen Kuss auf die Wange zu geben, bevor er sich wieder der Schulter des Bären zuwandte. »Wenn du Angst hast, kannst du auch wieder ins Haus gehen.«

»Auf gar keinen Fall.« Ich schüttelte den Kopf. »Ich will dir helfen.«

»Das liebe ich an dir.« Tyr blickte auf. »Du bist etwas Besonderes, Mia. Das alles hier tut mir wirklich leid. Ich wollte dich nie in Gefahr bringen. Ich schwöre, wenn dir etwas zustößt …«

Tyr richtete seine Aufmerksamkeit wieder auf seine Arbeit. Er blickte nicht wieder auf.

Ich rückte näher und legte meine Hand auf seinen Rücken. Seine Muskeln spannten sich unter meiner Berührung an, und mein Magen krampfte sich zusammen, als ich an all das dachte, was er erlebt hatte. Vom Verlust seiner Eltern, dem Kindheitshaustier, das er am Leben lassen wollte, bis hin zur Verantwortung für die Sicherheit *des gesamten Universums* hatte Tyr in seinem Leben mehr ertragen müssen, als ich auch nur ahnen konnte. Es war herzzerreißend.

»Es tut mir leid«, flüsterte ich.

»Was denn?« Tyr arbeitete weiter.

»Alles, was du durchmachen musstest. Dass du deine Eltern verloren hast. Das mit Elsa. Dass du von Fenrir verraten wurdest. Dein Reich beschützen musst. Das alles. Ich kann mir gar nicht vorstellen, wie schwer es war. Es tut mir leid.«

»Ich habe mir dieses Leben ausgesucht.« Tyr zuckte mit den Schultern. »Ich wusste, was es bedeutet.«

»Aber du wurdest in deinen Titel hineingeboren, oder?«

»Ich habe ihn durch meine Eltern erhalten, als sie mich adoptiert haben, ja. Aber ich hätte mich auch dagegen entscheiden können. Das ist schon vorgekommen. Vanaheim ist voll von Leuten, die ihren Posten weitergegeben haben. Mir wurde erklärt, was es heißt, Kriegsgott zu sein, sobald ich volljährig sein würde, und ich blieb, um die Aufgabe zu übernehmen. Ich stehe zu dieser Entscheidung, also brauchst du kein Mitleid mit mir zu haben. Spare es dir auf für die Götter, die gestorben sind, um mich zu beschützen.«

Tyr griff nach einer langen Pinzette und setzte seine Arbeit fort. Ich stand direkt hinter ihm, daher war meine Sicht leicht versperrt. Da er gut ohne mich zurechtkam, streichelte ich ihm sanft den Rücken. »Redest du von deinen Eltern?«

»Von meinen Eltern«, bestätigte er. »Und meinen Leibwächtern.«

»Henrik ist nicht tot.«

»Nein. Aber die vier Wächter, die ich vor ihm hatte, sind es.« Tyr blickte nicht auf.

»Oh. Oh, Tyr.« Ich lehnte meine Wange an sein Schulterblatt. »Es tut mir so leid.«

»Ihr einziger Fehler bestand darin, für mich zu arbeiten. Deshalb habe ich Henrik so lange abgelehnt, als er sich für den Job beworben hat. Aber er ist der Beste in seinem Fach, und Odin hat sich schließlich über meinen Einwand hinweggesetzt. Auf mich wurden mehr Anschläge verübt als auf jeden anderen Gott. Etwas mit mir zu tun zu haben, ist Selbstmord.«

»Reden wir immer noch über deine Leibwächter?«

Tyr legte das Instrument weg und drehte sich zu mir um. Seine normalerweise stoischen Augen sahen ziemlich feucht aus.

Würde er etwa weinen?

»Unsterbliche Wesen sind gestorben, weil sie mit mir zu tun hatten. Ich habe schreckliche Angst davor, dass … dass du auch sterben könntest.«

»Fenrir wird mich nicht kriegen.« Ich hob sein Kinn mit meinem Finger an. »Du wirst das Seil besorgen und ihm eine Falle stellen, weißt du noch?«

»Fenrir ist nur der Anfang. Ich habe Feinde, die du dir nicht einmal vorstellen kannst. Schlangen, Drachen und ein durchgeknalltes achtbeiniges Pferd – eine Legion von Dämonen, die alles tun würden, um mir zu schaden. Wenn sie erst einmal Wind von dir bekommen, wirst du ein leichtes Ziel werden. Und die Tatsache, dass du ein Mensch bist …« Tyr rieb sich die Augen, und die Feuchtigkeit verschwand. »Du bist so verwundbar.«

»Hältst du mich wirklich für so hilflos?«

»Gegenüber den Monstern der Unterwelt, ja. Willst du wissen, warum ich dich an dem Abend, als wir uns kennenlernten, nicht um ein Date gebeten habe? Weil du es verdient hast, in Sicherheit zu sein, egal, was ich wollte. Wegzugehen war der beste Weg, um dafür zu sorgen.«

»Und was ist passiert? Warum hast du deine Meinung geändert?« Meine Stimme versagte. Ein Teil von mir hatte Angst, dass er seine Meinung sofort wieder ändern würde, wenn ich ihn fragte.

»Mein leiblicher Vater hat ein Dorf von Lichtelfen abgeschlachtet, und ich beschloss, wenn ich die unschuldigsten Kreaturen des Reiches nicht vor einem so bösartigen Monster schützen kann, dann kann ich wenigstens dich beschützen. Aber je mehr Zeit ich mit dir verbrachte, desto mehr fühlte ich mich schuldig, dich in diesen Irrsinn gezerrt zu haben, der meine Normalität ist. Also zog ich mich wieder zurück. Ich konnte mich nicht entscheiden, was für dich besser war – ohne meinen Schutz zu sein oder ohne meine ganze Verantwortung.«

Ich blinzelte. »Was hast du gesagt?«

»Ich wollte dich beschützen. Ich war nicht da, als die Elfen angegriffen wurden, und schau, was passiert ist. Also dachte ich, der einzige Weg, um dich in Sicherheit zu bringen, bestünde darin, in deiner Nähe zu bleiben.«

»Nein.« Ich stockte. »Die andere Sache.«

»Oh. Mein leiblicher Vater hat ein ganzes Dorf von Lichtelfen abgeschlachtet.«

»Oh mein Gott, Tyr. Dann ist er also, der ›verwachsene‹ Teil deines Stammbaums, auf den du angespielt hast?«, fragte ich.

»Ja. Meine Eltern sind tot. Fenrir hat sie umgebracht. Aber sie haben mich adoptiert, als ich noch ein Baby war. Mein leiblicher Vater ist noch am Leben.« Tyr hielt inne. Als er wieder sprach, wich er meinem Blick aus. »Weißt du noch, als ich dir sagte, ich sei nicht rein asgardisch? Ich bin ein Halbling. Mein leiblicher Vater ist ein Riese. Und er ist kein besonders netter Kerl.«

»Oh.« *Oh.*

»Meine Eltern, die mich als Elsas Bruder großgezogen haben, waren die nettesten Wesen, die ich je kennenlernen durfte. Aber vom genetischen Standpunkt aus bin ich ein halbes Monster. Ich habe den größten Teil meines Lebens damit verbracht, gegen meine Instinkte anzukämpfen, damit ich die Hoffnungen meiner Eltern erfüllen kann, die sie in mich gesetzt haben. Aber wenn sie wüssten, wozu ich geboren wurde …« Tyr brach ab und setzte seine Arbeit am Bären fort.

Ich berührte Tyrs Rücken. Seine Muskeln waren so hart wie Stein, aber seine Wut war so spürbar, dass meine Fingerspitzen bebten. Ich sprach mit sanfter Stimme.

»Kurz bevor ich zum Studieren herkam, hat meine Pastorin eine wunderschöne Predigt gehalten, die mir im Gedächtnis geblieben ist. Nicht nur, weil sie sich auf einen meiner Lieblingsbibelverse konzentriert, sondern weil ich das Gefühl hatte, dass es mir bestimmt war, genau an diesem Tag diese Botschaft zu hören. Jetzt verstehe ich, warum.« Ich drückte Tyrs Schultern. »Wir haben freien Willen, Tyr. Wir sind nicht unentrinnbar dazu bestimmt, das zu sein, was wir beobachten. Wir können werden, was immer wir wollen. Ich weiß, dass du geboren wurdest, um genau das zu sein, was du jetzt bist – Beschützer deines Reiches, Verteidiger der Schwächeren, der Kerl, der seine Freunde und seine Schwester mit einer Loyalität liebt, die nur wenige Menschen besitzen. Egal, was du von dir selbst hältst, du hast eine Güte, die ich total sexy finde. Deine Eltern – deine *wahren* Eltern – haben einen großartigen Mann großgezogen. Und ich bin stolz darauf, ihn zu kennen.«

»Fenrir und ich sind gar nicht so verschieden. Wir wurden beide von Monstern geboren. Wir wurden beide dazu erzogen, besser zu sein, als unsere Natur es uns zugestehen würde. Aber meine Liebe war nicht stark genug, um Fenrirs Dunkelheit zu überwinden. Wer kann sagen, ob die Liebe meiner Eltern genug war, um meine zu überwinden? Was passiert, wenn du an meiner Seite bist, wenn ich durchdrehe?« Tyr stützte sich mit den Händen auf dem Operationstisch ab. Seine Schultern zitterten.

»Ich bin bereit, dieses Risiko einzugehen.«

»Aber bei mir bist du nicht sicher, Mia.« Tyr wirbelte herum und sah mich mit flehendem Blick an.

»Das liegt daran, dass ihr mich immer einschließt, wenn etwas Schlimmes passiert. Du hast es selbst gesagt – ich bin viel taffer, als ich aussehe. Ihr könntet mir genauso gut beibringen, wie man es kanalisiert.«

»Wie?«, flüsterte Tyr.

»Hör auf, mich so zu behandeln, als wäre ich hilflos. Lass mich eine eurer Weltraumkanonen benutzen, wenn das nächste Mal etwas schiefgeht. Bring mir deine Super-Selbstverteidigung bei. Gib mir die Chance, an deinem Leben teilzuhaben, statt es nur aus einem Glaskasten heraus zu beobachten.«

Tyr starrte mich an. »So siehst du es also? Als würde ich dich nicht an meinem Leben teilhaben lassen?«

»Ja. Ich verstehe, dass du versuchst, mich zu beschützen, aber ich wollte nie das Mädchen sein, das sich hinter einem Mann versteckt, wenn es schwierig wird. Solche Mädchen trainieren nicht für den Super-G.«

Tyrs Mundwinkel verzogen sich nach oben. »Ich verstehe.«

Ich witterte meine Chance und fuhr fort. »Ich sage ja nicht, dass du mich dem Wolf zum Fraß vorwerfen und dann Däumchen drehen sollst. Ich sage nur, wenn du mir die Werkzeuge gibst, könntest du überrascht sein, wozu ich in der Lage bin.«

Tyrs Stimme versagte. »Das ist beängstigend für mich.«

»Ich weiß.« Ich deutete in die Garage. »Aber das hier macht mir auch Angst. Nichts von alledem ist mir vertraut oder normal oder auch nur im Entferntesten logisch. Und falls du es noch nicht bemerkt hast, ich mag Logik sehr.«

»Das weiß ich.« Tyr streichelte meine Wange mit seiner Handfläche. »Du hast gewonnen. Wir werden morgen ein Kampftraining machen. Auch wenn mir die Vorstellung, dass du gegen jemanden kämpfst, nicht gefällt, sollst du nicht das Gefühl haben, dass ich dich aus meinem Leben ausschließe.«

Ich hob meine Hand und legte sie auf seine. »Ich werde nirgendwohin gehen. Und nichts wird mich verletzen, solange du mir die Mittel gibst, die ich brauche, um auf mich aufzupassen. Du kannst aufhören, dir Sorgen zu machen.«

Tyrs Augen begegneten meinen mit einem wehmütigen Lächeln. »Ich glaube nicht, dass ich jemals aufhören werde, mir Sorgen um dich zu machen. Aber ich kann dir versprechen, dass ich nie aufhören werde, für deine Sicherheit zu kämpfen. Und ich verspreche, dich von alldem hier wegzubringen, wenn Fenrir gefangen ist.«

»Du meinst so was wie ein Urlaub?« Mein Gesicht verzog sich zu einem Grinsen – das bedeutete, dass Tyr nicht die erste Regenbogenbrücke zurück nach Asgard nehmen würde, wenn die ganze Angelegenheit mit Fenrir vorbei war. Wir würden tatsächlich ganz normale Pärchenzeit genießen können … auch wenn wir alles andere als ein normales Paar waren.

»Wohin du willst. Nur wir beide«, schwor Tyr.

Ich stellte mich auf die Zehenspitzen, küsste seine Unterlippe und drehte ihn so, dass er dem schlafenden Biest gegenüberstand.

»Schnapp dir die Nerven, und lass uns das zu Ende bringen«, sagte ich ihm. »Alles wird gut. Du wirst schon sehen.«

Tyr nahm das Skalpell in die Hand. Er zwinkerte mir über die Schulter zu, bevor er den nächsten Schnitt setzte.

»Gut, dass du immer recht hast.«

****

Etwas mehr als eine Stunde später saß ich in Tyrs Küche und starrte auf das Einmachglas mit den neun lebenden Bärennerven. Irgendwo im Wald hinter Tyrs Haus wachte ein Bär auf und fragte sich wahrscheinlich, warum sich seine rechte Schulter ein bisschen leichter anfühlte. Er würde nie erfahren, was mit ihm passiert war. Bevor Tyr die Kreatur zurück in den Wald getragen hatte, hatte er ihr Gedächtnis gelöscht.

Er hatte er ihr Gedächtnis gelöscht.

Tyr hatte eine Hand über den Kopf des Bären gehalten, etwas Unverständliches gemurmelt, und schon war das Tier jegliche Erinnerung an die letzten vierundzwanzig Stunden los.

Wenn er das mit dem Gehirn eines ausgewachsenen Bären machen konnte, wollte ich mir lieber nicht vorstellen, was er mit mir anstellen konnte. Die ganze Situation war entnervend. Und das sollte kein Wortspiel sein.

Jetzt drückte mir Tyr eine dampfende Tasse Kamillentee in die Hand und setzte sich zu mir an den Küchentisch. »Ich dachte, das könntest du jetzt gebrauchen.«

»Danke.« Ich starrte auf die goldene Flüssigkeit.

»Stimmt etwas nicht?« Tyr legte einen Arm um mich.

Ich zuckte mit den Schultern und weigerte mich, ihm in die Augen zu sehen. Warm bahnte sich der Tee seinen Weg meine Kehle hinab. Er ließ meinen Stresspegel sofort von zehn auf acht sinken.

»Ich weiß, dass du etwas auf dem Herzen hast, Baby. Raus damit.« Ohne mich loszulassen, zog er sich gerade weit genug zurück, um mich anzusehen. Die Farbe seiner Augen war absolut hypnotisierend.

»Mia?«, sagte Tyr leise.

»Wirst du das auch mit mir machen?«, platzte es aus mir heraus. »Mein Gedächtnis löschen?«

Tyr sah mich unverwandt an. »Das kommt darauf an.«

»Worauf?« Ich umklammerte meine Teetasse so fest, dass meine Knöchel knackten.

»Darauf, ob du etwas so Traumatisches erlebst, dass du dich ohne eine Gedächtnisreinigung nicht mehr erholen könntest. Wenn das der Fall wäre, dann ja. Ich würde deine Erinnerungen auslöschen. Das habe ich an dem Tag, an dem du im Wald angegriffen wurdest, auch getan.«

»Wie bitte?«, rief ich halblaut.

»Es war notwendig. Du begannst aufzuwachen, während Freya deinen Arm heilte. Du bist zu dir gekommen, hattest starke Schmerzen und hast geschrien. Ich habe dein Gedächtnis von dem Moment an gelöscht, als du ohnmächtig wurdest, bis Freya ihre Heilung beendet hatte und sie und ich außer Sichtweite waren. Brynn blieb bei dir, bis du aufgewacht bist.«

»Das ist nicht in Ordnung. Warum hast du das getan?«

»Habe ich dir doch gerade gesagt.« Tyrs Gesichtsausdruck fehlte das angemessene Maß an Reue. »Du sollst nicht meinetwegen leiden. Du wurdest angegriffen, weil Fenrir glaubte, dass du etwas mit mir zu tun hast, und du hattest große Schmerzen. Du brauchtest dich nicht daran erinnern, was du durchgemacht hast.«

»Ich will nicht, dass du in meinem Kopf herumspielst.« Ich starrte ihn an.

»Ich weiß, dass du das nicht willst. Und unter normalen Umständen würde ich nicht im Traum daran denken, auf diese Weise in deine Privatsphäre einzudringen. Und ich habe auch auf keinen Fall in deinem Kopf herumgeschnüffelt. Ich habe die Erfahrung einfach ausgelöscht und bin wieder raus. Ich mag es nicht, die Gedanken anderer Leute zu lesen, weißt du.«

»Warte, du kannst … ach du heiliger Bimbam. Gedanken lesen kannst du auch?« Mein Kopf pochte. Ich schob meinen Tee zur Seite, schlang die Arme um mein Gesicht und stützte meine Stirn auf den Tisch.

»Hey.« Tyr rieb meinen unteren Rücken. »Warum regt dich das auf?«

»Deshalb«, stöhnte ich. »Du weißt, was ich denke? Die ganze Zeit?« Wenn ich ihm auf den Hintern glotzte, ihn mit einem griechischen Gott verglich, an … *bestimmte Dinge* dachte … hatte er zugehört. Das war so unglaublich peinlich.

»Ich überwache deine Gedanken nicht, Mia, aber ich würde es tun, wenn es nötig wäre. Wenn Fenrir dich gefangen genommen hätte und ich dich finden müsste, hätte ich deine Gedanken abhören können, um dich aufzuspüren.«

»Du hast *noch nie* meine Gedanken belauscht?« Misstrauisch hob ich den Kopf.

»Na ja, vielleicht ein Mal.« Tyrs Mundwinkel verzogen sich zu einem Grinsen. »Aber ich dachte mir, du wärst nicht sehr glücklich, wenn du das herausfindest, also habe ich es nicht wieder getan.«

»Oh, Gott. Was hast du gehört?«

»Ein Gentleman genießt und schweigt.« Tyr grinste. »Aber wie ich schon sagte. Es wird nicht wieder vorkommen.«

»Wie funktioniert das genau – die Gedanken von jemandem zu lesen? Muss man es bewusst tun, oder hört man einfach nur Stimmen?« Ich stützte mein Kinn auf die Hände. Die Neugier übertrumpfte meine Verlegenheit und Angst.

Tyr lachte heiser. »Ich muss es bewusst tun. Es ist keine exakte Wissenschaft. Ich kann mich auf eine Person konzentrieren und ihre spezifischen Gedanken verfolgen, oder ich kann einen Raum scannen und allgemeine Schwingungen wahrnehmen – man kann an den Gedankenmustern von jemandem erkennen, ob er etwas Böses im Schilde führt.«

»Wirklich?«

»Wirklich. Aber es ist einfacher, die Aura von jemandem zu scannen und ihn auf diese Weise einzuschätzen. Das sagt mir nicht, was sie vorhaben, aber es gibt mir Aufschluss über ihren moralischen Kompass.« Tyr massierte sanft die Verspannungen in meinem unteren Rücken.

»Hast du das jemals bei mir gemacht?«

»Natürlich. An dem Abend, als wir uns kennenlernten.«

»Was hast du gesehen?« Ich hielt den Atem an.

»Du bist erfrischend unverdorben.« Er hob eine Augenbraue. »Zumindest im Moment.«

Meine Faust traf seine Schulter viel härter, als ich es beabsichtigt hatte. Meine Fingerknöchel schmerzten.

»Tut mir leid.«

Tyr zuckte mit den Schultern. »Ich kann es verkraften.«

»Zurück zum Gedankenlesen – hast du das schon immer gemacht?«

»Seit ich meinen Titel habe, ja. Odin gab meinem Vater die Fähigkeit nach dem Krieg gegen die Feuerriesen. Dieser Kampf begann, weil Loki eine Riesin entführt hatte, und ihr Vater daraufhin einen Angriff auf Asgard startete. Odin war der Meinung, dass einer von uns hätte sehen müssen, was Loki vorhatte. Mein Vater hat zwei seiner besten Freunde in dieser Schlacht verloren.«

»Das ist schrecklich.« Ich fuhr mit den Fingern durch sein seidiges Haar und strich ihm sanft über die Kopfhaut.

Tyr schloss die Augen. »Odin hat an diesem Tag auch jemanden verloren, der ihm nahestand. Das war der Anstoß, den er brauchte, um dem Kriegsgott die Fähigkeit zu geben, Gedanken zu lesen.«

»Warum hat er sie euch gegeben? Warum nicht jemand anderem?«

»Wenn jemand wissen muss, was sich hinter einem falschen Lächeln verbirgt, dann der Kriegsgott. Wenn ich jetzt einen Raum betrete, mache ich automatisch einen Aura-Scan. Seit fast hundert Jahren hat niemand Asgard verraten, ohne dass ich es gemerkt habe.«

Ich riss die Augen auf. Manchmal vergaß ich, wie lange er schon da war.

»Mein Alter stört dich, nicht wahr?«

»Nein«, log ich. Tyr warf mir einen Blick zu. »Okay, ein bisschen. Es ist nur seltsam, dass mein Freund so …«

»Attraktiv ist?«

Ich funkelte ihn an. »Ich dachte an *erfahren.*«

»Gut gerettet.« Er verdrehte die Augen.

»Du liest gerade meine Gedanken, nicht wahr?«

»Ich habe versprochen, dass ich das nicht tue. Wie wär's, wenn wir einen Deal machen?« Tyr rieb mit einer Hand meine Hüfte und hielt mit der anderen meine Handgelenke fest.

»Was für einen Deal?«

»Eine zweiteilige Abmachung. Es könnte eine Zeit kommen, in der du in Schwierigkeiten steckst. Das passiert den meisten Leuten, die mir nahestehen.«

»Tyr …«

»Ich kann nicht ungeschehen machen, was passiert ist, aber ich kann für dich kämpfen. Natürlich werden Brynn, Henrik oder ich immer auf dich aufpassen. Aber wenn, Odin bewahre, dich uns jemand wegnimmt, versprich mir, dass du an meinen Namen denkst, so sehr du kannst. Schrei ihn in deinem Kopf, wenn du musst. Ich werde dich hören. Und ich werde dich finden.«

Ich erschauerte. »Das kann ich tun. Und was ist der zweite Teil der Abmachung?«

»Ich verspreche, dass ich dich nie belauschen werde. Ich möchte nicht, dass du das Gefühl hast, in meiner Gegenwart deine Gedanken zensieren zu müssen.«

»Abgemacht.« Ich gab Tyr einen Kuss auf die Nasenspitze, und er schloss die Augen. »Du bist müde.«

»Erschöpft«, gab er zu. »Lass uns ins Bett gehen.«

Oh. Mein. Gott.

Mein ganzer Körper spannte sich an. Wer hätte gedacht, dass fünf Worte so viel Gewicht haben können? *Lass uns ins Bett gehen.* Wollte er, dass ich sein Bett mit ihm teilte? Oder sollte ich im Gästezimmer schlafen? Vor ein paar Tagen war ich noch bereit gewesen, zum ersten Mal mit ihm zusammen zu sein, aber dann hatte er die Ich-bin-ein-Gott-Bombe platzen lassen. Was wollte ich jetzt? Oh, wem wollte ich etwas vormachen? Ich wusste, was ich wollte. Zumindest dachte ich das. Wollte er es auch? Oh Gott, was, wenn er es nicht wollte?

»Hör auf, an schmutzige Dinge zu denken, *prinsessa.*« Tyr grinste.

»Du hast versprochen, dass du meine Gedanken nicht lesen würdest!«, rief ich.

»Musste ich gar nicht. Du solltest mal dein Gesicht sehen.« Er strich mit einem Finger über mein Kinn. »Und jetzt rauf in mein Zimmer. Wir müssen schlafen, und das kann ich jetzt nicht, wenn du nicht in meinen Armen liegst. Morgen früh bringe ich die Zutaten zu den Zwergen. Es sollte jetzt alles vorhanden sein, was sie zur Herstellung der Kette brauchen. Danach können Henrik und ich an unserem Plan arbeiten, Fenrir zu fangen. Aber im Moment bin ich kurz vorm Umkippen.«

Tyr unterstrich seine Aussage mit einem großen Gähnen.

Hör auf, zu viel über alles nachzudenken, Ahlström.

»Okay.« Hand in Hand gingen wir in den Flur. Tyr nahm den Spiegel ab, um nach den Zutaten im Tresor zu sehen.

»Es ist alles da«, bestätigte er, bevor er den Safe wieder verbarg und mich nach oben führte. Er hielt meine Hand fest umschlossen, als er am Gästezimmer vorbei in sein Schlafzimmer ging.

Mein Herz klopfte wie wild gegen meinen Brustkorb.

»Henrik ist noch nicht mit dem Rest deiner Sachen zurück. Hier.« Tyr kramte in seiner Kommode herum und zog eine Jogginghose und ein graues T-Shirt heraus. »Sind die okay?«

»Sie sind perfekt.« Ich warf einen Blick auf die offene Badezimmertür. »Ich ziehe mich da drinnen um.«

»Warum?« murmelte Tyr, sein Shirt bereits halb über den Kopf gezogen. Ein perfekter Waschbrettbauch starrte mir entgegen. Er war spektakulär. Die gerippte Oberfläche seiner Brust rief nach mir und ließ etwas tief in mir aufsteigen. Das Blut wich aus meinem Gesicht, und ich befeuchtete meine Unterlippe, während sich Tyr das Shirt ganz über den Kopf zog und es dann neben den Wäschekorb warf. *Typisch Mann.* »Mia?«

»Hmm. Was hast du gesagt?«

»Ich habe gefragt, warum du dich woanders umziehen willst. Das kannst du doch einfach hier machen.« Tyr zog seine Hose aus. Jetzt stand er in nichts als schwarzen Boxershorts vor mir. Seine muskulösen Oberschenkel drückten sich gegen den Baumwollstoff, der tief auf seinen Hüften saß. Ach du meine Güte, dieser Mann war ein Gott. In jeder erdenklichen Hinsicht.

»*Prinsessa?* Alles in Ordnung mit dir?«

Ich riss den Kopf hoch, und das Blut schoss mir wieder ins Gesicht. *Oh mein Gott. Wie peinlich.* »Ich habe dich nicht angestarrt. Ich habe nur, ähm …«

»Es macht mir nichts aus. Aber jetzt bist du dran.« Tyr zwinkerte mir zu.

Meine Hände umklammerten meinen behelfsmäßigen Pyjama, während mir mein Puls in den Ohren pochte. Verglichen mit dem, was ich jetzt tun würde, war es ein Kinderspiel gewesen, Tyr als Gott zu akzeptieren.

Zwanzig

»Was ist los, Baby?« Tyr durchquerte den Raum.

»Na ja, äh ...« Meine Wangen glühten förmlich.

Tyr hielt mich auf Armeslänge, als ihm die Erkenntnis dämmerte. »Du schämst dich?«

»Ich war auf einer Mädchenschule.« Ich zuckte mit den Schultern. »Ich hatte Verabredungen, aber nichts Ernsthaftes. Also habe ich eigentlich nie ... äh ...«

Ich konnte die Art, wie Tyr mich ansah, nicht deuten. Schließlich ließ ich den Blick sinken. Offensichtlich hatte er das hier in tausend Jahren schon unzählige Male gemacht. In seiner Unterwäsche vor einer Frau zu stehen war für ihn keine große Sache.

Für mich aber schon.

»Sag etwas«, murmelte ich.

Tyr zog mich an sich und drückte seine Hände auf meinen Rücken. Mein Gesicht ruhte an seiner Brust, und ich atmete den göttlichen Geruch nach Fichten und Kiefern ein, der so typisch für Tyr war. Sein Duft in Verbindung mit dem absolut umwerfenden Gefühl, von ihm gehalten zu werden, ließ mich fast alles vergessen, was wir durchgemacht hatten. *Fast.*

»Lass uns etwas schlafen. Es war ein wirklich langer Tag.« Tyrs Stimme ließ seine Brust an meiner Wange vibrieren.

Mein Blick blieb auf den Boden gerichtet. »Bist du enttäuscht?«

»Was?« Tyr ging einen Schritt zurück, damit er mich ansehen konnte. »Natürlich nicht. Wie kommst du denn darauf?«

»Weil ... ähm ...«

»Baby, hör mir zu.« Tyr schob einen Finger unter mein Kinn und hob meinen Kopf an, sodass ich gezwungen war, seinem Blick zu begegnen. »Ich bin nicht von dir enttäuscht, und ich könnte es auch nie sein. Ich will dich nur nicht zu etwas drängen, für das du noch nicht bereit bist. Und es ist ja nicht so, dass ich nicht die Zeit hätte, zu warten.«

»Tyr!« Ich schlug ihm spielerisch auf den Oberarm. Tyr legte seine langen Finger um mein Handgelenk und hielt meine Hand in Position.

»Im Ernst, wir müssen nichts überstürzen.« Er drehte mich um, sodass ich in Richtung Badezimmer stand. »Geh dich umziehen. Ich bin hier, wenn du fertig bist. Egal, wie du dich entscheidest.«

»Hör auf«, murmelte ich. Aber ich reckte den Hals, um ihm einen Kuss auf die Wange zu geben, bevor ich ins Bad huschte und mich bis auf Unterwäsche und BH auszog. Eilig zog ich mir Tyrs T-Shirt über den Kopf. Es war so groß, dass es mir bis zur Hälfte der Oberschenkel herunterhing. Ich schlüpfte erst mit einem Bein, dann mit dem anderen in die geliehene Jogginghose, merkte aber schnell, dass Tyrs Taille locker doppelt so breit wie meine war. Achselzuckend zog ich die Hose aus, faltete sie wieder zusammen und legte sie hin. Mein behelfsmäßiges Nachthemd würde genügen müssen.

Ich holte tief Luft und kehrte in Tyrs Zimmer zurück. Ein halbnackter Unsterblicher erwartete mich.

»Bereit?«, fragte er.

»Total.« *Nicht.* Ich schwankte leicht, und Tyr machte einen Schritt auf mich zu, um mich in die Arme zu nehmen.

Besorgt sah er mich an. »Geht es dir gut, *prinsessa?*«

»Ging mir nie besser«, murmelte ich. Trotz meines hektischen Atems und meines mangelnden Gleichgewichts stimmte das. Ich war in jeder erdenklichen Hinsicht nicht in meinem Element – gejagt von einem Killerwolf und im Begriff, die Nacht mit einem attraktiven Kriegsgott zu verbringen. Aber ich hatte mich noch nie so lebendig gefühlt. Offenbar war es viel aufregender, meinem Herzen zu folgen als meinen Plänen.

Tyr nahm mich in einen Arm und zog mit dem anderen die Decke zurück. Er ließ mich auf die weiche Matratze sinken, kletterte neben mich und schob seine unmöglich langen Beine unter die Daunendecke. Dann zog er mich näher an sich heran, warf die Decke über uns und schmiegte sich an mich.

»Gute Nacht.« Tyr streichelte meinen unteren Rücken, während er meine Stirn küsste. Er legte seine Wange gegen mein Haar, umfasste meinen Bauch und sagte leise: »Schlaf gut.«

Wie bitte? Das war alles?

»Gute Nacht?« Ich hatte nicht beabsichtigt, die Worte als Frage zu formulieren, aber mir war die Enttäuschung deutlich anzuhören.

Tyr neigte seinen Kopf, um seine Stirn an meine zu drücken. Unsere Augen trafen sich, und die Frage schwebte einen langen Moment zwischen uns in der Luft, bevor Tyr mir sein typisches Halblächeln schenkte. »Du bist erschöpft und wahrscheinlich auch überwältigt. Es ist keine achtundvierzig Stunden her, seit du von einem Riesenwolf angegriffen wurdest, erfahren hast, dass ich unsterblich bin, und eingeladen wurdest, bei dem tollsten Kerl aller neun Reiche einzuziehen.«

»Es war eher ein Befehl als eine Einladung«, korrigierte ich ihn.

»Unwichtige Einzelheiten«, murmelte Tyr. »Und jetzt schlaf, du Unruhestifterin.«

Tyr legte einen Arm um mich und streichelte mir über den Rücken. Sein Kuss verweilte genau so lange auf meinen Lippen, dass mir schwindelig wurde.

»Gute Nacht«, flüsterte ich. Meine Finger fuhren die Stoppeln an seinem Kinn entlang, seinen Hals hinunter und kamen auf seiner muskulösen Brust zur Ruhe.

Dann schlief ich ein, sicher in die Arme des Kriegsgottes gehüllt.

****

»Was glaubst du, wo du hingehst?« Tyr stand an der Eingangstür und hatte die Arme vor der Brust verschränkt. In der dunklen Jeans und einem marineblauen Henley-Shirt sah er so köstlich aus, dass ich ihm am liebsten in die Arme gesprungen wäre. Aber Kunstgeschichte begann in weniger als dreißig Minuten, und ich würde viel mehr als eine halbe Stunde mit ihm brauchen. Offensichtlich.

»Ich muss zur Uni.« Ich hielt den Rucksack hoch, den Henrik zusammen mit dem Rest meiner Sachen irgendwann mitten in der Nacht abgeliefert hatte. »Warum bist du noch hier? Ich dachte, du wolltest nach dem Frühstück direkt zu den Zwergen gehen, um die Zutaten abzuliefern.«

»Offenbar empfängt Hreidmar um diese Zeit keine Besucher.« Tyrs Augenbrauen bildeten ein kleines V.

»Wer war noch mal Hreidmar …?«

»Der Anführer der Zwerge. Und er ist beschäftigt. Ich habe mit seinem Diener gesprochen, während du dir die Zähne geputzt hast.«

»Ach ja?« Ich versuchte, um Tyr herumzukommen, aber es gelang mir nicht. »Wie hast du das gemacht? Lebt er nicht in einem anderen Reich?«

Tyr griff in seine Tasche und holte sein iPhone heraus.

»Lass mich raten. Es gibt auch eine App für Videochats zwischen den Reichen.« Ich schüttelte den Kopf.

»Henrik hat sie vor ein paar Jahren entwickelt.« Tyr steckte sein Handy zurück in die Tasche und verschränkte die Arme. Die Falten zwischen seinen Augenbrauen vertieften sich. Er sah wirklich gestresst aus.

»Hast du erklärt, dass du diese Kette sehr dringend brauchst? Wegen des Angriffs des Monsterwolfs und so weiter?« Ich bewegte mich wieder auf die Tür zu, doch Tyr stellte sich mir in den Weg.

»Mmm. So was in der Art. Und ja, er ist sich dessen bewusst. Aber man drängt Zwerge nicht. Was ich will, ist ein großer Gefallen, und sie neigen nicht dazu, Dinge aus reiner Herzensgüte zu tun.« Tyr runzelte die Stirn.

»Was meinst du damit?«

»Versteh mich nicht falsch, Zwerge haben einige bemerkenswerte Schätze für Asgard angefertigt – Thors Hammer Mjölnir ist einer davon. Aber sie tun dies unter ihren eigenen Bedingungen und nehmen sich so viel Zeit dafür, wie sie brauchen. Und ihre Gaben haben immer einen hohen Preis.« Er rieb sich leicht am rechten Ellbogen.

»Wie hoch wird der Preis für die Kette sein?« Ich versuchte erneut, das Haus zu verlassen, doch Tyr sah mich nur an und lehnte sich gegen die Tür. Jetzt gab es kein Vorbeikommen mehr.

Seine Finger legten sich um seinen Arm. »Warum gehen

wir nicht zurück in die Küche? Ich koche uns noch eine Kanne Kaffee.«

»Weil ich zu spät zur Vorlesung komme«, erinnerte ich ihn. Er sah mich völlig gelassen an. »Tyr, ich muss wirklich gehen.«

»Das glaube ich nicht.« Er griff hinter sich und versperrte die Haustür. »Du wirst dieses Haus nicht verlassen.«

»Wie bitte?« Es war unmöglich, die Ungläubigkeit aus meiner Stimme herauszuhalten. Nur weil er eine Auseinandersetzung mit einem Zwergenkönig hatte, hieß das nicht, dass er mich herumkommandieren durfte. Schon wieder.

»Ich sagte, du verlässt dieses Haus nicht. Da draußen wartet ein mörderischer Wolf nur darauf, dass du einen Fuß aus dem Schutz setzt.«

»Bist du verrückt? Ich schwänze den Unterricht nicht. Wenn ich anfange, die Vorlesungen ausfallen zu lassen, verliere ich den Anschluss.« Meine Finger umklammerten meinen Rucksack so fest, dass meine Knöchel weiß wurden.

»Ich schreibe dir eine falsche Krankmeldung, und du kannst dir von deinen Kommilitonen Notizen geben lassen. Welche Kurse hättest du denn heute?« Tyr wirkte völlig ungerührt.

»Kunstgeschichte und Mathe. Beides ist ziemlich kompliziert. Ich kann nicht schwänzen.«

»Charlotte kann dir ihre Kunstnotizen geben, und Henrik lässt dich im Mathekurs bestehen. Problem gelöst.«

Tyr sah unglaublich selbstzufrieden aus. Der arme Kerl hatte wohl Wahnvorstellungen. Die Sache mit dem Wolf musste ihm zugesetzt haben.

»Das wird nicht funktionieren«, sagte ich zuckersüß. Regel Nummer eins im Umgang mit Verrückten: Immer freundlich bleiben. »Charlotte ist superschlau, aber mir fällt Kunstgeschichte ohnehin schon ziemlich schwer, also muss ich dabei sein, um die Werke zu verstehen. Und in Mathe will ich nicht nur bestehen, weil ich mit dem Mitbewohner meines Dozenten zusammen bin. Ich will mir eine Eins *verdienen*, damit ich im nächsten Semester nicht zurückfalle. Mathekurse bauen aufeinander auf, und ich habe vor, einen hervorragenden Abschluss zu machen. Wenn du mich jetzt freundlicherweise durch die Tür lassen könntest, wäre ich dir sehr dankbar.« Ich griff nach der Türklinge.

»Vergiss es, Mia. Daraus wird nichts.« Tyr verschränkte seine Arme. Mit seinen fast zwei Metern und einer Tonne Muskeln hätte er eigentlich einschüchternd wirken müssen. Aber er stand zwischen mir und meiner akademischen Zukunft. Nichts machte eine Ahlström wütender, als sich mit Mittelmäßigkeit zufrieden zu geben.

Schluss mit der Freundlichkeit. Wenn dieser Gott dafür sorgte, dass ich nur eine Zwei bekam, würde ich ihm den Hals umdrehen.

»Oh doch, daraus wird was.« Ich starrte ihn an. »Ich habe zugestimmt, bei dir zu wohnen, aber ich habe nicht zugestimmt, mein ganzes Leben aufzugeben. Schau mal, wie viele Kompromisse ich bis jetzt schon eingegangen bin. Ich habe dich nicht gedrängt, als du ohne mich auf Bärenjagd gehen wolltest. Ich bin nicht ausgerastet, als deine beste Freundin mich im Haus eingesperrt hat, damit ihr beide mit dem verrückten Wolf kämpfen konntet. Ich wohne in deinem Haus, auch wenn es noch viel zu früh ist, um an so einen Schritt zu denken, und meine Eltern ausflippen würden, wenn sie wüssten, dass ich mit einem Typen zusammenziehe, mit dem ich erst seit ein paar Monaten zusammen bin. Aber verdammt, Tyr Fredriksen, ich werde nicht für dich die Uni schwänzen. Das ist einfach zu viel verlangt.«

Wir standen da, starrten uns wütend an, und keiner von uns war bereit, sich zu rühren. Er mochte in Asgard verehrt werden, aber mir ging er in diesem Moment einfach nur auf die Nerven.

»Gut. Du kannst hingehen«, gab Tyr schließlich nach. »Aber ich begleite dich.«

»Du bist nicht eingeschrieben. Was willst du denn dort machen?«

»Auf dich aufpassen.« Er schnappte sich seine Schlüssel und seine Brieftasche, holte seine Lederjacke aus dem Schrank und schloss die Haustür auf. »Nach dir.«

Ich starrte ihn an, als er die Tür öffnete, dann ging ich hinaus auf die Veranda. »Du kannst nicht einfach in meine Vorlesung gehen und mich anstarren. Das würde wirklich seltsam aussehen.«

»Ist mir egal, Baby.« Tyr schloss die Tür hinter sich und ging zu seinem Wagen.

Er hielt mir die Tür auf, damit ich einsteigen konnte. »Das Einzige, worüber ich mir Sorgen mache, ist deine Sicherheit. Wenn du so versessen darauf bist, den Schutz dieses Hauses zu verlassen, dann muss ich den Schutz zu dir bringen.«

»Willst du mich in meine persönliche Glitzerblase stecken?« Ich schnallte mich an, während Tyr den Wagen startete.

»Irgendwie schon.« Er reichte mir ein Feuerzeug, als er aus der Einfahrt fuhr.

»Soll ich ein Lagerfeuer entzünden?«, fragte ich verwirrt.

»Henrik hat das für dich gebaut. Es war zwar geschwindelt, dass ich am Strand ein Gerät benutzt habe, um uns zu tarnen, aber es war eine ziemlich geniale Idee. Ich habe Henrik die Technologie entwickeln lassen, von der du dachtest, ich hätte sie benutzt. Das kleine Ding verzerrt die Luft um dich herum, sodass du unsichtbar wirst. Sei vorsichtig, wenn du es benutzt, denn die Leute können dich nicht sehen, und wenn du nicht aufpasst, werden sie dich anrempeln.«

»Ist das dein Ernst? Hat er das wirklich getan?« Ich studierte das »Feuerzeug«. Henrik war noch schlauer, als ich gedacht hatte.

»Er hat es wirklich getan. Heute werde ich dich manuell tarnen, da ich bei dir bin, aber wenn wir getrennt werden, möchte ich, dass du das Ding einmal schnippst. Du bleibst versteckt, bis du es wieder betätigst. Fenrir wird dich nicht finden können.«

Mein Mund bildete einen kleinen Kreis. Henrik war einfach brillant. Brillant und ein kleines bisschen furchteinflößend. Wenn er so etwas bauen konnte, wer wusste schon, was er sonst noch erschaffen konnte?

Wir fuhren ein paar Minuten lang schweigend durch den Wald, bevor Tyr auf die Hauptstraße abbog. Grinsend gab er Gas.

»Was?«, fragte ich.

»Ich war noch nie in einem Collegekurs.« Er lachte auf. »Das wird eine Premiere für mich. Das passiert nur selten.«

»Na ja, Kunstgeschichte ist ein guter Anfang. Wir besprechen gerade noch die Gemälde der nordischen Götter. Du solltest dich wie zu Hause fühlen.«

Tyr zog eine Augenbraue hoch. »Sie bringen euch etwas über mich bei?«

»Jedenfalls versuchen sie es. Ich finde das ganze Thema etwas unglaubwürdig.«

»Ich werde dir schon den Kopf zurechtrücken.« Tyr lenkte in eine Parklücke und stieg aus dem Auto. Er öffnete meine

Tür und bot mir seinen Arm an. »Sei nicht zu beleidigt, wenn deine Freunde dich heute ignorieren.«

»Warum in aller Welt sollten sie das tun?«

Tyr machte vor mir eine Handbewegung. »Wir sind getarnt. Sprich einfach niemanden an, sonst verschreckst du sie. Pass auf.« Tyr ging ein paar Schritte zur Seite und stellte sich neben eine Brünette, die aus ihrem Auto ausstieg. »Hallo«, sagte er leise. Das Mädchen drehte den Kopf herum, kniff die Augen zusammen und ging auf das Gebäude der Geisteswissenschaften zu. »Siehst du«, sagte Tyr. »Menschen sind lustig.«

»Du bist furchtbar.« Ich lachte. »Im Ernst, enttarne uns im Unterricht. Ich sitze bei Charlotte, und sie würde es merken, wenn ich fehlen würde.« Oder unsichtbar bei ihr sitze. Gott, mein Leben war seltsam geworden.

»Nicht mein Problem, Baby«, sagte Tyr wieder. »Mein wichtigstes Anliegen ist es, dich am Leben zu erhalten.«

»Danke dafür, aber ich mache mir genauso viele Gedanken darüber, dass ich wegen alldem hier nicht meine ganze Identität verliere.« Ich wedelte mit der Hand im Kreis vor Tyr. »Und ein großer Teil dieser Identität besteht darin, *nicht* beim Unterricht zu fehlen und meine Freunde *nicht* dazu zu bringen, sich zu fragen, wo ich bin. Ich bin gestern Abend nicht nach Hause gekommen, und wenn ich nicht zum Unterricht erscheine, wird sich Charlotte Sorgen machen.«

»Oder sie wird denken, dass du dich mit deinem unglaublich attraktiven Freund amüsierst und dich nicht aus dem Bett quälen konntest«, gab Tyr zu bedenken.

Ich tippte mit dem Fuß auf. »Ich meine es ernst.«

»Mia«, stöhnte Tyr. »Das ist nicht hilfreich.«

Meine Finger legten sich leicht auf Tyrs Unterarm. Er war so angespannt, dass seine Adern hervortraten. »Du musst uns für den Unterricht unbedingt enttarnen.« Ich drückte zu. »Und vielleicht auch zum Mittagessen. Ich habe Heather gesagt, dass Charlotte und ich uns nach Kunstgeschichte mit ihr treffen werden. Ich sage ihnen, dass ich ein paar Tage bei dir wohne, damit sie sich keine Sorgen über mein plötzliches Verschwinden machen.« Ich zog eine Augenbraue hoch. »Und ich werde ihnen das Lasagne-Rezept meiner Meemaw geben, damit sie in meiner Abwesenheit lernen, es selbst zu kochen.«

Tyr atmete durch, und ich merkte, wie sehr er sich zurückhielt. »Meinetwegen«, zischte er. »Aber sobald ich merke, dass etwas nicht stimmt, fliege ich dich sofort da raus. Es ist mir egal, wer es mitbekommt.«

»Siehst du?« Ich unterdrückte das Zittern in meiner Stimme. »Ich wusste, wir würden einen Kompromiss finden.«

Tyr starrte mich an und marschierte in Richtung Campus. »Du wirst mein Ende sein, weißt du das?«

Ich beeilte mich, mit ihm Schritt zu halten. Als ich mich bei ihm unterhakte, blickte ich mit einem Augenzwinkern zu ihm auf. »Oder vielleicht bin ich erst der Anfang.«

****

Am Dienstag war Tyr den ganzen Tag weg. Er war morgens in den Wald gejettet und hatte die magische Regenbogenbrücke zurück nach Asgard genommen, um mit Odin über die Zwergensituation zu sprechen.

Offenbar konnten sie sich erst in ein paar Tagen mit ihm treffen, und das Knirschen, das Tyr im Schlaf von sich gab, deutete darauf hin, dass ihn das ziemlich stresste. Während er weg war, ließ er mich unter den wachsamen Augen von Brynn und Henrik zurück. Sie folgten mir in den Unterricht, zum

Mittagessen, und Brynn begleitete mich sogar ins Badezimmer. Als ich sie aufforderte zu gehen, schmollte sie.

»Ich hab doch gesagt, dass ich nicht hinschaue«, beschwerte sie sich. »Aber wenn Tyr herausfindet, dass wir dich auch nur eine Minute aus den Augen gelassen haben … ich habe dir doch gesagt, dass er ziemlich jähzornig ist, oder?«

»Du hast mir auch gesagt, dass du keine Angst vor ihm hast. Dass es Henrik ist, vor dem du dich in Acht nehmen müsstest«, rief ich ihr ins Gedächtnis. »Und ich schwöre dir, es wird nichts passieren, wenn du mir eine Minute zum Wasserlassen gibst. Ehrlich.«

Brynn hielt sich den Mund zu. »Wasserlassen?«

»Raus hier.« Ich schob sie durch die Tür.

Tyr hätte am Dienstagabend zum Abendessen zu Hause sein sollen, aber um halb sechs gab es immer noch kein Zeichen von ihm. Ich nahm mein Telefon in die Hand und wählte, ohne eine Antwort zu erwarten. Selbst mit Henriks wundersamen Apps war die Wahrscheinlichkeit, dass mein Mobilfunkanbieter Asgard erreichte, gering.

»Ja?« Tyr nahm nach dem zweiten Klingeln ab.

»Hi. Ähm. Wow. Ich hätte nicht gedacht, dass du rangehst«, stammelte ich. Er musste wohl wieder auf der Erde sein. Wieder auf der Erde … Mann, mein Leben war seltsam. »Bist du bald zu Hause?«

»Tut mir leid, Baby. Ich werde über Nacht in Asgard bleiben müssen. Hreidmar nervt total, und Odin steht kurz davor, deswegen einen Krieg anzufangen.«

»Moment mal, du sprichst mit mir aus Asgard? Wie ist das überhaupt möglich?« Ich war verwirrt.

»Brynn hat dir einen Chip ins Handy eingebaut.«

»Sie hat was? Habe ich das abgesegnet?«

»Nein.« Tyr klang verlegen. »Es ist einer von Henriks Transistoren. Du hast Empfang und einen GPS-Tracker, der in allen neun Reichen funktioniert.« Tyr klang abgelenkt. Ich konnte mir fast vorstellen, wie er sich mit der Hand durch sein ungekämmtes Haar fuhr.

»Okay, erstens sollte man jemanden fragen, bevor man etwas auf seinem Handy installiert. Und zweitens, du *trackst* mich? Und seit wann bitte? Ernsthaft, wenn du nach Hause kommst, müssen wir über persönliche Grenzen sprechen.«

»Was immer du sagst, *prinsessa.* Hör zu, ich muss los. Henrik und Brynn übernachten beide im Haus. Willst du, dass ich Freya auch zurückschicke?«

»Nein.« Meine Antwort kam zu schnell. Ich war zwar dankbar für alles, was Freya getan hatte, um Tyr und mich zusammenzubringen, aber ich hatte ihr immer noch nicht ganz verziehen, dass sie mich im Haus eingesperrt hatte, obwohl ich meinem Freund beim Kampf hätte helfen sollen. Ahlström-Frauen spielten nicht gern die Jungfrau in Nöten. »Geht es dir gut da oben? Du bist doch nicht in Gefahr oder so was?«

Tyr seufzte. »Fenrir ist auf dem Kriegspfad, und du machst dir Sorgen um mich? Du bist wirklich erstaunlich.«

»Du hast die Frage nicht beantwortet«, bemerkte ich.

»Mir geht es gut.« Tyrs Lächeln klang in seinem Tonfall mit. »Das Elite-Team hat den Kabinettsraum umstellt.«

»Bitte wer?«

»Odins Top-Attentäterteam. Mach dir keine Sorgen, *prinsessa.* Ich bin am sichersten Ort, an dem ich sein kann. Und das bist du auch. An Henrik ist noch niemand vorbeigekommen.«

»Großartig.« Ich zwang mich zu einem Lächeln. »Also sehen wir uns morgen früh?«

»Das will ich hoffen. Pass gut auf dich auf, *prinsessa.* Ich weiß nicht, was ich tun würde, wenn dir etwas zustoßen würde.« Tyr stockte. »Falls du noch Lust hast, können wir das Kampftraining angehen, wenn ich wieder zu Hause bin.«

»Abgemacht. Ach ja, und Tyr?«

»Mmm?«

»Bitte sei vorsichtig«, flehte ich.

Ich konnte praktisch das Funkeln in Tyrs Augen sehen. Sogar während er versuchte, dem Allvater einen Krieg auszureden, konnte er zu einer Herausforderung nicht nein sagen. Lachend verabschiedete er sich. »Das bin ich immer.«

Einundzwanzig

»*Hei*, Baby.« Tyr kam am späten Mittwochnachmittag in die Küche und umarmte mich. Starke Arme drückten mich von hinten an sich, während mich der beruhigende Geruch von Fichte, Kiefer und Mann umhüllte.

»Hallo«, murmelte ich und fuhr mit den Fingern durch sein Haar. Tyr brachte seinen Mund auf meinen Hals und bahnte sich einen warmen Weg zu meinem Ohr, bevor er mich umdrehte und mich auf die Lippen küsste. Er sah mich mit einem Schlafzimmerblick an. »Mmm, das hat mir gefehlt.«

»Mir auch.« Tyr streichelte mit seinem Daumen über meine Wange. »Ich verlasse dich nicht gerne.«

Mein Herz schlug höher bei diesen Worten, und ich konnte das Lächeln nicht unterdrücken, das sich auf meinem Gesicht ausbreitete. »Ich bin froh, dass du zu Hause bist«, sagte ich nur.

»Ich auch. Und jetzt lass uns von hier verschwinden.«

Moment mal. Was?

Tyr ergriff meine Hand und zog mich in den Flur. Er ging zum Schrank und gab einen Code in das Tastenfeld ein. Die Tür öffnete sich, und Tyr holte zwei Weltraumkanonen, zwei Armbrüste und ein Schwert heraus.

Ernsthaft jetzt. Was?

»Was machst du da? Ich wollte gerade mit dem Abendessen anfangen. Soll ich den Ofen ausmachen?«

»Mach ihn aus. Wir gehen nach draußen. Ich habe versprochen, dir beizubringen, wie du dich verteidigen kannst.« Tyr schloss die Tür mit dem Fuß und ging vollbeladen mit Waffen den Flur hinunter. Ich eilte in die Küche und schaltete den Herd aus.

»Kann das nicht bis nach dem Essen warten?« Ich kehrte in den Flur zurück. »Du bist gerade erst nach Hause gekommen. Du musst hungrig sein.«

»Keine Zeit, *prinsessa.* Da sind Monster im Wald.«

»Okay, jetzt bleib endlich stehen und rede mit mir. Was ist hier los?« Ich nahm meine Schürze ab und faltete sie zusammen.

»Wir können beim Gehen reden, Mia.« Tyr nahm die Waffen in eine Hand und öffnete mit der anderen die Haustür.

Ich warf meine Schürze auf die Konsole und eilte ihm hinterher. »Während ich unterwegs war, habe ich zwei Dinge erfahren. Erstens: Fenrir arbeitet mit einem der größten Monster aller Zeiten zusammen. Es benutzt ihn, um an mich heranzukommen, und es scheint zu glauben, dass es funktionieren wird. Es denkt, wenn er mir genug von den guten Dingen in meinem Leben wegnimmt, werde ich in die Dunkelheit zurückkehren und während Ragnarök an seiner Seite kämpfen.«

»Das ist das Ende der Welt, richtig? Wird es kommen?« Ich kaute nervös auf meiner Unterlippe herum.

»Noch sieht es so aus, als ob es in weiter Ferne liegt. Jahrhunderte entfernt.«

Tja, zumindest das war eine gute Nachricht.

»Also, wer ist das Monster, mit dem Fenrir arbeitet?«

»Hymir.«

Der Name kam mir bekannt vor, aber ich konnte ihn nicht zuordnen. »Wer?«

Tyr ging weiter von der Veranda auf die Lichtung zu. Er

blieb stehen, als er etwa hundert Meter vom Haus entfernt war, und drehte sich zu mir um. »Hymir«, sagte er leise.

»Mein leiblicher Vater.«

»Dein leiblicher Vater versucht, dich zum Bösen zu bekehren? Das ist total daneben.«

»Ich sagte doch, ich komme aus der Dunkelheit.« Tyr verzog sein Gesicht. »Das ist also Nummer eins. Nummer zwei: Die hier gehört jetzt dir. Kümmere dich darum.« Er hielt eine Weltraumkanone hoch. »Und Nummer drei: Odin steht *so* kurz davor, den Feuerriesen den Krieg zu erklären, die Hymir anscheinend gerne beherbergen und ihn unterstützen. Sie könnten also in Arcata auftauchen, um dich, mich oder Elsa zu jagen oder einfach nur, um Chaos anzurichten, weil sie es können, und zwar jeden Moment. Waffe hoch. Es ist Zeit fürs Training.« Er warf mir meine Weltraumkanone zu, und ich fing sie mit einer Hand aus der Luft. Oh Gott, er meinte es ernst.

»Gut gefangen.«

»Ich kann nicht glauben, dass du eine Weltraumkanone nach mir geworfen hast. Normalerweise behandelst du mich wie eine zarte kleine Blume.« Ich nahm die Waffe in die Hand. Sie war leichter, als sie aussah.

»Mir bleibt keine andere Wahl mehr. Es könnte sehr schnell hässlich werden, und ich muss wissen, dass du auf dich aufpassen kannst. Außerdem bist du immer noch meine zarte kleine Blume. Die Waffe ist gesichert.«

Natürlich war sie das.

»Dieses Modell hat zwei Einstellungen – betäuben und implodieren. Ich habe sie immer auf Betäubung, denn Odins aktueller Befehl lautet, Fenrir zu fangen, nicht zu töten. Aber wenn du jemals in eine Lage kommst, in der du glaubst, dass

Betäubung dich nicht schützt, dann drücke diesen Schalter.« Tyr zeigte darauf.

»Aber dann würde ich ihn töten.« Ich zögerte. Ich wusste, was Fenrir Tyr einst bedeutet hatte. »Bist du damit einverstanden?«

»Damit bin ich viel eher einverstanden, als dass er dich tötet.«

»Oh.«

»Hoffentlich wirst du dieses Ding nie benutzen müssen. Aber wenn doch, und wenn du in Gefahr bist, tust du, was du tun musst, um dich zu schützen. Als Erstes entsicherst du sie.« Tyr stellte sich hinter mich und drehte die Waffe in meinen Händen um. Er aktivierte sie, dann legte er meine Hände um das kühle Metall. Seine Brust drückte gegen meinen Rücken, als er meine Arme positionierte, und es kribbelte an der Stelle, wo wir Kontakt hatten.

»Woraus besteht sie?«, fragte ich betont beiläufig. Es war schwer, sich zu konzentrieren, wenn er so nah stand.

»Ein Titan-Hybrid aus Svartalfheim. Der Prototyp war aus Eisen, aber das war zu dicht.«

»Spielt denn die Dichte dabei eine Rolle?« Das waren die ersten Dinger, die ich je gesehen hatte, die etwas implodieren lassen konnten.

»Und wie. Es gibt einen Zünder, der mit einer magischen Kapsel aktiviert wird, die Henrik in die Kammer eingebettet hat. Die Magie hat bei dem schwereren Modell zu viel Nachhall erzeugt, und ein paar der, äh, Testpersonen haben sich dabei unglücklich verletzt. Dies ist das fünfte Modell.«

Tyr hob meine Arme auf Augenhöhe und brachte sein Knie zwischen meine Beine. Die Hitze sprang durch den Stoff meiner Jeans, und ein warmes Brennen wanderte langsam mein

Bein hinauf. Tyr bewegte sein Knie leicht, und die Hitze wanderte einige Zentimeter weiter nach oben. Ich atmete scharf ein und lehnte mich in die Berührung hinein. Ich hatte keine Ahnung, worauf er damit hinauswollte, aber ich wollte es *unbedingt* herausfinden.

»Vielleicht heute Abend, *prinsessa.* Wenn du Glück hast.« Tyr gluckste.

»Du hast gesagt, du würdest meine Gedanken nicht lesen«, zischte ich.

Tyr trat zurück. »Versprich mir einfach, dass du niemals pokern wirst. Du bist viel zu durchschaubar.«

Oh. Meine Wangen brannten. »Bringst du mir jetzt bei, wie man dieses Ding benutzt oder nicht?«, brummte ich.

»Tut mir leid.« Tyr wischte sich über die Augen. »Also, die hier schießt wie eine normale Handfeuerwaffe, aber sie hat einen mörderischen Rückstoß. Ich habe versucht, deine Haltung zu öffnen, denn du brauchst eine möglichst stabile Basis, um auf den Beinen zu bleiben.«

Stimmt. Deshalb fühlte sich meine untere Hälfte so wackelig an, als hätte ich gerade eine drei Kilometer lange Abfahrt hinter mir.

»Ist das gut genug?« Ich stellte meine Füße schulterbreit auseinander, den rechten leicht nach hinten versetzt.

»Weiter.«

»So?« Ich trat noch ein paar Zentimeter zurück.

»Spreize deine Beine noch mehr, Baby.«

Ich bemerkte sein Augenzwinkern und schüttelte den Kopf. »Du bist unverbesserlich.«

»Ich habe schon Schlimmeres gehört. Aber weitere fünf Zentimeter werden dich mehr stabilisieren. Probier es aus.«

Ich versuchte, nicht zu erröten und stellte mich aufrecht

hin. Tyr stellte sich wieder hinter mich, ein Bein zwischen meine und seine Brust fest gegen meinen Rücken gepresst. Er beugte sich vor und sprach in mein Ohr.

»Beim ersten Mal werden wir gemeinsam schießen. Mit dem Rückstoß ist nicht zu spaßen. Denk daran, dass alles, worauf du schießt, implodieren wird, also such dir etwas aus, das klein und weit weg ist, aber noch innerhalb des Schutzes.« Er nickte auf die schimmernde Blase, die unser Grundstück umgab. Sie erstreckte sich um die Hütte bis hin zu Elsas Häuschen und hielt Fenrir und die Leute, mit denen er sich herumtrieb, fern. »Der Schuss wird leise sein, aber die Implosion ganz sicher nicht. Versuch also, nicht zusammenzuzucken. Bist du bereit?«

Ich nickte. »Lass es uns tun.«

»Worauf schießen wir?«, fragte Tyr.

Ich ließ meinen Blick durch den Wald schweifen, bis ich in etwa dreißig Metern Entfernung einen kleinen Baumstumpf entdeckte – das, was von einem umgestürzten Baum übrig geblieben war. »Wie findest du das?«

»Sieht gut aus. Eins. Zwei.« Er drückte meine Hände um den Abzug.

»Drei.« Ich feuerte und schickte einen weißen Lichtstrahl in den Baumstumpf. Dabei sprang die Waffe in meinen Händen, und wenn Tyr meine nicht mit seinen fixiert hätte, hätte ich sie durch den plötzlichen Rückstoß ins Gesicht bekommen.

»Mach dich bereit«, flüsterte Tyr. Wir starrten auf den Baumstumpf, der eine Rauchwolke ausstieß und in sich zusammenzufallen schien, bevor er Holzsplitter in alle Richtungen schleuderte. Tyr nahm mich in die Arme und riss mich an sich, um mich zu schützen. Ich spürte den Aufprall der Holzsplitter auf seinen Armen, und als er mich losließ, suchte ich seinen Körper nach Verletzungen ab.

»Das war heftig. Bist du verletzt?« Ich hielt die Waffe in einer Hand und berührte mit der anderen seinen Unterarm. »Hat dich hier nicht das Holz getroffen?«

»Unsere Haut ist ziemlich unempfindlich gegen Verletzungen durch organische Substanzen«, erklärte Tyr. »Sie müssen uns schon ziemlich hart treffen.« Er deutete auf einen Schnitt an seinem Bizeps. Die Wunde war tief, purpurrot und wies eine dünne Blutspur auf, aber sie war bereits dabei, sich wieder zu schließen. In der Zeit, in der mir vor Staunen die Kinnlade herunterfiel, war die Verletzung von selbst verheilt. Es blieb nur ein roter Überrest.

»Was ist gerade passiert?« Ich blinzelte.

»Wenn wir verletzt sind, sind wir *normalerweise* in der Lage, uns selbst zu heilen. Ich ganz besonders. Ich habe das Heilungsgen mit meinem Titel geerbt.«

Natürlich hat er das.

»Gibt es Verletzungen, von denen du dich nicht selbst heilen kannst?«, fragte ich.

»Ja. Wenn eine Wunde von einer nicht-organischen Substanz herrührt, wie zum Beispiel durch ein selbstgemischtes Gift oder eine mit dunkler Magie durchzogene Waffe, habe ich Pech. Und wenn eine organische Waffe mit dunkler Magie durchsetzt ist und eine ausreichend tiefe Wunde verursacht – ein Organ durchsticht, ein Glied abtrennt … gibt es kaum eine Chance, dass ich überlebe. Wir können heilen, aber wir können uns nicht vollständig regenerieren.«

»Fenrir?«, fragte ich schaudernd.

»Fenrir und seine Geschwister könnten mich töten, wenn sie genug dunkle Magie in sich hätten.« Tyr nickte. »Aber lass uns nicht darüber reden. Wir sind in unserer kleinen Blase vorerst sicher genug, und sollte er durchbrechen, schießt du einfach mit diesem Ding auf ihn, nicht wahr?«

Ich fingerte an der Waffe in meiner Hand herum. »Ähm, ja. Vielleicht sollten wir noch etwas üben.«

»Na gut.« Tyr trat einen Schritt zurück. »Diesmal aber allein.«

Mir lief ein eiskalter Schauer über den Rücken, doch ich fand einen kleinen Strauch in dreißig Metern Entfernung und zielte. Ich stellte meine Beine hüftbreit auf, spannte die Arme an und drückte ab. Wieder war der Rückstoß heftig und versetzte mir einen Ruck in die Ellbogen, aber ich hielt gegen und verzog nicht. Der weiße Strahl raste auf den Strauch zu, und in Sekundenschnelle flogen grüne Blätter durch die Luft, sodass ein Wirbelsturm aus smaragdgrünem Strauchwerk entstand.

»Gut gemacht, Baby.« Tyr klatschte anerkennend.

Ich verschränkte ein Bein hinter mir und verbeugte mich mit einem tiefen Knicks. »Ich dachte mir, dass man von Blättern nicht so fest getroffen wird wie von Felsbrocken oder einem anderen Baum. Du kannst mir ein anderes Mal danken.«

»Oh, das habe ich vor.« Tyrs Blick wanderte über meinen in Jeans gekleideten Hintern, und ich musste grinsen. Er erwischte mich dabei und zog eine Augenbraue hoch. »Willst du schon aufhören?«

»Im Leben nicht. Wie viel Schuss sind in dem Ding?« Ich hielt die Waffe hoch.

»Sechs Stück, dann muss man eine neue Patrone nachladen. Die sind im Flurschrank vorrätig, also denk daran, dir ein paar davon mitzunehmen, falls du deine Waffe mal einsetzen musst.« Tyr hob die Arme über den Kopf und streckte sich.

»Mach die hier doch leer, und dann gehen wir zur Armbrust über, ja?«

»Klingt gut.« Ich ließ den Kopf sinken, damit Tyr nicht sah, dass ich rot wurde.

Tyr Fredriksen mit Armbrust. Das hier entpuppte sich als unser bisher heißestes Date.

****

In dieser Nacht lag ich in Tyrs Bett und tat so, als würde ich *Ende gut, alles gut* lesen. Denn es war unmöglich, Shakespeares Prosa zu begreifen, während sich einen halben Raum weiter gerade eine nordische Gottheit die Zähne putzte. Durch die offene Badezimmertür konnte ich die Umrisse seines Arms sehen, die Muskeln seines Bizeps, die sich bei jeder kleinsten Bewegung anspannten. Wie schaffte es Tyr nur, Zahnhygiene so sexy wirken zu lassen? Vielleicht lag es an der Intimität des Ganzen.

Als ich hörte, wie Tyr seine Bürste abspülte und in den Halter steckte, gab ich auf und legte das Buch beiseite. Als er aus dem Bad kam, trug er eine graue Jogginghose und kein Shirt. Seine leicht gebräunte Haut spannte sich so schön über einem Heer von Muskeln, dass ich fast vergaß, worüber ich mit ihm hatte reden wollen. Er gähnte und ließ sich mit dem Gesicht zuerst aufs Bett fallen.

»Müde?« Ich streichelte mit den Fingerspitzen über seinen Rücken. Seit seiner Rückkehr aus Asgard hatte er sich keine Ruhe gegönnt. Erst hatte er mir gezeigt, wie man die Weltraumkanone benutzt, dann wie man eine Armbrust abfeuert und schließlich die zweite Schusswaffe geholt, um mich auf Herz und Nieren zu prüfen. Als wir fertig waren, zitterten meine Arme von der Anstrengung, die Weltraumkanone zu stabilisieren. Und den Tränensäcken unter Tyrs Augen beim Abendessen nach zu urteilen, war er noch erschöpfter als ich. Es war das erste Mal, dass ich ihn mit dunklen Augenringen sah. »Du warst fast sechsunddreißig Stunden weg. Hast du in Asgard überhaupt geschlafen?«

»Nein. Aber ich war auch schon mit weniger Schlaf länger weg, also ist das keine große Sache.« Tyrs Kopfkissen dämpfte seine Stimme. Er hatte sich nicht bewegt.

»Darf ich dir eine Frage stellen?«, fragte ich zögernd.

»Schieß los«, kam die erstickte Antwort.

»Würdest du jemals in Erwägung ziehen, in den Ruhestand zu gehen? Oder einen Schreibtischjob anzunehmen oder so was?« Ich biss mir auf die Unterlippe und wartete.

»Warum sollte ich das tun? Ich mag meinen Job.« Tyr drehte seinen Kopf gerade so weit, dass er mich mit einem Auge mustern konnte.

»Und was ist, wenn du eines Tages eine Familie hast oder so? Du wirst das dann doch wohl nicht weitermachen, oder?«

Tyr starrte mich an. »Wenn ich das Glück hätte, eine Familie zu haben, würde ich noch härter kämpfen, um sie vor den Monstern zu schützen, die unsere Welten bedrohen.«

»Aber könntest du das nicht von einem Büro aus tun? Odin hat doch sicher die Position eines Strategen?« Die Innenseite meiner Lippe wurde wund. Ich hörte auf zu kauen.

»Was willst du wirklich sagen?«

»Ich will damit sagen …«, ich schloss die Augen, »dass mir dein Job Angst macht. Ich will nicht, dass du verletzt wirst. Und ich möchte wissen, ob ich mich, wenn wir zusammenbleiben, ewig fragen muss, ob dies der Tag ist, an dem du nicht mehr nach Hause kommst.«

Tyr verkrampfte sich neben mir. »Du willst, dass ich meinen Job aufgebe?«

»Nein. Vielleicht. Ich weiß es nicht.« Ich fuhr mir mit einer Hand über das Gesicht und öffnete die Augen. »Es ist nur ziemlich beängstigend, an all die Dinge zu denken, die dich verletzen könnten. Und zu wissen, dass du auf der Suche nach ihnen bist. Ich habe keine Ahnung, wie es mit uns weitergeht oder ob wir überhaupt eine langfristige gemeinsame Zukunft haben können, da du ein Gott bist und ich, na ja, ich nicht. Aber wenn wir in ein paar Jahren zusammenkämen und es ernst wäre, würdest du dann, ich weiß nicht, Gott der Natur werden oder so?«

»Und wer würde dann meinen Job machen?« Tyr stützte sich auf einen Ellbogen.

»Ein anderer Gott?«, fragte ich hoffnungsvoll.

»So funktioniert das nicht, Mia. Wir werden in unsere Titel hineingeboren. Die meisten von uns leben auf unbestimmte Zeit, aber in dem seltenen Fall, dass ein Gott getötet wird, kann sein Sohn oder seine Tochter seinen Posten erben. Die Nornen wählten uns aufgrund unserer Veranlagung aus, unsere Pflichten zu erfüllen. Ich habe nicht den Wunsch, meinen Titel aufzugeben, und da ich keine Kinder habe, hätte ich niemanden, an den ich ihn weitergeben könnte, selbst wenn ich es wollte.«

»Was ist mit Elsa?«, wagte ich zu fragen.

»Sie hat ihre eigene Rolle zu erfüllen«, erinnerte mich Tyr. »Und ich würde meiner Schwester dieses Leben auch nicht wünschen. Du etwa?«

»Nein«, flüsterte ich. Mir wurde flau im Magen. »Willst du damit sagen, dass du und dein zukünftiger Sohn die einzigen

Kriegsgötter sind, die Asgard hat? Gibt es denn keine Möglichkeit, das zu ändern?«

»Selbst wenn es eine gäbe, würdest du wollen, dass ich alles aufgebe, was ich bin?« Der Blick, den Tyr mir zuwarf, war niederschmetternd. Sein Mund war traurig verzogen, seine Stirn in Verwirrung gerunzelt, und seine Augen wirkten niedergeschlagen und sahen mich flehend an. »Bin ich dir nicht genug?«

Genau das war das Problem. Er war genug für mich. Mehr als genug. Ich hatte Angst, dass das Universum ihn mir wegnehmen würde. Und ihn auf mörderische, dunkle Magie ausübende Monster zu hetzen schien die Wahrscheinlichkeit zu erhöhen, dass meine Ängste wahr werden würden.

»Ich will dich einfach nicht verlieren«, flüsterte ich. »Ich habe Angst.«

»Oh, *prinsessa.*« Tyr zog mich auf seine Seite des Betts. Er hob meinen Kopf an und schob einen Arm unter meinen Nacken, sodass meine Wange auf seiner nackten Schulter lag. Er streichelte mit einer Hand meinen Rücken und mit der anderen mein Gesicht. »Das ist, was ich bin. Glaub mir, dieser Job ist viel angenehmer als das, was ich tun würde, wenn mein Vater mich nicht adoptiert hätte.«

»Ja, aber –«

Tyr presste einen Finger auf meine Lippen. »Ich verstehe, dass das alles sehr viel für dich ist. Und ich könnte auch verstehen, wenn du dich nicht auf ein Leben einlassen willst, in dem du dir ständig Sorgen um mich machen musst. Du bist nicht das erste Mädchen, das mich bittet, meinen Job aufzugeben, weißt du.«

»Bin ich nicht?« Ich blinzelte. *Wie dumm von dir, Mia. Er ist tausend Jahre alt. Du bist nicht seine erste … was auch immer.*

»Nein.« Tyr strich mir wieder über die Wange. »Bist du nicht. Mit mir zusammen zu sein ist schwer. Das weiß ich. Aber ich verspreche dir, wenn du hierbleibst, wird es sich für dich lohnen.«

Er küsste mich innig, die leidenschaftliche, fordernde Art von Kuss, die mich daran erinnerte, wie sehr er sich in jeder nur denkbaren Situation unter Kontrolle hatte. Seine Hand legte sich um meinen Kopf und zog mich näher zu sich heran, dann drückte er seine Handfläche auf meinen Rücken und schob meine Hüfte gegen seine. Es kribbelte in meinem Unterleib, und ich drückte mich an ihn, um auch die kleinste Lücke zwischen uns zu schließen. Als ich das tat, zog Tyr seinen Kopf zurück und sah auf mich herab.

»Was denkst du? Wirst du es mit mir aushalten können?«

Ich nahm einen zittrigen Atemzug. »Ich weiß es nicht«, antwortete ich ehrlich. »Je mehr ich mich in dich verliebe, desto schwieriger wird es, dich zu verlieren.«

»Du wirst mich nicht verlieren, Baby. Bekomm das endlich in deinen analytischen kleinen Kopf. Solange du mich willst, wirst du mich am Hals haben.« Tyr gab mir einen Kuss auf die Stirn und rollte sich auf den Rücken, wobei er mich an sich drückte.

»Ich will dich«, flüsterte ich. »Ich weiß nur nicht, wie ich mir keine Sorgen um dich machen soll.«

»Dann sind wir ja quitt.« Tyr drehte seinen Kopf, um mir in die Augen zu sehen. »Ich weiß nicht, wie ich mir keine Sorgen um *dich* machen soll. Lass uns das Leben gemeinsam einen Tag nach dem anderen nehmen, okay?«

Ich drückte meinen Kopf an Tyrs Brust und atmete tief durch. »Okay.«

Es war das Einzige, was wir tun konnten. Wer wusste schon, was der morgige Tag bringen würde?

****

Am Freitag gingen Tyr und Henrik zum Schießstand, während Charlotte, Heather und Brynn mit mir in Tyrs Haus zu Abend aßen. Ich hatte ihnen Meemaws Chicken Parmigiana versprochen. Heather saß am Küchentisch und hatte sich die Serviette auf den Schoß gelegt, noch bevor ich den Deckel vom Topf genommen hatte.

»Hungrig?«, neckte ich sie.

»Auf das hier, ja. Es ist mein Lieblingsgericht von dir, und ich habe es schon ewig nicht mehr gegessen.« Heather nahm ihre Gabel in die Hand, während ich das Essen verteilte.

»Ich weiß, dass ich seit einer Woche nicht mehr zu Hause war, aber so lange ist es nun auch wieder nicht.« Ich lächelte.

»Eine Woche ohne Meemaws Chicken Parm ist so ziemlich eine Ewigkeit.« Sie schlug sich die Hand an die Stirn und tat so, als würde sie in Ohnmacht fallen.

»Es ist nicht gut, wenn ausgerechnet die *Medizinstudentin* ohnmächtig wird«, bemerkte Charlotte trocken. »Wer soll sie denn wiederbeleben?«

»Im Ernst, Mia.« Heather setzte sich auf. »Wann kommst du nach Hause? Du bist doch nicht etwa hier eingezogen, oder?«

»Eingezogen? So richtig? Nein. Dafür ist es noch viel zu früh.« Ich drückte mich ganz locker aus. Brynn zwinkerte mir kurz zu. Sie hatte mich gründlich gecoacht – je weniger die anderen wussten, was los war, desto besser. »Die Wahrheit ist, dass ich es einfach nicht ertragen kann, mich von dieser Küche zu trennen. Jedes einzelne Gerät ist das Beste vom Besten.«

»Na klar.« Heather schnaubte. »Es ist die *Küche*, von der sie sich nicht trennen kann.«

Charlotte kicherte. »Das kaufe nicht mal ich dir ab.«

»Wie ihr meint.« Ich hob meine Gabel und lächelte. *»Bon appétit.«*

»Euch auch.« Heather nahm einen Bissen. »Mmm. So gut.«

»Köstlich.« Charlotte schloss die Augen, während sie kaute.

»Mmm.« Brynn nickte zustimmend.

Heather hörte auf zu kauen und beugte sich vor. »Es ist der Sex, oder? Er ist so gut, dass du nicht einmal für eine Nacht wegbleiben konntest. Und jetzt sehen wir dich vielleicht nie wieder in unserem Haus.«

»Heather!« Charlotte warf ihre Serviette nach unserer Freundin. »So was kannst du doch nicht fragen!«

Brynn legte den Kopf schief. »Aber jetzt wo das Thema schon mal im Raum steht, wie ist der Sex denn?«

»Oh mein Gott!« Meine Wangen hätten genauso gut mit dem Gesicht nach unten auf einer Grillplatte liegen können. »Darüber rede ich mit euch nicht.«

»So gut also?« Heather seufzte. »Ich wusste es. Man muss sich ihn ja nur mal ansehen.«

Ich hob die Arme, um meinen Kopf zu bedecken. »Hört auf!«

»Ich muss zugeben, dass ich schon immer ein bisschen neugierig war«, mischte Brynn sich ein. »Wie groß ist sein …«

»Schluss damit!!« Ich kicherte und lugte hinter meinem Unterarm hervor. »Ich weiß es nicht. Ich habe ihn noch nie gesehen.«

»Du hast … warte mal. Ihr macht es doch, oder?« Heather sah verwirrt aus.

»Äh, nein. Noch nicht.«

»Warum nicht?« Brynn legte verwirrt den Kopf schief, und auch Charlotte stützte sich abwartend mit den Unterarmen auf dem Tisch ab.

»Ich weiß es nicht«, murmelte ich. »Es war einfach noch nicht der richtige Zeitpunkt. Können wir bitte über etwas anderes reden? Egal was?«

Meine Augen trafen die von Charlotte, und sie nickte leicht. »Was ist mit dir, Brynn? Wie geht's Henrik?«

Brynn errötete bis in die Ohrenspitzen. »Wir sind nur Freunde.«

»Sollen wir es ihm sagen?«, bot Heather an. »Denn ich bin mir sicher, wenn er wüsste, dass du auf ihn stehst, würde er sich auf dich stürzen.«

»Nein!« Brynn wedelte mit den Händen vor ihrem Gesicht herum. »Es ist in Ordnung. Ich meine nur, äh, alles bestens zwischen uns.«

»Was immer du sagst.« Charlotte zuckte mit den Schultern. »Ich möchte nur, dass alle so glücklich sind wie unsere Mia hier. Schaut sie euch nur an. Sie strahlt förmlich.«

»Ich strahle nicht.« Ich verdrehte die Augen.

»Du würdest strahlen, wenn du Sex hättest«, meinte Heather.

Meine Ohren waren wahrscheinlich genauso rot wie Brynns.

»Oh, das ist so unglaublich lecker.« Heather deutete auf ihren Teller, während sie durch einen Mund voller Tomatensoße sprach. »Wie machst du das nur?«

»Ich zeige es dir nächste Woche, wenn du willst«, bot ich an. »Es ist ein total einfaches Rezept.«

»Abgemacht.« Heather hob ihre Gabel. »Ich bin jetzt mittwochs und samstags in der Klinik, aber jeder andere Abend ist auch gut.«

»Du hast eine zusätzliche Schicht übernommen? Dann funktioniert die Zeiteinteilung also für dich. Das ist großartig!«

Ich nahm einen Bissen und war dankbar für den Themenwechsel.

»Ja. Tut mir leid, dass ich dich deswegen so angeschnauzt habe. Es hat sich herausgestellt, dass Mikroplanung und Time-Blocking genau das waren, was ich brauchte. Mein Notendurchschnitt ist super, und die Zeit in der Klinik hat mir geholfen, meine Kursarbeit zu erledigen. Ich bin produktiver als je zuvor. Also vielen Dank dafür.«

»Ich bin froh, dass ich helfen konnte.« Ich drückte ihren Arm. »Was ist mit dir, Charlotte? Wie geht's deinem Freund?«

»Fantastisch.« Sie strahlte. »Ich fahre mit ihm über Thanksgiving nach Hause. Seine Tante lebt in Ashland.«

»Ooh. Seht ihr euch irgendwelche Theaterstücke an, während ihr dort seid?«, fragte ich. »Oder ist das außerhalb der Saison?«

»Ich glaube, Matt ist nicht so wirklich der Theatertyp«, überlegte Charlotte. »Aber das ist schon okay. Ich bin sicher, dass wir uns die Zeit schon vertreiben werden.«

»Da bin ich mir auch sicher«, neckte Heather. »Sind alle bereit für die *Spirit of the Redwoods*-Feier?«

»So bereit, wie es nur geht.« Ich hielt mir die Hand vor den Mund, um mein Grinsen zu verbergen. Nur in Nordkalifornien würde es ein Fest zu Ehren der Bäume geben … und dazu noch zwei unterrichtsfreie Tage, um an den Feierlichkeiten teilnehmen zu können.

Während des Essens unterhielten wir uns über die vergangene Woche, und als Nachtisch verputzten wir eine ganze Packung meines Lieblingseises mit Cookie Dough, die Tyr für mich eingekauft hatte. Die winzig kleine Brynn schaffte es, das meiste in sich hineinzustopfen, und sie umklammerte ihren Magen, als sie zur Haustür ging.

»Nächstes Mal gibst du mir auf keinen Fall mehr als zwei Portionen«, stöhnte sie.

»Niemals. Das Leben ist kurz. Iss das Eis.« Heather öffnete die Haustür und trat auf die Veranda. »Na, hallo, ihr beiden Hübschen.«

Wir stellten uns neben sie und sahen, wie Tyr und Henrik aus ihrem Wagen stiegen. Henrik grinste uns an, als er die Vordertreppe hinaufging. »*Hei hei,* Ladys.« Er legte Brynn einen Arm um die Schultern. »Wie war der Mädelsabend?«

»Es war toll«, zwitscherte sie. »In der Küche sind noch Reste. Mia hat viel zu viel gemacht.«

»Das macht sie immer.« Tyr kam auf die Veranda und drückte mir einen Kuss auf die Lippen. »*Hei,* Baby«, murmelte er.

»Hi«, hauchte ich. »Hattet ihr Spaß?«

»Immer. Aber wir sind am Verhungern. Habt ihr wirklich noch was übrig?« Tyrs hoffnungsvoller Tonfall war absolut bezaubernd.

»Jede Menge. Bedient euch. Ich komme gleich nach.« Ich küsste ihn erneut, und er ging mit Henrik ins Haus. Brynn und ich brachten die Mädchen zu Charlottes Auto und verabschiedeten uns von ihnen. Dann wandte ich mich mit einem verschmitzten Lächeln an Brynn. »Kommst du wieder mit rein?«

»Nein.« Brynn seufzte. »Henrik muss arbeiten, und ich muss auf Charlotte und Heather aufpassen. Einer unserer Späher in Svartalfheim sagte, dass außerhalb eines geschlossenen Portals seltsame Dinge vor sich gingen. Wir sind uns nicht sicher, aber für den Fall, dass sie es wieder geöffnet haben, möchte ich sicherstellen, dass die Mädchen geschützt sind.«

»Du bist eine gute Freundin.« Ich umarmte sie kurz.

»Du auch. Jetzt geh ins Haus, bevor wir losfahren. Ich habe Tyr versprochen, auf dich aufzupassen.«

»Ich bin versorgt. Tyr hat mir eine Weltraumkanone geschenkt«, prahlte ich.

»Du meinst einen nano-molekularen Teilchenbeschleuniger?«, korrigierte mich Brynn.

»Weltraumkanone klingt viel lustiger.«

»Und wo ist deine Weltraumkanone jetzt gerade? Hast du sie bei dir?« Brynn sah mich mit hochgezogenen Augenbrauen an.

»Äh, nein. Sie ist im Schrank.«

»Ganz genau. Also geh rein. Bis morgen.« Brynn warf mir eine Kusshand zu, bevor sie sich in ihr Auto setzte.

»Nacht, Brynn.« Ich winkte und ging ins Haus. Als ich die Haustür hinter mir geschlossen hatte und aus dem Fenster schaute, um noch einmal zu winken, startete Brynn ihr Auto und fuhr los. Henrik eilte an mir vorbei und die Treppe hinauf. »Gute Nacht, Henrik. Viel Spaß bei der Arbeit.«

»Nacht, Mia! Ich werde Fred bald wieder einsatzbereit haben«, sagte Henrik, ohne stehen zu bleiben.

»Brauchst du Hilfe?«, rief ich ihm hinterher.

»Nein, danke. Amüsiert euch einfach ein bisschen. Bis dann!« Henrik erreichte das obere Ende der Treppe und bog um die Ecke.

»Bis dann.« Ich lächelte vor mich hin. Als ich in die Küche ging, musste ich mir ein Grinsen verkneifen. Tyr saß an der Theke und aß den Rest meines Parmesanhähnchens direkt aus der Schüssel. »Schmeckt es Ihnen, Mister?«

Tyr schaute schuldbewusst auf. Es waren nur noch ein paar Bissen übrig. »Mmm-hmm. Das war köstlich.«

»Du hast da was übersehen.« Ich schöpfte einen Klecks Soße auf meinen Finger und hielt ihn ihm vor den Mund. Tyr zog eine Augenbraue hoch, nahm den Finger jedoch zwischen die Lippen und saugte vorsichtig daran. Seine Zunge glitt über meinen Fingerknöchel, leckte die Reste der Soße weg und ließ mir eine Gänsehaut über den Arm laufen. Als er den Finger aus dem Mund zog, ging er noch ein letztes Mal mit seiner Zunge darüber, um sicherzugehen. Während dieser ganzen Aktion unterbrach er den Augenkontakt nicht.

Ach du heiliger Bimbam.

»Kommen Sie mal her, Miss Ahlström.« Tyr schob den Hocker vom Tresen zurück und klopfte auf seinen Schoß. Ich trat an ihn heran, sodass er seine langen Beine um meine schlingen konnte. Seine Hände legten sich auf meinen Rücken und schoben mein Shirt hoch, während ich ihm in die Haare fasste. Ich fuhr mit den Fingern durch die zerzausten Strähnen, als Tyr sich nach vorne beugte und seinen Mund an meinen Hals brachte. Er massierte meine Haut mit der Wärme seiner Zunge und knabberte dann an meinem Kinn. Als er meine Unterlippe erreichte, nahm er sie zwischen die Zähne, saugte sanft daran und ließ seine Zunge gleichzeitig über die empfindliche Haut gleiten.

Großer Gott …

»Er ist wieder da. Ihr müsst verschwinden.«

Aus dem Augenwinkel nahm ich wahr, wie die Küchentür aufflog und eine hochgewachsene Gestalt in der Tür stand.

»Henrik!«, kreischte ich und versuchte, mein Shirt nach unten zu ziehen, während Tyr nur lachte. »Ich dachte, du würdest arbeiten.«

»Das tue ich.« Henrik deutete auf mein Oberteil, das ich eilig zurechtzog. »Aber jetzt nicht mehr. Fenrir ist zurück. Geht sofort zum Unterschlupf.«

Tyrs Lachen verschwand. »Wo?«

»Am Hintereingang. Er versucht, die Verzauberungen zu durchbrechen. Ihr müsst hier sofort raus.« Henrik warf eine Tasche zu Tyr, der sie mit einer Hand auffing. »Hier sind die Zutaten aus dem Safe. Nehmt sie mit. Und bringt sie so schnell wie möglich zu den Zwergen.«

Tyr eilte die Treppe hinauf und kam Sekunden später mit einem Koffer zurück. Hatte er das Ding in der Zeit gefunden und gepackt, die ich brauchte, um mein Shirt zu richten? »Wo ist Elsa?«, fragte er.

»Forse und die Heilerinnen haben Elsa auf das nordwestliche Gelände gebracht. Brynn stellt Schutzmaßnahmen um das Haus am Daffodil Drive auf, damit Fenrir nicht hinter Charlotte und Heather her ist, dann geht sie auch zum sicheren Haus, um bei Elsa zu sein.« Henrik reichte jedem von uns eine Weltraumkanone. »Ihr werdet sie auf dem Weg nach draußen brauchen.«

»Ernsthaft?« Mein Mund stand offen.

»Und ob. Wollt ihr unbewaffnet sein, wenn der da durchbricht?« Henrik zog den Vorhang am Fenster zurück, und wir sahen hinaus. Der wilde Wolf sprang auf den unsichtbaren Schild zu.

»*Skit.*« Tyr schlang einen Arm um meine Taille und packte den Koffer fester.

Henrik nickte. »Wir treffen uns dort im Morgengrauen. Ich werde den Rest eurer Sachen mitbringen.«

In diesem Moment hörte das Knurren draußen auf. Ein Krachen gegen die Hintertür bestätigte, dass Fenrir die Grenze durchbrochen hatte. Mein Herz schlug mir bis zum Hals, als ein riesiger Wolf durch das Küchenfenster stürmte. Henrik rannte zum Waffenschrank, während ich meine Weltraumkanone entsicherte und mit beiden Händen festhielt. Ich dachte, ich hätte gut gezielt, aber als ich den Abzug betätigte, streifte der weiße Strahl nur Fenrirs Hinterfuß. Er knurrte, doch der Schlag verlangsamte seine Flugbahn nicht, und er raste weiter auf uns zu, wobei er nur drei Beine benutzte, um sich von der Arbeitsplatte abzustoßen.

Tyr hob eine Hand, und aus seinen Fingern entsprang eine Kugel. Sie bildete eine Blase um uns herum und stoppte Fenrirs Schwung, als er von der Theke sprang. Er knurrte erneut und biss in die Kugel. Sie löste sich in einem Schauer aus blassblauen Funken auf, und ihre Überreste tauchten die Küche in ein glitzerndes Licht. Fenrir wich einen Schritt zurück und bereitete sich auf den nächsten Angriff vor. Ohne nachzudenken, zielte ich und schoss erneut. Und noch einmal. Ich feuerte weiter, bis die Weltraumkanone keine Magie mehr hatte. Es kam mir nie in den Sinn, dass die Betäubungseinstellung nicht ausreichen könnte, um uns zu schützen. In der Hitze des Gefechts dachte ich nicht daran, die Waffe auf Implosion umzustellen. Zum Glück schoss eine Reihe von weißen Lichtern aus der Waffe und traf Fenrir mit so viel Kraft am Kopf, dass er auf den Rücken fiel.

»Gut gemacht«, sagte Tyr leise.

»Oh, Gott sei Dank.« Mein Herz pochte wie wild, und meine Hände zitterten, als ich die Waffe sinken ließ. »Ich hatte schon Angst, er würde …«

»*Skit.*« Henrik kehrte mit der Armbrust zurück, während Fenrir unsicher wieder auf die Beine kam.

Das Tier fletschte die Zähne und brüllte wütend. »Was auch immer für eine dunkle Magie sie Fenrir eingeflößt haben, sie scheint die Wirkung des Beschleunigers zu neutralisieren. Ihr zwei verschwindet von hier. Ich kümmere mich um den Wolf.«

Tyr stellte sich zwischen das Tier und mich. Er schlang seine Arme um mich und drückte zu, dann nutzte er seine Supergeschwindigkeit, um uns durch die Hintertür in den Wald zu bringen. »Heimdall«, rief er, »öffne den Bifröst.«

Ein vielfarbiger Strahl schoss durch die Bäume, unterbrochen von einem ohrenbetäubenden Gebrüll. Ich warf meine Arme um Tyrs Hals, hielt mich fest und betete, dass der Wolf nur noch ein paar Sekunden länger brauchen würde. Ein Wind peitschte um uns herum, und ich vergrub mein Gesicht an Tyrs Brust, als wir durch ein unsichtbares Portal gesaugt wurden. In der Ferne hörte ich Knurren, und ich betete, dass Henrik auf sich selbst aufpassen konnte. Mein Magen kribbelte, mein Kopf drehte sich, und bevor ich wusste, wie mir geschah, wurde ich ohnmächtig.

Das Letzte, woran ich mich erinnerte, war Tyrs Stimme. Zum ersten Mal überhaupt hörte ich darin einen Hauch von Angst. »Heimdall, bring uns zum nordwestlichen Gelände.«

Zweiundzwanzig

»Komm schon, Mia. Komm zurück zu mir.«

Alles war schwarz. Ich hatte keine Ahnung, wo ich war oder was geschah. Das Einzige, was ich wahrnehmen konnte, war die kühle Hand, die über meine Stirn strich, und die weiche Oberfläche unter mir. Die Luft hatte einen salzigen Beigeschmack, und … War das der Geruch von Fisch?

Ich zwang mich, die Augen zu öffnen. Alles um mich herum sah verschwommen aus, aber als die Sekunden verstrichen, wurde Tyrs Gesicht klarer. Seine Stirn lag in Falten. Er kniete neben mir auf dem Boden. Als ich zu ihm hochblinzelte, entspannten sich seine Schultern sichtlich.

»Odin sei Dank«, sagte er und seufzte erleichtert.

Ich versuchte, mich aufzusetzen, fiel aber sofort wieder zurück. »Whoa.«

»Bleib unten. Transporte sind selbst für Götter nicht einfach. Ich mag mir gar nicht vorstellen, wie es sich für einen Sterblichen anfühlen muss.« Er hielt ein Glas an meinen Mund, während er mit einer Hand den Kopf stützte. »Trink.«

Ich stützte mich auf einen Ellbogen und tat, wie mir geheißen. Das Wasser verschwand schnell. Tyr half mir, mich auf den Sofakissen zurückzulehnen, und ich sah mich um – ich war in einem Wohnzimmer. Es war groß, über zehn Meter lang und doppelt so breit, mit einer meterhohen Decke, die sich über die Treppe zum Obergeschoss erstreckte. Der Raum war in Creme- und Weißtönen gehalten, mit einer Vertäfelung, die den unteren Teil der Wände bedeckte und die Holztreppe hinaufführte. Ich saß auf einem der beiden cremefarbenen Sofas, die vor einem steinernen Kamin standen. Große Fenster ließen gefiltertes Mondlicht herein, und das Geräusch plätschernder Wellen beruhigte meine Nerven ein wenig.

»Wo sind wir?« Ich stand langsam auf, um mein Gleichgewicht zu testen. Als ich schwankte, hielt mich Tyr am Ellbogen fest. Er führte mich zu den Flügeltüren, die in den Garten führten.

»Das ist das nordwestliche Gelände. Wir nennen es den Unterschlupf.«

Meine Finger berührten das kühle Glas der offenen Tür, und ich trat auf die grauen Dielen der Veranda. Drei Stufen führten zu einer Rasenfläche und eine längere Holztreppe zum Meer. Im Mondlicht schimmerte der Sand blass-silbern. »Es sieht aus wie ein Strandhaus.«

»Ist es auch.« Tyr legte einen Arm um meine Taille und führte mich die Stufen hinunter zur Wiese.

Wir standen unter einem großen Baum und blickten auf das Haus. Das Gebäude im Cape-Cod-Stil hatte graue Schindeln, weiß getönte Fenster und eine weiße Säulenveranda, die sich über die gesamte Länge des Hauses erstreckte. Es war groß, aber nicht imposant – ein zweistöckiges Gebäude mit drei, vielleicht vier geräumigen Zimmern. Ich drehte mich um und beobachtete, wie die Wellen sanft an den silbernen Sand schlugen. Es musste gerade Flut sein, denn zwischen dem Fuß der Treppe und dem Wasser war nicht viel Platz. Der Vollmond beleuchtete die kleine Bucht, in der insgesamt vier Häuser im gleichen Stil wie Wachtürme zum Wasser hin aufgereiht waren. Der Strand erstreckte sich etwa anderthalb Kilometer nach rechts, wo eine große Düne die Grenze zwischen Bucht und offenem Wasser markierte. Ein paar Kilometer in die andere Richtung traf das Wasser auf einen Berg – ich konnte die Umrisse der Baumkronen, die den Felsen bedeckten, kaum erkennen. Rechts von dem Berg schmiegte sich ein Trio von Felsbrocken ins Wasser, und aus dem Licht, was dort regelmäßig aufblitzte, schloss ich, dass dort ein Leuchtturm stehen musste. Immergrüne Bäume reichten bis an den Strand heran. Wir mussten irgendwo im pazifischen Nordwesten sein.

Tyrs Arm lag noch immer um meine Taille, also lehnte ich mich an ihn. Er legte sein Kinn auf meinen Kopf und schlang seinen anderen Arm um mich. Ich ergriff seine Hände und hielt sie fest.

»Was ist das für ein Ort?«

»Asgards Unterschlupf in diesem Quadranten von Midgard«, erklärte Tyr.

»Warum hast du Elsa nicht schon früher zu diesem Unterschlupf gebracht?«, fragte ich.

»Das hatten wir vor. Henrik war dabei, die Sicherheit an diesem Ort zu erhöhen, was eine ruhige Zeit erforderte. Aber Fenrir schlug zu, als die Sicherheit hier nicht gewährleistet war, und Freya kam auf ihren Verkupplungs-Kick, sodass wir Elsa schließlich nach Arcata brachten, mit der Absicht, sie hierherzubringen, wenn sich ihr Zustand stabilisiert hat. Henrik hat gerade erst die Abriegelung des Geländes abgeschlossen.« Tyr schüttelte den Kopf. »Endlich.«

»Habt ihr noch andere sichere Unterkünfte?« Ich blickte mich um. Wenn sie alle so aussahen wie dieses, hätte ich nichts dagegen, eine intergalaktische Tour durch sichere Häuser zu machen.

»Haben wir. Es gibt Unterschlüpfe in jedem Quadranten eines jeden Reiches, aber das hier ist einer meiner Lieblingsorte.

Allerdings ist hier ständig ein Aesir stationiert, und jetzt wo die Sicherheitsvorkehrungen abgeschlossen sind, ist es wahrscheinlich unser sicherster Ort.« Tyr zeigte auf das Haus, das dem offenen Meer am nächsten lag. »Das ist Forses Wohnsitz. Er ist ein guter Freund. Er ist der Gott der Gerechtigkeit und einer unserer wichtigsten Friedenswächter. Heutzutage ein Fulltime-Job.« Tyrs Oberkörper verhärtete sich an meinem. Meine Daumen streichelten seine Unterarme, bis er sich wieder etwas entspannte.

»Wessen Haus ist neben dem von Forse?«

»Das ist die medizinische Abteilung. Elsa ist dort, und Henrik wird im Gästetrakt wohnen, wenn er morgen früh hier ist.«

»Hat er es sicher aus Arcata herausgeschafft? Oder hat Fenrir …« Ich erschauderte bei der Erinnerung an unsere schreckliche Abreise.

»Henrik geht es gut. Er hat eine verbesserte Waffe gegen Fenrir eingesetzt, aber der Wolf ist durch ein Portal entkommen. Henrik hat ihn ziemlich schwer verletzt – Fenrir wird wahrscheinlich einige Zeit brauchen, um sich zu erholen, bevor er einen erneuten Angriff wagt.«

Ich hatte plötzlich einen Knoten im Hals und musste schlucken. Dann deutete ich auf das Gebäude direkt hinter uns.

»Dann ist das hier dein Haus?«

»Ja. Ich komme nicht oft her, aber es ist einer meiner Lieblingswohnsitze. Wenn wir nicht gerade kurz vor einem Krieg stehen, ist es ein friedlicher Ort.«

Die Andeutung war klar; Fenrirs Angriffe waren ein Ruf zu den Waffen. Adrenalin schoss mir durch die Adern.

»Was ist mit dem da?« Ich zeigte auf das Haus neben dem von Tyr.

»Ah, da wohnt Freya.«

»Freya wohnt auch hier?«

»Im Moment schon.« Eine melodische Stimme ertönte, als eine gertenschlanke Gestalt aus dem Haus trat. Das Mondlicht schien auf ihr langes Haar und spiegelte sich in ihren funkelnden Augen.

Freya bewegte sich wie immer mit der Leichtigkeit einer Ballerina. Ihre beneidenswert langen Beine, ihre schlanken Hüften und ihr beeindruckend trainierter Trizeps schienen über das Gras zu schweben.

»Freya.« Tyr ließ mich los und überquerte den Rasen, um sie zu begrüßen.

»Tyr.« Sie umarmten sich. Freya schenkte mir ein warmes Lächeln. »Mia, es ist schön, dich zu sehen. Es tut mir leid, dass ich dich im Haus eingesperrt habe. Ich habe es wirklich gut gemeint; Tyr hätte es mir niemals verziehen, wenn du verletzt worden wärst. Aber wie ich höre, wurdest du inzwischen an den Standardwaffen ausgebildet, also muss ich das nicht noch einmal tun.«

»Gut zu wissen.« Die Weltraumkanone und die Armbrust waren *Standardwaffen?*

Tyr strich mit seinen Fingern über meine Arme. Da fiel mir auf, dass ich mich seit meiner durch Bifröst verursachten Ohnmacht nicht mehr gewaschen hatte. Ich hatte das hauchdünne Oberteil an, das ich beim Abendessen mit meinen Freunden getragen hatte, nur dass es jetzt viele Falten von meinem Nickerchen auf der Couch aufwies. Mein Haar steckte in einem unordentlichen Dutt, und ich könnte wahrscheinlich ein Pfefferminzbonbon vertragen. Ich war in keiner Weise für Gesellschaft geeignet. Ich drückte meinen Kopf gegen Tyrs Brust.

Freya nörgelte. »Tyr, sie hat eine Gänsehaut. Lass uns reingehen, Süße. Ich habe oben in Tyrs Zimmer ein paar Sachen für dich deponiert. Als ich gesehen habe, wie er mit nur einem Koffer für euch beide aufgetaucht ist, hatte ich das Gefühl, dass er möglicherweise ein paar wesentliche Mädchendinge vergessen hat.«

»Danke.« Ich starrte Tyrs beste Freundin an und zwang mich, eine Haltung der Dankbarkeit einzunehmen, wie Meemaw sagen würde.

Freya strahlte mich an. Ihre perfekten weißen Zähne hoben sich leuchtend von ihrer perfekt gebräunten Haut ab. Sie hätte einfach nicht makelloser sein können. Ich hasste sie. Nur ein Scherz.

Freya winkte ab. »Hab ich gern gemacht. Mach dich in Ruhe frisch, dann können wir über Elsa reden. Ihre Vitalwerte waren stabil, als ich sie untersucht habe, also hat mich ihr Team gebeten, sie bis zum Morgen schlafen zu lassen. Aber wahrscheinlich kommst du erst zur Ruhe, wenn du sie selbst gesehen hast, nicht wahr, Tyr?«

»Wie gut du mich kennst, Freya.« Tyr klopfte seiner Freundin auf die Schulter.

»Kontrollfreak«, stimmte Freya zu.

»Katzenlady«, erwiderte Tyr.

»Pass auf. Meine Mädchen sind norwegische Skogkatt.«

»Norwegische was?«, fragte ich, als wir zurück zum Haus gingen.

»Ich habe norwegische Waldkatzen. Sie sind wie Berglöwen. Aber flauschiger. Und niedlicher.« Freyas Lächeln war heiter.

»Und hundertmal zäher.« Tyr schüttelte den Kopf. »Lass dich von Freya nicht täuschen. Wenn ihr jemand in die Quere kommt, lässt sie ihre Katzen dem Kerl den Kopf abbeißen und ihn dem nächstbesten Troll servieren.«

»Gut zu wissen.« Ich setzte *Freya und ihre Haustiere nicht verärgern* ganz oben auf meine Liste der Dinge, die ich mir in Tyrs Leben merken sollte.

»So verrückt bin ich nicht.« Freya verdrehte die Augen. »Tyr ist nur sauer, weil ich ihm im Nahkampf in den Hintern treten kann.«

»Das war nur ein einziges Mal. In der Mittelschule.« Tyr sprach mit zusammengebissenen Zähnen, und ich musste kichern. Von einem Mädchen in den peinlichsten Jahren der Pubertät geschlagen zu werden, muss ein schwerer Schlag für den aufstrebenden Kriegsgott gewesen sein.

»Wie auch immer. Es ist passiert.« Freya machte es sich auf der Couch bequem, und Tyr führte mich zur Treppe. »Ich warte hier unten. Auf dem Bett steht eine Tasche – wenn du noch etwas brauchst, sag einfach Bescheid. Dann bringe ich es dir.«

Mein vorheriges Unbehagen gegenüber Tyrs bester Freundin wurde von ihrer allumfassenden Fürsorglichkeit besiegt.

»Danke, Freya. Das ist wirklich nett von dir.«

Ich folgte Tyr die Treppe hinauf, vorbei an den Ledersofas, die den Treppenabsatz säumten, und ins Hauptschlafzimmer.

»Gefällt es dir?«, fragte er, als er das Licht einschaltete. Gefallen war eine Untertreibung. Die Suite war offen gestaltet, mit einem riesigen Whirlpool gegenüber einer Doppelkopfdusche. Hinter einer weiß getäfelten Tür befand sich ein kleiner Waschraum mit einem großen Spiegel, der das Doppelwaschbecken umrahmte. Hinter diesem Bereich befand sich ein plüschiges Kingsize-Bett, das in dicke weiße Decken und Kissen gehüllt war und vor zwei übergroßen Fenstern stand. Sie gaben den Blick auf den Strand frei. Das ganze Zimmer war in Creme- und Weißtönen gehalten, mit dunklen Eisenbeschlägen und einer Kommode aus Zedernholz. Die sandfarbenen Holzböden fühlten sich unter meinen nackten Füßen warm an.

»Mia?« Tyr ergriff meine Hände und wirbelte mich herum. »Alles okay? Das war der sicherste Ort, den ich mir für dich vorstellen konnte, aber wenn du dich hier nicht wohlfühlst, können wir …«

Er brach ab, als ich einen Finger an seine Lippen legte. »Es ist wunderschön. Ich liebe es. Bist du sicher, dass uns Wolfie hier nicht erwischen kann?«

»Völlig sicher«, versprach Tyr. »Es ist für jeden unsichtbar, außer für uns und unsere Leibwächter. Der Zugang ist nur über einen Netzhautscan möglich. Diesen Teil habe ich für dich übersprungen, da du ohnmächtig warst, als wir hier ankamen. Vertrau mir, dies ist der sicherste Ort in allen neun Reichen für dich.«

Ich atmete aus und stellte erst da fest, dass ich zuvor den Atem angehalten hatte. »Okay.«

Tyr zog mich an sich und hauchte mir einen Kuss auf die Schläfe. »Ich habe versprochen, mich um dich zu kümmern, und das werde ich auch. Immer. Jetzt schau mal in die Tasche und lass mich wissen, was du noch brauchst. Freya kann heute Abend noch mehr Sachen vorbeibringen, und Henrik wird mit dem Rest deines Gepäcks hier sein, wenn die Sonne aufgeht.«

»Ich würde gerne duschen«, gab ich zu. An den Armen hatte ich immer noch eine Gänsehaut, und die Vorstellung, im heißen Wasser zu stehen, klang himmlisch.

»Das können wir machen.« Tyrs Gesicht erhellte sich. Er begann, sein Hemd auszuziehen.

Mit einem Lachen schob ich ihn aus dem Zimmer. »Nicht

mit Freya da unten. Geh zu ihr. Ich bin in zehn Minuten bei euch.«

»Mmm.« Tyr seufzte. »Handtücher liegen am Fußende des Bettes.«

»Dieses Haus hat eine Haushälterin?« Ich hoffte, sie war auf Herz und Nieren geprüft worden.

»Besser. Es hat mich.« Tyr wirbelte mit dem Finger, und ein weiteres Handtuch erschien auf dem Stapel. *Oh. Mein. Gott.* Auf seiner Liste der magischen Fähigkeiten hatte er Haushaltsführung vergessen. Wenn ich meine Karten richtig ausspielte, musste ich vielleicht nie wieder eine Toilette schrubben. »Seifen und Shampoos sind schon in der Dusche. Der Föhn ist in einer dieser Schubladen. Wenn du sonst noch was brauchst, sag einfach Bescheid.«

Er drehte sich um und ging aus dem Zimmer. Ich schnappte mir ein Handtuch vom Fußende des Bettes und drehte den Wasserhahn auf. Heißer Wasserdampf erfüllte den Raum, und ich hängte mein Handtuch an den Haken neben einem plüschigen Bademantel, bevor ich mich auszog und unter die Dusche stieg.

Das Wasser glättete meine Gänsehaut fast augenblicklich. Ich stand unter dem Wasserstrahl und bearbeitete meine Haare mit Shampoo und Conditioner. Als ich fertig war, nahm ich mir noch eine Minute Zeit, um den Wasserdruck auf meinem Rücken zu genießen, dann schaltete ich die Dusche aus und trocknete mich ab.

Der Bademantel fühlte sich weich auf meiner Haut an, als ich über den beheizten Fußboden tapste. Draußen war es noch dunkel, also öffnete ich die Tasche und holte einen weichen lavendelfarbenen Seidenpyjama heraus.

Spitzenpaspeln an den Hand- und Fußgelenken verliehen

dem klassischen Design eine feminine Note. Ich zog den Schlafanzug an und holte dann eine Haarbürste, eine Zahnbürste, Gesichtscreme, ein Deodorant und ein kleines Schminkset in Herbstfarben heraus. Freya hatte sogar mein Lieblings-Lavendelparfüm eingepackt. Wie sie das alles in ein paar Minuten geschafft hatte, war mir ein Rätsel. Es sei denn …

Ich erstarrte. Dann ging ich zum Waschbecken, trug Feuchtigkeitscreme auf und föhnte mein Haar wie auf Autopilot.

Es sei denn, Tyr hatte gewusst, dass so etwas passieren würde. Vielleicht hatte Freya diese Tasche schon seit Wochen gepackt und nur auf meine unvermeidliche Ankunft im Unterschlupf gewartet. Tyr sagte, dass Fenrir jeden verfolgte, den er liebte. Und er sagte, er würde alles tun, was nötig war, um mich zu beschützen.

Wie lange hatte er gewusst, dass wir hier landen würden? Und was war sein Plan, jetzt wo wir auf dem Gelände waren? Würden wir einfach für immer hier leben oder bis Tyr herausfand, wie man den Wolf besiegt? Bis der Wolf tot war? Er war unsterblich, oder nicht? Das könnte Jahre dauern.

Was genau würde mit mir passieren? Und wie sollte ich auch nur einen meiner Kurse bestehen, wenn ich mich in einem geheimen Unterschlupf befand, der zudem noch für den *ganzen Kosmos unsichtbar war?*

Der Föhn rutschte mir aus der Hand und schlug mit einem dumpfen Schlag auf den Waschtisch. Ich schaltete ihn aus.

In meinem Kopf schwirrten so viele Fragen, dass ich mir am liebsten ein bis vier Notizbücher gesucht hätte, um sie alle aufzuschreiben. Aber um Antworten zu bekommen, musste ich einen gewissen nordischen Gott fragen, was genau sein Plan war. Und ich hoffte inständig, dass er einen Plan hatte. Denn so hübsch dieses Haus und die Umgebung auch sein mochten, war ich nicht bereit, meine bisher makellosen akademischen Leistungen zu opfern, um im ersten Jahr am College durchzufallen. Mit dieser Schande konnte ich auf keinen Fall leben, ganz zu schweigen davon, meiner Familie und meinen Freunden meine unbestimmte Abwesenheit zu erklären, selbst wenn ich die Schuld dafür zu Recht den Herren der Unterwelt zuschieben konnte.

Ich betrachtete mein Spiegelbild und seufzte. Noch waren meine Haare nicht gesellschaftsfähig. Mein Freund und seine beste Freundin warteten zwar unten auf mich, aber Mom sagte immer, es wäre besser, zu spät zu kommen, als hässlich zu erscheinen. Ich trocknete mein Haar und bürstete es, bis es glänzte, putzte mir die Zähne und ging barfuß die Treppe hinunter.

»Oh, gut. Die Sachen passen. Das hatte ich gehofft.« Freya blickte lächelnd auf, als ich das Wohnzimmer betrat.

Jetzt, da auch ich glattes, glänzendes Haar hatte, war mein Lächeln aufrichtig. »Sie sind perfekt. Und du hast sogar mein Lieblingsparfüm eingepackt. Danke, Freya.«

Sie winkte ab. »Keine Ursache. Ich bin froh, dass ihr hier seid. Es ist schon viel zu lange her, dass ich diesen Kerl hier gesehen habe. Du weißt schon, ohne gezückte Waffen.«

»Ihr seid also schon seit einer Weile befreundet. Wie habt ihr euch kennengelernt?« Ich nahm neben Tyr im Schneidersitz Platz. Er legte einen Arm um meine Schultern und zog mich an sich.

»Unsere Mütter waren beste Freundinnen, und Freya wurde eine Woche nach meiner Adoption geboren. Freya hat vom ersten Tag an versucht, mit mir mitzuhalten.«

»Du wünschst dir, du wärst so cool wie ich.« Freya warf ein Kissen nach ihm. »Oder dass du nur halb so gut wärst wie ich.«

»Wie ist es, die Göttin der Liebe zu sein?« Ich lehnte meinen Kopf leicht an Tyrs Brust, während er mein Haar streichelte.

»Es hat seine Höhen und Tiefen«, gab Freya zu. »Es macht Spaß, den perfekten Partner für jemanden zu finden und sie sanft zueinanderzuschubsen.«

»Eher mit Gewalt zusammenzuschieben«, murmelte Tyr.

»Das warst nur du. Und dann hast du es mit Mia fast vermasselt, weil du so ein Holzkopf warst.« Freya streckte ihm die Zunge heraus.

»Er ist definitiv etwas für Kenner.« Ich drückte Tyrs Arm.

Er lachte auf. »Oh. Als ob du dich von mir fernhalten könntest.«

Freya lächelte. »Ich bin die beste Verkupplerin aller Zeiten.«

»Aber laut Brynn hattest du noch vier andere Mädchen im Auge, falls es mit uns nicht geklappt hätte.« Tyr streichelte die Innenseite meines Handgelenks. »Vor ein paar Monaten hattest du nicht so viel Vertrauen in deine Fähigkeiten, oder?«

»Du weißt doch, wie das läuft, Tyr. Ich sehe Kompatibilität, keine Seelenverwandten. Ich habe dir die fünf Mädchen vorgestellt, die am besten zu dir passen, aber es war dein freier Wille, der entschieden hat, wer am besten zu dir passt. Fenrir ist ein Monster, aber eines hat er richtig gemacht – er hat genau im richtigen Moment deinen inneren Höhlenmenschen geweckt. In dem Moment, als du sie in Gefahr gesehen hast, hättest du sie am liebsten über die Schulter geworfen und in deine Männerhöhle geschleift.« Freya sah ungemein fröhlich aus. »Starr mich nicht so an, Tyr Fredriksen. Ich habe gesehen, wie du sie an diesem Tag angeschaut hast, und ich sehe auch, wie du sie jetzt anschaust. Gern geschehen.«

Tyr stützte seine Wange auf meinen Kopf. »Außer dass wir uns auf der Flucht vor Fenrir verstecken müssen. Hast du jemals daran gedacht, dass es einen Grund gibt, warum ich nicht wollte, dass du mich verkuppelst? Vielleicht wollte ich Mias Leben nicht riskieren.«

»Es ist nicht mein Leben, um das ich mir Sorgen mache.« Ich hob meinen Kopf, um Tyr anzusehen. »Es sind meine Noten.«

»Hm?« Tyr starrte mich an.

»Ich weiß nicht, ob ihr einen Plan habt, wie lange wir hier eingesperrt sein werden, aber ich habe nur Montag und Dienstag wegen dieses *Spirit of the Redwoods*-Festivals frei.« Gott segne unsere freundlichen Baumschützer aus der Nachbarschaft und ihr Beharren darauf, dass die Universität ihren Feiertag beachtet. »Wenn wir also nicht bis spätestens Dienstagabend alles unter Dach und Fach haben, müsst ihr mich irgendwie zum Unterricht schaffen.«

»Das meinst du nicht ernst.« Tyr blinzelte.

»Ich fürchte, das wird nicht möglich sein«, sagte Freya sanft. »Wir können das Gelände nicht verlassen, wenn unsere Feinde danach suchen, denn das würde unseren Standort gefährden. Und Fenrir und Hymir werden Midgard sehr genau beobachten. Ein Portal oder den Bifröst zu aktivieren würde sofort ihre Aufmerksamkeit erregen.«

»Dann zaubern wir uns also nicht den Weg hier heraus.« Ich hielt inne. »Den Bäumen nach zu urteilen, sind wir irgendwo im Pazifischen Nordwesten, richtig? Das ist nicht allzu weit von Arcata entfernt. Es könnte eine lange Autofahrt werden, je nachdem, wo wir sind, aber es ist machbar.«

»Du willst, dass ich dich zur Schule fahre?« Tyr klang ungläubig. »Und was soll ich mit dir machen, wenn wir dort ankommen? Ich werde dich nicht einfach ungeschützt herumlaufen lassen. Und die Tarnblase reicht nicht mehr aus, um dich vor Fenrir zu schützen – du hast gesehen, wie er den Schuss aus deinem Teilchenbeschleuniger abgewehrt hat. Er trägt inzwischen genug dunkle Magie in sich, um unsere Waffen zu überwinden.«

»Tja, dann müssen wir uns eben etwas anderes einfallen lassen. Mir ist klar, dass wir alle in Gefahr sind, und es wirkt wahrscheinlich albern, dass ich mich um meine Noten sorge, wenn ich mich doch lieber darum kümmern sollte, am Leben zu bleiben, aber bis jetzt war die Schule mein Leben. Ich bin noch nie bei irgendetwas durchgefallen, und ich habe nicht die Absicht, jetzt damit anzufangen.« Ich starrte abwechselnd Freya und Tyr an. Sie tauschten einen Blick aus.

»Wir haben Internet«, bot Freya nach einer langen Pause an. »Besteht vielleicht die Möglichkeit, dass dich deine Professoren virtuell am Unterricht teilnehmen lassen?«

»Du meinst per Videochat oder so was?« Ich warf einen Blick an die hohe Decke und versuchte, mich an das Uni-Handbuch zu erinnern. Natürlich hatte ich es von vorne bis hinten gelesen, als ich meine Immatrikulationsunterlagen verschickt hatte. »Ich bräuchte ein ärztliches Attest, das erklärt, warum ich körperlich nicht in der Lage bin, am Unterricht teilzunehmen, aber die Universität erlaubt es.«

»Kein Problem.« Tyr machte einen kleinen Kreis mit seinem Finger und ein Stück Papier flatterte in meinen Schoß. »Tut mir leid wegen deiner Lungenentzündung.«

Im Ernst jetzt? Ich hob den Zettel auf, den er aus dem Nichts gezaubert hatte, und las laut vor. »Aufgrund einer akuten Lungenentzündung ist Amelia Ahlström nicht in der Lage, ihre Kurse an der Redwood State University zu besuchen. Bitte sorgen Sie für einen annehmbaren Heimunterricht, damit sie trotz ihrer Krankheit weiterhin an Ihren Kursen teilnehmen kann. Mit freundlichen Grüßen, Dr. Fredriksen.« Ich drehte ihn um. »Es ist auf dem Briefpapier des Krankenhauses geschrieben.«

»Ich bin eben gründlich«, sagte Tyr augenzwinkernd. »Freya wird ihn an die Uni schicken, wenn wir hier fertig sind. Ich bin mir sicher, dass sie dir das gern genehmigen werden. Und Charlotte kann mit dir per Videochat in deinen Kunstgeschichtskurs gehen, falls sie sich bis Mittwochnachmittag nicht bei dir melden.«

»Beeindruckend einfallsreich und akribisch gründlich.« Freya lächelte. »Genau wie jemand anderes in diesem Raum. Bin ich eine Weltklasse-Verkupplerin oder was?«

Ich seufzte. Meine College-Liebesgeschichte war so viel komplizierter als die meiner Eltern. *Meine Eltern.* »Wartet mal. Geht es meinen Eltern gut? Und Jason? Und Meemaw? Wenn Fenrir so versessen darauf ist, Tyr durch mich zu verletzen, ist meine Familie dann nicht auch in Gefahr?«

»Es geht ihnen gut«, versicherte mir Freya. »Ich habe deine Eltern, deinen Bruder und deine Großeltern mit einem Tarnzauber belegt, bevor ich hierherkam. Und im Gegensatz zu Henriks technologischen Lösungen werden meine Zaubersprüche mit Älva-Staub hergestellt. Sie sind also unfehlbar.«

»Älva?«, fragte ich.

»Feen«, erklärte Freya.

»Willst du mich auf den Arm nehmen? Ihr habt Feen?« Mein Kiefer klappte so weit runter, dass es knackte.

»Haben wir. Älva sind eine besonders magische Rasse von

Lichtelfen, die man im nördlichsten Alfheim findet. Nicht einmal die stärkste dunkle Magie kann ihren Zauber brechen. Ich habe Henrik veranlasst, etwas von dem Älva-Staub auch in den Schutz für diese Verbindung einzubauen.« *Unglaublich.*

»Also kann Fenrir sie nicht finden? Aber du kannst es trotzdem.« Ich kaute nervös an meinem Fingernagel.

»Genau. Ich habe sie auch mit einer Aura-Spur versehen, die bei Tyr eine Art internen Alarm auslöst, wenn sie in Gefahr sind. Er weiß dann sofort, wenn etwas mit ihnen los ist.«

»Danke.« Erleichtert atmete ich aus. »Du hast wirklich an alles gedacht.«

»Hab ich.« Freya strahlte.

Von draußen drang ein lautes Rauschen herein. Meine Kehle schnürte sich zu. *Nicht schon wieder.* Wir sprangen auf und rannten zur Hintertür.

»Bleib hinter mir, Mia.« Tyr warf seinen Körper vor meinen.

Er brauchte sich keine Sorgen zu machen. Als ich einen Blick über seine Schulter warf, sah ich eine muskulöse Gestalt über den Rasen laufen, die zwei Koffer trug.

»Henrik!« Ich flitzte um Tyr herum und umarmte meinen Freund.

»Das ist für dich.« Henrik stellte den größeren Koffer in den Flur und ließ den kleineren auf den Stufen der Veranda stehen. »Und das ist meiner. Ich wohne doch bei Elsa, oder?«

»Richtig. Es sei denn, du willst bei mir übernachten.« Freya wackelte mit den Augenbrauen. »Brynn überwacht Elsa im Moment, sonst wäre sie gekommen, um Mia zu begrüßen, aber sie wird bei mir übernachten. Solange du dich benehmen kannst, kannst du das zweite Gästezimmer haben.«

»Hör auf, Freya.« Henrik neigte lächelnd den Kopf. Er stand genauso sehr auf Freya wie sie auf ihn.

»Fenrir ist immer noch in Arcata. Als ihr geflohen seid, ist er euch nachgelaufen, also habe ich den Elektroschocker aus dem Waffenschrank geholt und bin ihm nach draußen gefolgt. Als er gemerkt hat, dass er nicht an euch herankommt, ging er auf mich los. Ich konnte einen guten Schuss abgeben, bevor sich ein Portal öffnete. Er entkam, aber er hinkte ziemlich stark – er wird sicher einige Zeit brauchen, um sich wieder zu sammeln.«

»Du hast den Wolf mit einem *Elektroschocker* geschwächt?« Ich konnte es nicht glauben.

»Na ja, das war die einzige Waffe, die ich mit dem Pulver verbessert habe, das von der Aufstockung der Sicherheitsvorkehrungen hier übrig geblieben ist. Freya hat mir gesagt, ich solle wenigstens ein Gerät mit Älva-Staub verzaubern. Das ist auch gut so. Schätze, ich fange bei den Waffen wieder bei null an, was?« Henrik kratzte sich am Kinn. »Ich weiß, die Nornen wollen, dass wir ihn fesseln, und ich verstehe, dass Fenrir lebendig nützlicher für uns ist als tot. Aber *skit*, ich wünschte, ich hätte ihn dort einfach erledigen können. Oder wenigstens ein paar Schüsse mit der Armbrust abgeben können, bevor er durch das Portal stürzte. Um seine Heilung weiter zu verzögern, natürlich.«

»Natürlich«, stimmte Freya zu.

»Gut gemacht«, lobte Tyr.

»Jederzeit. Habt ihr Elsa schon gesehen?«, fragte Henrik.

»Nein. Ich möchte ihr Team heute Abend nicht noch mehr stören, als wir es ohnehin schon getan haben, also warte ich bis morgen.« Tyr warf einen Blick auf seine Uhr. »Nur noch ein paar Stunden. Aber du musst Brynn befragen, also kannst du jetzt dorthin gehen, Henrik.«

»*Takk*. Oh, bevor ich es vergesse, dein Laptop und dein

Handy sind da drin, Mia.« Henrik deutete auf den größeren Koffer. »Du hast sie bei uns zu Hause gelassen, als du, äh, aufgebrochen bist.«

»Danke«, sagte ich dankbar. »Die hätte ich sehr vermisst.«

Freya unterdrückte ein Gähnen. »Wenn ihr mich entschuldigt, ich denke, ich werde auch ein paar Stunden Schlaf nachholen. Morgen wird ein anstrengender Tag.«

»Und wie. Wirst du mich zu den Zwergen begleiten?«, fragte Tyr sie. »Das Letzte, was ich von Odin gehört habe, war, dass er uns für morgen früh endlich einen Termin besorgen konnte.«

»Du willst, dass ich mitkomme?«, fragte Freya.

»Sie haben eine Schwäche für hübsche Frauen«, erwiderte Tyr. »Und auf keinen Fall werde ich Mia mitnehmen. Sie bleibt hier bei Forse.«

Das war neu für mich.

»Gut. Um wie viel Uhr willst du gehen?« Freya hielt sich den Mund zu, als ihr ein weiteres Gähnen entwich.

»Bei Tagesanbruch?«

»Sagen wir um acht«, konterte Freya. »Und bring Kaffee mit.«

»Abgemacht. Und jetzt ab ins Bett. Henrik, ist es für dich okay, zu Elsa zu gehen?«

»Klar. Mia, bist du okay?« Henrik berührte meinen Arm.

»Mir geht's gut. Danke für die Sachen.«

»Jederzeit. Du bist jetzt eine von uns.« Er zuckte mit den Schultern. »Wir kümmern uns umeinander.«

»Meldet euch, wenn ihr etwas braucht.« Tyr nickte, als Freya und Henrik sich auf den Weg über die Veranda zu ihren jeweiligen Häusern machten. Als sie beide sicher drinnen waren, schloss Tyr die Terrassentür und nahm mich in die Arme. »Nach oben, *prinsessa.* Ich brauche wenigstens ein paar Stunden Schlaf, bevor ich mich mit den Zwergen treffe.« Er trug mich die Treppe hinauf und setzte mich auf das riesige Bett. Dann zog er seine Jeans und sein T-Shirt aus und kletterte in seinen Boxershorts hinter mir her, zog die flauschige Bettdecke bis zum Kinn hoch und klemmte mich sicher unter einen Arm. »Kommst du mit alldem zurecht?«

»Hier kann uns wirklich nichts passieren? Bist du dir sicher?«, fragte ich.

»Absolut sicher«, versprach Tyr.

»Und diese Zwerge – ihr werdet nicht in Gefahr sein?« Ich strich mit dem Daumen über seine Brust.

»Es besteht keine Gefahr. Das verspreche ich. Besonders wenn Freya dabei ist. Sie kennen sie schon und werden alles tun, was sie ihnen sagt.«

»Okay.« Ich biss mir auf die Innenseite der Wange und war froh, dass er mich im Mondlicht nicht sehen konnte. Wahrscheinlich sah ich so besorgt aus, wie ich mich fühlte.

»Du musst dich jetzt nur noch darauf konzentrieren, dich um mein Mädchen zu kümmern.«

Tyrs Lippen streiften mein Ohrläppchen, und ich rückte näher an ihn heran. »Du darfst dir keine Sorgen um mich machen. Ich komme heil wieder. Das verspreche ich.«

»In Ordnung«, sagte ich und genoss das Gefühl seines Herzschlags an meinem. Dieser Puls, zusammen mit dem rhythmischen Rauschen der Wellen draußen, hätte meine Angst eigentlich lindern sollen.

Aber ich wurde das Gefühl nicht los, dass etwas Schreckliches bevorstand. Und zwar bald.

Dreiundzwanzig

Kaum hatte ich meine Augen geöffnet, kämpfte ich gegen den Drang an, sie wieder zu schließen.

Das Sonnenlicht strömte durch die großen Fenster und tauchte den cremefarbenen Raum in ein strahlendes Licht. Während ich mich noch tiefer in die weichen Kissen kuschelte, hörte ich, wie die Dusche abgestellt wurde. Ich drehte mich gerade noch rechtzeitig um, um Tyr herauskommen zu sehen, der von der Hüfte abwärts in ein weißes Handtuch gehüllt war.

Mein Kopf mochte noch vom Schlaf benebelt sein, aber der Rest meines Körpers war plötzlich in höchster Alarmbereitschaft.

»Guten Morgen, meine Schöne.« Tyr fuhr sich mit der Hand durchs nasse Haar und schenkte mir ein Grinsen, das mein Herz schneller schlagen ließ, als es Kaffee je könnte.

»Morgen«, murmelte ich.

»Tut mir leid, dass ich dich so überrumple, aber Freya wird jeden Moment hier sein.« Er kam zum Bett und gab mir einen leidenschaftlichen Kuss. Als er von mir abließ, rang ich nach Luft.

Tyr nahm seine Zahnbürste in die Hand und putzte sich schnell die Zähne, dann öffnete er eine Schublade in der Kommode und holte ein paar Kleidungsstücke heraus. Ich wandte meinen Blick ab, bis ich das Geräusch eines Reißverschlusses hörte. Als ich aufsah, stand Tyr vor der Kommode und sah in seiner schwarzen Cargohose und einem enganliegenden schwarzen T-Shirt wie ein Krieger aus. Er setzte sich auf die Bettkante, um seine Stiefel zu schnüren.

»Ich bin zum Abendessen wieder da. Die Steaks sind mariniert im Kühlschrank, und Forse hat versprochen, heute Nachmittag einen Fisch zu fangen. Henrik wird am Grill stehen.«

»Lecker«, murmelte ich. Der hinreißende Gott und die spektakuläre Suite machten mich sprachlos.

»Brynn ist nebenan bei Henrik und Elsa, aber sie hat die Anweisung, dir Gesellschaft zu leisten, falls du dich unwohl fühlst.« Tyr schnürte seine Stiefel zu Ende und stand auf.

»Warte, sollten Brynn und Henrik nicht mit dir gehen? Sie sind deine Leibwächter.«

»Ja. Aber wie ich schon sagte, wir rechnen nicht mit Feindseligkeiten. Und niemand ist so dumm, sich mit Freya und mir anzulegen.« Tyr strich die Vorderseite seines Hemdes glatt. »Forse ist unten und frühstückt. Wenn du willst, nimmt er dich zum Angeln mit. Ich weiß, wie enttäuscht du beim letzten Mal warst, dass du den Haken nicht selbst beködern konntest.«

Tyr duckte sich, als ich ein Kissen nach ihm warf.

»Geh.« Ich lachte. »Rette die Welt. Grüß Freya. Und richte den Zwergen ein fröhliches ›Heiho‹ von mir aus.«

»Ich wünschte, sie wären diese Art Zwerge.« Tyr schüttelte den Kopf. »Kommst du den Tag über zurecht?«

»Na klar.« Ich streckte die Arme über den Kopf. »Schöner Strand, klarer Himmel, und hast du was von Frühstück gesagt?«

»Habe ich.« Tyr beugte sich hinunter und küsste mich auf die Stirn. Als er sich zurückzog, nahm er mein Kinn zwischen Daumen und Zeigefinger. »Forse wird sich heute gut um dich kümmern, und ich bin wieder da, bevor du es merkst.«

»Geh schon.« Ich reckte mich, um seine Lippen zu küssen.

»Henrik und ich werden etwas Fantastisches zum Nachtisch backen.«

»Abgemacht.« Tyr drückte mir noch einen langen Kuss auf die Lippen, bevor ich das Klopfen unten hörte. »Das ist Freya. Wir sehen uns heute Abend, Babe.«

»Bis dann.« Ich winkte ihm nach, als er aus dem Zimmer eilte. Ich wollte nicht fragen, warum er sich auf dem Weg nach draußen seine Armbrust schnappte.

Der ganze Tag lag vor mir, und irgendwo unten frühstückte der Gott der Gerechtigkeit. Einerseits wollte ich Forse zwar unbedingt kennenlernen, andererseits aber auch keinen schlechten ersten Eindruck machen. Also putzte ich mir die Zähne, nahm mir Zeit, meine Haare zu richten und legte gerade genug Make-up auf, um vorzeigbar auszusehen.

Mein Handy klingelte, und ich nahm es vom Nachttisch, weil ich dachte, es müsse Tyr sein. Vielleicht hatte er seine Uzi oder seine AK-47 oder seinen Zauberstab vergessen, und ich sollte sie ihm bringen. »Hallo?«

»Howdy, Sis. Wie geht's der großen, bösen Welt von Arcata?« Mein Bruder klang wie immer viel zu fröhlich für einen Samstagmorgen. An der Ostküste konnte es nicht viel später als zehn Uhr sein. Das Langschläfer-Gen hatte ihn offensichtlich übersprungen.

»Oh, hi, Jase. Ich bin gerade gar nicht in Arcata.«

»Wo denn dann?«

Ich blickte in das schön eingerichtete Schlafzimmer, dann auf den Ozean, der vor den bodentiefen Fenstern glitzerte, und die Küste, die sich bis zu den mit Bäumen gesprenkelten Bergen ein paar Dutzend Kilometer entfernt erstreckte. Das war das gute Leben … wenn man vergaß, dass wir hier waren, um einem mit dunkler Magie verseuchten, mörderischen Wolf zu entkommen, der als Agent des verrückten leiblichen Riesenvaters meines Freundes arbeitete. »Nur ein kleiner Ausflug.«

»Hast du keine Kurse?«, fragte Jason. »Es ist gar nicht deine Art, den Unterricht zu schwänzen.«

»Na ja, es ist Wochenende«, erinnerte ich ihn. »Und dann, äh, Herbstferien?« Es war nicht ganz gelogen. Wir hatten ein paar Tage frei.

»Kommst du zu Thanksgiving nach Hause, oder hängst du mit den Baumschützern und deinem Mann ab?«

»Ich werde wahrscheinlich hierbleiben müssen. Du weißt schon, ähm, um für die Prüfungen zu lernen«, sagte ich ausweichend. Wer konnte schon sagen, wie lange ich mich in diesem Unterschlupf würde verkriechen müssen?

»Dann muss ich dich mal besuchen kommen. Vielleicht in ein paar Wochen? Meine Prüfungen sind erst kurz vor Weihnachten, also habe ich noch ein wenig Spielraum in meinem Lernplan. Ich möchte dich sehen. Und ich will diesen Kerl kennenlernen.«

»Er heißt Tyr«, erinnerte ich meinen Bruder mit einem Lächeln. »Und ich würde mich freuen, wenn du ihn kennenlernst.« *Solange wir nicht von Monstern aus der Unterwelt gejagt werden. Wenn das der Fall ist, möchte ich, dass du weit, weit weg bleibst.*

»Gut. Wir müssen *das Gespräch* führen. Er muss verstehen, dass ich ihm die Kniescheiben zertrümmere, wenn er meiner kleinen Schwester wehtut. Dir ist vielleicht aufgefallen, dass ich nicht frage, ob er dich bei diesem kleinen Ausflug begleitet oder wie die Schlafsituation aussieht. Ich bin nämlich gerade nicht in der Stimmung, ihm die Kniescheiben zu zertrümmern … aber ich könnte in eine solche geraten, wenn ich müsste.«

Ich musste lachen. »Hab dich lieb, Jase.«

»Ich dich auch, Mees. Habt Spaß da draußen. Aber nicht zu viel Spaß.« Er ahmte Dads strenge Stimme nach.

»Mach ich. Bis dann.« Ich beendete das Gespräch, steckte das Handy in die Tasche und grinste. Wenn das alles vorbei war und ich ihn endlich sehen konnte, würde ich meinem Bruder die größte Umarmung aller Zeiten geben. Und ihm raten, sich von den Kniescheiben des Kriegsgottes fernzuhalten.

Nachdem sich mein Bruder von meiner Sicherheit überzeugt hatte, tapste ich die Treppe hinunter. Ich ging um den raumhohen Steinkamin, fuhr mit den Fingerspitzen über die glatte Granitoberfläche der Kücheninsel und öffnete eine der Glasvitrinen, um einen Kaffeebecher herauszuholen. Während ich sie mit meinem morgendlichen Energieschub füllte, bewunderte ich die funktionale Eleganz der aufgehängten Töpfe und der zweiten Insel, die den Esstisch vom Kochbereich trennte. Tyrs Küchen schafften den Spagat zwischen praktisch und schön wirklich gut.

Als ich Forse erblickte, hätte ich fast meinen Kaffee verschüttet. Ich wusste nicht, wie ich mir den Gott der Gerechtigkeit vorgestellt hatte – vielleicht alt und verwittert wie eine Figur von Hemingway? Aber ganz sicher hatte ich nicht mit einem durchtrainierten Adonis in einem elfenbeinfarbenen Pullover und Khakis gerechnet, der an der zweiten Insel saß und in eine Apfeltasche biss. Er wirkte wie eine Mischung aus reichem Sprössling und frechem Fußballer.

Und er war umwerfend gut aussehend.

»Seht ihr eigentlich alle aus wie Supermodels?« Ich schlug die Hand auf den Mund. »Oh mein Gott. Das wollte ich nicht laut sagen.«

Das Supermodel kicherte, während es sich die Krümel von den Lippen wischte.

»Was ich eigentlich sagen wollte: Hallo, ich bin Mia. Freut mich, dich kennenzulernen.«

»Ich bin Forse.« Wir gaben uns die Hand. Er hatte einen festen Griff, aber erstaunlich weiche Hände.

»Du spielst also heute meinen Babysitter?«

»Eigentlich hilfst du mir«, korrigierte Forse. »Unsere Krebsvorräte sind gefährlich knapp, und ich habe gehört, dass du eine gute Anglerin bist. Es macht dir doch nichts aus, oder?«

»Überhaupt nicht.« Ich stellte meinen Kaffee neben die Obstschale auf der Kücheninsel, bevor ich mich neben Forse setzte und mir eine Mango aussuchte. Ich schnitt sie an und nahm einen Bissen. »Die ist fantastisch – wo hast du sie um diese Jahreszeit gefunden?«

Forse zuckte mit den Schultern. »Freya erledigt die Einkäufe, wenn sie auf dem Gelände ist. Sie hat sie wahrscheinlich von einer der Walküren aus Australien einfliegen lassen. Mangos haben dort gerade Saison.«

»Oh.« Ich umfasste meinen Becher mit beiden Händen und hielt ihn fest.

»Unsere Welt muss dir fremd vorkommen.« Forse hob seinen Kaffeebecher.

Aber nicht doch. Ein Reich der Götter wacht über das Schicksal der Menschheit, die derzeit in den Klauen eines bösen magischen Wolfs liegt, der vom Riesenvater meines Freundes kontrolliert wird. Überhaupt nicht seltsam. Aber ich behielt meine Worte für mich, tat es Forse gleich und nahm einen Schluck von meinem Kaffee. Er war heiß, stark und schwarz, und er schmeckte absolut himmlisch.

»Von dem bisschen, das ich weiß«, sagte ich wahrheitsgemäß. »Mir ist klar, dass ihr ein bisschen geheimnisvoll sein müsst.«

Forse setzte seinen Kaffee ab. »Normalerweise sollen wir uns nicht vor Sterblichen offenbaren, aber Tyrs Position gibt ihm einen Ermessensspielraum, den die meisten von uns nicht haben – da er damit beauftragt ist, die Bedrohungen für das Reich zu bewerten, gibt ihm Odin freie Hand, sich unter die verschiedenen Rassen zu mischen.«

»Oh. Er hat sich also … schon einmal mit einer Menschenfrau zusammengetan?« Ich betrachtete betont beiläufig meine Fingernägel, während Forse auflachte.

»Nichts dergleichen. Ihr gehört definitiv zu den wenigen Beziehungen zwischen verschiedenen Reichen, die wir gesehen haben. Aber Tyr hat sich schon früher mit befreundeten Fraktionen verbündet – mit Armeen der Lichtelfen, gelegentlich mit einem Gnom-Bataillon. Sein Urteilsvermögen ist tadellos, und diese Interaktionen haben immer zu mehr Sicherheit für Asgard geführt.«

»Verstehe. Tja, ich sorge nicht für mehr Sicherheit in Asgard. Aber ich werde auch nichts tun, was ihm schadet. Jedenfalls nicht absichtlich.« Ich nahm einen weiteren Schluck Kaffee.

»Ich weiß, dass du das nicht tun wirst. Wie ich schon sagte, ist Tyr ein hervorragender Menschenkenner. Wenn er dir vertraut, tue ich das auch.« Forse leerte seine Tasse und trug sie zur Spüle. »Wenn du aufgegessen hast, gehen wir die Krebsnetze auslegen. Ich habe das Gefühl, dass wir heute große Beute machen werden.«

****

»Und was machen wir jetzt?« Ich sah zu, wie das Netz in der kleinen Bucht ins Wasser sank.

Forse warf Marker hinterher und behielt die schwimmenden Bojen im Auge.

»Jetzt warten wir.« Forse öffnete eine kleine Kühlbox und bot mir eine Flasche Wasser an.

»Nein danke, ich möchte nichts.« Ich lehnte das Getränk mit einem Kopfschütteln ab.

»Hier gibt es genug, falls du deine Meinung änderst.« Forse öffnete seine eigene Flasche und trank sie aus, bevor er die Kühlbox schloss und seine Aufmerksamkeit wieder aufs Meer richtete. Während er auf die Wasseroberfläche starrte, schaute ich mich um. Das Fischerboot von Forse war viel kleiner als das von Tyr. Es hatte ein offenes Deck mit Holzbänken an den Seiten und einen kleinen Motor am Heck.

»Ist Brynn noch bei Elsa?«, fragte ich.

»Das ist sie. Bei allem, was hier los ist, dachten wir uns, dass ein zusätzliches Paar Augen auf unser Mädchen nicht schaden kann.«

»Wie geht es Elsa?«, wagte ich zu fragen.

»Sie macht sich gut. Seit sie gestern Abend hier angekommen ist, haben sich ihre Werte stetig verbessert.«

»Stehen Elsa und du euch nah? Ich meine, wart ihr befreundet? Vor ihrem … Unfall?«

»Wir waren Freunde«, sagte Forse. Er starrte auf den Horizont, ein kleines Lächeln umspielte seine Mundwinkel.

»Du meine Güte, du magst sie! Seid ihr zusammen?«

»Was? Nein.« Forse schüttelte den Kopf. »Ich bin mir nicht sicher, was Tyr dazu sagen würde.«

»Hmm. Na ja, hast du ihn jemals gefragt?«

»Nein.«

»Vielleicht stört es ihn nicht«, meinte ich. »Wenn ihr euch so nahesteht, würde er es wahrscheinlich toll finden, dass du mit seiner Schwester ausgehst. Er würde wissen, dass du ihr nie wehtun würdest.«

Forse hielt seinen Blick auf das Wasser gerichtet.

»Ich habe sie noch nicht wach kennengelernt, aber sie scheint etwas Besonderes zu sein«, fügte ich hinzu.

»Sie ist sehr besonders«, korrigierte Forse.

»Wie meinst du das?« Ich betrachtete die sanften Wellen des Meeres und achtete auf Anzeichen von Bewegung im Netz.

»Elsa hat eine noch nie dagewesene Gabe. Aber sie hat erst vor Kurzem eines ihrer, äh, Talente entdeckt.« Forse stockte. Ich spürte, dass er meine Vertrauenswürdigkeit bewertete. Mein Lächeln wurde breiter, als er nickte und weitersprach. *Uff. Ich habe bestanden.* »Elsa ist ein Hybrid. Sie hat immer gewusst, dass sie eine Hohe Heilerin ist, und sie hat diese Rolle auch schon eine Weile ausgefüllt. Aber vor Kurzem hat sie herausgefunden, dass sie auch Tendenzen zur Vereinigerin hat. Das muss sie von ihrer Mutter geerbt haben.«

»Das klingt nach einer großen Verantwortung«, sagte ich.

»Besonders für jemanden, der so jung ist. Als sie erfuhr, dass sie die Gabe der Vereinigung hat, bat sie mich, ihr zu helfen, damit umzugehen. Sie war ziemlich verängstigt – sie hatte gerade ihre Eltern verloren, und es gab niemanden, der sie unterrichten konnte. Wir fingen an, mehr Zeit miteinander zu verbringen.«

»Und du hast sie gefragt, ob sie mit dir ausgeht?« Ich stupste ihn mit meinem Zeh an.

»Ich habe ihr geholfen, ihre Fähigkeiten zu verbessern.«

»Aber du *wolltest* mit ihr ausgehen.«

»Du stellst ganz schön viele Fragen«, brummte Forse.

»Sie wollte es auch, oder?«, vermutete ich.

»Lass mich das Netz überprüfen.«

»Interessant.« Ich dachte einen Moment nach. »Was sagt Freya dazu?«

Forse schwieg, während er sich über das Boot lehnte.

»Ich verstehe. Tja, du wirst es Tyr irgendwann sagen müssen.«

Schließlich sah mich Forse an. »Beim Thema Beziehungen fühle ich mich … unwohl.«

»Warum?«

»Ich hatte eine schlechte Erfahrung.«

»Oh.« Ich wollte noch mehr fragen, aber mein Begleiter starrte wieder auf das Wasser. Jemand hatte ihm definitiv das Herz gebrochen. »Tja, ich hoffe, es klappt mit Elsa. Wir müssen nicht darüber reden, wenn du nicht willst.«

Forse nickte in Richtung der Bojen. »Da kommen sie.«

Ich sah zu, wie er das Boot um das Netz herumsteuerte und die Bojen auf dem Deck einsammelte.

»Und was jetzt?«, fragte ich.

»Hilf mir, sie einzuholen.«

Forse begann, das Netz an Bord zu ziehen, und ich schloss mich ihm an. Gemeinsam holten wir es ein, und Forse band es fest, bevor er die Ladung wuselnder Krebse ins Boot brachte.

»Ein guter Fang«, lobte er. »Bringen wir sie zum Haus zurück.«

»Klingt gut.« Ich beobachtete das Netz, während Forse das Boot in Richtung Ufer steuerte. Die Krebse krabbelten übereinander und zappelten herum. »Und vielleicht können wir auch noch bei Elsa vorbeischauen.«

»Vielleicht.« Forse schüttelte den Kopf. Er war zwar nicht

sehr gesprächig, aber ich konnte das Lächeln in seiner Stimme hören.

Ich hoffte für uns alle, dass Elsa bald aufwachte.

****

»Und so grillt man ein Steak. Bäm!« Henrik wendete das Fleisch und ließ den Pfannenwender fallen. Die Brille mit den Fenstergläsern hatte er abgelegt und trug stattdessen eine Pilotenbrille. Mit seiner »Kiss The Cook«-Schürze und der umgedrehten Baseballkappe sah er aus wie der Verbindungsstudent, der er hätte sein können ... wäre er nicht in Wirklichkeit ein unsterblicher Leibwächter. Er war entspannt und fröhlich und grinste Brynn an, die ihm von ihrem Platz am Picknicktisch bewundernd zusah.

»Die sehen toll aus, Henrik.« Die Walküre klimperte mit ihren langen Wimpern.

»Was glaubst du, warum mich Tyr nicht ausziehen lässt?«, scherzte Henrik. »Warte nur, bis du nachher meinen Mississippi Mud Pie probiert hast.«

»*Meinen* Mississippi Mud Pie«, korrigierte ich ihn. »Es ist das Rezept meiner Großmutter. Er hat mir nur geholfen, ihn zu machen.«

»Ich hab vorgeschlagen, die Vanille in den Boden zu geben.« Henrik hob eine Augenbraue. »Du wirst feststellen, dass ich das Rezept dadurch erheblich verbessert habe.«

»Mäkelst du an meiner Meemaw herum?« Ich verschränkte in gespielter Verärgerung die Arme. Es war unmöglich, auf Henrik sauer zu sein. Eigentlich auf jeden hier. Endlich ging es aufwärts. Tyr und Freya waren unversehrt zurückgekehrt und zogen sich vor dem Abendessen um, und Henrik hatte berichtet, dass er Fred den letzten Schliff verpasst hatte und der Arm nun voll funktionsfähig war. Wir alle spürten, dass etwas Gutes bevorstand – das Ende von Fenrir, eine Unterbrechung der Kämpfe –, vielleicht ein Happy End für uns alle.

»Ich bin sicher, deine Meemaw ist reizend. Genauso wie ich mir sicher bin, dass sie sich wünscht, selbst auf die Idee gekommen zu sein, ein bisschen Vanille in die Butter zu tun. Ich sag ja nur.« Henrik zuckte mit den Schultern.

»Leg dich nicht mit ihrer Meemaw an, Mann«, erklang eine raue Stimme hinter mir. Wir drehten uns um und sahen Tyr durch die Terrassentür kommen. Er trug verblichene Bluejeans und ein geripptes weißes Henley-Shirt. Seine Füße waren nackt und sein Haar noch feucht von der Dusche. In vier langen Schritten überquerte er die Veranda und nahm neben mir Platz.

»Noch mal *hei*«, murmelte er. Er legte seine Hände auf meine Hüften und zog mich auf seinen Schoß.

»Hi.« Ich schmiegte meinen Kopf an seine Schulter. »Wie war die Dusche?«

»Einsam. Ich wünschte, du wärst auf mein Angebot eingegangen …«

Ich boxte spielerisch seinen Arm.

»Haben Freya und du bekommen, was ihr von den Zwergen wolltet?«, sprang mir Brynn zu Hilfe.

»Ich denke schon.« Tyr kratzte sich im Nacken.

»Was ist los?« Henrik nahm die Steaks vom Grill und schaltete ihn aus.

»Irgendwie war es nicht das, was ich erwartet hatte«, gab Tyr zu. »Es kommt mir nicht stark genug vor, um Fenrir zurückzuhalten.«

»Die Zwerge haben noch nie ihr Wort gebrochen«, entgegnete Forse. Er kam mit einer Platte Krebsfleisch und einer Schüssel geschmolzener Butter aus dem Haus. »Wenn sie sagen, dass es stark genug ist, wird es auch so sein.«

Tyr streichelte sanft meine Hüfte. Sein Stirnrunzeln verriet seine Zweifel.

»Willst du es uns zeigen?«, bot ich an.

»Redet ihr von diesem Band?« Freya kam aus dem Haus. Sie hielt etwas in der Hand.

»Band?«, fragten Henrik, Brynn, Forse und ich gleichzeitig.

»Band«, bestätigte Freya.

»Du nimmst mich auf den Arm.« Brynn kniff die Augen zusammen.

»Das soll Fenrir zurückhalten?« Forse strich sich skeptisch übers Kinn.

»Dachten sie, du redest von einem anderen Fenrir? Einem Waldgeist oder so? Vielleicht ist der Name verbreiteter, als wir dachten.« Henrik stellte den Teller mit den Steaks neben den Kartoffeln auf den Tisch.

»Nein. Sie haben geschworen, dass das hier ausreicht.« Freya legte das Band auf den Picknicktisch, und wir beugten uns darüber, um es zu untersuchen.

»Es ist rosa«, sagte Forse skeptisch. »Und es glänzt.«

»Ich weiß.« Tyrs Gesicht war finster.

»Sie wollen, dass du Fenrir mit einem glänzenden rosafarbenen Bändchen fesselst.« Henrik schloss die Augen. »Mann, diese Zwerge haben ganz schön Sinn für Humor.«

Wir starrten uns eine gute Minute lang an, bevor Brynn das Schweigen brach. Sie zog die Schultern zurück und setzte eine tapfere Miene auf. »Wenn die Zwerge sagen, dass es funktioniert, dann wird es auch funktionieren. Richtig?«

»Richtig.« Freya nickte. »Sie haben uns noch nie verraten,

und es gibt keinen Grund anzunehmen, dass sie jetzt lügen würden.«

»Dann ist die Sache erledigt.« Brynn beugte sich vor, um die Kerzen in den Windlichtern anzuzünden, und setzte sich wieder hin. »Die Steaks sind perfekt gebraten, wir haben frische Krebsbeine, die Kartoffeln sind heiß, und der Mud Pie von Mias Meemaw steht im Kühlschrank. Lasst uns essen.«

Tyr schob mich von seinem Schoß, als alle mit dem Abräumen begannen. Die Sorgenfalte zwischen seinen Augen war immer noch da, also flüsterte ich ihm ins Ohr: »Alles okay?«

Er nickte. Die Falten auf seiner Stirn glätteten sich, und er hob für einen kurzen Moment meine Hand an seine Lippen. Ich drückte seine Finger, und er zwinkerte mir zu.

»Elsa geht es heute sehr gut«, unterbrach Brynn unseren stummen Austausch. »Ihre Vitalwerte verbessern sich stündlich – das muss an der Seeluft liegen.«

»Oder die Nähe zu Forse.« Freyas Mundwinkel kräuselten sich.

Forse wurde knallrot.

»Das heißt?« Ich drehte mich zu Freya um, die links von mir saß. Ich hatte Forses Geheimnis nicht offenbaren wollen. Aber wenn es die Göttin der Liebe selbst tat …

»Elsa ist schon seit Ewigkeiten in Forse verknallt.« Tyr verdrehte die Augen. »Nur war er zu stur, etwas in der Richtung zu unternehmen.«

»Warte. Was?« Ich wandte mich an den Gott der Gerechtigkeit. »Tyr weiß es?«

»Ich hatte keine Ahnung.« Forses Ohren waren purpurrot.

»Mia weiß es?« Tyr starrte mich an.

»Auf einem Boot gibt es eben nicht so viele Gesprächsthemen«, erklärte ich.

»Stimmt.« Tyr nickte. »Also, was hält dich zurück, Mann? Wenn es meinetwegen ist, mach dir keine Sorgen. Sie kann sich glücklich schätzen, dich zu haben.«

»Das ist es nicht.« Brynn schüttelte den Kopf. »Es liegt an ihr, nicht wahr?«

»An wem?«, fragte ich.

»Eine fiese Ex hat Forse vor Ewigkeiten das Herz gebrochen, und seitdem hat er Beziehungen abgeschworen. Ich sage ihm immer wieder, dass Elsa ganz anders ist als diese andere Frau und dass das hier glücklich für ihn enden wird, aber anscheinend bin *ich* keine Expertin.« Freya trommelte mit den Fingern auf dem Tisch herum.

»Können wir noch einmal über das Band sprechen?«, murmelte Forse. Er fühlte sich offensichtlich unwohl. Es tat mir leid mitanzusehen, wie er mit seinem Besteck spielte. Wir sollten nicht über seine Ex reden.

»Forse hat mir heute ein paar tolle Stellen in der Bucht gezeigt«, wechselte ich das Thema. »Wusstet ihr, dass auf dem Felsen südlich von hier dieser Achtzigerjahre-Film über die Kinderpiraten gedreht wurde? Schaut ihr in Asgard auch Menschenfilme?«

»Na klar.« Forse schenkte mir ein dankbares Lächeln. »Und das war ein toller Film.«

»Der mit den ganzen Coreys?« Freyas Gesicht hellte sich auf. »Ich hatte keine Ahnung, dass der hier gedreht wurde.«

»Ich finde es toll, dass ihr euch Menschenfilme anseht. Was sind eure Lieblingsfilme?« Ich hielt das Thema in Gang.

Es stellte sich heraus, dass Freya Superhelden mochte, Brynn stand auf Mädchenfilme, Henrik und Tyr hatten eine Vorliebe für Action, und Forse mochte Klassiker. Und *Wie ein einziger Tag*.

»*Wie ein einziger Tag?*«, schnaubte Henrik.

»Das ist ein zutiefst ergreifender Film.« Forse hob trotzig das Kinn.

Tyr lächelte. »Meine Schwester liebt diesen Film auch.«

Der wehmütige Blick in seinen Augen verriet, dass Forse das bereits wusste.

Wir beendeten das Abendessen und gingen hinunter zur Feuerstelle, wo Tyr ein großes Lagerfeuer entfachte.

Freya holte Decken, und wir setzten uns auf die Adirondack-Stühle. Von meinem Platz auf Tyrs Schoß aus sah ich mit Freude, wie Brynn und Henrik immer näher zusammenrückten. Vielleicht gab ihnen die Ruhe auf dem Gelände die Zeit, die sie brauchten, um zusammenzukommen. Die Dinge beruhigten sich endlich – wir waren in einer geheimen Bucht in Sicherheit, mit nichts als plätschernden Wellen, Meeresluft und einem herrlichen Lagerfeuer, auf das wir uns konzentrieren konnten. In diesem Moment schien alles absolut perfekt zu sein.

Ich hätte wissen müssen, dass es nicht von Dauer sein konnte.

Vierundzwanzig

»Was ist da auf der Düne los?« Tyr schob mich auf seinem Schoß ein wenig beiseite und spähte über das Lagerfeuer.

»Ich sehe nichts Ungewöhnliches.« Freya schüttelte den Kopf und spießte einen Marshmallow auf.

»Zehn Meter nördlich von der Stelle, an der sich die Wellen brechen, bewegt sich der Sand, und die Luft über der Stelle ist dunkel. Es sieht fast so aus wie die Aura von jemandem … oh, *skit*«, knurrte Tyr.

Henrik schaute von seinem Platz im Gras auf, an dem er es sich mit Brynn gemütlich gemacht hatte. Sie lehnte sich an ihn und hatte gerade noch über eine seiner lebhaften Geschichten gelacht, doch plötzlich wirkten sie sehr angespannt.

»Dunkel ist schlecht für eine Aura, oder?«, fragte Henrik vorsichtig.

»Was schätzt du?« Tyr kniff die Augen zusammen und wartete. Ich starrte in die Ferne, aber mein menschliches Sehvermögen konnte nichts entdecken.

Forse erhob sich in aller Ruhe und drehte eine langsame Runde. Nachdem er das Gelände begutachtet hatte, wandte er sich an Tyr. »Die Schutzvorrichtungen sind vorhanden, aber er versucht, durch den Westeingang einzubrechen. Was sollen wir tun?«

»Ist es …?« Ich legte meine Hände auf Tyrs Brust. Vielleicht würde das Gefühl seines Herzschlags meinen verlangsamen.

»Fenrir ist hier.« Tyr wandte seinen Blick nicht von den Dünen ab. Er neigte den Kopf, als ob er auf etwas lauschen würde. »Und er ist wütend. Er ist zur Hütte in Arcata zurückgekehrt, nachdem er durch das Portal entkommen ist, aber Elsa war nicht mehr da. Er will sie erledigen und dann ...«

»Was noch? Da ist doch noch etwas«, sagte Henrik.

Tyrs Brust spannte sich unter meiner Hand an. »Wenn wir ihm meine Schwester nicht geben, wird er hinter Mia her sein.«

»Von wegen.« Freya sprang auf. Sie hob einen Degen auf, den ich unter ihrem Stuhl gar nicht bemerkt hatte. Ein waschechter Degen. »Komm, wir fesseln das Monster mit unserem glänzenden rosa Band.«

»Ich wünschte, es wäre so einfach.« Brynn stand auf und zog ein paar Nunchakus aus ihrem Hosenbund. Henrik ging auf ein Knie und förderte zwei glänzende Klingen zutage, die wie echte Samurai-Schwerter aussahen.

Die ganze Truppe war bis an die Zähne bewaffnet, und ich trug nicht mal Schuhe.

»Es kann so einfach sein«, sagte Forse ruhig. Wie Tyr richtete auch er seinen Blick auf die Dünen.

»Fenrirs Urteilsvermögen ist durch seine Wut getrübt. Ihm ist noch nie jemand entwischt, und er ist wütend, dass Elsa lebt. Aber noch wütender ist er darüber, dass Mia unversehrt entkommen ist. Vielleicht gelingt es uns, ihn zu fesseln, aber ...«

»Aber was? Was? Was?« Ich versuchte, nicht wie eine Vierjährige zu klingen.

Forse sprach, ohne mich anzuschauen. »Bei Lokis Nachkommen hat immer alles einen Preis. Du weißt, wie es ist.«

Nein, das wusste ich ganz bestimmt nicht. Weder auf Wikipedia, in meinem Kunstgeschichte-Kurs noch an dem Abend, als meine Mitbewohnerinnen und ich wegen der Ratten im Wohnzimmer hatten schlafen müssen, hatte irgendjemand einen Preis erwähnt. Wovon sprach Forse da?

»Ich habe schon gesagt, dass ich ihn bezahle«, murmelte Tyr. Er hob mich von seinem Schoß und setzte mich auf dem Rasen ab. »Das geht jetzt schon lange genug so.«

»Was tust du da?« Ich jagte ihm über die Wiese hinterher. »Tyr, bist du wahnsinnig? Such nicht nach einem Kampf. Forse hat gesagt, hier drinnen sind wir sicher.« Ich drehte mich um. »Wir sind doch sicher, oder?«

»Sind wir«, bestätigte Forse. »Nichts hat je meinen Schutzwall durchbrochen. Erst recht nicht, seit wir die Anlage verstärkt haben.«

»Na also, geht doch.« Ich packte Tyrs Arm und drehte ihn herum. »Wir können einfach hier drinbleiben. Er wird schon wieder verschwinden.«

»Und was dann?« Tyrs Stimme war belegt. »Dann jagt er statt mir jemand anderen? Ich will nicht, dass irgendjemand sonst meinetwegen stirbt.«

»Du musst aufhören …«

»Nein, Mia. Das muss endlich eine Ende haben. *Ich* war es, der es begonnen hat, als ich Odin damals um Fenrirs Leben anflehte. Also muss ich auch derjenige sein, der es beendet. Fenrir wird mir meine Schwester nicht wegnehmen.« Tyr streckte die Hand aus und streichelte meine Wange. »Und er kommt nie wieder in deine Nähe. Ich liebe dich.«

Mir stockte der Atem. Ich legte den Kopf schief. Er umfasste meine Wange und strich mit seinem Daumen leicht über mein Kinn.

»Tyr«, flüsterte ich. Mir schossen Tränen in die Augen.

»Ich liebe dich«, wiederholte Tyr. Er zog mich an sich und hob mein Kinn. Dann presste er unsere Lippen mit einer Kraft aufeinander, die mir den Atem raubte.

»Gern geschehen«, rief Freya hinter uns. »Ich habe es dir ja gesagt.«

Tyr zog sich zurück und starrte seine Freundin an. »Gibst du mir jetzt das Band oder nicht?«

»Nein.« Freya marschierte zu uns herüber und klopfte auf ihre Gesäßtasche. »Es ist hier drin. Und ich komme mit dir.«

»Warte«, flehte ich. »Lasst mich mitkommen. Ich kann helfen. Ich locke Fenrir an, und ihr fesselt ihn mit dem Band. Oder ich hole meine Weltraumkanone aus dem Haus und schieße auf ihn, während ihr ihn fesselt und …« Und was dann? Die Weltraumkanonen funktionierten bei Fenrir nicht mehr. Und Tyr würde mich auf keinen Fall den Köder spielen oder in Fenrirs Nähe kommen lassen.

Tyrs Blick war nicht zu deuten, während ich ihn stumm anflehte. Er kniff leicht die Augen zusammen, und so etwas wie Traurigkeit erschien darin. Endlich verstand ich, was er mir die ganze Zeit zu sagen versucht hatte. Ich war sterblich. Zerstörbar. Was glaubte ich denn, tun zu können, um den Göttern zu helfen?

Welche Hilfe würde ich *jemals* darstellen?

»Ich kann dir dabei nicht helfen, oder?«, flüsterte ich. »Ich kann das nicht … ich kann das nicht irgendwie in Ordnung bringen.«

Tyr hielt mein Kinn in seiner Hand. »Ich bin der Beschützer – ich verteidige die Reiche gegen Bedrohungen. Elsa ist die Heilerin, für die seltenen Fälle, in denen ich versage. Freya pflegt die Liebe, um uns im Angesicht des Verlustes Hoffnung zu geben. Die Nornen prophezeien uns das Schicksal, damit wir wissen, wo wir in unserer Welt hingehören. Jede Aufgabe, *jede einzelne Aufgabe*, ist von gleicher Wichtigkeit. Wenn eine nicht optimal funktioniert, geraten die anderen aus dem Takt, und die Reiche verlieren das perfekte Gleichgewicht, das wir aufrechtzuerhalten geschworen haben. Verstehst du das?«

Ich nickte.

»Gut. Ich weiß, dass du an meiner Seite kämpfen willst. Das verstehe ich. Aber du wurdest nicht als Kriegerin geboren. Glaub mir, *prinsessa*, es wird der Tag kommen, an dem du alles riskierst, um die Reiche zu schützen, aber du wirst es mit deiner einzigartig schönen Energie tun, so wie *nur du* es kannst. Nicht indem du irgendeinen Wolf mit einer Strahlenkanone erschießt. Mir heute in diesen Kampf zu folgen, wird niemandem helfen.«

Die Ungeheuerlichkeit von Tyrs Worten ließ mich erschauern – könnte mein Schicksal mehr mit seinem verwoben sein, als ich zu hoffen gewagt hatte? Ich legte ihm meine Hand auf die Brust. »Moment mal. Eines Tages werde ich alles riskieren, um die Reiche zu schützen, aber heute soll ich mich einfach zurücklehnen und zusehen? Nichts tun? Wie soll *das* jemandem helfen?«

»Es hält dich am Leben.« Tyr streichelte mit seinem Daumen über mein Kinn. »Ich weiß, du wurdest in dem Glauben erzogen, du könntest alles schaffen. Das ist eines der Dinge, die ich an dir liebe. Midgard ist in dieser Hinsicht wunderschön – ein Mensch mit den richtigen Fähigkeiten und der richtigen Konzentration kann seine Welt wahrhaftig erobern. Doch jetzt gerade, in diesem Kampf gegen dieses Monster, kannst du nichts tun. Es tut mir leid, aber das kannst du nicht. Nicht wenn du leben willst, um dein *eigenes* Schicksal bei uns zu erfüllen. Das muss dir nicht gefallen. Du musst nicht damit einverstanden sein. Aber so ist es nun mal.« Tyr gab mir einen Kuss auf den Kopf und nahm die Hand von meiner Taille.

»Bleib bei Brynn. Sie wird sich um dich kümmern. Ich bin gleich wieder da.« Er wich meinem Blick aus.

»Bitte geh nicht«, flehte ich.

»Ich muss aber. Mach dir keine Sorgen. Ich komme schon klar.« Er führte mich zu einer grimmig wirkenden Brynn und legte meine Hand in ihre. »Egal, was passiert, du musst mir versprechen, dass du auf sie aufpasst.«

»Ich verspreche es.« Brynn drückte meine Finger mit einer Hand und ließ mit der anderen ihr Nunchaku wirbeln.

»Ich meine es ernst, Brynn. Bis zu dem Tag, an dem du stirbst. Pass auf sie auf.« Tyr küsste mich erneut auf die Stirn und trat zurück. Mir drehte sich der Magen um. *Oh Gott. Er sagt Lebewohl.*

»Tyr.« Ich griff nach ihm, aber er lief ins Haus. Sekunden später kam er in der schwarzen Uniform von heute Morgen wieder heraus, auf dem Rücken eine Armbrust.

»Los geht's.« Tyr marschierte über den Rasen auf den Strand zu. Freya, Henrik und Forse schlossen sich ihm an. Tyr sagte etwas zu Forse, und der Gott der Gerechtigkeit bog abrupt nach rechts ab. Er rannte die Stufen zu Elsas Hütte hinauf und hielt auf der Veranda Wache. Tyr musste ihm befohlen haben, auf seine kleine Schwester aufzupassen.

Als die Gruppe die Spitze der Düne erreichte, hielt ich den Atem an. Sie überquerten den Kamm, sodass ich sie nicht mehr sehen konnte, aber ich konnte das wilde Knurren hören. Mir wurde ganz flau im Magen.

»Ich halte das nicht aus.« Ich wandte mich an Brynn. »Ich muss wissen, was sie vorhaben.«

Brynn schüttelte den Kopf. »Ich werde dich auf keinen Fall

in die Nähe dieses Kampfes lassen. Tyr würde mich umbringen.«

»Bitte«, flehte ich. Tränen füllten meine Augen. »Ich darf ihn nicht verlieren. Ich muss sehen, dass es ihm gut geht.«

»Und wenn es ihm nicht gut geht? Willst du das auch sehen?«

Mir wurde übel. Tyr musste es gut gehen. Aber das war nicht das einzige Problem mit meiner Bitte. Sosehr ich ihn auch unterstützen wollte, durfte ich keine Ablenkung sein. Und wenn Tyr sah, dass ich ihn beobachtete, wusste ich, dass er sich Sorgen um mich machen würde.

Tränen liefen mir über die Wangen, und ich wischte sie weg. »Wenn sie außerhalb der Barriere sind, können sie dann noch reinsehen?«

»Nein«, sagte Brynn. »Der Zauber funktioniert wie eine Fata Morgana – die Götter, die Zugang zum Gelände haben, sehen nur den Schimmer des Schutzes von außen, mehr nicht. Für alle anderen sieht dieser Ort einfach wie eine verlassene Bucht aus.«

»Gut.« Ich wischte mir meine Nase am Ärmel ab. »Dann bring mich irgendwo innerhalb der Barriere hin, wo ich über die Dünen sehen kann. Ich werde wissen, dass ich für ihn da bin, aber er wird es nicht wissen.«

»Es sei denn, er nimmt deine Gedanken wahr«, sagte Brynn.

»Er hat versprochen, dass er sich aus meinem Kopf heraushält.« Ich schniefte. »Und außerdem werden meine Gedanken hier die gleichen sein wie überall sonst auch. Ich mache mir so oder so Sorgen um ihn.«

Brynn warf einen Blick zu Forse, der auf Elsas Veranda

stand. Er nickte, und sie sah mich streng an. »Ich lasse dich zusehen. Aber wir bleiben hier.«

»Aber wie soll ich denn über die Düne sehen? Die ist zehn Meter hoch.«

»Ich bin eine Walküre, Süße.« Brynn steckte sich die Finger zwischen die Lippen und stieß einen Pfiff aus. Aus den Augenwinkeln sah ich, wie Forse seinen Arm hob und senkte, aber ich achtete nicht weiter auf die Geste.

Denn in diesem Moment landete ein riesiges geflügeltes Pferd auf der Wiese. Es war weiß und hatte langes silbernes Haar, das zu Zöpfen geflochten war. Es war bestimmt drei Meter hoch, hatte furchterregende Hinterläufe und silberne Hufe.

»Mia, Fang. Fang, Mia«, stellte uns Brynn einander vor. Das Pferd nickte mir zu, während ich es sprachlos anstarrte.

»Dein Pferd hat Flügel.«

»Natürlich.« Brynn verdrehte die Augen. Mit Leichtigkeit sprang sie auf seinen Rücken und streckte eine Hand aus. »Ja, sie kann fliegen. Willst du jetzt los oder nicht?«

Ich ergriff ihre Hand und kletterte mühsam auf das Pferd. Ohne Sattel konnte ich mich nirgends festhalten, aber Brynn legte ihre Finger um meinen Unterarm und hob mich mit einer Leichtigkeit hoch, die deutlich machte, dass die Walküre kein Mensch war. Ich legte die Arme um Brynns Taille und presste meine Fersen gegen Fangs Rippen. Sie tänzelte seitlich.

»Nur damit du es weißt, ich bin noch nie ohne Sattel geritten.«

Brynn starrte mich an. »Aber auf einem fliegenden Pferd schon?«

Punkt für dich, Walküre.

»Halt dich einfach fest. Wir kümmern uns schon um den

Rest, nicht wahr, Fang?« Sie stupste das Tier mit der Ferse an, und Fang erhob sich in die Lüfte. Ich versuchte, nicht zu schreien, während wir in einem engen Kreis nach oben schossen. Vierzig Meter über dem Boden kamen wir zum Halten. Als Fang mit den Flügeln schlug, schwebten wir direkt über der Stelle, an der wir eben noch gesessen hatten. Ein Anflug von Angst ließ mich frösteln.

Ich wünschte, ich wäre auf dem Boden geblieben.

Die Götter und der Wolf lieferten sich auf dem Strand einen erbitterten Kampf. Freya hielt am Rand des Geländes Wache und holte jedes Mal mit ihrem Degen aus, wenn ihr Fenrir zu nahe kam. Er knurrte die Waffe an und fletschte seine gelben Zähne. Freya wich nicht zurück. Bei jedem Knurren schlug sie erneut zu und stach nach Fenrirs triefenden Reißzähnen, bis er zurückwich. Als er erneut angriff, zog sie einen Dolch aus ihrer Gesäßtasche. Sie schwang ihre Waffen Richtung Wolf, wobei sich die Klingen so schnell bewegten, dass sie verschwammen. Fenrir jaulte auf. Freya stach erneut zu, und Fenrir machte zwei Schritte zurück ins Wasser. Er berührte mit der Pfote sein Ohr. Freya hielt ihre Waffen im Anschlag, doch ihr Gesichtsausdruck war triumphierend, während sie das Blut von ihrer Klinge abwischte.

Fenrir stampfte mit einem bösartigen Heulen auf, während sich Tyr und Henrik von beiden Seiten näherten. Tyr pirschte sich in einem Halbkreis an Fenrir heran, die Armbrust immer noch auf dem Rücken. Auf der anderen Seite kam Henrik langsam mit seinen Samurai-Schwertern näher. Fenrir sah zwischen den Göttern hin und her.

Schließlich stürzte er sich auf Tyr.

Mir stockte der Atem, als Fenrir auf meinen Freund zuschoss. Tyr ging leicht in die Hocke und sprang in die Luft.

Fenrir tat es ihm gleich, und sie trafen drei Meter über dem Boden aufeinander. Der Wolf schlug mit einer Pfote nach Tyrs Gesicht und hinterließ dicke Krallenspuren auf seiner Wange. Doch Tyr wich nicht zurück. Er packte das Bein des Tieres und biss zu. Das Geräusch knirschender Knochen hallte über den Strand.

Fenrir jaulte erneut auf. Es war ein gequälter Laut, der von den Dünen widerhallte. Der Gott und der Wolf stürzten zu Boden und hasteten auseinander. Freya witterte ihre Chance und stürzte sich auf Fenrir, um ihn von Tyr wegzutreiben. Der Wolf war so sehr auf Freyas Degen konzentriert, dass er nicht bemerkte, wie sich Henrik von hinten näherte. Henrik wirbelte über seinem Kopf mit den Schwertern. Er stach so schnell nach den Hinterläufen des Wolfs, dass nur ein silbernes Aufblitzen zu sehen war.

Henrik verpasste Fenrir einen tiefen Schnitt am Bein. Tyr streckte seine Hand aus und sandte einen magischen Strahl aus, der das Tier in die Luft schleuderte. Blut floss aus Fenrirs offener Wunde und färbte den Sand rot ein. Der Wolf schwebte über dem Boden und jaulte vor Schmerz, während Tyr, Henrik und Freya ihre Positionen unter ihm wechselten. Fenrir verlor viel Blut, und sobald er den Boden berührte, würde er sich geschlagen geben müssen. Von meinem Sitzplatz auf dem fliegenden Pferd aus gönnte ich mir einen Moment der Erleichterung.

Das war der Moment, in dem der Drache auftauchte.

Wie ein gesunkenes Wikingerschiff erhob sich das Ungeheuer aus dem Ozean außerhalb unserer schützenden Kuppel, und sein Kopf durchbrach die Oberfläche in einer einzigen glatten Bewegung. Seine Haut war dunkelviolett, mit scharfen schwarzen Platten entlang der Wirbelsäule und einer abrissbirnengroßen Kugel am Ende seines Schwanzes, an der dicke Stacheln prangten.

»Was. Ist. Das?« Ich klammerte mich an Brynns Taille.

»Ich glaube, das ist Hels Wächterin Garm. Hel verlässt ihren Posten nicht, also muss sie einen ihrer Handlanger schicken, wenn ihr Bruder sie ruft.« Brynn starrte den Drachen entgeistert an. »Ich habe Garm noch nie in natura gesehen. Ich dachte immer, sie sei ein Hund. Du weißt schon, ein Höllenhund? Ich hätte in den Vorlesungen über die Dunklen Reiche wohl besser aufpassen sollen.«

»Das ist ein weiblicher Drache?« Ich spürte die Hitze auf meinen Augäpfeln, als der Drache anfing, Feuer zu spucken. Selbst auf diese Entfernung war die Hitze lähmend.

»Ja.« Brynn umklammerte Fangs Hals mit weißen Knöcheln. »Mia, das musst du dir nicht ansehen. Lass mich dich wieder nach unten bringen.«

»Ich will bei Tyr bleiben.« Die Worte klangen nach einem Schluchzen.

»Mia«, flehte Brynn. »Hels Wächter lassen keine Überlebenden zurück.«

»Bitte«, flüsterte ich.

Brynn war still, doch die Art, wie sie ihren Kiefer bewegte, sprach Bände.

Auf dem Boden kreisten die Götter unter dem Wolf. Ich nahm an, dass sie überlegten, wie sie ihn am besten fesseln konnten, bevor der Drache noch näher kam. Das Blut floss immer noch in Strömen aus Fenrirs Bein. Sein Heulen erregte die Aufmerksamkeit von Garm, und der Drache setzte sich in Bewegung. Von der Schnauze bis zum Schwanz war er locker zwölf Meter lang, und unter seinen dicken Beinen baumelten fünfzehn Zentimeter lange Klauen. Mühelos flog er bis zum

Ufer und spuckte dann einen Feuerstrahl auf Fenrir. Doch anstatt sein Fell zu verbrennen, wirkte das Feuer wie ein Heilmittel. Es stoppte den Blutfluss und Fenrirs Beine hörten auf, schlaff unter ihm zu baumeln. *Hat der Drache etwa gerade die Knochenbrüche des Wolfs geheilt?*

Tyr und Henrik sahen sich an und grinsten. Ich schüttelte den Kopf. Es war so typisch für die beiden, dass sie sich selbst in der schlimmsten Situation noch amüsierten.

Henrik stürmte am Ufer entlang. Er schwang seine Schwerter über dem Kopf, sodass ihre silbrige Oberfläche das Mondlicht reflektierte. Der Kopf des Drachens wandte sich dem Funkeln zu. Er flog hinter Henrik her und spie im Flug Feuer aus seinem Maul. Henrik benutzte seine Klingen als Schutzschilde und lenkte die Flammen mit einer Geschicklichkeit ab, die mir den Atem verschlug. Wenn nicht gerade Henriks Leben auf dem Spiel gestanden hätte, wäre es ein schöner Tanz gewesen.

Während Henrik den Drachen zu den Felsen lenkte, bereiteten sich Tyr und Freya darauf vor, den Wolf erneut anzugreifen. Sie stellten sich an den gegenüberliegenden Seiten der Bestie auf – Tyr an der Uferlinie, Freya an der Barriere des Geländes. Fenrir scharrte mit den Pfoten auf dem Boden und drehte sich in einem langsamen Kreis.

Tyr spannte die Armbrust über seiner Schulter und legte an. »Du sitzt in der Falle, Fenrir. Unterwirf dich Odin, oder bereite dich auf dein Ende vor.«

Der Wolf knurrte nur wütend.

»Er sagt, dass sich Tyr irrt. Jörmungandr und Hel werden kommen, wenn er sie ruft, und gemeinsam werden sie die Götter auslöschen *und* den Unterschlupf zerstören.« Brynn schüttelte den Kopf.

»Du verstehst die Sprache dieses Wolfs?«, fragte ich ungläubig.

»Du nicht?«, flüsterte Brynn über ihre Schulter.

»Nein«, murmelte ich.

»Dann werden Odin und Thor kommen, und wir werden dich *und* deine Geschwister auslöschen«, konterte Tyr.

Während er sprach, schoss ein Blitz vom Himmel. Er landete in dem Sand, in dem sich Fenrirs Blut gesammelt hatte, und verwandelte es in glühend heißes, purpurfarbenes Glas. Fenrir starrte auf die Lache, dann sah er von Freya zu Tyr und wieder zurück. Er stieß eine Mischung aus Knurren und verbittertem Zischen heraus.

»Er sagt, dass er sich nicht ergeben will«, übersetzte Brynn. »Er weiß, dass Odin ihn ohne Tyrs Eingreifen getötet hätte, und er traut den Göttern nicht. Er will wissen, wie Odins Bedingungen für einen Waffenstillstand aussehen. Er weiß, dass ihn Thors Blitz hätte verletzen können, wenn er es gewollt hätte. Der Blitz war eine Warnung.«

»Ich dachte, Thor sei der Gott des Donners«, flüsterte ich zurück.

»Er ist multitaskingfähig«, winkte Brynn ab.

»Er hat mit Absicht danebengeschossen?«, rief ich. »Warum das in aller Welt?«

»Wir brauchen ihn lebend, schon vergessen?«, sagte Brynn.

Ach du heiliger Bimbam. Ich richtete meine Aufmerksamkeit wieder auf den Strand.

»Na gut«, sagte Tyr. »Odins Wünsche sind einfach. Er möchte, dass du dich von Asgard, Midgard, Alfheim und Vanaheim fernhältst. Bist du bereit, das zu tun?«

Fenrir knurrte. Dann nickte er einmal.

»Ausgezeichnet.« Tyr sah Freya an, und sie zog das Band aus ihrer Gesäßtasche.

»Odin will auch, dass du das hier als Halsband trägst. Es ist ein Ortungsgerät. Um sicherzustellen, dass du die Bedingungen erfüllst.«

Fenrir stieß ein Knurren aus, das so unheimlich war, dass sich mir die Nackenhaare aufstellten. Brynn verkrampfte sich vor mir, und sogar ihr Pferd gab ein nervöses Wiehern von sich.

»Was hat er gesagt?« Ich traute mich fast nicht zu fragen.

»Er glaubt Tyr nicht. Er hält es für eine Falle.« Brynns Stimme knackte.

Na ja, es ist ja auch eine.

Tyr atmete langsam aus. Er blickte in den Himmel, wo Brynn und ich hinter der unsichtbaren Barriere versteckt waren. Als er traurig lächelte, verkrampfte sich mein Magen. Was hatte er vor?

»Nimm meinen Arm.« Tyr warf dem Wolf einen kühlen Blick zu. »Nimm ihn zwischen die Zähne, während Freya das Ortungsband anbringt. Wenn dir etwas Schlimmes zustößt, kannst du mir den Arm abbeißen. Aber wenn nichts passiert, lässt du mich unverletzt gehen. Sind wir uns einig?«

Der Wolf gab ein scharfes Bellen von sich und öffnete sein Maul. Tyr legte seinen Unterarm zwischen Fenrirs Zähne.

»Nein«, flüsterte ich. Brynn spannte sich an, als ich ihren Oberkörper drückte. »Kannst du ihn nicht aufhalten?«

Brynn schüttelte den Kopf. »Er weiß genau, was er tut.«

Ich schloss für einen kurzen Moment die Augen, sandte ein stilles Gebet ans Universum und bat Gott, Odin, Zeus, Buddha und wer auch immer sonst noch zuhören mochte, Tyr vor dem Monster zu beschützen. Als ich wieder nach unten blickte, band Freya gerade das Band um Fenrirs Hals. Der rosafarbene Stoff verströmte ein grelles Licht, als er sich mit dem Fell des Wolfes verband. In diesem Moment stieß Fenrir ein furchtbares Knurren aus.

Es war geschafft.

Aber es war noch nicht vorbei. Kurz bevor das Band jeden Muskel in Fenrirs Körper fixierte und er bewegungsunfähig wurde, biss er zu und riss den Kopf von links nach rechts. Er musste erkannt haben, dass es eine Falle war. Das ekelerregende Knirschen von Knochen ertönte, und Blut begann zu strömen.

Tyr verlor seinen Arm.

Er landete am Boden und rollte sich unsicher auf die Knie. Als er sich umdrehte, starrte er resigniert auf die freiliegende Sehne, die direkt unter seinem rechten Ellbogen baumelte. Der Anblick der zerrissenen Muskeln und des Blutes, das aus dem freigelegten Gewebe floss, war einfach entsetzlich.

Tyr taumelte zur Seite. Eine große Lache bildete sich zu seinen Füßen, während er weiter ungehindert ausblutete.

Freya stürzte nach vorne, gerade als Tyr bewusstlos zu Boden fiel. Sie zog ihn von dem nun bewegungsunfähigen Wolf weg. Mein Herz stand still – es fühlte sich an, als hätte jemand ein Bleigewicht auf meine Brust fallen lassen.

Das durfte nicht wahr sein.

Freya blickte zum Strand hinunter, wo Henrik mitten in einem Luftkampf mit dem Drachen steckte. Er versetzte dem Ungeheuer einen zeitlich gut abgepassten Schlag gegen die Brust, sodass Garm ins Wasser stürzte. Henrik tauchte ihr hinterher und setzte den Kampf unter Wasser fort. Es fühlte sich an wie eine Ewigkeit, bevor Henrik wieder an die Oberfläche kam, nach Luft schnappte und wieder abtauchte. Zehn Sekunden später erschien er erneut, das Schwert in der einen Hand und Garms abgetrennten Kopf in der anderen.

»Heimdall!«, rief Freya in den Himmel. »Öffne den Bifröst!«

Der Himmel teilte sich, und ein Lichtstrahl fiel auf den Strand, wo Fenrir gegen das so harmlos wirkende rosa Band ankämpfte.

»Heimdall, bring Fenrir in den Kerker. Nimm Garms Überreste mit. Brynn, komm runter. Wir müssen Tyr zu den Heilerinnen bringen.« Freya erteilte ihre Befehle wie eine erfahrene Kriegerin.

Ein Ausläufer des Bifröst strahlte in Henriks Richtung. Er warf den Kopf des Drachens in das Licht, während es den Körper des Ungeheuers aus den Tiefen des Meeres zog. Der Lichtstrahl zog sich zurück und saugte Fenrir in den Himmel. So schnell, wie er gekommen war, war der Bifröst auch wieder verschwunden.

»Brynn!«, rief Freya.

»Halt dich fest, Mia.« Brynn gab Fang einen Tritt in die Seite, und das fliegende Pferd raste zum Strand herunter. »Rutsch zurück«, befahl Brynn, und ich bewegte mich so nah an den Schweif des Tieres, wie ich konnte, ohne herunterzufallen. Freya hob Tyr mit Leichtigkeit auf Brynns Schoß, bevor sie einen letzten Befehl gab. »Bringt ihn *sofort* auf die Heilstation. Er wird sterben.«

****

»Fenrirs Biss war mit dunkler Magie versetzt. Tyr wird verbluten.« Freya rannte neben Fang her, zog Tyr vom Rücken des geflügelten Pferds herunter und brachte meinen Freund auf die

Heilstation, während ich immer noch versuchte, wieder zu Atem zu kommen. Während sie lief, rief sie: »Bereitet das zweite Bett vor!«

Ich folgte ihr wie benommen und spürte kaum noch den Boden unter meinen Füßen. Im Inneren der Heilstation lag Elsa in einem großen Krankenhausbett, und sie sah wirklich schon viel besser aus. Ihre Beine waren in die gleiche Art weißer Plüschdecke gehüllt, die auch Tyrs Zimmer schmückte. Doch dieser Suite fehlte der Whirlpool. Stattdessen stand dort ein weiteres großes Krankenhausbett, das auf einen zweiten Patienten wartete.

Es war, als hätten die Götter genau das erwartet.

Moment mal. *Es war, als hätten die Götter genau das erwartet.*

Ich sah mich im Raum um. Elsa, die einen königsblauen Bademantel trug, kam langsam zu sich. Ihre blonden Locken glänzten, und ihre Wangen waren leicht gerötet. Die Maschine an ihrem Bett projizierte ihre Vitalwerte an die Wand, darunter ein einziges Wort: *NORMAL.*

Sie war wieder gesund.

Das zweite Bett befand sich zu Elsas Rechten. Die Heilerinnen standen bereit und trugen dieselben weißen Kittel, die ich schon in der Hütte gesehen hatte. Im Großen und Ganzen sah es hier genauso aus wie in Elsas Zimmer – mit einer Ausnahme: Neben dem Bett stand Henriks mechanischer Arm.

Was hatte Fred dort zu suchen? Schließlich begann mein Verstand, eins und eins zusammenzuzählen. Es war mehr als nur ein Zufall, dass Henrik und Brynn einen Roboterarm entwickelt hatten. Und es war mehr als ein Zufall, dass der Arm perfekt auf Tyrs Körper abgestimmt war. Das alles war völlig unmöglich, es sei denn …

Ich wirbelte herum. Henrik humpelte hinter mir in die Station.

»Du wusstest, dass das passieren würde.« Ich stieß meinen Finger in seine Brust. »Du wusstest, dass Tyr im Kampf gegen Fenrir einen Arm verlieren würde. Du wusstest, dass er sterben könnte! Warum hast du ihn nicht aufgehalten?«

Henrik schlang beide Arme um meine Schultern und zog mich an sich, ohne den Blick von seinem schwerverletzten Freund zu nehmen. Ich drehte meinen Kopf, um seinem Blick folgen zu können. Freya und die Heilerinnen brachten Tyr auf dem Bett in Position, und Henrik sprach mit der Leiterin der Heilstation. »Sobald die Blutung gestoppt ist, können wir mit dem Transfer beginnen.«

»Henrik!« Ich versuchte, mich aus seinem Griff zu befreien, aber er war zu stark. »Was in aller Welt …«

Seine Hand legte sich auf meinen Mund. Ich kämpfte gegen den kindlichen Drang an, zuzubeißen.

»Stör sie nicht«, flüsterte mir Henrik ins Ohr. »Tyr verliert viel Blut. Die Heilerinnen brauchen all ihre Kraft, um ihn zu retten. Und Tyr muss sich darauf konzentrieren, wieder gesund zu werden. Wenn er sich Sorgen um dich macht, wird er es nicht schaffen. Verstehst du das?«

Ich knirschte mit den Zähnen und atmete tief ein. Dann nickte ich. Als Henrik seine Hand wegzog, sprach ich leise, mit der ruhigsten Stimme, die ich zustande brachte. »Du hättest ihn von dem Kampf abhalten können.«

»Wir wissen beide, dass das nicht stimmt. Tyr hat *immer* seine eigenen Kämpfe ausgefochten … und die von anderen, wenn er glaubte, dass sie ihn brauchten. Ich habe rund um die Uhr daran gearbeitet, das Ergebnis abzumildern, aber was heute passiert ist, war immer eine Möglichkeit.«

»Warum hast du es nicht verhindert?« Ich drehte mich in Henriks Armen um, als sich die Heilerinnen in einem Kreis um Tyrs Bett stellten und mir die Sicht versperrten. Ich wollte schreien, aber Tyr konnte diese Ablenkung nicht gebrauchen.

»Manche Dinge liegen außerhalb unserer Kontrolle. Wir können nur darauf hoffen, dass es uns gelingt, den Schaden zu minimieren. In diesem Fall kam man um die Prophezeiung nicht herum«, erklärte Henrik mit gedämpfter Stimme.

Ich kniff die Augen zusammen. »Und wie genau lautete die Prophezeiung?«

»Die Nornen sahen, dass sich Fenrir gegen Asgard wenden würde. Sie sahen, dass die Zwerge eine Kette anfertigten, um ihn zu binden und seinen Weg der Zerstörung zu verlangsamen. Sie sahen, wie die Aesir Fenrir benutzten, um mit den dunklen Mächten am Tag von Ragnarök zu verhandeln.« Henrik senkte den Kopf. »Aber davor sahen sie …«

An Tyrs Bett passierte etwas. Zwei Heilerinnen entfernten sich, kamen dann aber schnell mit einem länglichen Gerät zurück. Sie schnitten ihm das Shirt vom Leib und hielten das Gerät an Tyrs Brust. Durch einen kleinen Spalt zwischen ihnen konnte ich sehen, wie die Lichtwellen durch Tyrs Körper schossen. Die Energie, die ihn durchströmte, ließ seinen Brustkorb verkrampfen. Er stemmte sich gegen die Kraft, die unter seiner Haut floss. Er erstarrte und wurde entsetzlich weiß.

Die Heilerinnen hielten inne und brachten den asgardischen Defibrillator – denn darum handelte es sich wohl – erneut an seine Brust. Ein weiterer Lichtstoß traf ihn, und dieses Mal waren die Zuckungen ausgeprägter. Sein Kopf peitschte heftig hin und her, während sich seine Beine gegen die Hände wehrten, die sie festhielten. Es dauerte eine ganze Minute, bis ihn dieser Energiestoß durchdrungen hatte, und als es vorbei war, hatte seine Haut eine aschgraue Farbe angenommen.

Insgesamt schossen die Heilerinnen neun Stromstöße in schneller Folge in Tyrs Torso.

Bei jedem Energiestoß verkrampfte sich sein Körper heftig und kämpfte gegen die Kraft des Lichts an.

Dann wurde er schlaff. Ein Fuß zuckte unmerklich, bevor sein Körper ganz still wurde.

Freya begann zu weinen.

Ich spürte nichts. Keine Angst. Keinen Schmerz. Keine Traurigkeit. Nichts. Es war, als hätte sich mein gesamtes emotionales Zentrum komplett abgeschaltet.

Es fühlte sich an, als ob ich innerlich gestorben wäre.

Das konnte einfach nicht wahr sein. Tyr ruhte sich nur aus, bereitete sich auf die nächste Phase seiner Genesung vor. Er lag *nicht* im gleichen Koma wie Elsa. Er war *nicht* tot. Es ging ihm *gut*.

»Henrik?« Seine Arme waren immer noch um meine Schultern geschlungen. »Wie lautete der Rest der Prophezeiung? Was haben die Nornen gesehen, nachdem die Zwerge die Kette gemacht haben?«

»Mia, du musst das verstehen. Die Zwerge sagten, sie würden das Blut der Aesir benötigen, um den Wolf zu binden. Wir wussten, dass einer von uns dieses Opfer bringen musste, wenn wir die Reiche vor dem Bösen schützen wollten, das in Fenrir wuchs. Jahrhundertelang haben wir versucht, die dunkle Prophezeiung zu überlisten, und wir haben alles in unserer Macht Stehende getan, um zu verhindern, dass wir dabei einen von uns verlieren. Wir überzeugten die Zwerge, die Macht der Kette so zu verändern, dass nur ein Arm geopfert werden musste, nicht aber ein ganzes Leben. Es war immer noch nicht ideal, aber einen Arm zu verlieren war besser als der Tod, oder?« Henrik drückte mich sanft. »Tyr meldete sich freiwillig, das Opfer auf sich zu nehmen. Wir wussten, dass der Wolf für Asgard lebendig wertvoller sein würde als tot, vorausgesetzt, wir könnten ihn tatsächlich binden. Und tief im Inneren glaube ich nicht, dass Tyr Fenrir töten wollte. Selbst nach allem, was passiert ist, wollte ein Teil von ihm immer noch daran glauben, dass in dem Haustier seiner Kindheit etwas Gutes steckt.«

Mir fehlten die Worte.

»Aber es gab noch eine weitere Prophezeiung. Eine, die zwischen der Bindung des Wolfes und seines Nutzens am Tage Ragnaröks fiel.«

»Wie lautete diese Prophezeiung?«, fragte ich durch zusammengebissene Zähne.

»Sie besagte, dass der Kriegsgott fallen würde.«

Fünfundzwanzig

»Es tut mir leid, Mia. Wir haben alles in unserer Macht Stehende getan, um … Es tut mir so leid.«

»Nein!« Ich öffnete die Augen und wollte zu Tyr, doch Henrik hielt mich zu fest. »Lass mich los!« Ich wehrte mich gegen seinen Griff, während meine Augen nach den Heilerinnen suchten. »Tut etwas. Versucht es noch einmal. Wenn der Defibrillator nicht funktioniert, gebt ihm eine Spritze mit etwas Magischem. Drachenherz oder Elfenblut oder dieser Älva-Staub – ich weiß, dass ihr hier etwas habt, das ihm helfen kann. Benutzt es! Sofort!«

Henrik warf einen Blick zu Forse. Der Gott der Gerechtigkeit stand an Elsas Bett und hielt sanft eine ihrer Hände. In meinem Kopf machte etwas *klick.*

»Wartet! Elsa … Elsa kann Tyr zurückbringen. Sie ist eine Hohe Heilerin, nicht wahr? Das muss doch etwas bedeuten.« Meine Augen flehten Henrik an.

»Ich kann was?«, ertönte eine heisere Stimme. Inmitten des Chaos war Elsa aufgewacht. Sie sah sich verwirrt im Raum um, ihre silbrig-blauen Augen konzentrierten sich mühsam auf jeden Einzelnen von uns. Forse sprach ihren Namen wie im Gebet und reichte ihr eilig das Glas Wasser, das neben ihrem Bett stand. Das Wasser schwappte, als das Gewicht des Bechers ihre Hand herunterzog, und Forse half ihr, ihn zu halten. Sie hob das Wasser an die Lippen und trank, wobei sie Forse auf eine Art in die Augen sah, die bestätigte, dass sie seine Gefühle mehr als erwiderte. Als sie fertig war, nahm er ihr das Glas wieder ab und stellte es auf den Tisch zurück.

»Du bist wach«, sagte Forse erleichtert.

Elsa hob die Hand und berührte Forses Wange, bevor sie sich im Raum umsah und sich räusperte. Als sie wieder sprach, klang ihre Stimme nicht mehr heiser, sondern melodisch. »Was hat Tyr getan?«

Beim Klang von Elsas Stimme blickte Henrik erleichtert zu ihr hinüber. Brynn wandte sich vom Fenster ab und sah in den Raum. Ihre rotgeränderten Augen waren nun voller Hoffnung. Selbst Freya hörte lange genug auf, an Tyrs Bett zu weinen, um aufzublicken. Alle hatten den Anstand, den Moment zu ehren, auf den sie seit Monaten gewartet hatten.

Alle außer mir.

»Tyr liegt im Sterben! Du musst ihn *sofort* retten!«

Das Mädchen zuckte bei meiner Aufforderung zusammen. Sie war gerade erst aus dem Koma erwacht, und ich schrie sie an.

»Wo ist er?« Elsa kam mühsam auf die Beine. Sie schwankte unsicher und hielt sich am Monitor fest, um sich zu sammeln. Forse sprang ihr zur Seite und führte sie zu ihrem Bruder.

»Hier drüben, aber er ist bewusstlos. Fenrir hat ihm mit einem vergifteten Biss den Arm abgetrennt, und er verblutet. Kannst du irgendetwas tun?« Forses Stimme war leise. Er ging mit wesentlich mehr Würde an die Sache heran als ich.

Na ja, natürlich tat er das. Die Person, die er liebte, lag in seinen Armen, und die Person, die ich liebte …

Ich konnte den Gedanken nicht einmal zu Ende denken.

»Oh meine Götter!« Elsas blondes Haar schwang hin und her, als sie von ihrem Bruder zu Freya und Henrik sah. »Wie konnte es so schlimm werden? Habt ihr nicht den Wiedererwecker benutzt?«

»Haben wir. Er hat versagt«, flüsterte Freya. »Die Heilerinnen haben getan, was sie konnten. Wir wissen nicht, was wir noch versuchen können.« Freya liefen Tränen über die Wangen. »Bitte, Elsa. Er kann doch nicht wirklich tot sein.«

»Bleibt zurück«, befahl Elsa. »Heilerinnen, ihr auch.« Alle neun von uns gehorchten. Elsa war winzig – vielleicht einen Meter fünfzig groß, wenn sie sich streckte. Und sie sah mit ihren glänzenden goldenen Locken und den pausbäckigen Wangen nicht einen Tag älter als achtzehn aus. Aber als sie in ihrem schimmernden Morgenmantel über ihrem Bruder stand, streckte sie gebieterisch ihre Arme aus, und in ihren Augen lag eine ungemeine Ruhe. Sie sah genauso aus wie die magische Göttin, die ich brauchte.

Elsa murmelte eine Beschwörung in einer Sprache, die sich anders anhörte als die von Tyr und Henrik – dieser Dialekt klang uralt, einfacher und kehliger als die Brocken Schwedisch, die ich in den letzten Monaten aufgeschnappt hatte.

»Was sagt sie?« Ich sah Freya an. Sie trat einen Schritt zurück und stellte sich neben mich. Henrik legte die Arme um meine Schultern, und Freya nahm meine Hand in ihre. Ich konnte nicht sagen, ob sie mich trösten oder zurückhalten wollten.

»Sie ruft die Hohen Heiler der verbündeten Reiche an und bittet sie, sich zu vereinen, um Tyr zu helfen«, erklärte Freya.

»Warum habt ihr das nicht getan?«, fragte ich.

»Elsa ist die Einzige, die es tun kann.«

»Funktioniert es?« Ich richtete meinen Blick wieder auf Elsa. Ihre Hände wanderten über Tyrs Körper auf und ab. Während sie weitersang, ging ein goldenes Leuchten von ihren

Fingerspitzen aus. Es bedeckte das Bett mit einem glitzernden Schimmer und hüllte Tyr in eine glänzende Wolke ein.

»Ich weiß es nicht.« Freya schüttelte den Kopf.

Während wir warteten, griff Elsa nach Fred. Sie drückte den Roboterarm auf die Stelle an Tyrs Ellbogen, wo es blutete. Inzwischen war das weiße Laken rot gefärbt und Tyrs Haut fast weiß. *Bitte beeil dich.* Elsa strich mit der Hand über das Metall und es verband sich mit der Haut. Der Geruch von brennendem Fleisch erfüllte den Raum, als Funken aus Elsas Handfläche schossen und Fred an Tyrs Arm löteten. Der Geruch war unangenehm, aber als Elsa zurücktrat, blieb Fred an seinem Platz.

Schweigend sahen wir zu, wie Elsa Tyrs Stirn berührte und Freds Steuerung statt mit einem chirurgischen Eingriff auf magische Weise in Tyrs Gehirn implantierte und dann die Arbeit an seiner Brust fortsetzte. Die Spannung im Raum war fast greifbar – Forse stand am Rand von Elsas Bett, Brynn hatte sich vom Fenster entfernt und Henriks Schulter gepackt. Freya und ich drängten uns aneinander, die Hände immer noch fest umschlungen, während mir Tränen über das Gesicht liefen. Nach einer gefühlten Ewigkeit trat Elsa einen Schritt zurück. Sie öffnete ihre Augen und sah mich an.

»Ich habe alles getan, was ich konnte«, sagte sie ruhig. »Der Rest liegt bei dir.«

Ich blinzelte. »Was soll ich denn tun?«

»Was denkst du denn?« Sie lächelte.

Ich hatte keinen blassen Schimmer.

»Was ist das mächtigste Ding in allen Welten?«, drängte Elsa.

Ich starrte sie an.

»Gib ihm einen Grund, zurückkommen zu wollen«, sagte Elsa sanft. »Liebst du meinen Bruder?«

Mein Blick wanderte durch den Raum. Ich versuchte, die Blicke der anderen zu ignorieren, die auf meine Antwort warteten. Natürlich liebte ich Tyr. Er war alles, von dem ich nie gewusst hatte, dass ich es wollte, und alles, was ich unbedingt brauchte. Aber wie konnte ich das vor einem Raum voller Götter sagen?

Elsa wartete geduldig, bis ich nickte. »Dann sag es ihm«, drängte sie.

»Was ist, wenn es nicht funktioniert?« Ich war panisch. Tyr zu verlieren wäre, als würde ich einen Teil meiner selbst verlieren. Es würde mich absolut zerstören.

Henrik löste seinen Griff, und Freya schob mich vorwärts. »Versuch es.«

Ich näherte mich dem goldenen Schimmer, der das Bett umgab. Tyr hatte mehr Farbe in den Wangen, und als ich Elsas Verzauberung durchbrach, um ihn zu berühren, fühlte er sich gut an – kühl, aber nicht eiskalt. Ich strich ihm eine Haarsträhne aus der Stirn und starrte auf sein kantiges, mit Stoppeln gespicktes Kinn, die kräftige Nase und die dichten Wimpern, für die ich alles tun würde.

Es stimmte: Ich liebte diesen Mann. Diesen Gott. Wie auch immer. Er hatte mein Leben in so vielerlei Hinsicht verändert, und ich wollte ihn wachrütteln und ihm für jedes einzelne Geschenk danken, das er mir gemacht hatte – für die Geborgenheit, die ich jedes Mal spürte, wenn wir im selben Raum waren, für das Gefühl der Zugehörigkeit, das ich an seiner Seite hatte, selbst in der unvorstellbarsten aller Welten. Für das Abenteuer, das ich mir allein nicht ausgesucht hätte, dafür, dass er mich glauben ließ, ich könnte den Mann – den Gott –

gefunden haben, der all meine kleinen Eigenheiten kannte und mich trotzdem liebte.

In meinem Herzen gab es keinen Zweifel: Ich würde alles für Tyr tun, wirklich alles, wenn es bedeutete, ihn zu retten.

Ich beugte mich hinunter und berührte seine Lippen sanft mit meinen eigenen. »Bitte verlass mich nicht«, flüsterte ich. »Ich weiß, wir sind nicht perfekt. Ich weiß, dass das ganze Universum gegen uns ist. Aber wir haben doch gerade erst angefangen. Komm zurück zu mir. Weil ich dich liebe.« Meine Stimme versagte bei diesen Worten. Sie waren zu wahr, zu richtig. *Und zu spät.* Ich legte meinen Kopf auf Tyrs Brust und weinte. »Mit allem, was ich habe, liebe ich nur dich.«

Die Hand, die meinen Rücken berührte, war kalt. Und hart. Sie streichelte mich steif, als würde sie sich zum ersten Mal von selbst bewegen.

Es war Fred.

Ich hob den Kopf. Tyr sah zu mir herunter.

»Es geht dir gut!« Ich warf meine Arme um ihn und drückte so fest zu, dass er zusammenzuckte.

»Mir geht es gut.« Er zog mich zurück. »Tust du es wirklich?«

»Ob ich was tue?« Ich blinzelte meine Tränen zurück.

»Mich lieben?« Seine Stimme war heiser.

»Mit allem, was ich bin«, flüsterte ich zurück. Tyr griff nach oben und führte mein Gesicht zu seinem. Unsere Lippen trafen sich zu einem rauen Kuss. Er war viel zu kurz, und als Tyr meinen Blick erwiderte, waren seine Augen hungrig.

»Bei den Göttern, Mia. Ich liebe dich so sehr. Ich würde alles für dich tun. Alles.«

»Oh, Tyr!« Plötzlich konnte ich die Zentimeter zwischen uns nicht mehr ertragen. Ich stieg zu ihm ins Bett, vorsichtig, um ihn nicht anzustoßen, und schmiegte mich an seine Seite. Tyr zog meinen Kopf an seine nackte Brust und wiegte mich mit seinem gesunden Arm. Dann beugte er Fred versuchsweise und bewegte die einzelnen Finger mit Sorgfalt.

»Du hast es geschafft. Gute Arbeit, Henrik. Schwesterchen! Du bist wach!« Er strahlte zu Elsa hinauf, die vor Erleichterung fast umkippte. Forse rannte an ihre Seite, um sie aufzufangen.

»Um Asgards willen, Tyr, erschrick mich nicht noch einmal so!« Elsa lehnte sich gegen Forse.

»Das könnte ich auch von dir behaupten«, mahnte Tyr. »Hast du eine Ahnung, wie lange du bewusstlos warst?«

Elsa stemmte eine Hand in die Hüfte. »Woher soll ich das wissen?«

»Monate. Es fühlte sich an wie eine Ewigkeit.« Tyr ballte beide Fäuste – Fred und die, mit der er geboren wurde. »Es tut mir so leid, dass dich dieses Monster verletzt hat. Ich schwöre, ich werde nie wieder etwas an dich heranlassen.«

»Ah, Tyr der Beschützer. Einst, jetzt und immer.« Elsa lächelte ätherisch. »Ich liebe dich über alles, großer Bruder. Aber du musst nicht immer und überall alle retten. Ich bin hier, und mir geht es gut. Ein paar Kratzer, mehr nicht.«

»Du hast uns einen Schrecken eingejagt.« Henrik durchquerte das Zimmer und zog Elsa in eine feste Umarmung. Elsas Lachen klang wie ein Glockenspiel. »*Hei,* Henrik.«

Nun setzte sich Brynn in Bewegung und küsste Elsa auf beide Wangen. »Wir sind so froh, dass es dir gut geht. Dass es euch *beiden* gut geht, Tyr. Das war schrecklich! Mia hatte fast einen Herzinfarkt.«

»Du warst auch ziemlich erschrocken«, bemerkte ich. »Wartet mal, was ist mit der Prophezeiung? Henrik sagte, die Nornen hätten den Kriegsgott fallen sehen. Heißt das, du bist immer noch in Gefahr?«

»Das bezweifle ich. Die Prophezeiung hat sich erfüllt. Ich bin gefallen«, erklärte Tyr. Er schob uns so, dass wir uns im Bett aufsetzen konnten, während er sich mit dem Rücken gegen das Kopfteil lehnte. »Im Grunde hat mich dieses Monster getötet. Aber dann habt ihr mich zurückgeholt.«

Er streichelte mir über die Wange. »Und jetzt, *mitt hjärta*, befürchte ich, dass du mich am Hals hast.«

Ich studierte Tyrs Gesichtszüge und prägte mir jedes Detail ein. Besonders die Art, wie er mich ansah, als wäre ich die einzige Frau auf der Welt. »Den Göttern sei Dank.«

»Stimmt«, mischte sich Elsa ein.

Widerstrebend wandte ich meinen Blick von Tyr ab. »Tut mir leid, dass ich dich angeschrien habe, Elsa. Normalerweise bin ich besser erzogen.«

Elsa lachte. »Ich weiß. Ich konnte dich jedes Mal hören, wenn du zu Besuch gekommen bist. Ich konnte es kaum erwarten, aus dieser Leere herauszukommen und dich persönlich zu treffen.«

»Ich besorge dir einen Elite-Leibwächter«, sagte Tyr. »Henrik, finde heraus, wer der ranghöchste Offizier ist. Ich will, dass er sofort zu Elsa versetzt wird.«

»Ich brauche keinen Elite-Leibwächter.« Elsa verdrehte die Augen. »Ehrlich, du bist so überfürsorglich.«

»Das ist mein Job. Ich bin dein Bruder. Und in dieser Sache ist das letzte Wort noch nicht gesprochen. Aber das können wir auf morgen vertagen.« Tyr streichelte mir über den Rücken, während er mit seiner Schwester sprach.

»Ich hoffe, er ist dir gegenüber nicht so herrisch, Mia. Das ist unhöflich.« Elsa unterstrich ihre Erklärung mit einem Augenzwinkern. Sie war temperamentvoll – nicht so keck wie Brynn, aber doch mehr, als ich von jemandem erwartet hätte, der Tyrs Erziehung geteilt hatte. Sie schaute stirnrunzelnd aus dem Fenster. »Und wo ist Fenrir jetzt?«

»Gefesselt. Heimdall hat ihn über den Bifröst in den Kerker von Asgard gebracht.« Brynn legte ihren Kopf auf Henriks Brust, und Tyr drückte mich fest an sich.

Freya stieß einen zufriedenen Seufzer aus.

»Was?«, fragte Tyr.

»Bei Odin, ich bin so gut. Sieh dich nur an, Tyr. Mein süßer, sturer, unmöglicher, nerviger, egoistischer, stoischer, dickköpfiger Freund. Am Leben. Und verliebt.«

»Sehr schön, Freya. Bei Freunden wie dir braucht man wohl keine Feinde mehr.« Tyr stützte sein Kinn auf meinen Kopf.

»Jedenfalls«, fuhr sie fort, »hat dieser Topf hier endlich seinen Deckel gefunden. Und dafür musste ihn meine Wenigkeit nur ein paarmal sanft in die richtige Richtung schubsen. Göttin der Liebe, Guru des Glücks. Liebesstifterin der Sonderklasse. Gern geschehen, *kille.*«

Ich konnte nicht länger schweigen. »Wie ist das überhaupt möglich? Ich kann nichts von dem tun, was ihr könnt. Ich bin nicht unsterblich. Was passiert, wenn das nächste besessene göttliche Gnu oder was auch immer hinter mir her ist oder eines dieser Jotun-Dinger angreift?« Meine Stimme wurde leiser. »Oder was, wenn du beschließt, dass es zu viel Arbeit ist, mich die ganze Zeit zu beschützen? Ich bin nicht so wie ihr – ihr werdet es bald satthaben, alles in halber Geschwindigkeit zu machen, damit der Mensch mithalten kann.« Ich sah zu Tyr auf. »Ich liebe dich. Ich glaube, das werde ich immer tun. Aber ich kann dich nicht noch einmal verlieren. Nicht auf diese Weise. Du brauchst eine Göttin, die an deiner Seite kämpfen kann. Vielleicht bin ich dir nicht ebenbürtig, vielleicht bist du ohne mich stärker, vielleicht …«

»Hör sofort auf damit.« Bevor Tyr antworten konnte, hob Freya eine Hand. »Ich habe gesagt, dass ihr beide füreinander bestimmt seid, und das stimmt auch. Ich bin keine Norne – ich kann nicht in die Zukunft sehen, und ich weiß nicht, *wie* sich die Dinge entwickeln werden. Aber ich habe gesehen, wie ihr euch füreinander entschieden habt. Und darum weiß ich, dass alles gut werden wird. Das ist alles, was ihr wissen müsst.«

»Das reicht mir.« Tyrs Lippen strichen über mein Haar. »Was ist mit dir, *prinsessa?*«

»*Prinsessa?*« Elsa hob eine Augenbraue, und mir wurde heiß im Nacken.

»Mir reicht es auch. Für den Moment. Aber ich habe eine Million Fragen.«

Tyr neigte seinen Kopf in Richtung Tür. »Wollen wir einen Spaziergang machen?«

Ich stand auf und warf einen Blick auf den riesigen Blutfleck auf der anderen Seite des Bettes. »Bist du schon in der Lage zu gehen?«

»Ich glaube, ich schaffe das schon.« Tyr stand vorsichtig auf und testete behutsam sein Gewicht, bevor er einen ersten Schritt machte. Er nahm meine Hand in seine gute und beugte sich vor, um Elsas Wange zu küssen. »Schön, dass du wieder okay bist, Schwesterherz.«

»Das bin ich immer«, sagte sie fröhlich. »Kann jetzt mal endlich jemand was dagegen tun, dass mein Bruder so aussieht, als wäre er ein Roboter?« Sie deutete auf Fred.

»Wie fühlt es sich an?« Henrik begutachtete die Prothese, während Brynn Freya einen kleinen Beutel reichte.

»Besser Fred als tot.« Tyr zeigte mit einem Roboterfinger auf Henrik, der aufstöhnte. »Gute Arbeit, Mann.«

»Ähem«, mischte sich Brynn ein.

»Entschuldigung. Ihr auch, meine Damen. Vielen Dank für das hier. Ehrlich.« Tyr grinste.

Freya holte etwas Staub aus dem Beutel und streute ihn auf Fred. »Das ist der letzte Rest Älva-Staub«, erklärte sie und sah mich an. Tyr strich mit der Hand über das Metall und ein Schimmern erschien. Die Roboterprothese wurde bis zu den Fingerspitzen von einer hautfarbenen Hülle überzogen. Tyr tippte zweimal darauf, und das Schimmern verschwand. Nun sah der Arm völlig echt aus. Ich streckte einen Finger aus, um ihn zu berühren – er fühlte sich sogar warm an. Abgesehen von einer gewissen Steifheit in Tyrs Bewegungen hätte ich nie bemerkt, dass es eine Prothese war.

»Viel besser. Und jetzt werde ich das Blut säubern.« Elsa hob ihre Handfläche gegen Tyr, und die Reste der roten Flüssigkeit verschwanden. Es war, als wären die letzten paar Stunden nie passiert.

»*Takk*, Elsa.« Tyr nickte anerkennend.

»Jederzeit.« Elsa drehte sich zu Forse um, der hinter ihr geblieben war und von einem Bein aufs andere trat. »Was hast du denn so getrieben, während ich geschlafen habe?«

Unter seinen Bartstoppeln wurde Forse feuerrot.

»Lass uns gehen.« Tyr zog mich zur Tür hinaus. Über seine Schulter rief er: »Stört uns bloß nicht.«

»Würde mir nicht im Traum einfallen, *kille*«, erwiderte Henrik lachend. »Würde mir nicht im Traum einfallen.«

****

»Du fragst dich bestimmt, was jetzt passiert.« Die Flut erreichte gerade die Bucht. Tyr hielt meine Hand, während wir barfuß über den nassen Sand spazierten.

»Ja«, gab ich zu. »Elsa ist geheilt, und du hast wahrscheinlich eine lange Liste von Krisen, die du aufgeschoben hast, um hierzubleiben und dich um sie zu kümmern. Du wirst die Erde verlassen müssen, nicht wahr?«

»Ich bin mir sicher, dass ich das bald tun werde.« Tyr blieb abrupt stehen. Da seine Finger mit meinen verschränkt waren, wurde ich unsanft gestoppt. »Aber ich bin mir genauso sicher, dass ich zurückkommen werde, sobald ich dazu in der Lage bin.«

»Du bist ein Gott. Du gehörst nach Asgard.«

Die Worte brachten mich um.

Er nahm meine Hände in seine und ließ sich auf ein Knie fallen.

Oh mein Gott. Was hatte er vor? Ich war erst achtzehn.

»Ich mache dir keinen Antrag«, stellte Tyr klar.

»Du hast versprochen, nicht in meinem Kopf herumzuschnüffeln!«

»Musste ich auch nicht. Du hast absolut kein Pokerface, schon vergessen?«

»Oh. Richtig.« Meine Wangen wurden heiß.

»Hör mir zu, Mia Ahlström. Ich gehöre zu *dir.* Zu niemandem sonst. Ich habe noch nie einer Frau gesagt, dass ich sie liebe, weil es nie wahr war. Aber an dir liebe ich alles. Deine Augen. Dein Lachen. Ich liebe dein schiefes Lächeln, wenn ich mich danebenbenehme. Ich liebe es, wie du auf deiner Unterlippe herumkaust, wenn du dich konzentrierst, und ich liebe es, dass du dich weigerst, das Haus zu verlassen, ohne dreimal zu überprüfen, ob du deinen Schlüssel und dein Handy dabeihast.« Tyr lächelte. »Ich liebe es, dass du dich weigerst, richtig zu fluchen. Ich liebe die siebenhundert Paar Schuhe, zwischen denen du wählen musst, wenn wir ausgehen. Ich liebe es, dass du in der Nacht, in der ich dir sagte, was ich bin, nicht schreiend aus meinem Haus gerannt bist. Ich liebe es, wie dein Südstaatenakzent durchkommt, wenn du müde bist. Oder nervös. Und ich liebe es, wie ich mich fühle, wenn ich im selben Raum wie du bin. Als ob ich endlich am richtigen Ort bin. Als ob ich nicht mehr ganz allein wäre.« Tyr hob meine Hände an seinen Mund und ließ seine Lippen über meine Fingerspitzen streichen. »Du bist das Letzte, was ich erwartet habe, als ich nach Midgard kam. Ich wollte nur Elsa vor Fenrir verstecken. Du warst definitiv nicht das, was ich zu wollen glaubte, aber du bist genau das, was ich brauchte. Und ich will mit niemand anderem zusammen sein.«

Überwältigt vor Freude vergrub ich die Hände in seinem Haar. Seine Worte liefen in einer Endlosschleife in meinem Kopf, während sie sich in mein Gedächtnis einbrannten – ich wollte nichts von diesem Moment vergessen.

Aber sosehr ich das, was er gesagt hatte, auch liebte, gab es immer noch ein großes Problem. »Du bist ein Gott. Und ich bin ich. Kann das überhaupt funktionieren?«

»Ich will es versuchen«, erwiderte Tyr. Er blickte aufs Meer. »Der Kriegsgott zu sein ist ein Vierundzwanzig-Stunden-Job. Asgard wird fast ständig angegriffen, und ich musste in den letzten Jahrhunderten so gut wie täglich die Verteidigung übernehmen. Es ist nicht so, dass ich nach Midgard ziehen kann, um den ganzen Tag Hausmann zu spielen – ich muss dorthin, wo die Konflikte stattfinden.«

»Ich weiß«, flüsterte ich.

»Aber das heißt nicht, dass ich nicht zurückkehren kann,

wenn die Schlacht vorbei ist.« Tyr hielt inne. Seine Mundwinkel waren in diesem typischen arroganten Ausdruck nach oben gezogen, aber in seinen Augen konnte ich einen Hauch von Verletzlichkeit entdecken. »Das ist etwas ganz Neues für mich. Es gab noch nie jemanden, für den ich mir Zeit nehmen wollte. Aber ich verspreche, dass ich immer zu dir zurückkommen werde.«

Sanft hielt er meine Hände in seinen und sah mir tief in die Augen. »Du bist mein Ein und Alles, Baby. Kannst du dir eine Zukunft mit mir vorstellen?«

In diesem Moment war er nicht der allmächtige Gott des Krieges, er war einfach nur … mein Tyr. Der meine Tränen trocknete und meine Aufsätze Korrektur las, der mir bei gruseligen Filmen die Augen zuhielt und der die schwarzen Oliven von der Pizza aß, weil er wusste, dass ich sie hasste. Der dafür sorgte, dass in seinem Gefrierschrank meine Lieblingseissorte vorrätig war, und der mir nie das Gefühl gab, dass ich jemand anderes sein sollte als genau die, die ich war. Der mich einfach mit all meinen Unvollkommenheiten liebte. Ohne den ich mir ein Leben nicht mehr vorstellen konnte.

»Natürlich.« Meine Stimme versagte. »Das kann ich.«

Tyr stand auf und hob mich hoch. Ich schlang meine Beine um seine Taille und gab ihm einen Kuss.

»Wird das Leben mit dir immer so verrückt sein? Fliegende Pferde und wilde Wölfe und Killerdrachen? Wiederbeleber und Heilerinnen und Nahtoderfahrungen?«

»Durchaus möglich. Bist du dabei?«

Tyr befeuchtete seine Lippen, dann küsste er mich leidenschaftlich auf den Mund. Als er sich zurückzog, sah er mich ernst an.

»Ich bin so was von dabei«, schwor ich.

»Gut«, murmelte Tyr.

»Können wir jetzt bitte in dein Zimmer gehen?«

Tyrs Bartstoppeln streiften meine Wange, als er sich zu mir drehte. »Ich meine mich zu erinnern, dass ein gewisser Mensch mir kürzlich vorgeworfen hat, gegen das Protokoll zu verstoßen. Diesen Fehler gedenke ich nicht zu wiederholen.«

»Was habe ich?«

»Ich glaube, deine genauen Worte waren ›Vielleicht nicht in dem Teil von Asgard, aus dem du kommst, aber hier in der Gegend ist so etwas keine einseitige Entscheidung. Oder so ähnlich. Erinnerst du dich?«

Ich zuckte zusammen. Mein Gehirn funktionierte gerade nicht richtig. »Das soll ich gesagt haben?«

»Du warst ziemlich verärgert, als ich dir vorschlug, bei mir einzuziehen. Du hast mich beschuldigt, überstürzt zu handeln. Weißt du nicht mehr?« Tyr fuhr mit seiner Nase an meinem Hals entlang. *Mmm …*

»Na ja, ähm. Ich nehme diese Aussage zurück.«

»Ach wirklich.« Tyrs Lippen pressten sich auf mein Kinn, und ich erschauerte. »Ich fürchte, das geht nicht so einfach. Die Nornen haben mir heute etwas gezeigt, während ich, ähm …«

»Tot war?«, flüsterte ich.

»Ich bezeichne es lieber als *Neuaufstellung.*« Tyr küsste mich erneut, und ich verdrehte vor Wonne die Augen. »Jedenfalls … Die Zukunft, die sie mir gezeigt haben, hat mir klar gemacht, dass diese Sache zwischen uns für eine sehr lange Zeit Bestand haben wird. Zumindest wenn ich es mit dir auf die richtige Weise angehe. Ich habe versprochen, dich nie zu verletzen, und ich werde mein Wort halten.«

»Aber …«

»Nichts aber. Ich werde nirgendwohin gehen. Wir haben die ganze Ewigkeit vor uns.«

»Nein, du hast die Ewigkeit vor dir. Ich bin sterblich, schon vergessen?« *Außerdem bin ich eine tickende hormonelle Zeitbombe. Nur so zur Info.*

»Tja, dann müssen wir vielleicht etwas dagegen tun.«

»Wogegen?« Tyr ließ eine Hand über meinen Rücken gleiten und drückte mich enger an sich, was es mir sehr schwer machte, mich auf seine Worte zu konzentrieren. Und etwas in seinem Tonfall ließ das, was er sagte, sehr wichtig erscheinen.

»Mach dir keine Sorgen, meine schöne *prinsessa.* Du sollst nur wissen, dass ich mich immer um dich kümmern werde. Ich liebe dich«, flüsterte Tyr heiser. »Ich glaube, das habe ich immer getan. Und egal was die Gesetze sagen, ich werde es immer tun.«

»Zeig es mir«, flüsterte ich. Er zog sich zurück und begegnete meinem Blick mit seinem typischen Lächeln.

»Gern.« Er drückte seine Lippen auf meine und schloss den kleinen Abstand, der noch zwischen uns gewesen war. Mir ging das Herz über, als mir klar wurde, dass ich endlich Tyr gehören konnte.

In jeder Hinsicht.

Sechsundzwanzig

»Lass dir Zeit. Jason wird erst in zwei Stunden wieder hier sein.« Ich klemmte mir das Handy unters Kinn, um Meemaws Red Velvet Cookies auf ein Kuchengitter zu legen. »Und das Abendessen braucht noch … tja, hoffentlich ungefähr genauso lang.«

»Du hast gesagt, du machst Schmorbraten?« Tyr klang am anderen Ende der Leitung erschöpft. Er hatte heute Morgen *sehr* früh einen Anruf aus Asgard bekommen und war dann aus dem Haus geeilt, um den Zwergen bei einem Grenzscharmützel mit ein paar Drachen zu helfen. Ich hatte ihn nicht vor morgen früh zurückerwartet, aber er bestand darauf, rechtzeitig zu Hause zu sein, um meinen Bruder zu begrüßen.

»Ja, natürlich. Das ist Jasons Lieblingsessen. Es wird auch deines sein, wenn du es erst mal probiert hast.« Ich stellte das Backblech in die Spüle und schaltete den Ofen auf hundertfünfzig Grad herunter.

»Alles, was du machst, ist köstlich, aber deine Lasagne wird immer mein Lieblingsessen sein. Das war das Erste, was du für mich gekocht hast. Ich bin eben sehr sentimental.«

»Natürlich. Denn wenn ich mir einen Kriegsgott vorstelle, denke ich an einen sentimentalen Lasagne-Liebhaber. Oh, und denk dran, falls Jason fragt, ich wohne immer noch im Daffodil Drive. Meine Eltern würden ausflippen, wenn sie wüssten, dass ich meine Wochenenden hier verbringe.« Es war keine richtige Lüge. Die meisten meiner Klamotten bewahrte ich immer noch in meiner WG auf. Aber *gelegentlich* genoss ich eben auch die Annehmlichkeiten von Tyrs Zuhause.

Tyr lachte auf. »Ich bin sicher, dein Bruder weiß, wie man ein Geheimnis bewahrt. Jetzt komm her, damit ich dich küssen kann.«

»Was?«

Es klopfte an der Eingangstür.

»Ach du meine Güte, bist du schon da?« Ich warf meinen Topflappen auf den Tresen und rannte den Flur entlang. »Ich dachte, du wärst noch in Zwergenheim?«

»Nidavellir, aber nah genug dran.« Tyrs Schlüssel erklang im Schloss, und ich blieb stehen, als er die Haustür öffnete. Seine Cargohose war zerrissen, sein schwarzes T-Shirt blutverschmiert und sein Haar mit einer dicken schwarzen Substanz verfilzt, die verdächtig nach Teer aussah. Aber seine Augen funkelten verräterisch, und sein Mund war zu einem schiefen Grinsen verzogen.

»*Hei hei*, Schatz. Hast du mich vermisst?«

Er steckte gerade sein Handy in die Tasche, als ich mich auf ihn stürzte. Ich umklammerte seinen Hals, während sich meine Beine um seine Taille schlossen, und vergrub mein Gesicht an seiner Brust, um seinen Fichtenduft einzuatmen. Ich war viel zu froh, um mich darum zu kümmern, dass meine Wange wahrscheinlich versengte Drachenstücke berührte … oder Schlimmeres. »Du bist zu Hause!«

»Ich bin zu Hause.« Tyr schlang seine Arme um mich und drückte mich fest an sich, seine großen Hände drückten sich in meinen Rücken. »Hab ich doch versprochen.«

»Schon klar, aber … na ja …«

»Ich weiß.« Tyr küsste meinen Kopf, und ich sah zu ihm auf. »Du musst dir keine Sorgen um mich machen. Ich habe versprochen, dass ich immer zu dir zurückkommen werde.«

»Ja.« Ich legte den Kopf schief. »Aber Drachen? Komm schon, das ist gruselig.«

»Quatsch, Drachen sind doch nicht gruselig. Aber deinen Bruder zu treffen? Der gesagt hat, er würde mich umbringen, wenn ich dir jemals wehtue? *Das* ist beängstigend.« Tyr stellte mich sanft wieder auf den Boden und beugte sich hinunter. Als er sich wieder aufrichtete, hielt er einen Strauß mit blass rosafarbenen Blumen hoch. »Für meine Süße. Tut mir leid, dass ich Zwergenstaub im Haus verteilt habe.«

Ich nahm ihm die Blumen aus der Hand und atmete den Duft tief ein.

Tyr hob seinen Seesack auf und wischte sich die Füße an der Matte ab, bevor er in den Flur trat. »Die wuchsen auf der Wiese, wo Heimdall den Bifröst enden ließ. Ich konnte nicht widerstehen, dir ein Stück ›Zwergenheim‹ mitzubringen.«

»Haha.« Ich schlug ihm spielerisch gegen die Schulter und ging in Richtung Küche, um die Blumen ins Wasser zu stellen. »Du siehst erschöpft aus. Willst du nicht lieber einfach nach oben gehen und eine Runde schlafen? Jason wird es nichts ausmachen, wenn er dich nicht zu sehen bekommt, bis …«

Tyr packte mich am Unterarm und drehte mich herum. Er legte die Hand auf meine Wange und unterbrach mich mit einem Kuss. »Das Einzige, was ich im Moment will, ist mit dir zusammen sein. Ich habe dich vermisst.«

»Na ja, du warst den ganzen Tag unterwegs, um Drachen zu erschlagen. Wortwörtlich.« Ich schüttelte den Kopf. »Du hast einen wirklich bizarren Job, das ist dir doch hoffentlich klar?«

»Ja.« Tyr zog mich in seine Arme und setzte sich auf einen Küchenhocker. »Und du hast auch bald einen.«

Ich schlang meine Arme um seinen Hals und lehnte mich zurück. »Was soll das heißen? Hat Henrik wieder ein Robotikprojekt für mich? Oh Gott, du brauchst doch nicht bald noch eine Prothese, oder?«

»Nein, nichts dergleichen«, erwiderte Tyr gutgelaunt. »Meine Gliedmaßen sind in Ordnung.« Er hob mich hoch, damit ich mich auf seinen Schoß setzen konnte. »Weißt du noch, was du über die Schlüssel gelernt hast?«

»Vereiniger, Heiler, Seher. Ich weiß Bescheid«, sagte ich.

»Richtig. Aufgrund meines Titels steht meiner Gefährtin eine Schlüsselrolle zu, sofern sie die Neigung dazu hat.« Tyr streichelte mir über die Haare.

»Bei der Heirat. Ich erinnere mich.«

»Und?« Tyr legte den Kopf schief.

»Und was?«

»Und willst du meine Vereinigerin sein?« Tyr erwiderte meinen Blick mit einem sanften Lächeln.

Ich erstarrte.

»Ich mache dir hier keinen Antrag, Mia. Ich kenne dich. Du bist nicht bereit.«

»Wärst *du* denn bereit?«, quietschte ich.

»Aber natürlich. Ich habe mein ganzes Leben auf dich gewartet. Aber du bist erst achtzehn. Du musst erst einmal wählen können.«

»Na, vielen Dank auch, Mom.«

Tyr lachte. »Nein, ich bitte dich, darüber nachzudenken, ob du den Job als Vereinigerin übernehmen willst. Da ich nicht vorhabe, dich jemals gehen zu lassen und du viel lernen müsstest, weil du eine Sterbliche bist, solltest du darüber nachdenken, ob es überhaupt für dich infrage kommt.«

Ich atmete langsam ein. »Das ist eine ziemlich große Sache. Kann ein Mensch überhaupt ein Vereiniger sein?«

»*Mein* Mensch kann das ganz sicher«, erwiderte Tyr augenzwinkernd. »Du bist etwas ganz Besonderes, Mia Ahlström. Dir traue ich so ziemlich alles zu.«

Ich gab ihm einen Kuss auf seine Nasenspitze und rutschte auf meine Füße. »Endlich hast du es kapiert.« Ich zwinkerte ihm über die Schulter zu, während ich einen Blick in den Backofen warf. Der Schmorbraten sah gut aus, aber ich benutzte die Bratenspritze, um ihn sicherheitshalber mit Brühe zu übergießen. »Ich werde mit Elsa darüber reden. Ich habe sowieso tausend Fragen an sie.«

»Ich habe nichts anderes von dir erwartet.«

Ich streckte ihm die Zunge heraus. »Und apropos fragen, sag Henrik, er soll sich beeilen und Brynn endlich um ein Date bitten. Das macht sie wahnsinnig.«

»Brynn darf sich nicht verabreden. Jedenfalls nicht in nächster Zeit. Wenn du jemanden drängen willst, tippe ich auf Forse. Er ist schon ewig in meine Schwester verknallt. Und er ist viel ungeduldiger als Henrik.«

»Wollen wir darauf wetten?« Ich überprüfte den Inhalt des Kühlschranks. Meemaws dunkler Schokoladenkäsekuchen war gut abgekühlt, also nahm ich die Schlagsahne heraus und brachte sie zum Standmixer. »Wenn Henrik zuerst mit Brynn ausgeht, schuldest du mir eine sehr, sehr lange Rückenmassage.«

»Die bekommst du sowieso. Du hättest um etwas Größeres bitten sollen.« Tyr schlang von hinten seine Arme um mich. Er nahm mir die Sahne aus der Hand, schüttete den Inhalt in den Mixer und stellte ihn auf höchste Stufe. »Und wenn ich gewinne? Wenn Forse Elsa zuerst um ein Date bittet?«

»Dann darfst du dir deinen Preis aussuchen.«

Tyr legte seine Hände rechts und links von mir auf den Tresen, sodass ich eingeklemmt war. Er brachte seinen Mund an mein Ohr und flüsterte heiser: »Ich hatte gehofft, dass du das sagst.«

Ich drehte mich um und lächelte zu ihm hoch. »Würdest du …?«

»Ja.«

»Mir einen *Gefallen* tun?« Ich kniff die Augen zusammen, als ich fortfuhr.

»Ja.« Seine Augen glühten förmlich vor Verlangen.

»Könntest du duschen gehen? Du stinkst nach Drachenhöhle.«

Tyr lachte und gab mir einen Kuss auf den Kopf. »Wie du willst, *prinsessa*«, rief er, während er die Treppe hinaufjoggte.

Lächelnd machte ich die Kühlschranktür zu. Als Tyr in einer dunklen Jeans und einem Henley-Shirt ohne Blutflecken in die Küche zurückkam, hatte ich bereits angefangen, Kartoffeln zu schälen. Und in der nächsten Stunde bereitete ich mit meinem Freund, dem nordischen Gott, ein richtiges Südstaatendinner zu, während er mir alles über seinen Tag erzählte, an dem er Drachen umgesiedelt und mit Zwergen verhandelt hatte.

Ich war in einem völlig verrückten, unglaublichen Leben mit einem Mann – einem Gott – gelandet, den ich über alle Maßen liebte. Das war weit entfernt vom Märchenende meiner Eltern.

Es war sogar noch viel besser.

Danksagungen

Ewiger Dank an meinen gut aussehenden Ehemann dafür, dass er meine Abenteuer mit mir teilt. *Jeg elsker deg. Tusen takk* an unsere kleinen Wunder, deren gütige Herzen mit einem Licht leuchten, das heller strahlt als die Sonne. Wir danken Gott jeden Tag für euch.

Mange takk an meine Redakteurin Lauren McKellar, die unsere Götter im Zaum hält, an Stacey Nash und Kristie Cook *für alles*, danke an meine Beta-Leser, technischen Berater und dem besten Produktionsteam in allen neun Reichen. Und *tusen takk* an Antonella Iannarino für viele durchdachte Anmerkungen zu diesem Manuskript.

Ewige Dankbarkeit an MorMorMa, dass ich ein Teil eurer Familie werden durfte. Jetzt habt ihr mich am Hals, und ich könnte damit nicht glücklicher sein. Und *takk* an jeden einzelnen Leser, der meinen Büchern eine Chance gegeben hat. Ohne euch wäre das alles nicht möglich, und ich bin so dankbar, dass ihr eure Lesezeit mit mir teilt. *Tusen takk* aus tiefstem Herzen.

Mange takk!

Mange takk für das Lesen des ersten Buches der Ære-Saga. Ich hoffe, es hat euch genauso viel Spaß gemacht, Mias und Tyrs Abenteuer zu lesen, wie es mir Spaß gemacht hat, es zu schreiben. (Im Ernst, ich hatte einen Riesenspaß!) Es war ein episches Abenteuer, die Geschichten dieser verrückten Asgardianer zu erzählen, und das wäre ohne die Unterstützung von wirklich erstaunlichen Lesern nicht möglich gewesen. *Tusen takk*, dass ihr euch mit mir quer durch die Reiche geträumt habt. *Skål!*

Fortsetzung folgt! Erscheint im Herbst 2023

S.T. Bende lebte lange Zeit in Manhattan Beach, bevor sie sich in einem kleinen Vorort niederließ. Sie hat schon Bücher für das Star Wars-Franchise geschrieben und mehrere Geschichten für Disney, Lucasfilm und die Jim Henson Company veröffentlicht. Die Inspiration für ihre Werke nimmt sie sich von ihren skandinavischen Vorfahren und ihrem Norwe-gischlehrer. Wenn sie gerade nicht schreibt, träumt Bende vom Skifahren in Jotunheim und Hoth.